btb
Aus Freude am Lesen

btb

Buch

Wie soll man die Unschuld eines Menschen beweisen, wenn alle Indizien gegen ihn sprechen? Maxim Poljanski wurde verhaftet unter dem dringenden Verdacht, seine siebte Ehefrau Veronika ermordet zu haben. Die Beweislage ist erdrückend, die Indizien sprechen für sich. Niemand will ihm deshalb seine Unschuldsbeteuerungen glauben – niemand außer seiner Exfrau Dascha Wassiljewa, die es nicht für möglich hält, dass Maxim einer schlafenden Frau einfach so mir, nichts dir nichts ins Gesicht schießt. Dascha beschließt also, auf eigene Faust Ermittlungen anzustellen und den wahren Mörder zu finden. Doch im Eifer des Gefechts vergisst sie einen wichtigen Grundsatz: Sei auf der Hut, wenn du dich auf die Suche nach einem Mörder machst …

Autorin

Darja Donzowa wurde 1952 in Moskau geboren. Nach Abschluss des Journalistikstudiums an der Lomonosov-Universität 1974 arbeitete sie zunächst als Zeitschriftenkorrespondentin, danach unterrichtete sie Deutsch und Französisch. Während einer schweren Krankheit griff sie schließlich zur Feder, einige Krimis entstanden, zunächst nur für die Schublade. Aber seit ihrer ersten Veröffentlichung im Jahre 1995 beherrscht sie die russischen Bestsellerlisten. Sie lebt mit ihrer Familie in Moskau.

Darja Donzowa bei btb

Ein Hauch von Winter. Roman (73071)
Der fünfte Mord. Roman (73019)

Darja Donzowa

Der unschuldige Mörder

Roman

Aus dem Russischen
von Judith Elze

btb

Die Originalausgabe erschien unter dem Titel
»Zhena moego muzha« bei Eksmo, Moskau.

FSC
Mixed Sources
Product group from well-managed forests and other controlled sources

Cert no. GFA-COC-1223
www.fsc.org
© 1996 Forest Stewardship Council

Verlagsgruppe Random House FSC-DEU-0100
Das FSC-zertifizierte Papier *Munken Print* für Taschenbücher aus dem btb Verlag liefert Arctic Paper Munkedals AB, Schweden.

2. Auflage
Genehmigte Taschenbuchausgabe August 2005 btb Verlag

Umschlaggestaltung: Design Team München
Umschlagfoto: Visum/Delhaf
Satz: Uhl + Massopust, Aalen
Druck und Einband: Clausen & Bosse, Leck
SR · Herstellung: Augustin Wiesbeck
Made in Germany
ISBN 3 442 73018 X

www.btb-verlag.de

KAPITEL 1

Ich lief durch einen dunklen, regennassen Wald. Plötzlich bog der Weg nach links ab. Vor mir lag ein großer Dorffriedhof. Der Mond, der für einen Moment matt durch die Wolken schien, ließ alte Grabsteine und Kreuze in der Dunkelheit aufscheinen. Das Eisentor ächzte und quietschte im Wind.

Ich verlangsamte meinen Schritt und spürte, wie mir die Kälte den Rücken hochkroch. Aber es ließ sich nicht ändern, ich musste weitergehen. Es wurde langsam stockfinster, in der Ferne schrie eine Eule. Ich starb fast vor Angst.

»Dascha«, rief es von irgendwo aus der Erde, »Daschutka, komm hierher.«

Mit schlotternden Knien ging ich zu der Stelle, von wo die Stimme gekommen war.

»Hierher«, rief die Stimme, »mach schnell, komm zu mir.«

Endlich gelangte ich zu einem frisch ausgehobenen Grab und schaute in die Grube hinein.

Dort unten lag in einer Pfütze mein Ex-Mann Maxim Poljanskij. Aus irgendeinem Grund trug er eine weiße Trachtenbluse wie eine russische Bäuerin.

»Dascha, hilf mir«, murmelte er und streckte mir beide Hände entgegen.

Wie versteinert stand ich da und sah zu, wie seine Unterarme immer länger und länger wurden, bis die Hände den Rand des Grabes erreichten...

Eiskaltes Grauen überkam mich, mir zitterten die Knie, ein unmenschlicher Schrei brach aus mir heraus.

Plötzlich war alles verschwunden, ein leises Winseln drang an mein Ohr, ein angenehm warmer Lappen fuhr mir über das Gesicht. Ich öffnete die Augen, und wie von selbst setzte sich mein Körper im Bett auf.

Der Pitbull-Terrier Bandy tapste auf dem Bett herum und wedelte verzweifelt mit dem Schwanz. Offensichtlich war er, als er sein Frauchen im Schlaf hatte aufschreien hören, auf das Bett gesprungen und hatte mir das Gesicht geleckt.

»Danke, mein Lieber«, murmelte ich, »was für ein Albtraum, unglaublich!«

Mein Wecker zeigte auf Punkt acht, was für meine Verhältnisse unerhört früh ist. Ich tastete in meinem Nachttisch nach meinen geliebten Gauloises und steckte mir vorsichtig eine Zigarette an. Mein Sohn, meine Tochter und meine Schwiegertochter sind kategorisch gegen das Rauchen im Bett. Aber mein Schlafzimmer liegt im ersten Stock im rechten Flügel unseres Hauses, während ihre Zimmer im linken gelegen sind. Also würden sie hoffentlich nichts riechen. Außerdem musste ich mich schließlich nach diesem grässlichen Traum beruhigen.

Ich kroch unter der warmen Daunendecke hervor und ging zum Fenster. Unser Garten stand in vollster Juniblüte. Am Himmel war nicht eine Wolke zu sehen, die Sonne wärmte bereits. Der Tag versprach, wunderbar zu werden.

Dennoch wollte mir dieser schreckliche Traum einfach nicht aus dem Sinn. Ich glaube überhaupt nicht an Vorahnungen oder ähnlichen Unfug, aber ich träume sonst nie. Und schon gar nicht von Maxim.

Poljanskij war der zweite meiner vier Ehemänner, und wir haben gerade mal zwei Jahre miteinander ausgehalten. Damals sah er aus wie der russische Dichter Jessenin: hellblond und immer ein frisches Lächeln im Gesicht. Max war ein wunderbarer Mann. Er wurde nie böse, aß immer alles auf, ärgerte sich nicht, wenn keine sauberen Hemden und Socken da waren, trank nicht und hatte eigentlich immer gute Laune. Wir hätten glücklich miteinander sein können, aber selbst die hellste Sonne wirft Schatten. Bei Max waren es zwei: eine schon fast pathologische Liebe zum weiblichen Geschlecht und die teure Mama Nina Andrejewna.

Vielleicht hätte ich mich ja irgendwann sogar an die ständig wechselnden Geliebten gewöhnen können, obgleich ich alles andere als hocherfreut war, wenn mein Mann nach Mitternacht zu Hause aufkreuzte und schuldbewusst meinem Blick auswich.

»Daschutka«, sagte er dann reuevoll und küsste mich auf die Stirn, »Daschutka, ich liebe dich mehr als alle anderen. Ich mach das nur, weil ich mich immer so hinreißen lasse.«

Danach lief er schnell ins Bad und ließ mich in einer Wolke fremden Parfüms zurück. Unglücklicherweise ähnelte er dem Dichter Sergej Jessenin nicht nur äußerlich. Er schrieb auch Gedichte und gab sogar einen kleinen Gedichtband heraus. Seine Dichternatur brauchte ständig Nahrung, daher auch die endlosen Romanzen und Liebesabenteuer.

Damit hätte ich vielleicht noch leben können. Vor meiner geliebten Schwiegermutter jedoch musste ich schließlich kapitulieren.

Ihren ersten Besuch bei mir zu Hause werde ich nie vergessen. Damals wohnte ich in Medwedkowo, in einer winzigen Zweizimmerwohnung mit einer noch winzigeren Küche.

Nina Andrejewna zog ihre Stiefel aus, reichte Max ihren Mantel und sagte fröhlich zu ihrer künftigen Schwiegertochter:

»Wie nett Sie es hier haben! Ich mag es, wenn es bei anderen Leuten nicht ganz so picobello ist. Wenn man aus dem Aufräumen keinen Staatsakt macht.«

Ich zuckte zusammen. Am Tag davor hatte ich drei Stunden lang alles geschrubbt und gescheuert, um der angehenden

Schwiegermutter zu gefallen. Nina Andrejewna setzte sich an den Tisch und begann, meine Bewirtung zu rühmen:

»Was für eine Torte! Großartig, ich habe schon lange nichts fertig Gekauftes mehr gegessen. Egal, wo man hinkommt, kriegt man was Selbstgemachtes vorgesetzt: Piroggen, Pastetchen… Davon habe ich wirklich genug gehabt. Sie stellen uns dagegen was Gekauftes hin, wunderbar! Ganz recht, Kind, wozu soll man sich als junges Ding die Finger mit Hausarbeit schmutzig machen.«

»Aber Mama«, begann Max.

»Nein, du sei still«, befahl sie. »Ich erlaube dir nicht, Dascha zu beleidigen. Ich werde immer ihre Partei ergreifen, selbst wenn sie mal nicht ganz Recht haben sollte.«

Nach der Hochzeit zog ich mit meinem kleinen Sohn Kescha in die unermesslich großen Generalsgemächer in der Woronow-Straße. Das Familienleben nahm seinen Lauf und endete nach zwei Jahren mit meiner und Keschas fluchtartiger Rückkehr nach Medwedkowo.

Wir schlichen uns um elf Uhr abends davon, nachdem Nina Andrejewna schlafen gegangen war. Max war mal wieder nicht zu Hause gewesen, weil er sich mit irgendeiner Dame vergnügte. Ich hielt ein Köfferchen mit dem Notdürftigsten in der Hand. Kescha trug keuchend in einem Körbchen den riesigen, schweren Kater Sebastian. Wir erhoben keinerlei Anspruch auf irgendeinen Anteil des gemeinsam erworbenen Besitzes, nur auf den Kater wollten wir nicht verzichten.

Ein paar Monate lang rief mich Nina Andrejewna regelmäßig an und bat mich, zurückzukehren. Aber Max heiratete bald darauf Ljuska, und so brach der Kontakt ab. Dabei vergisst mein Ex-Mann nie, mich zum Neuen Jahr, zum Geburtstag und zum Frauentag zu beglückwünschen. Er ist wirklich ein lieber Mensch. Aber ich bin lieber mit ihm befreundet als seine Ehefrau. Da lässt sich besser Abstand halten.

Ich wickelte mich in meinen Morgenmantel und schlurfte hinunter ins Esszimmer. Wie viele Jahre waren seit der Scheidung von Max vergangen? Eine halbe Ewigkeit! In der Zwischenzeit hatte sich allerhand getan.

Mitte der Achtzigerjahre hatte meine allerbeste Freundin Natascha nach ihrer Scheidung buchstäblich kein Dach mehr über dem Kopf gehabt. Damals arbeiteten wir beide an einer technischen Hochschule in der dort völlig überflüssigen Fakultät für Fremdsprachen. Ich trimmte den Studenten die Grundregeln französischer Grammatik in ihre stumpfsinnigen Köpfe, während Natascha dort als Hilfskraft arbeitete. Die Arme schlief ein paar Nächte in der Fakultät, wo sie sich, wenn die anderen Mitarbeiter gegangen waren, ein Sofa aufklappte. Als ich davon erfuhr, nahm ich sie sofort mit zu mir in meine Zwergenwohnung. Ab sofort wohnten wir nun alle zusammen: Natascha, Kescha, meine Tochter Manja, ein Hund adeliger Abstammung mit dem Spitznamen Snap, die Katze Kleopatra, das Meerschweinchen Patrik, der Hamster Foma und ich. Natascha und ich verdienten damals so wenig, dass ich abends noch Privatstunden gab, um die Familie über Wasser zu halten.

Wir hätten weiter in Armut leben und jede Kopeke umdrehen müssen, wenn Natascha nicht Anfang der Neunziger einen Franzosen kennen gelernt und geheiratet hätte. Plötzlich stieg sie aus dem Nichts zur Baronesse Makmaier auf. Aber das Glück meiner Freundin währte nicht lange. Jean Makmaier wurde ermordet, so dass meine Freundin quasi über Nacht zu einer unvorstellbar reichen Witwe wurde. Jetzt gehörten ihr ein hervorragend laufendes Geschäft, ein riesiges Vermögen, eine Sammlung einzigartiger Bilder und ein Haus in einem Pariser Vorort.

Wir ließen uns in der Hauptstadt der Mode nieder. Aber Heimweh ist eine unheilbare Krankheit, und die ganze Familie begann, krampfhaft zu überlegen, wie man es anstellen konnte, in Frankreich und in Russland zugleich zu leben.

Da traten einschneidende Veränderungen ein, und die doppelte Staatsbürgerschaft wurde erlaubt. Damit waren alle unsere Probleme gelöst: Jedes Familienmitglied besitzt jetzt zwei Pässe, den roten russischen und den blauen französischen, und so leben wir nun ein halbes Jahr hier, ein halbes Jahr dort, in zwei Häusern und in zwei Ländern.

Das Haus, das wir in Russland bewohnen, ist riesig. Es ist eine zweistöckige Villa in dem Dorf Loschkino. Sie hat zwanzig Zimmer, was aber nicht viel ist, wenn man bedenkt, wie viele Menschen dort leben.

Da wäre zunächst einmal mein Ältester Kescha, seine Frau Olga und die Zwillinge Anka und Wanka. Dazu kommen die dreizehnjährige Manja, ich und Natascha. Im Erdgeschoss sind die Haushälterin Irka, die Köchin Katja und das Kindermädchen Serafima Iwanowna untergebracht. In den endlosen Korridoren läuft ein Haufen Haustiere herum: der Pitbull Bandy, der Rottweiler Snap, das Pudelmädchen Tscherry, der englische Mops Chutsch, die Katzen Kleopatra und Fifina und die Yorkshire-Terrierin July. Dazu kommen – wenn sie es schaffen, aus ihren Käfigen auszureißen – der Papagei Koko und die Meerschweinchen Moris, Justina und Patrik. Außerdem haben wir oft Besuch, so dass zwanzig Zimmer eigentlich immer noch zu wenig sind.

Kescha ist zwischenzeitlich Rechtsanwalt geworden. Olga studiert Fremdsprachen. Manja geht noch aufs Gymnasium, besucht aber abends bereits Vorbereitungskurse für die veterinärmedizinische Fakultät. Schließlich hat sie sich in den Kopf gesetzt, »Hundedoktor« zu werden. Auch Natascha hat ihre Berufung gefunden. Sie ist auf die Schriftstellerei verfallen und verfasst Liebesromane, die in unerhört hohen Auflagen erscheinen. Sobald sie eines ihrer unzähligen Meisterwerke fertig hat, bringt sie mir das Manuskript. Dann bleibt mir nichts anderes übrig: Zähneknirschend muss ich *Leidenschaft bei Mondschein* oder *Der geheime Liebhaber* lesen. Dabei hasse ich diese Art von Literatur! Ich mag eigentlich nur Kriminalgeschichten. Ein paar Mal musste ich schon selber komplizierte Fälle aufklären, am liebsten würde ich ohnehin als Privatdetektivin arbeiten!

Außer mir stehen alle im Haus morgens früh auf. Als ich daher um halb neun im Esszimmer auftauchte, saß dort nur noch Kescha. Er trank auf die Schnelle seinen Morgenkaffee, bevor er sich zu seiner Kanzlei aufmachte. Aus Nataschas Arbeitszimmer zog es unbarmherzig. Meine Freundin war gestern nach Paris geflogen.

»Mutter«, wunderte sich mein Sohn, »was ist in dich gefahren? Bist du vielleicht krank? Was machst du hier so früh?«

Ich zuckte mit den Achseln:

»Mir ist die Lust am Schlafen vergangen. Ich hatte einen ganz fürchterlichen Traum.«

Da klingelte das Telefon, aber nicht etwa Keschas Handy, sondern der normale Apparat. Merkwürdig, wer konnte das sein, um halb neun in der Früh?

»Dascha«, klang es aus dem Hörer, »erkennst du mich?«

Das war doch nicht möglich. Als würde mein Albtraum weitergehen, hörte ich Maxims Stimme an meinem Ohr:

»Dascha, hilf mir. Außer dir habe ich keinen, an den ich mich wenden könnte. Bitte lass Mama nicht im Stich, sie ist jetzt allein. Es ist sehr schwer für sie. Sei ein guter Mensch und kümmere dich um sie!«

Es tutete, er hatte aufgelegt. Verwirrt starrte ich auf den Apparat. Träumte ich immer noch? Oder hatte Max eben wirklich angerufen?

»Was ist denn passiert?«, fragte Kescha befremdet.

»Erinnerst du dich an Max Poljanskij?«

»An deinen zweiten Mann? Dunkel.«

Ich erzählte Kescha von meinem Traum und von dem Anruf.

»Du lieber Gott«, lachte mein Sohn los, »wahrscheinlich ist er betrunken und faselt nur Blödsinn.«

Betrunken? An einem Dienstagmorgen um halb neun?

Soweit ich mich erinnern konnte, mochte Max keinen Alkohol. Das konnte sich natürlich geändert haben. Aber warum sollte Nina Andrejewna allein sein? Und weshalb bat Maxim nicht Veronika um Hilfe? Die beiden waren immerhin schon seit fast fünf Jahren verheiratet und schienen, soweit ich wusste, eine ganz harmonische Ehe zu führen. Was war bloß passiert?

Ich griff zum Hörer und wählte die schon fast vergessene Nummer in der Woronow-Straße. Dort nahm lange keiner ab, bis schließlich eine zitternde alte Stimme schwach in den Hörer krächzte:

»Hallo.«

»Ich möchte mit Nina Andrejewna sprechen.«

»Am Apparat.«

Ich war erstaunt. Meine Ex-Schwiegermutter hatte ihr Leben lang mit dem kräftigen Tonfall einer Pionierin gesprochen.

»Nina Andrejewna, hier ist Dascha, Maxims frühere Frau. Sagen Sie, was ist denn bloß passiert?«

Am anderen Ende herrschte Stille. Dann krächzte das ängstliche Stimmchen wieder:

»Daschutka, ein Unglück, eine Tragödie, ein Verhängnis.«

»Was ist denn bloß los?«

»Max ist im Gefängnis.«

»Wie bitte? Und wo ist Veronika?«

Sie begann zu weinen. Durch ihr Schluchzen hindurch konnte ich mit Müh und Not das Unglaubliche erraten:

»Nika ist tot, erschossen hat man sie.«

»Wer hat das getan?«

»Max.«

Fast hätte ich mich neben den Sessel gesetzt. Die Alte schluchzte weiter. Es war nicht möglich, noch ein Wort von dem zu verstehen, was sie sagte.

Unruhig lief ich im Zimmer auf und ab. Ich musste sofort zu ihr.

KAPITEL 2

Gegen zehn traf ich in dem Haus in der Woronow-Straße ein. Es hatte mich schon lange nicht mehr in diese Gegend verschlagen, aber das siebenstöckige Gebäude mit den Säulen war das gleiche geblieben, auch wenn es jetzt einen grauen Anstrich hatte und an der Fassade Gedenktafeln angebracht waren. Das Haus gehörte dem Verteidigungsministerium, in jedem Stockwerk wohnten drei Generals- oder Marschallsfamilien.

Die große Marmorhalle mit der alten Portiersfrau weckte nicht gerade angenehme Erinnerungen in mir. Da war auch schon die bekannte Tür mit der Nummer »7«. Ich drückte auf den Klingelknopf. Von drinnen war nichts zu hören. Schließlich rasselte die Kette, die Tür öffnete sich einen Spalt. Auf der Schwelle stand eine mir unbekannte grauhaarige Alte in einem schmuddeligen Morgenrock. Ihre zottigen, offenbar schon lange nicht mehr gewaschenen Haare standen in alle Richtungen ab, die Füße waren nackt. Was war das hier für eine Vogelscheuche, und wo steckte Nina Andrejewna?

»Daschutka«, flüsterte die fremde Alte, »du hast dich ja gar nicht verändert, wie schön du bist. Ich habe ja solchen Kummer!«

Mit weit aufgerissenen Augen starrte ich sie an. Das sollte meine Ex-Schwiegermutter sein? Himmel, früher hatte sie noch nicht mal ihr Schlafzimmer ungeschminkt und unfrisiert verlassen. Wann hatte bloß diese Verwandlung bei ihr eingesetzt?

Vor einem Jahr hatten wir uns zufällig im Theater getroffen. Dort hatte Nina Andrejewna großartig ausgesehen: schlank, mit aufrechter Haltung, und wie immer hatte sie hohe Absätze getragen.

Meine Schwiegermutter schlurfte in ihren zerlatschten Schlappen vor mir her und führte mich ins Innere der riesigen Wohnung. Und wieder war ich schockiert. Nichts erinnerte mehr an die gigantische Sechszimmerwohnung, in der Max und ich während unserer kurzen Ehe gelebt hatten. Ganz offensichtlich war in der Wohnung eine Grundsanierung vorgenommen worden. Der altersdunkle Boden war durch ein Fertigparkett ersetzt worden, die Wände waren weiß gestrichen, anstelle der Türen gab es jetzt Bögen. Zwischen der Küche und Keschas früherem Zimmer hatte man die Wand abgerissen und somit erstere in einen mehr als dreißig Quadratmeter großen Saal verwandelt. Überall lagen Teppiche, hingen Spiegel, standen Ledermöbel und Nippes aus Bronze herum. Woher Max wohl all das Geld haben mochte?

Soweit ich mich erinnern konnte, wollte und konnte mein Mann nie Geld verdienen.

Nina Andrejewna hantierte mit dem Teekessel herum.

»Leider ist der Kaffee alle, Tee und Zucker übrigens auch.«

Sie setzte sich auf einen Hocker, stützte die runzelige Wange in die knochige Hand und schluchzte leise vor sich hin. Es war herzzerreißend. So mochte sich ein kleiner herrenloser Hund anhören, wenn er im Winter draußen auf der Straße die vereisten Pfoten einzog. Ich hatte meine Schwiegermutter noch nie in Tränen aufgelöst gesehen.

Ich ging zum Kühlschrank und öffnete die Tür. Im obersten Fach stand einsam und verlassen ein Halbliterpaket Kefir, das war alles.

»So erklären Sie mir doch endlich, was passiert ist.«

Nina Andrejewna wischte sich mit einem Küchentuch die Tränen ab und erzählte mir die ganze unerhörte Geschichte.

Anscheinend hatte sich Maxim zu Beginn der Neunziger grundlegend verändert. Hatte er vorher Tag für Tag faul im Bett herumgelegen und Verse geschrieben, bemühte er sich jetzt eifrig um Arbeit. Im Zuge der Preiserhöhungen waren die Ersparnisse, die Maxims vorsorglicher Vater, ein General, angesammelt hatte, dahingeschmolzen. Die hundertachtzigtausend Rubel, die einst auf dem Sparbuch gewesen waren, verloren immer mehr an Wert. Unter den Kommunisten hätte dieses Geld für drei Leben ausgereicht, so dass sich Maxim den Beruf des Dichters hatte leisten können.

1992 dagegen lebten sie nur noch von der kümmerlich kleinen Rente seiner Mutter. Da sie es nicht gewohnt waren, auf irgendetwas zu verzichten, war das Geld schnell alle. Also gingen sie dazu über, ihre Sachen zu verkaufen. Und es kam immer schlimmer. Zuerst suchte sich Maxims damalige Frau Lena einen anderen, dann ging der Schmuck der Mutter zur Neige. Schließlich kam der Moment, wo Nina Andrejewna nichts anderes mehr übrig blieb, als Flaschen zu sammeln.

Das wiederum konnte Max nicht zulassen. Er verehrte seine Mutter. Also dachte er nach und beschloss, Geschäfte zu machen. Nach ein paar schlaflosen Nächten hatte er eine zündende Idee.

Damals gab es in der Hauptstadt absolut keine Eier zu kaufen. Wenn die Moskauer jemandem ein Geschenk machen wollten, brachten sie ein Ei mit. Zuerst borgte er sich von einem Freund ein Auto und fuhr nach Glebowo, ein Dorf mit einer Hühnerfarm, wo er zum Großhandelspreis eintausend Eier erwarb. Am nächsten Tag stellte er sich an einen U-Bahneingang und verkaufte sie innerhalb von… zwanzig Minuten. Alles Weitere geschah wie im Märchen. Er kaufte zweitausend, dreitausend, viertausend Stück… Das Geschäft florierte, wenn auch natürlich nicht ohne Widrigkeiten. Ein paar Mal griffen ihn Banditen und Milizionäre an. Aber es zeigte sich, dass Max großes kaufmännisches und diplomatisches Talent besaß. 1995 waren alle Probleme gelöst. Die örtliche Mafia sorgte für Ruhe und erhielt dafür einen ordentlichen Prozentsatz des Erwerbs. Auch die Miliz bekam einen gesalzenen Anteil. Max begann, vor allem Ukrainer und Weißrussen ohne Ausweis als Verkäufer einzustellen. Dann vergrößerte er weiter: Er eröffnete ein Büro und monopolisierte den Markt. Heute war es nicht möglich, ein einziges Ei zu kaufen oder zu verkaufen und Max dabei zu übergehen. Konkurrenten versuchten es mehrere Male, Eier aus Polen in die Hauptstadt einzuführen, aber alle Versuche schlugen fehl. Die Mafiosi, die sofort anrückten, zerschlugen die »illegale« Ware und bedrohten deren Besitzer. Andere riskierten es lieber gar nicht erst.

Von den Händlern und der Unterwelt erhielt Poljanskij den Spitznamen »Hahn«.

Bald war er ein gemachter Mann. Er fuhr einen aufgemotzten Jeep, besaß ein Haus vor den Toren der Stadt und ein Handy, trug ein goldenes Kettchen um den Hals und eine teure Armbanduhr. Zweimal im Jahr fuhr er zusammen mit seiner Mutter nach Thailand und auf die Bahamas in den Urlaub. Nina Andrejewna behängte sich wieder mit kostbarem Schmuck. In der väterlichen Wohnung wurde eine gigantische Sanierung vorgenommen, die die heruntergekommenen, dunklen Zimmer in funkelnde Säle verwandelte.

Im November 1994 war Max Vorsitzender in der Juryi eines Schönheitswettbewerbs, den er großzügig mit seinem »Eier«-Geld unterstützt hatte. Seine Liebe zu den Frauen kannte keine Grenzen, daher bereitete ihm die Betrachtung halbnackter Schönheiten ein enormes Vergnügen.

Als die Siegerin Veronika Medwedjewa aus den Händen des Vorsitzenden ihren Preis erhielt, flüsterte sie ihm zu:

»Ich bete Sie an.«

Poljanskij schmolz dahin. Die Hübsche schaute ihn aus ihren riesigen braunen Augen an und plinkerte unschuldig mit den langen Wimpern. Von nahem sah das Mädchen noch besser aus als auf der Bühne. Natürlich lud Max die »Miss« ins Restaurant ein. Drei Monate später feierten sie im großen Stile Hochzeit.

Veronika träumte von einer Karriere als Schauspielerin, so dass Max im Sommer einen Spielfilm sponserte, der den Titel »Schwanenlied« trug. Der Streifen wurde so lala, aber die geschmierten Kritiker schrieben eine Reihe von wohlwollenden Zeitungsartikeln über die Hauptdarstellerin. Dann bekam Veronika eine Rolle in der Fernsehserie »Unsere Freunde«, die so blöd war, dass man sie sich nicht anschauen konnte. Immerhin erschien Frau Poljanskij aber nun zwei Monate lang jeden Tag auf dem Bildschirm und spielte eifrig ein keusches Mädchen, das ständig vom Unglück heimgesucht wird. Als die Serie schließlich zu Ende ging, war Veronika schrecklich eingebildet und ließ sich nur noch Nikoletta nennen. Ihre Abende und Nächte verbrachte sie mit endlosen Partys. Permanent beschwor sie irgendwelche Skandale herauf oder betrank sich besinnungslos. Nun endlich wurde die »Schauspielerin« berühmt. Die Boulevard-Zeitungen wälzten genussvoll alles breit, was sie anging. Mal zündete sie in einem Restaurant die Tischdecke an, weil sie meinte, geprellt worden zu sein, mal flüchtete sie auf der Minsker Chaussee mit Höchstgeschwindigkeit vor irgendwelchen Verkehrsmilizionäre, dann erschien sie wieder auf einer Abendgesellschaft in einem schwarzen Kleid, das von vorn wie ein Flaschenhals aussah und von hinten so gut wie gar nicht existierte – alles aufzuzählen, wäre unmöglich.

Ich weiß nicht, wie Max zu all diesen Eskapaden stand, Nina Andrejewna jedenfalls sprach von ihrer Schwiegertochter mit vor Ekel verzerrtem Gesicht:

»Eine vollkommen verrückte Person. Unwahrscheinlich schön, mit einem wahren Madonnengesicht. Aber du hättest mal hören sollen, wie die die ganze Zeit geflucht hat! Und geraucht hat sie auch wie ein Schlot! Stell dir vor, am 23. Februar ist Oleg Sergejewitsch zu Besuch gekommen. Da hat Veronika ihn unter den Tisch getrunken.«

Ich kicherte. Früher vertrug der wackere General locker anderthalb Liter Wodka. Jetzt war die Menge womöglich etwas geschrumpft, aber bestimmt trotzdem noch beachtlich. Ach ja, ich konnte mir lebhaft vorstellen, wie Veronika Oleg Sergejewitsch durcheinander gebracht hatte.

»Was ist daran so witzig?«, fragte meine Schwiegermutter herrisch, plötzlich war sie wieder ganz die Alte. »Du weißt doch, wie ich zu Maxims Frauen stehe: Ich verzeihe alles und bin immer auf ihrer Seite. Aber Veronika kommt wirklich direkt aus der Hölle! Ausgerechnet mit ihr musste er so lange zusammenbleiben!«

Ende 1998 hatte Poljanskij allerdings offenbar genug von all den Skandalen und hysterischen Ausfällen, denn er schaffte sich eine Geliebte an. Er begann eine leidenschaftliche Affäre mit Jana Sokolowa, einer jungen Mathematikstudentin. Das Mädchen war gerade mal zwanzig Jahre alt, wie immer hatte Max einen Hang zur Jugend. Veronika drehte gerade einen neuen Film, als er sich Hals über Kopf verliebte. Die Studentin war das genaue Gegenteil von Veronika: still, ruhig, klug und besonnen. Leider sah die neue Liebe mit ihren graubraunen Haaren, den matten Augen, den blassen Wangen und Lippen eher einem Mäuschen ähnlich.

Die Tragödie ereignete sich in den ersten Junitagen. Am fünften abends war Veronika unerwartet zu Hause geblieben. Noch dazu hatte sie eine riesige Torte mitgebracht und die Schwiegermutter aufgefordert, mit ihr Tee zu trinken. Nina Andrejewna, die Kuchen liebte, hatte sich von Herzen satt gegessen. Eine Weile später war sie todmüde ins Bett gegangen, ohne auf ihre Lieblingssendung »Die Zeit« zu warten, während Max anscheinend bei irgendeiner Sitzung aufgehalten worden war.

Nina Andrejewna erwachte erst spät am nächsten Morgen, da war es schon gegen zwölf Uhr mittags. Sie hielt sich den Kopf, der aus irgendeinem Grund furchtbar schmerzte, und ging in die Küche. Zuerst schien ihr, als sei niemand zu Hause. Dann sah sie Veronikas Tasche und ihren Mantel in der Diele, ihre Schuhe lagen auf dem Boden verstreut. Die Tür zum Schlafzimmer der Schwiegertochter stand offen. Die Alte schaute hinein und stellte fest, dass Veronika seelenruhig mit dem Kopf unter der Decke schlief. Aus dem Bett hing ein nackter Fuß.

Daran war nichts weiter Außergewöhnliches. Die Schauspielerin war oft bis zum Morgen unterwegs und schlief sich gewöhnlich danach aus. In der Küche stand ein Aschenbecher voller Marlboro-Kippen, so dass Nina Andrejewna wusste, dass Max zu Hause geschlafen hatte.

Sie warf die Kippen in den Abfall und begann, sich um den Haushalt zu kümmern, als das Telefon klingelte. Am anderen Ende der Leitung war Regisseur Motyljew, der wütend mitteilte, man hätte Veronika zu zwölf Uhr zur Aufnahme bestellt. Nina Andrejewna rief nach ihrer Schwiegertochter, aber die reagierte nicht.

Befremdet ging sie zum Schlafzimmer und schrie aus vollem Halse:

»Nikoletta, steh auf!«

Veronika, die normalerweise von einer Fliege wach wurde, lag weiter bewegungslos da. Erbost stürzte sich ihre Schwiegermutter zum Bett und riss ihr die Bettdecke herunter. Was sie sah, sollte sich ihr fürs ganze Leben einprägen.

Auf dem seidenen, schwarzen Kissenbezug hoben sich die kurzen roten Locken ab. Einige Tage vorher hatte sich Veronika ihre wunderbaren blonden Locken schneiden und leuchtend fuchsrot färben lassen. Jetzt aber schienen sie Nina Andrejewna blutrot. Und das waren sie auch, denn von dem schönen Gesicht war nur ein grässlicher Brei geblieben. Überall war Blut. Auf der Bettwäsche, der Decke und dem durchsichtigen Nachthemd. Hals und Brust der Unglücklichen waren mit einer braunen Kruste bedeckt.

Nina Andrejewna stand da wie angewurzelt. In der Hand hielt sie immer noch den Hörer, aus dem die wütende Stimme

Motyljews dröhnte. Da schlug die Wohnungstür zu und Maxim kam fröhlich hereinspaziert. Unter dem Arm klemmte eine riesige Schachtel mit Konfekt. Er kam ins Schlafzimmer seiner Frau und… fiel in Ohnmacht. Der Mann von der Spurensicherung musste später die in alle Ecken verstreuten Kirschen mit Schokoladenüberzug aufsammeln.

Die Mutter, die ihre Fassung nicht ganz verloren hatte, rief sofort den Notarzt. Der warf nur einen Blick auf das, was von Veronikas Schönheit übrig geblieben war, und wandte sich dann sofort an die Miliz. Kurz danach waren die Beamten da. Langsam setzte sich mit quietschenden Zahnrädern die unerbittliche Ermittlungsmaschinerie in Gang. Maxim wurde noch an Ort und Stelle des Mordes an seiner Frau beschuldigt, festgenommen und ins Butyrka-Gefängnis gesteckt, von wo aus er es dann einige Tage später schaffte, mich aus Sorge um seine Mutter anzurufen.

In den paar Nächten seit der Festnahme ihres Sohnes war Nina Andrejewna um zwanzig Jahre gealtert. Außerdem hatte sie keine Kopeke mehr, denn alle Konten waren sofort gesperrt worden.

»Wir müssen einen Rechtsanwalt bestellen«, erklärte ich.

»Ach, Kindchen«, schluchzte meine Schwiegermutter auf, »es ist doch alles umsonst. Er hat die Arme ja umgebracht.«

»Warum sind Sie sich da so sicher?«

»Es gibt einen Haufen Zeugen, die gesehen haben, wie Maxim gegen Mitternacht nach Hause kam. Die Portiersfrau und zwei Nachbarn haben ihn bemerkt. Mein Sohn behauptet zwar, er hätte nicht zu Hause geschlafen. Aber das ist ziemlich unglaubwürdig. Außerdem habe ich selbst die Zigarettenkippen gesehen, Marlboro raucht nur er.«

»Haben Sie der Miliz von dem Aschenbecher erzählt?«

»Nein.«

»Na prima, ein Beweisstück weniger. Trotzdem brauchen wir einen Rechtsanwalt«, wiederholte ich nachdenklich.

Nina Andrejewna schaute mich hoffnungsvoll an. Ich musste entschlossen handeln.

Als Erstes ging ich in den nächsten Supermarkt und stopfte den Kühlschrank der Alten bis zum Anschlag mit Lebensmitteln voll. Dann sagte ich ihr, sie solle warten, bis ich mich bei ihr melde, und machte mich auf den Weg nach Hause. Am besten war es, Kescha einzuschalten. Während ich im üblichen Stau steckte, kreisten meine Gedanken die ganze Zeit um die Frage, warum Max wohl Veronika hätte umbringen sollen.

Sie war seine siebte Frau. Von den vorherigen hatte Max sich jeweils in völligem gegenseitigen Einvernehmen scheiden lassen und es noch dazu geschafft, mit allen freundschaftlich verbunden zu bleiben. Nie war er habsüchtig oder nachtragend gewesen, seinen »Ex-Frauen« stand er immer bereitwillig bei. Er gehörte zu jener seltenen Kategorie von Männern, die bei einer Frau die Farbe des Kleides und den Farbton des Lippenstifts bemerken. Und er war ein Ästhet: Die Handtücher im Bad lagen ordentlich auf einem Stapel. Der Anblick von Nylonstrümpfen, die zerknittert auf dem Bett herumlagen, verletzte Max wie ein Messerstich. Dreckiges Geschirr und nasse Geschirrtücher konnte er nicht ertragen. Sein ganzes Leben lang hatte er sich stets mit schönen Dingen umgeben.

Niemals hätte Max einer Frau ins Gesicht geschossen. Er hätte das Problem eher auf andere Weise gelöst, indem er ihr Geld gegeben oder eine Wohnung gekauft hätte… Aber selbst wenn er wirklich daran gedacht hätte, sie umzubringen: Hätte er dann zur Pistole gegriffen? Niemals! Am ehesten hätte er ihr noch Gift verabreicht, sie ordentlich ins Bett gelegt, mit der Bettdecke zugedeckt und die Falten glatt gestrichen, damit es wenigstens schön aussah… Und es gab noch etwas, was mich irritierte. Mein Ex-Mann konnte absolut kein Blut sehen. Der Arme hatte sich immer nur elektrisch rasiert, damit er sich bloß nicht schnitt. Als Kescha sich einmal das Knie blutig geschlagen hatte, war Max in Ohnmacht gefallen.

Und dieser Mensch sollte kaltblütig seiner wunderschönen Frau ins Gesicht geschossen haben, während sie schlief? Er sollte ihr die Decke über die blutende Wunde gezogen haben und dann weggegangen sein? Das konnte ich einfach nicht glauben. Hier war was faul.

KAPITEL 3

Als ich zu Hause eintraf, saß Kescha gerade an seinem Computer. Vor kurzem erst hatte mein Sohn sein Juraexamen gemacht und hätte nichts lieber in den Händen gehabt als einen interessanten Fall. Aber leider hatte er dabei kein Glück. Kescha hatte bisher nur die Verteidigung von zwei kleinen Gaunern übernommen. Der eine hatte verdorbene Margarine verkauft und das ungenießbare Lebensmittel für erstklassige Wologoder Butter ausgegeben. Der andere hatte in seinem Hof ein Auto geklaut und versucht, die Karre an einen Nachbarn aus einem anderen Aufgang ein und desselben Hauses weiterzuverkaufen. Selbst ein Perry Mason hätte bei der Verteidigung von solchen Dummköpfen passen müssen! Die letzten beiden Monate hatte mein armes Kind immer in einer Beratungsstelle gesessen und die Fragen von irgendwelchen Bürgern beantwortet. Ich hatte unendliches Mitleid mit meinem Sohn, aber Leute mit ernsthaften Anliegen kamen einfach nicht zu ihm.

»Hör mal«, überfiel ich ihn, »ich stelle dich als Verteidiger an.«

Kescha rückte von seinem Computer ab und räusperte sich: »Hast du vielleicht beim Einparken ein Auto angefahren?«

Die täglichen Witze meiner Familie über meine Fahrkünste waren mir gründlich über. Ich setzte mich in den Sessel und stellte meinem Sohn das Problem dar. Kescha wurde still und nachdenklich.

Am nächsten Morgen machten wir uns gleich an die Arbeit. Kescha fuhr zur Miliz und erkundigte sich nach dem Stand der Ermittlungen, während ich mich zum Butyrka-Gefängnis aufmachte. Ich musste es schaffen, eine Besuchserlaubnis zu bekommen, um mit Max zu sprechen.

Das Untersuchungsgefängnis Nr. 2, im Volksmund Butyrka genannt, liegt vor den Augen der Passanten versteckt im Hof eines hellen, ziegelfarbenen Hauses. Ich war schon ein paar Mal hier gewesen und hatte sogar einmal einem Häftling zur Flucht verholfen, so dass ich eine Vorstellung hatte von der Ordnung, die dort herrschte.

Im Souterrain drängten sich etwa fünfzig Menschen. Es war eng hier und roch unangenehm. Für heute waren keine Besuchertermine mehr zu bekommen, für morgen und Freitag ebensowenig. Schweigend ging ich die vier Stufen nach unten in ein weiteres Kellergeschoss. Ich wusste, was ich zu tun hatte.

Ich trat zu einem der geöffneten Schalter und reichte meinen Pass durch die Öffnung. Die Frau, eine Blondine mit breitem Gesicht, bellte gleich los:

»Wieso schiebst du mir den Pass rüber? Hier werden nur Lebensmittel für die Häftlinge entgegengenommen, geh rüber zum ersten Schalter.«

»Schlag die Seite mit der Spezialerlaubnis auf«, flüsterte ich ihr leise zu und stellte mich so hin, dass ich den anderen hinter mir die Sicht verdeckte.

Die Frau öffnete das Büchlein, packte die hundert Dollar, die darin steckten, und zischte schnell:

»Also, was willst du? Ein Shampoo kaufen oder vielleicht Rasierschaum?«

»Nein. Ich geb dir noch mal so viel, wenn du mich in die Gruppe der Besucher einschleust, die um zwölf hereinkommen.«

»Vorname, Nachname, Name des Vaters, Geburtsjahr«, forderte die Wachfrau geschäftig.

»Maxim Andrejewitsch Poljanskij, 1959.«

»Lauf rüber in den Turm«, befahl meine »Verbündete«.

Ich ging in den nächsten Raum hinüber. Um Punkt zwölf öffnete sich eine riesige Eichentür, und eine dicke Frau zählte die Namen auf. Ich wurde als Letzte aufgerufen.

»Also?«, erkundigte sich die Geleitperson, als ich näher trat. Auch in ihrer Blusentasche verschwand ein grüner Schein, und ich ging die Treppe nach oben. Zusammen mit den anderen Frauen wurde ich in einen langen, schmalen Raum geführt, der durch ein verschmutztes Glas geteilt war. Auf der anderen Seite saßen bereits die Gefangenen. Die Frauen rannten los, um ihre Angehörigen zu suchen. Ich ging am Glas entlang, bis ich den hohlwangigen, abgemagerten Max fand.

»Hallo, alle aufgepasst«, erklang eine laute Stimme.

Das allgemeine Wehklagen verstummte, alle drehten sich zur Tür. Auf der Schwelle stand ein bärenstarker, rotschnäuziger Riese in Uniform. Unter dem aufgeknöpften Kragen war ein Matrosenhemd zu sehen.

»Ruhe, heute ist der Besuch auf fünfundvierzig Minuten begrenzt.«

»Aber warum denn, Söhnchen«, begannen die Weiber zu jammern, die im Gegensatz zu mir einige Tage Schlange gestanden hatten, »uns steht eine Stunde zu.«

»Wir müssen auch mal was zu Mittag essen«, erklärte der Gefängniswärter.

»Aber Söhnchen«, begannen die Frauen zu stöhnen, »denk dir was aus, hilf uns! Jag uns nicht früher fort!«

»Ihr könnt froh sein, dass ich so gutherzig bin«, seufzte der Kerl, »also gut. Bis ich wiederkomme, schließe ich euch alle ein. Aber haltet Ruhe in der Zwischenzeit!«

»Aber natürlich«, schrien alle los.

Der Mann räusperte sich im Gehen und schloss hinter sich die Tür ab. Ich griff zum Telefon:

»Maxim!«

»Hallo, Daschutka«, sagte Poljanskij schwach, »wie kommt's, dass du hier bist?«

»Hör mir gut zu. Um Nina Andrejewna kümmere ich mich, ich kaufe für sie ein und gebe ihr Geld. Dir werde ich ein Paket mit Lebensmitteln schicken. Außerdem wird ein Rechtsanwalt kommen. Du kennst ihn gut, es ist mein Sohn Kescha.«

»Kescha?«, wunderte sich mein Ex. »Er ist doch noch ein Kind!«

Ich antwortete nicht. Wieso sollte ich ihm auch erklären, dass das »Kind« inzwischen sechsundzwanzig war!

»Entschuldigen Sie«, sagte jemand hinter meinem Rücken.

Ich drehte mich um. Hinter mir stand eine Frau.

»Lassen Sie mich mal hier ran«, sagte sie.

»Wozu?«, fragte ich erstaunt. »Hier sitzt mein Angehöriger.«

»Bei Ihnen gibt es ein Loch«, erklärte die andere, »an meinem Sitzplatz ist keines.«

»Ein Loch?«

»Ach so, Sie sind zum ersten Mal hier«, sagte die Frau langgezogen. »Schauen Sie«, und sie steckte einen Finger in einen kleinen Spalt.

Dann hob sie schamlos ihre Bluse und zog aus dem großen BH ein Plastikgefäß, das mit einer farblosen Flüssigkeit gefüllt war. Anschließend holte sie ein Röhrchen hervor, dessen eines Ende sie durch den Spalt steckte. Ihr Mann, der von der anderen Seite herbeigeeilt war und wie ein Tier aussah, hängte sich sofort daran. Die Flüssigkeit verflüchtigte sich im Nu.

»Was ist das?«, fragte ich verwundert, als ich sah, was für große Schlucke der Gefangene nahm.

»Wodka«, erklärte die Frau ruhig, »ich muss doch dem Armen eine Freude machen. Sie können in der Zwischenzeit Geldscheine drehen, damit Sie sie durchs Loch stecken können.«

Ein paar Minuten später machte sich der Mann wie eine satte Wanze davon, während ich Max einen Dollarschein nach dem anderen zuschob. Schließlich waren alle besänftigt.

»Jetzt sag bitte ehrlich: Hast du Veronika umgebracht?«

Maxim schwieg.

»Nun sag schon!«

»Nein, ich habe noch nicht mal an so was gedacht. Ehrlich gesagt wollte ich mich einfach scheiden lassen. Ich war in der Mordnacht ja gar nicht zu Hause.«

»Wo hast du denn geschlafen?«

»Das ist es ja gerade…«

Gegen sieben Uhr abends hatte eine Frau im Büro angerufen und ein absolut bombastisches Geschäft vorgeschlagen. Die Händlerin wollte ihre Eier zu einem vollkommen lächerlichen Preis verkaufen. Max war im Büro geblieben, um auf sie zu warten. Die Sekretärin, die dreiundfünfzigjährige Tamara Pawlowna, hatte er nach Hause geschickt. Um halb neun erschien die Verkäuferin. Zuerst erzählte sie, sie sei Direktorin einer neuen, großen Hühnerfarm in der Nähe von Moskau. Sie stellte sich unter dem Namen Raissa Fjodorowna Kulakowa vor und lächelte ihn mit üppigen Lippen an. Gut sah sie aus, eine heiße Brünette im besten Saft. Die Brust, die mindestens Körbchengröße D haben musste, steckte in einem hellgrünen Rollkragenpullover aus eng anliegendem Strick-Stretch. Natürlich biss Max sofort an. Seine Angestellten gingen nach Hause, er selbst goss den Kaffee auf.

Die Brünette zierte sich ein bisschen, bevor sie zu trinken begann, und verschüttete dann sofort Kaffee auf ihrem hellgelben Rock. Als echter Kavalier lief Maxim ins Bad und brachte ihr ein nasses Handtuch, so dass sie irgendwie den Fleck wegwischen konnte. Dann tranken sie weiter Kaffee. Aber jetzt geschah etwas Seltsames: Vor den Augen des »Hahns« begannen schwarze Punkte zu tanzen. Er wurde unerträglich müde, so sehr, dass er das Gähnen nicht mehr unterdrücken konnte. Die Dame seufzte und erklärte:

»Es ist spät. Ich gehe jetzt besser nach Hause.«

Sie stand auf. Max wollte ihr noch sagen, dass er sie begleiten würde, aber er bekam seine Lippen nicht auseinander. An mehr konnte er sich nicht erinnern.

Um zehn Uhr morgens weckte ihn Tamara Pawlowna, als sie zur Arbeit kam. Die Sekretärin hörte sich die Erzählung von der geheimnisvollen Besucherin einigermaßen erstaunt an. Max, der gar nicht verstehen konnte, wie er so plötzlich hatte einschlafen können, machte sich auf den Weg nach Hause. Unterwegs kaufte er noch eine Schachtel mit Nina Andrejewnas Lieblingskonfekt, um sich bei ihr einzuschmeicheln. Seine Mutter schalt ihn immer, wenn er irgendwo anders übernachtete, ohne ihr vorher Bescheid zu sagen. Das war alles, mehr gab es nicht zu erzählen. Vor fünf Tagen kam die Miliz, suchte die Wohnung ab und fand in Maxims Schlafzimmer unter der Matratze eine neue Beretta. Fingerabdrücke gab es keine, aber die Kugel, die Veronika getötet hatte, stammte aus dem Lauf eben dieser Waffe.

Ich riss die Augen auf:

»Was? Eine Pistole?«

Max nickte.

»Ich begreife es selber nicht. Dascha, mein Ehrenwort, ich habe nicht geschossen. Jemanden mit Gift oder durch Ersticken zu töten, könnte ich mir ja vielleicht gerade noch vorstellen. Aber eine Pistole habe ich noch nie im Leben in der Hand gehabt. Ich weiß ja nicht mal, wo man da drauf drücken muss!«

Da polterte es an der Tür, der rundwangige Kerl war zurückgekehrt.

»Die Zeit ist um, kommt zum Ende!«

Max drückte seine Stirn an das Glas.

»Dascha, ich war es nicht! Ich schwöre bei meiner Mutter, ich bin's nicht gewesen! Hilf mir, ich bin unschuldig!«

Da wurde das Telefon ausgeschaltet.

Poljanskijs Lippen bewegten sich weiter, aber ich konnte ihn nicht mehr hören. Es war ein schrecklicher Anblick, der mich sofort an meinen dummen Traum erinnerte.

»Hilf mir, hilf«, schrie Maxim lautlos. Seine Lippen verzerrten sich, Tränen liefen ihm über die Wangen. Mit aller Wucht schlug er mit der Faust gegen die uns trennende Wand, bis hinter ihm Wachen erschienen, ihn packten und aus dem Raum zerrten. Dadurch, dass das Ganze lautlos erfolgt war, wirkte es nur umso gespenstischer. Einen Moment lang schien es mir, als schaute ich einen schlechten Film, bei dem jemand den Ton abgeschaltet hatte. Aber dies war kein Krimi im Fernsehen, sondern die Wirklichkeit.

Am Ausgang erhielt ich meinen Pass zurück und landete völlig außer mir auf der fröhlich lärmenden Nowoslobodskaja-Straße. Ringsum waren lachende, sommerlich leicht gekleidete Menschen. Viele aßen Eis, draußen war es warm. Der Menschenstrom floss friedlich an dem Torbogen vorbei, der den Gefängniseingang verbarg. Direkt nebenan befand sich der Eingang zu einem großen Supermarkt. Ich trat in das lange gewundene Geschäft und blieb bei den Zahnbürsten stehen. In meinem Kopf herrschte völliges Chaos. Armer Maxim! Da saß er in der Zelle eingepfercht zusammen mit hundertzwanzig Leuten und musste Graupensuppe essen. Ich seufzte tief. Nein, sofort würde ich ihn aus dem Knast nicht herausbekommen können. Also musste ich ihm Lebensmittel hineinschicken.

Ich rauchte und ging zum Untersuchungsgefängnis zurück. Der Raum, in dem Pakete entgegengenommen wurden, war voller Leute. Verschwitzte Menschen mit hochroten Köpfen schleppten Taschen, die sie kaum tragen konnten. In einer Ecke stand eine Frau mit einem Heft, hier wurden die Listen für die Übergabe von Medikamenten geführt. Nachdem ich mich zehn Minuten lang unter meinen Leidensgenossen herumgetrieben hatte, wusste ich viel Nützliches. Einmal im Monat konnte man ein Lebensmittelpaket mit einem Gesamtgewicht von dreißig Kilo abgeben. Enthalten durfte es: Socken, Unterhosen, Seife, eine Schüssel, einen Löffel, Hausschuhe… Weißer Zucker war verboten, Würfelzucker erlaubt, Seife auch, Shampoo ging dagegen auf keinen Fall, Klopapier gehörte sich auch nicht, dafür konnte man aber so viele Schulhefte mit ins Paket tun, wie man wollte.

Irgendjemand muss sich diese Regeln ausgedacht haben, um den Angehörigen der Gefangenen so viel Geld wie möglich aus der Tasche ziehen zu können, dachte ich bei mir. Jedenfalls hatte ich die Absicht, die Frau am Schalter zu bestechen, um meine Pakete ohne Probleme abgeben zu können.

Da fiel mein Blick auf ein Schild mit der Aufschrift »Versorgung«. Aus Neugierde ging ich ins Innere eines kleinen, abgetrennten Raums und entdeckte dort... einen Laden... Die zwei freundlich lächelnden Verkäuferinnen darin bildeten einen angenehmen Kontrast zu den anderen Mitarbeitern, noch dazu gab es Berge von Lebensmitteln. Aber zu welchen Preisen!

Anderthalb mal höher als in der Stadt. Dafür konnte ich hier das Nötige kaufen und musste nicht mehr raus zum Supermarkt, und eine Schlange gab es hier auch nicht. Außerdem drückten die freundlichen Verkäuferinnen ein Auge zu, obwohl mein Einkauf vierzig Kilo wog.

»Keine Sorge«, sagte die eine und winkte mit der Hand ab, »keiner wird die Ware am Lager wiegen, wenn sie bezahlt ist.«

Ich begann, den Warenschein auszufüllen.

»Schreiben Sie auf die Rückseite noch ein paar Zeilen«, rieten mir die Verkäuferinnen, »zur moralischen Unterstützung.«

Ich kritzelte ein paar nichtssagende Liebesworte hin, zog meine Börse heraus und bezahlte eine Summe, von der eine normale Familie locker zwei Monate hätte leben können. Dann ging ich in den anderen Raum zurück und schaute mitleidig die ganzen verschwitzten Menschen an, die auf den Tischen den Inhalt ihrer Pakete ausbreiteten. Ja, wenn man reich war, ging es einem nicht nur in Freiheit gut, sondern sogar im Knast.

KAPITEL 4

Erst gegen vier Uhr war ich wieder zu Hause.

»Iih«, brummte Olga, die von uns nur »Häschen« genannt wurde, und rümpfte ihr hübsches Näschen, »wonach riechst denn du?«

»Nach Knast«, hätte ich fast gesagt, biss mir aber gerade noch rechtzeitig auf die Zunge. Warum sollte ich meine Schwiegertochter ängstigen?

»Es würde mich doch wirklich interessieren.« Olga ließ nicht locker. »Wo bist du gewesen?«

Aber da wurde die Tür aufgerissen, und Manja stand auf der Schwelle, hinter ihr tauchte Schwanz wedelnd Bandy auf.

»Habt ihr schon solche Dummköpfe gesehen?«, schrie sie los.

Wir starrten den leise zitternden großen Hund an.

»Es haben ihn wieder Katzen aus dem Garten verjagt«, lachte Manja, »er hat eine Todesangst vor ihnen.«

Ganz zu Anfang hatten wir nur zwei Hunde, den Pitbull Bandy und den Rottweiler Snap. Wir haben uns diese schrecklichen Hunde extra zu unserem persönlichen Schutz angeschafft. Aber in ihrer Kindheit sahen alle beide wie entzückende Plüschtiere aus. Nicht nur wir, sondern auch unsere Gäste streichelten sie gern. Jetzt haben wir den Salat. Die Furcht erregend aussehenden Rüden gehen fröhlich auf alle Menschen zu! Sie sind zu echten Schoßhündchen geworden, die nur noch ans Fressen denken. Ständig sind sie dabei, irgendetwas zu verschlingen. Egal ob Suppe, Brei, Fleisch, Chips, Nüsse oder Salzgurken – sie sind nicht besonders wählerisch.

Dann bat uns ein Bekannter, für eine kurze Zeit den Pudel Tscherry zu hüten, und vergaß das Tier bei uns. Der nächste war der englische Mops Chutsch, aber seine Geschichte erzähle ich ein andermal. Als letzte kam die Yorkshire-Terrierin July zusammen mit ihrer Besitzerin Serafima Iwanowna, die die Zwillinge betreut. Wollte man eine Hierarchie unserer Haustiere aufstellen, dann wären zweifellos die Katzen – die dreifarbige Kleopatra und die weiße Fifina – ganz oben. Die Hunde ordnen sich ihnen widerspruchslos unter.

Kescha kam erst um sieben Uhr abends nach Hause. Sein finsteres Gesicht verhieß nichts Gutes.

»Und?«, stürzte ich auf unseren »Perry Mason« los.

»Er hat keine andere Wahl: Er muss sich in allem schuldig bekennen und darauf pochen, dass er im Affekt gehandelt hat«, resümierte er.

»Du glaubst, er hat es getan?«

»Nein, es war bestimmt ein Pferd, das einen Mantel anhatte«, sagte Kescha böse.

»Aber Maxim schwört, dass…«

»Mutter«, seufzte Kescha müde, »alle Verbrecher beteuern, dass sie unschuldig sind! Aber man muss doch die Kirche im Dorf lassen. In diesem Fall wäre es einfach nur dumm, irgendetwas abstreiten zu wollen!«

Es kam heraus, dass Max gegen Mitternacht nach Hause gekommen war. Die Nachbarin aus dem Erdgeschoss, Anna Michailowna, hatte ihn gesehen. Es war schwül gewesen in dieser Nacht, sie hatte überhaupt nicht einschlafen können und saß nun auf der Bank vor dem Haus und rauchte. Natascha Simonowa aus der Wohnung Nr. 22, die noch mit ihrem Dackel spazieren gegangen war, saß neben ihr. Nach ihren Worten war Maxim im Jeep angebraust gekommen, hatte den Wagen unter das

Schirmdach gestellt und war ins Haus gegangen. Auf dem Weg hatte er die Frauen höflich gegrüßt und sogar ein paar Worte über die unglaubliche Hitze mit ihnen gewechselt. Die Damen konnten sich nicht geirrt haben, denn sie kannten Poljanskij gut. Kaum eine Viertelstunde später war Max in einem furchtbaren Zustand aus dem Haus gelaufen. Als wäre der Teufel hinter ihm her, war er an den schwatzenden Nachbarinnen vorbeigerannt, in seinen Jeep gesprungen und davongefahren. Natascha hatte auf seiner Hose große dunkle Flecken gesehen.

Bei der Durchsuchung fanden die Ermittlungsbeamten ganz unten in dem großen Korb für die schmutzige Wäsche eine beigefarbene Hose, die über und über mit Blut bespritzt war. Max schwor, dass er diese Hose schon lange nicht mehr getragen hatte, aber die Blutgruppe stimmte mit der Blutgruppe der Erschossenen überein. Noch dazu bewies die Expertise, dass dieses Blut von ein und derselben Person, und zwar von Veronika Medwedjewa stammte. Die Sekretärin Tamara Pawlowna erklärte beim Verhör, der Chef habe am Abend einen fürchterlichen Streit mit seiner Frau gehabt. Außerdem klatschte sie über seine Affäre mit einer jungen Studentin, so dass die Ermittlungsbeamten schließlich den einzig möglichen Schritt taten: Sie nahmen Max fest und beschuldigten ihn des Mordes.

Ich verstummte. So viele Beweise! Wie konnte er so dumm sein, vor den Augen der geschwätzigen Nachbarinnen davonzulaufen! Warum hatte er nicht den Hintereingang benutzt? Das Haus in der Woronow-Straße war Ende der Dreißigerjahre gebaut worden. In der Küche gab es einen »Dienstboteneingang«. Wenn Nina Andrejewna mich seinerzeit auf den Markt geschickt hatte, musste ich mit den Kartoffeln direkt in die Küche gehen, um mit den Taschen in der Diele keinen Schmutz zu machen. Auch Max benutzte den Hintereingang oft, nämlich dann, wenn er unbemerkt ins Haus schleichen wollte. Die Außentür öffnete sich zu einer kleinen schmuddeligen Ecke, in der die Mülltonnen standen. Hier war nur selten jemand. Warum war er also nicht dort entlang geflüchtet?

Warum hatte er die blutbesudelte Hose aufgehoben? Sie war doch ein Beweismittel, das ihn belastete. Wäre es nicht klüger gewesen, sie in Stücke zu schneiden und irgendwo weit weg von zu Hause wegzuwerfen? Noch dazu war es einfach dumm gewesen, die Beretta zu verstecken. Er hätte sie in die Moskwa werfen sollen, keiner hätte sie je wiedergefunden. Max war zwar nicht der intelligenteste Mensch auf Erden, aber so blöd konnte er schließlich auch nicht sein. Wollte er womöglich, dass man ihn fasste?

Außerdem hatte Nina Andrejewna von dem Aschenbecher voller Kippen erzählt, während die Nachbarinnen beteuerten, er sei fast sofort, höchstens eine Viertelstunde später, wieder herausgerannt. Wie hätte er innerhalb so kurzer Zeit so viele Zigaretten rauchen können?

Und da war noch etwas. Im Knast hatte er beteuert, dass er Veronika nicht umgebracht hätte. Er hatte es beim Leben seiner Mutter geschworen. Das war ernst zu nehmen. Er liebte Nina Andrejewna über alles, nie hätte er ohne Grund einen solchen Schwur geleistet.

Kescha seufzte:

»Morgen fahre ich ins Gefängnis und versuche, eine Verteidigungsstrategie auszuarbeiten. Nehmen wir mal an, sie war ihm untreu. Er hat es zufällig erfahren und im Affekt zur Pistole gegriffen…«

»Nein«, sagte ich leise, »das bringt nichts. Dafür wird er verurteilt!«

»Für Mord im Affekt bekommt man nicht so viel«, winkte Kescha ab, »vor allem, wenn wir Zeugen anführen, die von Veronikas unmöglichem Benehmen erzählen. Sie trank, ging fremd, randalierte. Hauptsache, er gibt alles zu und bereut es: Er wollte sie nicht umbringen, es ist aus Versehen passiert. Echte Reue kommt immer gut an bei Richtern.«

»Nein.« Ich blieb beharrlich. »Er ist unschuldig.«

»Mutter«, brauste Kescha auf, »hör auf, Blödsinn zu erzählen.«

»Ich kenne Maxim gut. Es passt einfach überhaupt nicht zu ihm, dass er eine Frau umbringt, noch dazu mit einem Schuss ins Gesicht.«

»Hör zu!« Jetzt war Kescha wirklich böse. »Du willst also, dass ich im Prozess ernsthaft behaupte: ›Der Angeklagte ist unschuldig, weil es ihm nicht liegt, Frauen mit einem Schuss ins Gesicht umzubringen!‹«

»Na ja«, stotterte ich, »das klingt natürlich ziemlich lächerlich, nicht besonders überzeugend.«

»Na also. Wenn er sich auf seine Unschuld versteift, wird ihm der Richter mächtig einheizen, und er kriegt das Höchstmaß. Es gibt nur einen Weg: bereuen, weinen, von Gewissensbissen gequält sein und darauf beharren, dass er im Affekt gehandelt hat. Oder aber…«

»Oder aber…?«, fragte ich ungeduldig nach, als ich merkte, dass mein Sohn verstummt war.

»Finde den echten Mörder, wenn du von Poljanskijs Unschuld so überzeugt bist«, zischte Kescha, schlug mit der Faust auf das Zeitungstischchen und ging hinaus.

Langsam sammelte ich die heruntergefallenen Zeitungen und Broschüren wieder auf. Dieser Gedanke war mir noch gar nicht gekommen. Aber Recht hatte er, warum sollte ich nicht selbst versuchen, Licht in diese dunkle Geschichte zu bringen? Anscheinend hatte jemand Max eins ausgewischt, aber warum?

Am nächsten Morgen fuhr Kescha ins Butyrka-Gefängnis, während ich mich zu Maxims Büro aufmachte.

In Poljanskijs Abwesenheit vertrat ihn Lenja Koschkin, oder besser gesagt: Leonid Sergejewitsch, ein Mann mit unstetem Blick, der wie ein Spitzbube aussah.

»Was wollen Sie hier?«, erklärte er ziemlich unwirsch. »Maxim ist ein Dummkopf. Wie kann man so blöd sein, jemanden selber umzubringen? Kluge Menschen beauftragen einen Killer. So ein Tölpel!«

Der Schreibtisch von Tamara Pawlowna, einer grauhaarigen Dame, stand vor der Tür zum versiegelten Kabinett. Maxim hatte seinerzeit aus der Vielzahl von Bewerberinnen die frühere Russischlehrerin ausgewählt und sich gegen all die jungen Mädchen mit den schönen Beinen entschieden.

»Am Arbeitsplatz brauche ich keine Versuchungen dieser Art«, witzelte er, »bei Tamara Pawlowna komme ich nicht auf dumme Gedanken, ihre Röcke haben eine normale Länge.«

Max hatte eine gute Wahl getroffen. Die Lehrerin erwies sich als hervorragende Arbeitskraft. Sie kam nie zu spät zur Arbeit, sie trank nicht, rauchte nicht und erfüllte gewissenhaft alle Aufgaben, die ihr gestellt wurden.

»Auf sie kann ich mich felsenfest verlassen«, erklärte Max seinen Bekannten, die sich wunderten, dass am Empfang eine Frau saß, die fast schon im Pensionsalter war. »Seidenschwänze haben nur Partys im Kopf. Nein, meine Sekretärin würde ich um keinen Preis mit einer anderen tauschen.«

»Womit kann ich dienen?«, erkundigte sich die Dame formell, als ich an ihren Schreibtisch trat.

»Ich bringe Grüße von Maxim Andrejewitsch aus dem Gefängnis«, flüsterte ich.

»Kommen Sie«, flüsterte Tamara Pawlowna zurück, während sie zu Koschkins Tür hinüberlinste.

Auf Zehenspitzen schlichen wir uns aus dem Büro und setzten uns in ein kleines Straßencafé.

»Wie geht es ihm dort, dem Armen?«, fragte die Sekretärin. »Ich habe es von Anfang an gewusst, dass Veronika ihm nur Unheil bringen würde.«

»Warum?«

»Sie ist eine unsägliche Frau, ohne jeden Sinn und Verstand. Sie konnte jederzeit ins Büro kommen und eine Szene machen.

Am Tag der Ermordung hat sie laut schreiend von Maxim Andrejewitsch zwanzigtausend Dollar für einen Zobelpelz gefordert. Der Chef hat ihr mehrfach erklärt, dass das jetzt nicht ginge. Er habe nicht so viel Geld, das frei verfügbar sei. Aber sie ließ nicht locker. Schließlich sei mit der Modedesignerin Krutikowa schon alles abgesprochen. Die würde ihr das Stück billiger, für lächerliche zwanzigtausend Dollar, verkaufen! Haben Sie so was schon mal gehört? Unter uns gesagt, sie hatte was mit Leonid Sergejewitsch.«

»Woher wissen Sie das?«

Tamara Pawlowna lachte los:

»Es hat ja niemand geheim gehalten. Veronika ist ganz offen mit ihm im Auto herumgefahren. Einen ganzen Monat haben sie miteinander geturtelt, dann war es zu Ende. Ich habe mich noch über Maxim Andrejewitschs Geduld gewundert. Aber um ehrlich zu sein, hat auch er in der letzten Zeit eine andere gehabt. So eine ganz junge, eine Studentin namens Jana. Sie war ein paar Mal im Büro. Aber sie ist ganz unscheinbar, kein Vergleich zu Veronika.«

»Wer kümmert sich jetzt um die Geschäfte?«

»Koschkin, obwohl Maxim Andrejewitsch offiziell der Chef bleibt. Aber wie sollte er jetzt selbst die Firma leiten?«

Aus dem Knast war das natürlich schwierig, da pflichtete ich ihr bei. Ich fragte weiter:

»Hatte Max Feinde? Hatte er vielleicht Schulden?«

»Was haben Sie eigentlich mit ihm zu tun?«, wollte die Sekretärin endlich wissen.

»Sagen wir, ich bin eine entfernte Verwandte.«

»Dann müssen Sie wissen«, sagte sie rau, »dass Poljanskij unglaublich ehrlich ist. Wissen Sie, warum er so schnell so reich geworden ist?«

»Nein.«

»Maxim Andrejewitsch hat seine Lieferanten immer sofort bezahlt. Wenn er zum Beispiel einen LKW Eier in der Hühnerfarm Glebowo kaufte, bezahlte er sofort die ganze Summe. Viele zahlen nur die Hälfte und versprechen die andere Hälfte erst für nach dem eigenen Verkauf. Um diesen Rest nicht zu zahlen, behaupten sie dann oft, die Eier wären verdorben gewesen, und sie hätten sie nicht verkaufen können. Nicht so Herr Poljanskij. Deshalb wollten alle an ihn verkaufen. Für viele ist seine Festnahme ein großes Problem.«

»Ist er von Banditen überfallen worden?«

»Mit unserer Mafia gab es nie Probleme«, sagte sie ruhig. »Einmal im Monat erscheinen sie hier, bekommen ihren Prozentsatz, und alle sind glücklich und zufrieden. Es sind nette Leute, keine Spur von Goldkettchen tragenden Glatzköpfen. Überhaupt ist Maxim Andrejewitsch ein Geschäftsmann, der es sehr genau nimmt: Er hat nie bei jemandem Schulden gemacht und sich nur sehr vorsichtig vergrößert. Er hatte im Büro nur wenige Angestellte, um niemandem umsonst Gehalt zahlen zu müssen, und nie einen Chauffeur oder einen Bodyguard. Wenn da nicht diese tragische Geschichte passiert wäre!«

»Erinnern Sie sich an seinen letzten Arbeitstag?«

»Natürlich. Am Morgen fuhr er nach Moshaisk und vereinbarte eine Lieferung von Hühnern. Wir wollten anfangen, auch mit Hühnerfleisch zu handeln. Maxim Andrejewitsch hatte sich sogar schon einen Laden ausgeguckt. Mittags hat er schnell etwas im Büro gegessen und mit dem Mann vom Gesundheitsamt gesprochen. Und dann kam plötzlich Veronika und hat diese Riesenszene gemacht.«

Kurz nach sieben hatte Max seine Sekretärin nach Hause entlassen und ihr gesagt, er selber müsse länger bleiben, weil er noch eine neue Lieferantin aus Petuchowo erwarte.

»Wissen Sie den Namen noch ganz genau?«

»Hundertprozentig. Wir haben uns noch gemeinsam über die Eier aus Petuchowo, der Stadt der Hähne, amüsiert.«

Tamara Pawlowna war fortgegangen, ohne sich weitere Gedanken zu machen. Am nächsten Morgen fand sie, als sie zur

Arbeit kam, die Tür zum Büro unverschlossen vor. Erstaunt ging die Sekretärin zu ihrem Arbeitsplatz und sah dort ihren Chef friedlich schnarchend am Tisch sitzen. Maxim schlief tief und fest wie ein Kind.

»Wie konnte er sich nur ein solches Alibi ausdenken?«, seufzte sie. »Wer soll denn das glauben, dass er die ganze Nacht an seinem Arbeitsplatz verschlafen hat? Wie dumm von ihm. Es war auch gar keine Lieferantin da gewesen, mit der er Kaffee getrunken hätte. Es war gar kein schmutziges Kaffeegeschirr da.«

Die Tassen standen alle sauber im Regal, daneben lagen die sauberen Löffel.

»Es tut mir Leid um Maxim Andrejewitsch«, seufzte die Sekretärin, »aber ich musste doch die Wahrheit erzählen, oder?«

Dagegen konnte ich nichts einwenden. Niedergeschlagen verließ ich Tamara Pawlowna. Konnte mein Ex-Mann wirklich so ein Dummkopf sein, dass er, nachdem er Veronika umgebracht hatte, ins Büro zurückgegangen war und dort so getan hatte, als ob er schliefe? Und noch etwas kam mir nicht schlüssig vor, selbst wenn ich davon ausging, dass er gegen Mitternacht nach Hause gekommen war, dort zufällig auf Veronika geschossen, sich dann erschreckt hatte, durchgedreht und fluchtartig ins Büro zurückgekehrt war und sich diese absolute Dummheit von der geheimnisvollen Besucherin ausgedacht hatte. Das war ja alles gut und schön, aber von der Verkäuferin hatte Poljanskij Tamara Pawlowna kurz nach sieben erzählt, als Veronika noch frisch und munter Nina Andrejewna mit Torte bewirtete. Das hieß, die Geschichte von der geheimnisvollen Händlerin hatte er sich schon im Vorhinein ausgedacht, so dass von Affekt keine Rede sein konnte. Er musste den Mord also im Voraus geplant und sich ein idiotisches Alibi ausgedacht haben, was natürlich einen ganz anderen Grad von Zurechnungsfähigkeit und ein viel schärferes Strafmaß bedeutete.

Der Wagen rollte mich wie von selbst in die Woronow-Straße. Natascha Simonowa, die eine der beiden Nachbarinnen, die Max in jener verhängnisvollen Nacht gesehen hatten, war zu Hause. Sie bat mich in ihre riesige Wohnung und zwitscherte:

»Oh, Dascha, was für ein Unglück!«

Vor vielen Jahren, als wir noch jung und unbedarft gewesen waren, hatten wir uns ein wenig angefreundet. Wir besuchten uns nachbarschaftlich auf eine Tasse Kaffee und tauschten genüsslich den neuesten Klatsch aus. Dann ließ ich mich von Poljanskij scheiden und verschwand von der Bildfläche, so dass unsere Freundschaft abbrach. Aber jetzt hatte mich Natascha sofort erkannt.

»Wer hätte das gedacht«, plapperte sie und stieß mit dem Fuß ihren vollkommen außer sich geratenen Dackel beiseite. »Pfui, Klara! Was für ein verrücktes Tier. Sobald sie jemand Fremdes sieht, macht sie ein irrsinniges Theater.«

»Natascha, bist du ganz sicher, dass du Maxim gesehen hast?«

»Himmel!« Sie schlug die Hände über dem Kopf zusammen. »Wie hätte ich ihn nicht erkennen sollen? Wir sind doch schon ein Leben lang Nachbarn. Er lief zwar ein bisschen komisch, als wäre er irgendwie niedergeschlagen und müde. Er ließ den Kopf hängen und schleppte sich nur so daher, während er sonst immer als Erster grüßt.«

Sie rief ihn beim Namen, worauf er sich umdrehte und ein Stückchen näher kam. Er hustete und klagte darüber, dass er sich bei dieser Hitze irgendwo eine Erkältung geholt hätte. Die Unterhaltung dauerte nicht länger als fünf Sekunden. Dann ging Poljanskij ins Haus.

»Hast du nichts Außergewöhnliches bemerkt?«

»Nein. Er war wie immer, nur sehr niedergeschlagen. Ich habe ihn noch gefragt, warum er so schwermütig sei. Da hat er nur abgewunken und gesagt: ›Auf der Arbeit gibt's Unannehmlichkeiten‹ und ist ins Haus gerannt. Nur Klara…«

Nataschas Dackel war ein vollkommen harmloses Wesen,

aber wenn sie einen Fremden sah, bellte sie immer wie verrückt. Sie versuchte noch nicht einmal zu beißen, sie schlug nur wie rasend an. Zu einem Bekannten lief sie sofort, um sich den seidigen Rücken streicheln zu lassen. Auch zu Max war sie hingelaufen. Aber auf halbem Wege hatte sie gebremst und mit ihrem ohrenbetäubenden Gebell angefangen. Natascha hatte versucht, sie zu beruhigen. Aber keine Chance! Klara hörte erst auf, als Max im Hauseingang verschwunden war. Aus irgendeinem Grund hatte der Dackel an diesem Tag etwas gegen Poljanskij gehabt.

»Hast du gesehen, wie er weggefahren ist?«

»Aber ja«, nickte sie. »Er rannte in den Hof, als wäre der Teufel hinter ihm her, mit bleichem Gesicht, zerrauften Haaren und seine Hose war völlig besudelt. Als er an uns vorbeikam, murmelte er vor sich hin: ›Oh Gott, oh Gott, das habe ich nicht gewollt.‹ Anna Michailowna und ich haben uns noch gefragt, was er wohl damit meinte.«

Mit so einer Zeugin war es natürlich schwierig zu behaupten, Max sei nicht nach Hause gekommen. Ich ging zu Anna Michailowna hinüber. Anscheinend schaute die Alte gerade eine Fernsehserie, denn hinten aus der Wohnung hörte man es donnern: »Pedro, mein Liebster!«

»Woher kenne ich Sie«, murmelte die Alte, während sie mich in den Flur hineinließ, »aus der Poliklinik, ja?«

»Ich bin Maxim Poljanskijs frühere Frau Dascha.«

»Daschenka«, rief die Nachbarin erfreut, »wie gut, mein Kind, dass du dich hast von ihm scheiden lassen. Jetzt siehst du, was dabei herausgekommen ist. Er schien ganz normal, und dabei hat er Veronika erschossen. Obwohl sie ja selber, Gott verzeih mir, ein echtes Luder war! Wie sie sich schon gekleidet hat! Manchmal hatte man den Eindruck, als hätte sie ihren Rock vergessen anzuziehen. Einmal hab ich ganz naiv zu ihr gesagt: ›Veronika, meine Liebe, du hast ja nur Nylonstrümpfe und eine Bluse an.‹ Da hat sie nur die Augen verdreht und mich grob angefahren: ›Heutzutage trägt man die Kleider so, aber du blöde Alte kommst sowieso bald unter die Erde, kümmere dich um deinen eigenen Kram.‹ Und dabei war sie bildschön. Schade nur, dass sie sich die schönen Haare abgeschnitten hatte. Ihr Kopf war voller blonder Locken gewesen, hinterher sah sie aus wie ein rotes, gerupftes Hühnchen. Nein, ich verstehe die heutige Mode wirklich nicht.«

Anna Michailowna erzählte auch nichts weiter Interessantes. Sie hatte Max gesehen, mit ihm gesprochen und dann dem plötzlich davonbrausenden Jeep nachgeschaut.

Schon eine solche Zeugin hätte gereicht, um den armen Maxim zu ruinieren, dabei waren es hier gleich zwei, und noch dazu so redegewandt und überzeugt!

Ich ging in den zweiten Stock hinauf. Nina Andrejewna sah richtig schlecht aus, im Kühlschrank lagen unberührt die Lebensmittel, die ich für sie gekauft hatte.

»Sie dürfen nicht hungern!«, empörte ich mich. »Jetzt essen Sie wenigstens einen Joghurt.«

»Ich kann nicht, ich kriege keinen Bissen herunter«, weinte meine Schwiegermutter los.

Ich schaute die vollkommen erschöpfte alte Frau an.

Es musste schrecklich, womöglich sogar unheimlich sein für sie, so allein in der Wohnung.

»Also schön, packen Sie, Sie kommen mit zu mir.«

»Oh nein, nicht doch, mein Kind«, erschreckte sie sich, »bei dir in deinen zwei Zimmerchen sitzen doch so schon alle übereinander.«

Ohne auf ihr Gejammer zu hören, ging ich ins Schlafzimmer meines früheren Mannes. Ich musste die Sachen für das Gefängnis zusammenpacken. Was hatten mir noch die Frauen dort geraten? Einen Trainingsanzug, Hemden, Shorts, Socken. Alles möglichst schwarz, dazu ein Handtuch und Pantoffeln. Von selbst wäre ich wohl nie auf die Idee gekommen, dass man in der Butyrka Hausschuhe brauchte.

Ich öffnete den riesigen dreiflügeligen Schrank. Maxim hatte weiß Gott mehr als er brauchte. Etwa zwanzig prächtige Anzüge, eine Unmenge von Hemden und Pullovern, eine Masse Schlipse, Gürtel, Hosenträger, Socken... Und alles in bester Qualität.

Ich stopfte die allernötigsten Dinge in meine Tasche. Ach ja, jetzt noch die Uhr!

Maxim hatte Kescha darum gebeten, ihm beim nächsten Mal seine Uhr, eine Nagelschere und ein Tetris-Spiel mitzubringen.

Ich begann zu suchen, aber die Uhr konnte ich nicht finden. Ich musste Nina Andrejewna fragen.

»Hier ist sie doch«, sagte sie, »als er festgenommen wurde, musste er sie zu Hause lassen. Er trug eben dieses schrecklich teure Stück, eine Longines mit Platinarmband und Brillanten im Zifferblatt.«

Ein echtes Kleinod, unglaublich teuer. So was hatte im Gefängnis nichts zu suchen. Ich sollte ihm lieber eine einfache, billige Uhr besorgen.

Nina Andrejewna kramte weiter in seinem Schreibtisch herum:

»Hier, schau mal, hier in der Schachtel ist sogar sein Ring.«

»Was für ein Ring?«

»Den hat Maxim in Paris bei Cartier gekauft und sich selber zum Vierzigsten geschenkt. Schau: Der riesige Stein darin ist ein Smaragd. Ist das nicht furchtbar kitschig?«

Ich pfiff leise vor mich hin. Ich wusste, wie viel bei Cartier Herrenschmuck kostete. Wahrscheinlich hatte er für dieses Spielzeug sein ganzes Vermögen hingelegt. Auch eine Longines war kein billiges Vergnügen.

Nachdem ich für alle Fälle auch noch das Notizbuch meines früheren Ehegatten eingesteckt hatte, hob ich die beiden Taschen an, die so schwer waren, dass man sie kaum tragen konnte, und drängte Nina Andrejewna zur Tür. Auf dem Weg stieß ich in der Diele gegen die Garderobe, so dass die Hüte herunterregneten. Das war mir nun vollkommen gleichgültig. Zum Teufel mit ihnen, wir würden sie das nächste Mal wieder aufheben.

Auf dem ganzen Weg bis zu uns nach Hause schwieg Nina Andrejewna. Sie stöhnte erst auf, als Snap und Bandy ihre Schnauzen ins Wageninnere des Volvos steckten.

»Sie beißen nicht«, erklärte ich, »die anderen Haustiere übrigens auch nicht.«

»Sehr lieb, diese Hündchen«, erwiderte die Alte und streichelte Bandy mutig über die glänzende Nase.

Da ertönte ein schreckliches Geknatter. Manja kam in voller Geschwindigkeit auf ihrem Motorroller in den Hof gefahren. Ihre langen blonden Haare quollen unter dem hellroten Helm hervor. Ihr praller Po war in eine enge schwarze Jeans gezwängt. Da sie nicht so schnell anhalten konnte, fuhr sie auf den Kofferraum von Keschas Mercedes auf.

»Oje«, rief sie, wie gewöhnlich in höchster Lautstärke, »jetzt wird Kescha Hackfleisch aus mir machen!«

»Das ist meine jüngere Tochter Manja«, sagte ich, um die Zusammenhänge für Nina Andrejewna ein wenig zu erläutern.

»Was für ein nettes Mädchen«, brachte sie verängstigt hervor.

Umringt von Hunden und Katzen betraten wir die Diele. An der Haustür türmten sich zwei riesige, mit Riemen verschnürte Koffer, die mich Böses ahnen ließen. Da kamen uns aus dem Wohnzimmer auch schon ein paar Leute entgegen.

»Erkennen Sie Kescha noch?«, fragte ich und zeigte auf meinen Sohn.

»Natürlich nicht«, erwiderte Nina Andrejewna erstaunt.

»Mamilein«, schrie Manja wieder los, »Mamilein, Rimma Borissowna ist gekommen und hat Gera mitgebracht.«

Aber da breiteten die Gäste auch schon ihre Arme nach mir aus. Während ich die Begrüßungsküsse der Verwandten über mich ergehen ließ, beschloss ich, den Anstand zu wahren, und führte Nina Andrejewna zu den Neuankömmlingen:

»Darf ich vorstellen?«

»Sehr angenehm«, sagten beide Frauen gleichzeitig und fügten dann unisono hinzu: »Ich bin Daschas Schwiegermutter.«

Verblüfft starrten sie sich an.

Kescha und Manja kicherten los. Wieso zum Teufel lief bei mir immer alles anders als bei anderen Leuten?

KAPITEL 5

Ich habe viermal geheiratet, und jedes Mal war es ein Fehlschlag gewesen. Dann beschloss ich, dass ich für das Familienleben nicht geschaffen bin, pfiff drauf und beließ es dabei. Allerdings war es da schon zu spät. Denn die Männer gingen zwar fort, aber ihre Verwandten hatten nicht die geringste Absicht, mich zu verlassen, sie sind mir erhalten geblieben. Mit Kescha hat es angefangen. Er ist eigentlich der Sohn meines ersten Mannes. Seine echte Mutter arbeitete als Archäologin und verschwand für einige Jahre in der Wüste. Kescha lebte bei seinem Vater, bis er drei Jahre alt war, dann wurde er mir zuteil. Manja hat mir meine letzte Ehe eingebracht. Mein vierter Mann hatte nach unserer Scheidung eine Frau mit einem Baby geheiratet. Sie beschlossen, nach Amerika auszuwandern, wollten aber das kleine Mädchen nicht mit sich ins Ungewisse nehmen. So landete Manja vorübergehend bei mir. Etwa ein Jahr später starb ihre Mutter, während mein Ex eine Amerikanerin heiratete… So kommt es, dass ich zu meinem Sohn auch noch eine Tochter bekommen habe. Zwischen diesen beiden Ehen lagen noch zwei, die eine mit Poljanskij, die andere mit Filipp Krassawin.

Rimma Borissowna ist Filipps Mutter, während Gera sein jüngerer Bruder ist. Zu Hause hat er den Spitznamen WU, was so viel heißt wie »Wandelndes Unglück«. Sie leben in Skalsk in der Nähe von Ischewsk, kommen aber auf jeden Fall einmal im

Jahr nach Moskau. Rimma Borissowna stromert begeistert und selbstvergessen über die Flohmärkte. Gera dagegen soll endlich heiraten. Daher besucht der gute Mann erfolglos Klubs wie »Für alle über dreißig« und gibt Zeitungsannoncen auf. Die Erwartungen an die Zukünftige nennt er »minimal«: Sie muss aus einer guten Familie und gebildet sein und natürlich eine hervorragende Arbeit haben. Wünschenswert ist auch, dass sie eine Blondine um die Dreißig ist. Natürlich kerngesund, ohne Kinder und ohne hochbetagte Verwandte. Eine gute Wohnung wird vorausgesetzt. Außerdem beharrt Gera nicht auf den westeuropäischen Traummaßen von 90 – 60 – 90. Er wäre auch noch mit 92 – 62 – 92 einverstanden. Mir ist ein solches Wunder noch nie begegnet, aber Gera ist da ganz zuversichtlich.

Nachdem ich den Schwiegermüttern ihre Zimmer zugewiesen hatte, ging ich zu mir nach oben und begann, Maxims Notizbuch durchzublättern. Die Seiten waren über und über mit Namen und Telefonnummern vollgekritzelt. Aber eine gewisse Jana konnte ich nicht finden.

Am nächsten Tag stand ich um die Mittagszeit im Studiendekanat der mathematischen Fakultät. Um den Hals hatte ich mir einen Fotoapparat gehängt. Ich wedelte mit einem weinroten Ausweis vor der Nase einer netten Mitarbeiterin und erzählte ihr die banale Geschichte, ich hätte eine neue Zeitschrift für die Jugend gegründet und sie *Jana* genannt. Jetzt würde ich eine Studentin mit eben diesem Namen suchen, um sie zu interviewen.

Die Mitarbeiterin war vollkommen begeistert:

»Genau so eine haben wir auch! Jana Sokolowa heißt sie, sie ist gerade ins vierte Studienjahr gekommen. Gehen Sie zu Hörsaal 12, sie hat heute Prüfung.«

Der Korridor vor den hohen Türen war voller aufgeregter Studenten, die leise durcheinander sprachen.

»Hallo allerseits!«, lenkte ich sie ab, »wo ist Jana Sokolowa?«

»Keine Ahnung«, antwortete ein schwarzhaariger Knabe,

»auch bei der letzten Prüfung war sie nicht dabei. Ich habe gehört, sie ist krank.«

»Ist sie Moskauerin?«

»Ja«, nickte der Student.

»Weißt du ihre Adresse?«

»Fragen Sie im Studiendekanat nach.«

Ich ging wieder zurück. Die erstaunte Leiterin schaute in die Personalakte.

»Na so was«, sagte sie verwundert, »es stimmt, sie ist krank. Hier ist ein Krankenschein aus dem Krankenhaus Nr. 52.«

Ich las das Formular von vorne bis hinten. Mit eiliger Schrift hatte ein Doktor Rewenko geschrieben, dass Jana Sokolowa am 5. Juni mit einer Gehirnerschütterung eingeliefert worden sei.

»Armes Mädchen«, sagte die Leiterin betrübt, »sie ist so fleißig und verantwortungsbewusst. Bestimmt wird sie ihr Diplom mit Auszeichnung machen. Sie ist immer so konzentriert bei der Sache, gibt immer alles rechtzeitig ab, ihre Referate sind die besten in ihrem Jahrgang.«

»Wer hat den Krankenschein gebracht, ihre Mutter?«

»Lena!«, rief die Leiterin.

Eine spitznasige, rundliche junge Frau mit schmalem Mund schaute vom Nebenraum ins Zimmer.

»Hast du den Krankenschein für die Sokolowa entgegengenommen?«

»Ja. Und?«, brummte sie.

»Hat die Mutter ihn gebracht?«

»Nein, ihre Schwester. Es war direkt komisch«, sagte sie hämisch.

»Wieso?«, fragte ich neugierig.

»Unsere Jana sieht aus wie ein graues Mäuschen«, kicherte das Mädchen.

»Lena«, bemerkte die Leiterin streng, »hätte dir der liebe Gott nur die Hälfte ihres Verstandes geschenkt! Außerdem gehört es sich nicht, so zu reden.«

»Ach was«, nörgelte das Mädchen, »ich hab doch gar nichts gesagt. Jana ist wirklich ein Labormäuschen. Sie hat kleine Äuglein, eine spitze Nase und Knie fast wie eine Heuschrecke. Außerdem ist sie furchtbar angezogen. Egal ob Sommer oder Winter – sie hat immer denselben Pullover an. Ihre Schwester dagegen ist so schön wie aus dem Bilderbuch. Nur die Haare sind ähnlich – rot und dünn. Aber sonst haben sie nichts gemein. Und wie sie angezogen war: Absätze zum Umfallen, ein weißes Röckchen, ein Seidenjackett, dass es nur so glänzte. Dazu bestes Parfüm. Sie hat den Schein gebracht und erzählt, sie hätten am Strand Volleyball gespielt, und dabei sei Jana aus Versehen der Ball voll auf die Stirn geknallt.«

»Ist schon gut«, winkte die Leiterin ab, »du kannst wieder arbeiten gehen.«

Ich merkte mir die Adresse der Sokolowa und fuhr ins Krankenhaus Nr. 52.

Hinter der Tür mit dem Schild »Auskunft« saß eine dicke schmuddelige Frau in einem fleckigen, weißen Kittel.

»Auf welcher Station liegt Jana Sokolowa?«

»Den Tag«, bellte die Frau.

»Wie bitte?«

»Den Tag der Einweisung«, präzisierte sie.

Etwas verwirrt nannte ich schließlich den fünften Juni.

Mit ihrer dicken Hand griff sie nach der Maus und startete ungeschickt ihren Computer. Es dauerte eine Ewigkeit, bis sie endlich die richtigen Programme geöffnet hatte und eine Liste auf dem Bildschirm erschien.

»Die ist hier nicht aufgenommen worden«, erklärte sie.

»Schauen Sie auch am vierten und am sechsten.«

»Was soll das, bin ich etwa dazu da, alles für dich zu durchsuchen?«, fragte die Krankenpflegerin böse.

Was für eine Logik! Natürlich war sie dazu da, schließlich saß sie unter einem Schild mit der Aufschrift »Auskunft«. Ein Fünfzigrubelschein änderte die Laune der Dame erstaunlich plötzlich und zauberte gar ein Lächeln auf ihr Gesicht. Wir sahen aufmerksam die Listen der ersten zehn Junitage durch, von einer Sokolowa keine Spur.

»Wo finde ich Doktor Rewenko?«

»Im ersten Stock in der Chirurgie.«

Langsam lief ich durch den nach Chlorkalklösung stinkenden Korridor. Die Tür mit der Aufschrift »Arztzimmer« war die letzte. Ich klopfte an und kam in einen großen Raum, in dem ein paar Schreibtische standen. Auf dem Fensterbrett kochte ein Teekessel. Eine ganz junge Frau mit einem etwas apathischen Gesichtsausdruck hob langsam ihre Augen von der Zeitung, sie löste in ihrer Freizeit offenbar Kreuzworträtsel.

»Ist Doktor Rewenko nicht da?«

»Das bin ich«, antwortete sie schleppend.

Ihr Gesicht zeigte keinerlei Gefühle. Selbst wenn jetzt zehn nackte Neger hereingerannt wären, hätte sie nicht mit der Wimper gezuckt.

»Sagen Sie bitte, wie kann ich Jana Sokolowa finden?«

Die Ärztin starrte ein Loch in die Luft. Es verging eine Minute, dann noch eine... Schließlich wiederholte ich meine Frage:

»Wie finde ich bitte Jana Sokolowa, wo ist ihr Zimmer?«

Sie runzelte die Stirn und fragte endlich:

»Wer ist das?«

»Ihre Patientin, die mit der Gehirnerschütterung.«

»Die Sokolowa liegt in Zimmer fünfzehn.«

Ich dankte der lethargischen Person und ging den Korridor zurück. Die Tür zu Zimmer 15 war halb offen. Es standen vier Betten darin, in denen blasse Frauen lagen. Bei dreien waren die eingegipsten Beine mit Gewichten hochgebunden, die vierte hatte einen eingegipsten Arm, der wie ein Flugzeugträger abstand. Keine sah so aus, als hätte sie eine Gehirnerschütterung. Dennoch fragte ich zur Sicherheit nach:

»Liegt hier eine Sokolowa?«

»Das bin ich«, erklärte eine etwa fünfzigjährige Frau.

Entweder war Max verrückt geworden, oder dies war nicht dieselbe Sokolowa.

»Jana?«, fragte ich nach.

»Olga Nikiforowna Sokolowa«, seufzte die Frau, »sie haben sich bei der Auskunft schon wieder geirrt.«

Ich musste noch einmal zurückgehen. Die Ärztin schaute melancholisch auf ihr Kreuzworträtsel.

»In der Nummer fünfzehn liegt eine Olga Nikiforowna Sokolowa, ich brauche aber eine Jana, ein Mädchen von zwanzig Jahren.«

»Eine zweite gibt's hier nicht«, erklärte sie ungerührt.

»Was soll das heißen? Sie haben doch selbst den Aufnahmeschein ausgefüllt.«

»Ich?«, regte sich die Ärztin auf. »Ich fülle nie irgendwelche Scheine aus, unsere Oberschwester macht das.«

Ich zeigte mit dem Finger auf die Formulare, die auf dem anderen Schreibtisch lagen.

»Genau so eins haben Sie Jana Sokolowa gegeben.«

Die Rewenko zuckte mit den Schultern:

»Schauen Sie doch selbst, da ist schon alles drauf, der Stempel, die Unterschrift, man muss nur noch die Initialen und den Familiennamen eintragen.«

»Zustände sind das hier!«, sagte ich empört.

Ohne jede Gefühlsregung vertiefte sich die Rewenko wieder in ihr Kreuzworträtsel. Was für ein Eisberg, diese Frau, unglaublich!

Da sprang mit einem lauten Knall die Tür auf, wie der Wirbelwind kam eine über und über geschminkte junge Frau in den Raum gefegt. Der weiße, halb durchsichtige Kittel umschmiegte ihren Körper wie eine zweite Haut. Auf ihrem Kopf hielt sich wie durch ein Wunder eine riesige gestärkte Kappe. Unter ihren dick mit Tusche bemalten Wimpern äugelte die himmlische Erscheinung in meine Richtung und flog zum Telefon.

»Galja«, sagte die Rewenko langgezogen, »hier fragt jemand nach Jana Sokolowa, hat bei uns so eine gelegen mit einer Gehirnerschütterung?«

»Vielleicht«, sagte Galja voller Enthusiasmus, während sie mit einem kurzen Fingerchen die Tasten drückte, »aber wie soll man sich an alle erinnern!«

»Sie muss um den fünften Juni herum eingewiesen worden sein«, mischte ich mich ein.

»Jetzt ist keine mit diesem Namen hier«, schnitt mir Galja das Wort ab, »vielleicht haben Sie das Krankenhaus verwechselt, und sie liegt in der Nr. 51 oder 53...«

Unverrichteter Dinge musste ich wieder abziehen. Klar war nur eins: Im Krankenhaus war Jana nicht. Wahrscheinlich war sie direkt nach dem Unfall eingeliefert worden und am nächsten Tag wieder nach Hause gegangen, um sich dort auszukurieren.

Sie wohnte nicht weit von der U-Bahnstation »Stschukinskaja«. Ein riesiger Plattenbau thronte über lauter niedrigen Häusern mit vier Stockwerken wie ein Riese unter lauter Zwergen. Im schmuddeligen Eingang war keine Concierge zu sehen, die Schalter am Aufzug waren durchgebrannt. Irgendwie schaffte ich es bis ins fünfzehnte und letzte Stockwerk. Die Tür öffnete sich, auf der Schwelle stand eine unglaublich fette Frau, ein Berg von Mensch. Die unermessliche Leibesfülle war von etwas bedeckt, das entfernt an einen Morgenmantel erinnerte. Das leuchtende Rot der fettglänzenden Wangen erfreute die Augen, die Beine, stämmig wie Bäume, steckten in Hausschuhen der Größe 42. An der Stelle, wo Frauen normalerweise ihre Taille haben, trug sie ein helles Seil. Verständlich, denn woher hätte sie einen Gürtel von zwei Metern Länge nehmen sollen?

»Zu wem wollen Sie?«, fragte das Monster sehr liebenswürdig und richtete kokett ihre speckigen Locken mit der fettigen Hand.

»Zu Jana Sokolowa.«

»Kommen Sie herein.«

Ich trat in einen schmalen Korridor. Schnaufend vor Anstrengung schlurfte die Frau in die Küche. Der Raum war höchstens fünf Quadratmeter groß und praktisch ganz vom Herd und vom Kühlschrank ausgefüllt. Als der Koloss von Frau an der Spüle stand, blieben für mich nur etwa zwanzig Zentimeter Freiraum übrig.

»Und was wollen Sie von Jana?«

Ich ließ meinen vorbereiteten Spruch über die neue Zeitschrift und mein Interview los. Sie hörte interessiert zu.

»Jana ist weggefahren, sie hat zu tun.«

»Wohin?«

»In der Fakultät haben sie einen Trupp für das Sportfest in Kiew zusammengestellt. Erst sollte sie aus irgendeinem Grund nicht mit, dann hieß es, sie soll sofort packen und losfahren. Sie ist nicht mal mehr nach Hause gekommen, sondern hat nur angerufen. Tanja hat ihr die Tasche auf den Bahnhof gebracht.«

Interessant. Und in der Fakultät sagen sie, sie sei krank. Wieso war da nicht von dem Sportfest die Rede?

»Sind Sie ihre Mutter?«

»Nein, ihre Tante. Aber ich habe sie großgezogen.«

Die Mutter war gestorben, als Jana gerade erst zwei Jahre alt war. Der Vater hatte schnell wieder geheiratet, da war ihm die Tochter lästig geworden. So hatte Rada Iljinitschna, die Schwester des Vaters, das Kind in ihre Obhut genommen.

»Eigene Kinder habe ich keine«, gestand sie offenherzig, »nach meiner Unterleibsoperation bin ich auseinander gegangen wie ein Hefeteig. Ich habe nicht geheiratet, Jana und ich leben zu zweit. Das Mädchen ist ein Goldstück. An der Uni hat sie hervorragende Noten, sie ist folgsam, lieb und bekommt ein extra hohes Stipendium. Sie raucht nicht, trinkt nicht, nicht so wie andere. Soll ich Ihnen ein paar Fotos zeigen?«

Ohne auf meine Zustimmung zu warten, zog sie gleich ein Fotoalbum aus dem Regal.

»Schauen Sie, einfach eine Schönheit.«

Ehrlich gesagt, sah sie nach gar nichts aus. Fast auf allen Aufnahmen war ein ziemlich dünnes Mädchen abgebildet. Die Haare waren entweder zu einem Knoten oder zu einem Pferdeschwanz zusammengefasst. Ein kleines Gesicht mit einem spitzen Näschen, schmale Lippen und so gut wie keine Augenbrauen und Wimpern. Allerdings sah man auf den letzten Bildern gewisse Veränderungen. Die Haare trug sie inzwischen kurz geschnitten und rot gefärbt, ganz offensichtlich ein Versuch, ihr Äußeres zu verschönern. Auf fast allen Fotos war sie allein zu sehen, nur manchmal war noch eine Katze mit dabei.

»Sie ist so schmal«, sagte ich, um die Frau zum Erzählen zu animieren, »aber hübsch! Bestimmt hat sie einen Haufen Verehrer.«

»Ach i wo«, winkte Rada Iljinitschna ab, »keinen einzigen. An der Fakultät studieren so merkwürdige Jungens. Mädels gibt es kaum welche! Man könnte denken, dass die paar hofiert und ins Kino eingeladen würden, aber nichts dergleichen passiert! Jana hat allerdings auch wirklich keine Zeit. Sie will ihr Diplom mit Auszeichnung machen und sitzt oft bis spätabends in der Bibliothek, so dass es mir schon unheimlich wird. Manchmal bleibt sie dann direkt bei Shenja über Nacht. Wir haben zwar die U-Bahnstation ganz in der Nähe, aber nach zehn ist keiner mehr unterwegs. Ich selber habe Mühe rauszugehen, weil ich keine Luft bekomme.«

»Wer ist Shenja?«

»Shenja Poljakowa ist eine Freundin von ihr, sie lernen zusammen. Shenja wohnt in der Nähe von der Uni in einer großen Wohnung, Jana schläft manchmal bei ihr.«

Es klingelte und Rada Iljinitschna ging schwer atmend zur Tür.

»Na prima«, sagte sie fröhlich, »darf ich vorstellen: Tanja. Auch eine Freundin von Jana, sie sind zusammen zur Schule gegangen. Und das ist die Redakteurin von einer Zeitschrift, sie will einen Artikel über meine Tochter schreiben!«

Tanja schaute schnell zu mir hin, dann stellte sie eine große Einkaufstasche auf den Tisch, zog ein paar zerknüllte Zehnrubelscheine aus der Hosentasche und sagte klangvoll:

»Ich habe alles bekommen, sogar den Bananenjoghurt.«

»Dank dir, was würde ich bloß ohne dich tun.«

Die Gute wusste offensichtlich nichts von der Affäre ihrer Nichte mit Poljanskij. Aber die besten Freundinnen waren doch bestimmt auf dem Laufenden.

»Schade, dass Jana nicht selber da ist«, seufzte ich, »aber ich kann das Material auch anders aufziehen. Natürlich nur, wenn ihre Freundinnen bereit wären, mir ein paar Fragen zu beantworten. Wohnen Sie weit von hier?«

Tanja lachte:

»Ganz und gar nicht. Gleich hinter der Wand hier.«

Wir gingen zu ihr hinüber. Auch sie führte mich in die Küche und setzte Kaffeewasser auf.

»Bist du schon lange mit Jana befreundet?«

»Schon mein ganzes Leben lang«, lächelte Tanja, »wir haben uns kennen gelernt, als wir fünf Jahre alt waren, und haben schon zusammen im Sandkasten gespielt. Dann sind wir in dieselbe Klasse gegangen und haben zehn Jahre die gleiche Schulbank gedrückt. Erst zum Studium haben wir uns getrennt. Von Mathematik hab ich einfach keine Ahnung.«

»Sag mal, weißt du, wo Jana ist?«

»In Kiew«, bestätigte Tanja.

»Bist du dir ganz sicher?«

Am fünften Juni hatte Rada Iljinitschna Tanja gegen drei Uhr zu sich gerufen. Man hatte Jana so plötzlich vorgeschlagen, nach Kiew zu fahren, dass sie es nicht mehr schaffte, nach Hause zu fahren, um ihre Sachen zu holen.

»Seltsam«, murmelte ich, »wozu diese Eile? Hätten sie ihr nicht früher Bescheid sagen können?«

Rada Iljinitschna hatte Tanja erklärt, dass eine Gruppe des letzten Studienjahrgangs nach Kiew fahren sollte und jemand krank geworden sei, so dass Jana einspringen musste.

Tanja nahm also fügsam den Koffer und brachte ihn zum Kiewer Bahnhof. Sie war buchstäblich fünf Sekunden vor Abfahrt des Expresszugs da. Jana griff nur nach den Sachen, winkte ihr noch zu und sprang in den Waggon.

»Ist sie allein gefahren?«

»Ich weiß nicht, wahrscheinlich mit der ganzen Gruppe.«

»Hat eigentlich Maxim Poljanskij sie zum Zug gebracht?«

Tanja wurde plötzlich rot wie eine Tomate.

»Woher wissen Sie von Maxim?«

»Alle Geheimnisse kommen irgendwann ans Tageslicht«, verkündete ich stolz.

Jetzt wurde das Mädchen purpurrot.

»Hat Sie seine Frau geschickt?«

»Nein, wo denkst du hin, mein Kind. Aber Maxim Andrejewitsch ist in eine sehr unglückliche Lage gekommen. Ich bin seine Anwältin, ich muss überprüfen, was er in der Nacht vom fünften auf den sechsten Juni gemacht hat. Ich wollte nur Rada Iljinitschna nicht unnötig beunruhigen. Sag mal, hast du genau gesehen, dass Jana weggefahren ist?«

»Natürlich, die Wagenführerin hat sie noch ausgeschimpft, dass sie erst im letzten Moment eingestiegen ist. Zug Nr. 13, Waggon 13, was für ein Zufall. Was ist denn Poljanskij zugestoßen?«

»Er ist im Gefängnis, man beschuldigt ihn des Mordes an seiner Frau.«

»Um Gottes willen«, flüsterte Tanja. »Könnte es sein, dass man auch Jana festnimmt?«

»Weswegen denn?«

»Na ja, in letzter Zeit waren sie viel zusammen. Sie haben sich im September kennen gelernt und waren seither permanent zusammen.«

Am zweiten September gegen fünf Uhr nachmittags war Jana langsam zur U-Bahnstation »Universität« geschlendert. Ein sympathischer Mann, der neben einem Jeep stand, zog ihre Aufmerksamkeit auf sich. Die Motorhaube des Geländefahrzeugs war offen. Der Mann zog mit seinen Händen an den Leitungen, versetzte dann wütend dem Rad einen Tritt mit dem Fuß, zog sein Handy heraus und schrie hinein:

»Mama, bitte verzeih, aber ich komme nicht. Ich sitze irgendwo unterwegs fest wie ein Idiot, mein Auto ist kaputt, alle Termine sind im Eimer.«

Er klappte sein Telefon zu und ließ sich, ohne darauf zu achten, dass seine weiße Hose dabei schmutzig wurde, auf den Randstein fallen.

Jana hatte es an jenem Tag nicht eilig. Seit ihrer Kindheit hatte sie begeistert an Motoren gebastelt. Wenn andere Kinder im Hof Kästchen-Springen spielten und Seil hüpften, drückte sich Klein-Jana mit angehaltenem Atem bei den Autobastlern herum. Mit zwölf konnte sie die Innereien eines Shiguli auseinandernehmen und wieder zusammensetzen. Die Nachbarn aus dem ganzen Haus brachten Jana ihre streikenden Kaffeemühlen, Radios und Fernseher. Das Mädel hatte einfach goldene Hände. Als sie den verzweifelten Mann sah, der ihr Vater hätte sein können, ging Jana zu ihm und schaute interessiert in den Motor. Der Grund für den Defekt war ihr sofort klar.

»Geh, geh, Kind«, sagte der Fahrer hoffnungslos.

Jana krempelte die Ärmel ihres Pullovers hoch und griff hinein. Ein paar Minuten später fauchte der Jeep fröhlich los. Der höchst erstaunte Max half der unerwarteten Helferin, sich die Hände zu waschen, und brachte sie nach Hause. So begann ihre Geschichte.

Jana verliebte sich besinnungslos in ihn. Sie brauchte gar nichts von ihm, weder Brillanten noch Pelze noch eine Wohnung. Sie wollte ihrem Liebsten nur nahe sein, dieselbe Luft atmen wie er, still bei ihm sitzen...

Jeden Abend verbrachte sie nun mit ihm. Manchmal lief sie zu Tanja hinüber und erzählte ihr dann schon auf der Schwelle, was für ein toller Mann Poljanskij doch sei: klug, zärtlich, taktvoll, wohlerzogen, feinfühlig, schön… Die Aufzählung der Attribute zog sich einige Minuten hin. Es gab nur einen klitzekleinen Haken, und das war seine Frau Veronika. Jana hatte ein schlechtes Gewissen, sie wollte kein fremdes Glück zerstören. Aber Maxim erklärte ihr, dass er mit seiner Frau ja keine Familie hätte, es gebe nur noch den gemeinsamen Haushalt. Die Scheidung sei schon lange beschlossene Sache, und Jana sei noch nicht einmal der Grund dafür.

Jana strahlte vor Glück. Zum ersten Mal in ihrem Leben wollte sie schön aussehen. Daher hatte sie sich zur Vorbereitung einer gemeinsame Reise mit ihm nach Tunis ihre dünnen Haare geschnitten und rot gefärbt.

»Es sah furchtbar aus«, seufzte Tanja, »aber sie fand es schön.«

»Wollten sie zusammen Urlaub machen?«

»Ja«, nickte die Freundin, »sie hatten einen Flug für den siebzehnten Juni gebucht. Ihrer Tante wollte Jana erzählen, dass sie in ein studentisches Sommerlager auf der Krim fahren würde.«

Komisch, dachte ich, sie träumt von einer Reise mit dem Liebsten ans Meer und fährt ganz plötzlich zu einem Sportfest nach Kiew. Na gut, sei's drum, es ist eben ein unberechenbares Gör. Aber da Tanja gesehen hat, wie Jana am fünften Juni abends in den Zug gestiegen ist, heißt das ja wohl, dass sie Max in der entscheidenden Nacht nicht gesehen hat. Ist es denn wirklich möglich, dass er die ganze Zeit in seinem Büro gewesen ist und so getan hat, als ob er schliefe?

KAPITEL 6

Gegen neun Uhr abends trudelte ich hungrig, verschwitzt und genervt wieder zu Hause ein. Im Wohnzimmer saßen die Schwiegermütter und schwatzten friedlich miteinander. In den Händen von beiden glänzten Häkelnadeln, sie hatten also eine gemeinsame Sprache gefunden. Sowohl die eine wie auch die andere häkelte mit Vorliebe weiße Serviettchen aus Zwirn, die keiner brauchte.

»Wie spät du kommst«, bemerkte Nina Andrejewna.

»Manja schaut gerade einen Film, der für ihr Alter unpassend ist«, petzte Rimma Borissowna.

»Die Kinder von heute sind vollkommen sich selber überlassen, während die Mütter nur noch an ihre Arbeit denken«, seufzte die Schwiegermutter Nummer zwei.

»Wir haben unsere Söhne noch streng erzogen«, stimmte Schwiegermutter Nummer drei mit ein.

Snap, der sie aufmerksam beobachtete, bellte leise. Nina Andrejewna griff mit der Hand in eine Blechbüchse mit Buttergebäck und stopfte die fettige Süßigkeit voller Rührung in das aufgesperrte Maul, das ihr hingehalten wurde. Da kam auch schon Bandy an und wurde ebenso bedacht.

»Übrigens«, erklärte Rimma Borissowna, »bei Kescha sitzt irgendein Mann, anscheinend ein Freund von dir. Hast du eigentlich mal auf den Magen deines Sohnes geachtet? Zu Mittag hat er nur Gurkensalat gegessen, wahrscheinlich kriegt er bald Gastritis. Ich werde dir einen Ausschnitt aus der Zeitung *Gesundheit* zu dem Thema geben, das ist wirklich sehr interessant.«

»Sie ernährt sich ja selber ganz ungesund«, griff Nina Andrejewna ein, »immerzu ein Häppchen hier, ein Häppchen dort. Ihren Kindern hat sie auch nicht beigebracht, ordentlich zu essen. Außerdem denke ich, man sollte dem Mädchen verbieten, mit dem Motorroller zu fahren. Das ist so vulgär!«

Während ich rückwärts zur Tür ging, lächelte ich den Harpyien weiter freundlich ins Gesicht. Zwei Schwiegermütter auf einmal waren eindeutig zu viel, wie sollte ich das nervlich aushalten?

In Keschas Arbeitszimmer saß Alexander Michailowitsch. Er hielt einen Packen Dokumente in den Händen. Vor ihm standen ein leerer Teller mit Krümelresten und eine unberührte Tasse mit einer undefinierbaren, hellbraunen Flüssigkeit. Ich musste lachen: Kescha hatte dem Oberst sein »Spezialgetränk« vorgesetzt. Er versteht ja sehr viel von Weinen, aber was er da als Kaffee zusammenbraut, das schafft niemand so schlecht wie er. Er selbst lebt in der glücklichen Überzeugung, für eine volle Kaffeekanne genüge ein Teelöffel gemahlener Kaffee. Um dem »Kaffee« Geschmack zu verleihen, gibt er ordentlich Zucker und Milch dazu. Die Flüssigkeit, die dabei herauskommt, weigert sich sogar der Allesfresser Bandy zu sich zu nehmen.

»Mutter«, rief mir Kescha entgegen, »der Oberst ist gekommen, um über Poljanskijs Sache zu sprechen.«

Ich seufzte und schaute vorwurfsvoll meinen Sohn an: Verräter, du hast den Mord herausposaunt! Der Oberst saß freundlich lächelnd da, als ob nichts wäre, und streichelte zärtlich Chutschiks dicke Rückenfalten. Der Mops hatte verzückt die Augen geschlossen.

Alexander Michailowitsch ist ein guter alter Freund von mir. Vor vielen Jahren hatte ich mich, als ich noch eine bettelarme

Französischlehrerin war, von einer zusätzlichen Arbeitsmöglichkeit verlocken lassen und begonnen, stundenweise in der Akademie des Innenministeriums zu arbeiten. Sie bezahlten dort einfach großartig, vor allem aber konnte man über sie, was für die damalige Zeit nicht unwichtig war, auf Bestellung eine besondere Lebensmittelauswahl beziehen. Seit damals trägt Schokoladenschaumgebäck in unserem Haus die Bezeichnung »Milizionärskuchen«.

Es bildete sich eine ausgesprochen seltsame Gruppe von Studenten, von fünfzehn sprachlich absolut unbegabten jungen Leuten. In den verschiedenen Fächern, die das Milizwesen angingen, waren sie sehr gut, während Französisch für sie zu einer wahren Qual ausartete.

»Lieber würde ich eine Woche irgendwo auf der Lauer liegen, als Ihre unregelmäßigen Verben zu lernen«, bekannte mir einer der Hörer in einem Moment der Offenheit.

Je näher das Examen rückte, desto klarer wurde, dass die meisten der Studenten es einfach nicht schaffen würden. Es wäre ja kein Problem gewesen, wenn ich die Prüfung alleine abgenommen hätte. Ich hätte ihnen allen Zweien gegeben, wer hätte das schon groß überprüft? Aber der Rektor des Innenministeriums berief eine Kommission ein. Das ließ meine »Franzosen« vor Angst auch noch das Wenige vergessen, was sie überhaupt wussten, so dass ich mich schließlich zu einem Betrug entschied. Jeder bekam ein Blatt und hatte es auswendig zu lernen, während ich versprach, dafür zu sorgen, dass jeder bei der Prüfung das für ihn passende Blatt erhielt.

Morgens früh setzte sich die Kommission, die aus dem Arzt, der Pathologe und Anatomie lehrte, dem Schießlehrer und der gutmütigen Mathematiklehrerin bestand, an einen langen Tisch. Ich ließ mich an seinem Kopfende nieder und freute mich im Stillen darüber, dass keiner der Prüfer eine Fremdsprache beherrschte.

Als die erste Gruppe der Prüflinge auf der Schwelle erschien, reichte ich ihnen schnell ihre Blätter. Die Prüfung lief wie geschmiert. Die Kursteilnehmer lasen munter ihre Texte und antworteten behende auf die grammatikalischen Fragen. Die Einsen purzelten nur so aus dem Sack. Ich beruhigte und entspannte mich ein wenig, aber, wie sich noch zeigen sollte: Ich hatte mich zu früh gefreut.

Die Katastrophe geschah in dem Moment, wo Alexander Michailowitsch, der damals noch jung und krausköpfig war, seinen Zettel herauszog. Er setzte sich in die letzte Bank, aber an seinem Gesichtsausdruck konnte ich ablesen, dass irgendetwas nicht stimmte. Mit einem freundlichen Lächeln schaute ich mir die Papiere derjenigen an, die sich auf die Antworten vorbereitet hatten, bis ich zu ihm gelangte und ihm drohend zuzischte:

»Na, was ist?«

»Das ist nicht das Blatt, das ich gelernt habe«, flüsterte der Unglückliche, »ich habe aus Versehen ein anderes genommen.«

Das war tatsächlich eine Katastrophe.

»Pass auf«, murmelte ich, »hier ist außer mir keiner, der Französisch kann, lies den Text irgendwie vor, nach der Grammatik frage ich dich nicht.«

Schwitzend trat der Prüfling vor die Kommission und begann verkrampft, laut vorzulesen. Wie er die Wörter aussprach! »Aujourd'hui« klang in seiner Aussprache wie »auschurdeus«, »est« sprach er genauso aus, wie es geschrieben steht, aber die Kommission war zufrieden: schnell und deutlich, was wollte man mehr? Ich winkte den Leidenden mit seinem Testat zu mir heran, als plötzlich der Schießlehrer aus seinem Schlaf erwachte und befahl:

»Und jetzt übersetzen Sie!«

Gehetzt schaute mich der Prüfling an.

»Nun haben Sie keine Angst«, spornte ich ihn an, »ich habe doch gesehen, wie Sie den Text schriftlich übersetzt haben, es war alles ganz richtig. Nehmen Sie das Blatt aus Ihrer Mappe und lesen Sie es uns vor.«

Geistesgegenwärtig zog er irgendein Papier aus seiner Mappe und begann, ein Referat über »die pathologisch-anatomische Untersuchung einer Leiche« vorzutragen. Wenn man bedenkt, dass alle anderen Märchen von Charles Perrault gehabt hatten, kann man sich vorstellen, welchen Eindruck er machte.

»Was für eine schwierige Übersetzung«, sagte die Mathematiklehrerin kopfschüttelnd, »die Blätter waren aber nicht gerecht verteilt. Der eine kriegt Rotkäppchen, der andere so einen komplizierten Fachtext. Gehen Sie, junger Mann, Sie haben sich Ihre Eins zweifellos verdient.«

Seitdem sind wir eng befreundet. Aus dem schlanken, kraushaarigen Leutnant ist inzwischen ein dicker, kahler Oberst geworden. Aber diese Veränderung hat auf unsere Beziehung keinerlei Auswirkung gehabt. Als wir in Paris waren, haben wir ihn sofort zu uns eingeladen. Er kam und freundete sich gleich mit einem französischen Kollegen an, dem Kommissar Georges Perrier. Natascha und ich haben zwar nie begriffen, wie die Männer sich eigentlich verständigt haben, denn Georges spricht kein Wort Russisch, während Alexander Michailowitsch mit unglaublichem Akzent nur den klassischen Satz aus sich herausbringt: »Moskau ist die Hauptstadt der UdSSR«.

Aber sie gingen zusammen in viele Pariser Cafés und erörterten wunderbar fachspezifische Fragen miteinander. Als Georges seinen Freund zum Flughafen begleitete, brachte er ihm ein kleines Körbchen mit.

»Dieser kleine Hund soll dich ein bisschen an mich erinnern«, sagte der Kommissar, »er heißt Chutsch. Schau mal, wie ähnlich er mir sieht.«

Was wahr ist, ist wahr. Der dickliche englische Mops mit seinen kurzen Beinchen sah allen beiden Milizionäre, dem Moskauer wie dem Pariser, erstaunlich ähnlich.

Zuerst wohnte Chutschik in der Junggesellenwohnung des Obersts, aber der hohe Funktionär der Miliz war tagsüber fast nie zu Hause, so dass der Mops vor Einsamkeit schließlich krank wurde.

Manja hatte Mitleid mit ihm, und so kam Chutsch zu uns. Alle in unserer Familie lieben ihn, sogar die gestrengen Katzen.

In der idyllischen Beziehung zu Alexander Michailowitsch gibt es nur einen Wermutstropfen, und zwar einen gehörigen. Er arbeitet für das Innenministerium, in seinen Zuständigkeitsbereich fallen die verschiedensten Kriminalfälle. Es ist schon mehrmals vorgekommen, dass er mich ganz offiziell, unter Aufsetzung eines Protokolls, verhört hat. Ich kann ja auch nichts dafür, dass ich immerzu in die unwahrscheinlichsten Geschichten hineingerate. Das ist eben Schicksal, verdammt noch mal! Mal finde ich eine Leiche in der Mülltonne, dann stirbt plötzlich mitten an einem Feiertag eine gute Freundin von mir. Es ist ja nicht meine Schuld, dass die Miliz die Verbrechen nicht aufklären will, sondern immer schnell als Selbstmord oder Unglück abtut. Das letzte Mal habe ich zwar versprochen, dass ich mich nicht mehr einmischen werde, aber Maxim kann ich doch auch nicht im Stich lassen.

»Das ist doch wirklich ein seltsamer Zufall«, begrüßte ich ihn überschwänglich, »dass Nina Andrejewna sich ausgerechnet Kescha als Rechtsanwalt ausgesucht hat!«

»Eigentlich eher ein tragischer«, fiel der Oberst ein, »wenn man bedenkt, dass ich für den Fall zuständig bin.«

Das war allerdings wirklich großes Pech. Jetzt würde er uns keinen Schritt ohne Erlaubnis tun lassen.

»Daschutka«, sagte mein Freund unerwartet liebevoll, »ich verstehe ja deinen Enthusiasmus. Er war immerhin dein Mann. Es ist immer schwer zu begreifen, dass ein Mensch, dem man nahe gestanden hat, ein Mörder sein soll.«

»Er ist kein Mörder«, sagte ich leise, aber bestimmt.

»Hör zu«, begann mein Freund zu schäumen, »es gibt Fälle, die Zweifel aufkommen lassen, und dann gibt es welche, die ganz klar auf der Hand liegen. Poljanskij hat den Mord vorbereitet, er hat sich ein Alibi besorgt. Wieder was anderes ist, dass er bescheuert gehandelt hat, sich seinen Nachbarn gezeigt, seine Hose beschmiert hat und dann auch noch einem engen Freund von seinem Plan erzählt hat.«

»Wem?«, fragte ich erstaunt.

»Semjon Worobjow. Kennst du ihn?«

Und wie. Ein Kommilitone von Max aus dem Literaturinstitut. Er wurde sozusagen direkt noch in Bastschuhen über die Arbeiterquote an der Hochschule aufgenommen. Ein riesiger, semmelblonder Mann mit Schweinsäuglein und dem unausrottbaren Akzent der Provinz. Bei seinem ersten Besuch schockierte er Nina Andrejewna zutiefst damit, dass er sich die Nase mit den Händen schneuzte, um sie sich dann affektiert mit einem Taschentuch abzuwischen. Was mich abstieß, waren dagegen nicht seine fehlenden Manieren, sondern der allumfassende Neid, den Semjon Max gegenüber hegte. Manchmal wurde es direkt lächerlich. Wenn Maxim sich nicht eine Mappe, sondern einen Rucksack kaufte, legte sich Semjon umgehend genau so einen zu.

Er wollte nach dem Examen unbedingt in Moskau bleiben. Maxim machte ihn mit Ada Klein bekannt, einer alten Jungfer, die die Hoffnung bereits aufgegeben hatte, noch jemals zu heiraten. Durch die Heirat mit ihr erhielt er die Zuzugsgenehmigung für Moskau und begann, in einer Zeitung zu arbeiten, die mit hoher Auflage in einem Fleischkombinat erschien. Das war ein guter Ort in den mageren Jahren, obwohl auch so kein Schriftsteller aus ihm wurde.

»Semjon?«, wiederholte ich ungläubig.

»Ja«, bekräftigte Alexander Michailowitsch, »hier, schau mal.«

Er hielt mir ein Blatt Papier hin.

Semjon Wladimirowitsch Worobjow, Geburtsjahr, Adresse, Passangaben, zu den mir gestellten Fragen erkläre ich…

Beim Lesen sträubten sich mir die Nackenhaare.

Maxim war am ersten Juni ziemlich angetrunken zu Semjon gekommen.

Auf die Bemerkung seines Freundes, sich in diesem Zustand lieber nicht ans Steuer zu setzen, winkte Max ab und erklärte:

»Ist mir doch egal, ob ich draufgehe, ich hab eh genug vom Leben.«

Semjon, der es immer gern hörte, wenn bei Max etwas schief lief, begann, ihn auszufragen.

Max beklagte sich bei ihm über Probleme im Geschäft, er erklärte, er habe Schulden. Die Kreditgeber hätten den Hahn zugedreht, und nun müsse er seine Wohnung verkaufen, sonst würde er umgebracht werden.

»Gib ihnen doch deine Luxuswohnung, dein Leben ist schließlich wichtiger«, riet ihm der teilnahmsvolle Freund.

Aber Max erklärte, das sei unmöglich, denn die Wohnung sei auf ihn und seine Frau eingetragen, und Veronika lehne es kategorisch ab, auf ihren Anteil zu verzichten.

»Ich bringe sie um«, tobte Poljanskij, »ich werde sie einfach erschießen, die räudige Hündin!«

Er schlug so hart mit der Faust auf den Tisch, dass ihm seine Rolex vom Handgelenk fiel und den Teller zerschlug. Dann fuchtelte er mit einer Beretta vor der Nase des erschrockenen Semjon herum. Irgendwie schaffte es Worobjow, den Raufbold zu beruhigen. Morgens rief Max an, um sich zu entschuldigen, anscheinend sei ihm der Wodka zu Kopf gestiegen. Alles sei in Ordnung, es gehe ihm wunderbar. Dann hörte er nichts mehr von ihm.

»Begreifst du endlich, dass Maxim der Mörder ist?«, fragte Alexander Michailowitsch einschmeichelnd.

»Ja«, sagte ich.

»Versprich mir, dass du dich aus dieser Sache raushältst!«

»O. k.«

»Na wunderbar«, freute sich der Oberst. »Kriegen Chutschik

und ich denn nun auch noch Tee und Kuchen, oder haben deine Schwiegermütter schon alles aufgegessen?«

Wir gingen ins Esszimmer hinüber. Meine Hände gossen automatisch Tee in Tassen, reichten Tellerchen mit Gebäck herüber, mein Mund sprach irgendwelche Worte, aber in meinem Kopf türmten sich ganz andere Gedanken. Als der Oberst und Kescha den Fernseher einschalteten und sich in die üblichen Schreckensnachrichten vertieften, setzte ich mich zu Nina Andrejewna.

»Schade, dass wir Max seine Uhr nicht gegeben haben. Er hat so darum gebeten. Obwohl es wahrscheinlich besser wäre, ihm etwas Einfacheres zu besorgen. Er hat, glaube ich, eine Rolex, nicht wahr?«

»Nein«, erklärte Nina Andrejewna, »ich hab sie dir doch gezeigt. Es ist eine Longines, unglaublich teuer, mit Brillanten, sie hat fast dreißigtausend Dollar gekostet.«

Nachdenklich begann ich, ein Eclair zu essen und wunderte mich über den unangenehmen Papiergeschmack.

Eine Longines! Natürlich, jetzt erinnerte ich mich.

Warum hatte Semjon dann aber erwähnt, dass Max eine Rolex am Handgelenk baumeln hatte? Hatte er die Marke verwechselt? Nein, jedem anderen hätte das passieren können, aber nicht Worobjow. Der wusste immer ganz genau, was Poljanskij trug. Er war sicher furchtbar neidisch, weil er sich so eine nie würde leisten können. Interessant, morgen würde ich zu Semjon fahren und die Einzelheiten klären.

Im Rücken spürte ich den Blick von jemandem und drehte mich um. Alexander Michailowitsch fragte liebevoll:

»Schmeckt der Kuchen gut?«

»Nicht besonders!«

»Isst du ihn immer zusammen mit der Verpackung?«

Ich schaute mir genauer an, was ich da aß und stellte fest, dass ich zusammen mit dem Eclair auch das Einschlagpapier versuchte zu kauen. Ich kicherte freundlich und versuchte, das ungenießbare Stück herunterzuschlucken. Auch der Oberst lächelte freundlich, aber seine Augen verhießen nichts Gutes.

KAPITEL 7

Um Punkt halb acht klopfte jemand an meine Schlafzimmertür. Ich setzte mich auf, mein Kopf brummte. Am Abend davor hatte ich bis eins gelesen und mich dann lange schlaflos im Bett herumgewälzt.

Die Tür ging auf, Manja flog herein.

»Alle warten auf dich. Komm frühstücken!«

»Auf mich? Wieso denn das? Bislang hat jeder seinen Kaffee im Stehen getrunken und wann es ihm gepasst hat.«

»Nun komm schon«, kicherte Manja, »ohne dich soll es nicht losgehen.«

Ungläubig warf ich meinen Morgenmantel über und schleppte mich nach unten. An dem riesigen runden Tisch waren alle Hausbewohner vollzählig versammelt. Nina Andrejewna schüttelte vorwurfsvoll ihren Kopf:

»Ich habe versucht herauszufinden, wann ihr frühstückt, aber Manja hat erklärt, dass jeder isst, wann er will. Schrecklich! Es gehört sich, zusammen zu essen, denn das verbindet. Also lasst uns ab heute einführen, dass wir um halb acht frühstücken, um zwei zu Mittag essen und um sieben zu Abend essen. Und du, Daschalein, zieh dir bitte ein Kleid an, der Morgenmantel ist irgendwie unpassend.«

»Richtig«, pflichtete ihr Rimma Borissowna bei, »wir essen ordentlich angezogen. Wir haben es uns früher auch nie erlaubt, uns vor anderen Leuten gehen zu lassen.«

Ich schaute Nina Andrejewna an. Sie war schön frisiert und leicht geschminkt. Ein eleganter Rollkragenpullover aus Seide verbarg ihren runzeligen Hals. Was für eine Metamorphose, nach nur einer Nacht an einem neuen Ort!

»Kinder«, fuhr Nina Andrejewna fort, als sie bemerkte, wie ich noch mit dem Schlaf kämpfte, »ihr müsst euch ein gutes Beispiel nehmen. Mein Sohn ist zum Beispiel nur zu einem vollwertigen Teil der Gesellschaft geworden, weil sein Vater und ich ihm immer nur Gutes vorgelebt haben.«

Ach so, deshalb saß er jetzt also auch unter Mordverdacht in der Butyrka ein.

»Es ist sehr schön«, verkündete die Alte weiter, »dass Manja so ein verständiges Mädchen ist und heute keine Jeans trägt. Wenn sie jetzt auch noch auf den Motorroller verzichtet, ist es einfach großartig.«

»Mama«, flüsterte mir meine Tochter leise zu, »wird diese blöde Kuh lange bei uns wohnen?«

»Vollkommen richtig«, hakte Rimma Borissowna ein, »solange wir hier sind, wollen wir versuchen, Dascha zu helfen. Kescha, warum isst du keinen Haferbrei? Wir haben eurer Köchin extra aufgetragen, ihn mit Wasser zu kochen. Das ist sehr gesund für die Leber und den Magen. Da gibt es keine Probleme mehr mit dem Stuhlgang!«

Kescha starrte auf den verhassten Brei. Als er das letzte Mal dieses widerliche Zeug in den Mund genommen hatte, war er fünf gewesen! Olga kicherte. Seufzend tauchte mein Sohn seinen Löffel in die klebrige Masse und versuchte, etwas davon herunterzuschlucken. Sein Gesicht drückte unaussprechliche Qualen aus. Er tat mir Leid.

»Leider hat Kescha eine Allergie gegen Hafer«, erklärte ich fröhlich.

Dankbar sah er zu mir hinüber.

»Na so was, wie unangenehm«, sagte Rimma Borissowna und schlug die Hände zusammen. »Und Manja?«

»Auch«, bestätigte ich, als ich sah, wie sie mit ihrem Löffel in ihrem Teller herumrührte, damit es so aussah, als hätte sie gegessen.

Nachdem sie so um den verhassten Brei herumgekommen waren, wurden meine Kinder fröhlicher. Rimma Borissowna und Nina Andrejewna ließen sich nun lang und breit über den Nutzen eines täglichen Klistiers aus, bis Letztere vom Thema abkam und erklärte:

»Übrigens, Bandy hat irgendwas mit seinem Magen. Er hat schlecht gekackt, es sieht ganz nach Durchfall aus.«

Ich verbiss mir ein Lachen und stand auf.

»Um zwei Uhr Mittagessen«, verkündeten die beiden Alten einstimmig.

»Ich habe Unterricht«, erfand Manja schnell.

»Ich kann nicht kommen, bin in der Beratungsstelle«, entschuldigte sich Kescha.

»Ich habe eine schwierige Übersetzung aufbekommen«, seufzte Häschen, »und bleibe den ganzen Tag in der Bibliothek.«

Jetzt starrten die Harpyien mich an. Alle einigermaßen guten Vorwände waren nun schon vergeben, es blieb mir nichts übrig als die Wahrheit zu sagen:

»Ich fahre zur Butyrka und bringe Maxim ein paar Sachen.«

Rimma Borissowna seufzte auf, Gera, der die ganze Zeit nichts gesagt hatte, schaute mich neugierig an. Nina Andrejewna wurde rot, aber sie nahm den Schlag meisterhaft hin.

»Vergiss die Uhr nicht«, rief sie mir noch nach.

Ich fuhr meinen Volvo aus der Garage und schaute auf die Uhr: kurz nach acht. Wahrscheinlich schlief Semjon noch tief und fest, ich konnte mir auf dem Weg dorthin Zeit lassen.

Er lebte in einer Straße, die den netten, nach der Sonne benannten Namen »Solnjetschnoje« trug. Zu dieser frühen Stunde waren noch nicht viele Autos unterwegs, so dass die Fahrt nicht lange dauerte. Nachdem ich zehn Minuten im Auto gewartet hatte, beschloss ich, auf den Anstand zu pfeifen und wählte Semjons Nummer. Der Hörer wurde sofort abgenommen.

»Hallo«, hörte ich eine heisere, wenig erfreute Stimme.

»Hallo, Senja, guten Morgen. Hier ist Dascha, Maxims frühere Frau.«

»Aha«, sagte er gedehnt und ohne jede Begeisterung.

»Ich möchte mit dir sprechen, und zwar persönlich, von Angesicht zu Angesicht.«

»Dann komm vor zwölf, später kann ich nicht.«

Ich schloss den Wagen ab und ging ins Haus. Ich musste zehn Minuten klingeln. Endlich hörte ich hinter der Tür eine verschlafene Stimme:

»Wer da?«

»Dascha.«

Semjon öffnete die Tür. Der Frotteemantel hob seinen enormen Bauch hervor, den er sich zugelegt hatte, als er auf die Vierzig zuging.

»Ach, du bist es«, sagte er erstaunt.

Ich stellte mich dumm und antwortete: »Du hattest mir doch gesagt, ich soll vor zwölf da sein.«

»Ich dachte schon, Ada wäre von der Datscha zurückgekommen«, sagte Semjon zusammenhanglos.

Er führte mich ins Wohnzimmer, bat mich zu warten und schloss fest die Tür hinter sich. In der Diele war ein leises Rascheln zu hören. Auf Zehenspitzen ging ich zur Tür und sah durchs Schlüsselloch, wie er eine Frau hinausbrachte. Ihr Gesicht war nicht zu erkennen, ich sah nur ihre schlanke Gestalt und lange schwarze Haare. Sie hatte eine große rote Lacktasche bei sich. Was für ein gerissener Kerl! Während Ada auf der Datscha war, amüsierte sich ihr Mann anderweitig.

Dann hörte ich Wasser plätschern, Semjon steckte seinen Kopf zur Tür herein:

»Magst du einen Kaffee?«

»Gern, aber in der Küche.«

In dem großen Waschbecken aus rostfreiem Stahl stand eine benutzte Tasse mit Spuren von blutrotem Lippenstift am Rand. Semjon, der meinem Blick gefolgt war, bemerkte:

»Gestern ist ein Freund vorbeigekommen, wir haben zusammengesessen und Kaffee getrunken.«

Na, der Freund musste wohl ein Schwuler gewesen sein, wenn er sich die Lippen anmalte. Aber ich hatte keine Lust, mir über die logischen Fähigkeiten meines Gegenübers Gedanken zu machen.

»Weißt du, was mit Maxim passiert ist?«

»Was denn?« Der alte Freund stellte sich dumm.

»Er sitzt im Knast, wegen Mordes!«

»Ach, das«, sagte Semjon lang gezogen, »das ist ein alter Hut, ich dachte, es wäre noch was anderes passiert. Was Schlimmeres.«

»Großer Gott! Was meinst du, was könnte noch schlimmer sein?«

»Na ja, im Knast passiert alles Mögliche. Vielleicht hast du ja Glück und wirst in Ruhe gelassen, vielleicht bringt dich aber auch einer um, oder du kriegst Tuberkulose oder die Krätze…«

Als ich sah, wie genüsslich der liebe Freund diese ganzen Unannehmlichkeiten aufzählte, die Maxim zustoßen konnten, staunte ich einmal mehr über die Macht des Neides. Dabei hätte er im Grunde gar keinen Grund dazu gehabt.

General Poljanskij und Semjons Vater, der auch General gewesen war, hatten in der Militärschule nebeneinander geschlafen und waren seitdem eng befreundet gewesen. Sie studierten zusammen, kamen zusammen als ganz junge Burschen an die Front und kämpften Seite an Seite. Dann trennten sich ihre Wege. Die Poljanskijs ließen sich in Moskau nieder, während die Worobjows mal hier, mal dort lebten. Die häufigen Umzüge waren für den Jungen nicht sehr förderlich. Manchmal landete er mit seinen Eltern an Orten, wo es noch nicht einmal eine

Schule gab. Als er daher zwölf Jahre alt war, schickten sie ihn zur Großmutter in ein reiches sibirisches Dorf in der Gegend von Krasnojarsk. Sie bekam für den Enkel reichliche finanzielle Unterstützung, außerdem war eine sibirische Kolchose ohnehin etwas ganz anderes. Semjon bekam morgens, mittags und abends frisches Rind- und Schweinefleisch, wurde mit Pelmenis und Piroggen mit Preiselbeer-, Torfbeer- oder Pilzfüllung verwöhnt, aß Fisch, sooft er wollte. In der vorletzten Klasse schmiss er die Schule und bekam eine Stellung in der Verwaltung der Kolchose »Unser Weg«. Seine Aufgabe war es, jeden Tag zur Mittagspause im Radio die neuesten Nachrichten zu verkünden. Seine Eltern besuchten ihn nicht sehr häufig. Dann starb seine Mutter. Der Vater, der ordnungshalber ein halbes Jahr getrauert hatte, heiratete wieder. Semjon reiste nach Karaganda, um seine Stiefmutter kennen zu lernen. Und wieder hatte er Glück. Die gutmütige, einfach gestrickte Frau fühlte sich schuldig gegenüber dem Stiefsohn, vor allem auch, weil ihr eigener Sohn bei ihr lebte. Semjon erhielt zentnerweise Geschenke und eine noch höhere finanzielle Zuwendung als zuvor.

1976 kam er nach Moskau, um die Aufnahmeprüfung für das Literaturinstitut zu machen. Das war ein absolut unfehlbares Unterfangen, für ihn als Kolchosemitglied aus dem fernen Sibirien, noch dazu als einer, der den dörflichen Rundfunk organisierte! Wer hätte damals einen solchen Bewerber abweisen sollen, wo doch jede Universität verpflichtet war, Kinder aus verschiedenen sozialen Schichten auszubilden. Daher wurde Semjon sofort aufgenommen, obwohl er im Aufsatz, in der Fremdsprache und in Geschichte nur Dreien hatte. General Poljanskij musste dagegen für seinen Sohn eine ordentliche Summe springen lassen, damit Maxim in dieselbe Einrichtung aufgenommen wurde.

Natürlich konnte Semjon sofort bei den Poljanskijs wohnen. Die Jungens schlossen auch gleich Freundschaft, wenn diese auch mehr als seltsam war. Semjon begriff schnell, dass der andere ihn in allem übertraf. Es ging noch nicht einmal um die Manieren! Bis Neujahr hatte Worobjow gelernt, mit Messer und Serviette umzugehen, und hatte seine Papirossi durch Zigaretten der Marke Jawa ersetzt. Trotzdem stand Max überall im Mittelpunkt. Semjon begann, sich wie sein Freund zu kleiden, kopierte sein Verhalten, so gut er konnte, und schaffte sich sogar auch eine Taschenuhr an. Aber wenn Maxim den Deckel seiner Uhr ganz zwanglos mit einer leichten Handbewegung öffnete, wirkte dieselbe Geste bei Semjon nur lächerlich. Sein Vater, der General, gab ihm genug Geld, so dass er keinerlei materielle Probleme hatte. Aber während sich die Mädchen leidenschaftlich in Max verliebten, ihm Liebesbriefe schrieben und ihm hinterhertelefonierten, hatte Semjon mit leichten Mädchen zu tun, die sich gerne sinnlos betranken.

Auch äußerlich unterschieden sich Max und Semjon sehr. Max war feingliedrig und elegant und hatte die aristokratischen Hände eines Menschen, der nie körperliche Arbeit geleistet hatte. Semjon dagegen war stämmig mit einem schweren Körperbau, seine großen Hände hatten Ähnlichkeit mit Schaufeln.

Zum Ende des fünften Studienjahres heiratete Max bereits zum dritten Mal. Semjon dagegen hatte es noch nicht einmal zu einer einzigen Braut gebracht. Entweder seine Freundinnen kamen aus der Provinz, oder es waren Hungerleiderinnen. Dabei wollte Worobjow unbedingt eine Moskauerin heiraten, die außerdem begütert sein sollte. Zurück in das Dorf bei Krasnojarsk wollte der »Kolchosebauer« auf keinen Fall.

Als Max sah, dass sein Freund auf keinen grünen Zweig kam, kümmerte er sich schließlich selbst darum. Zusammen mit Nina Andrejewna vermittelte er dem »Schriftsteller« die Tochter von alten Freunden, Ada Klein. Anders als ihr deutscher Nachname hätte vermuten lassen, war sie so groß wie ihr Mann, hatte ebenso schwere Knochen und ein grobes Gesicht. Außerdem war sie schon siebenundzwanzig. Aber alle ihre Mängel verblassten neben der Tatsache, dass sie aus Moskau stammte und noch dazu die Tochter des Direktors eines der größten Moskauer Delikatessengeschäfte war.

Als Hochzeitsgeschenk erhielt das Brautpaar eine neue Zweizimmerwohnung und einen Shiguli, von dem ein Normalbürger sein ganzes Leben lang nur träumen konnte. Endlich hatte Semjon es geschafft, Max zu überrunden! Aber Neid ist eine merkwürdige Sache, und so fuhr er fort, sich alles das zu kaufen, was er bei Max sah, dieselben Möbel, wie sie die Poljanskijs hatten, sogar Adas Pelzmantel sah aus wie der von Nina Andrejewna. Wie schadenfroh musste Worobjow gewesen sein, als er mitbekam, dass die Generalswitwe Poljanskij Flaschen sammelte, wie betroffen dagegen, als er von Maxims Geschäftserfolgen erfuhr.

»Man sagt, in den Zellen, die für zwanzig Mann gemacht sind, sitzen sie zu hundert«, freute sich Semjon weiter, »wie schrecklich, der arme Max! Obwohl, er ist ja selber schuld: Warum hat er sie auch umgebracht!«

Ich beschloss, ihm seine Schadenfreude ein wenig zu verderben:

»Zum Glück betrifft das Maxim nicht. Er kann sich eine Privatzelle leisten und sitzt unter menschlichen Bedingungen ein, mit Kühlschrank und Fernseher, Essen bekommt er sogar aus einem Restaurant geliefert.«

Semjon starrte mich aus seinen Schweinsäuglein an. Seine verfetteten Gehirnzellen verarbeiteten die Information von der »Privatzelle«.

»Wie viel kostet denn so was?«

»Nicht der Rede wert«, improvisierte ich, »anderthalbtausend Dollar im Monat, aber Geld spielt für uns keine Rolle. Sag mir lieber, ob du glaubst, dass er Veronika umgebracht hat.«

Semjon wurde knallrot:

»Natürlich, er hat es ja selbst gesagt. Er ist vollkommen besoffen zu mir gekommen, hat mit einer Pistole herumgefuchtelt und herumgeschrien, irgendein Mafiakerl setze ihn unter Druck. Er hätte ihm einen Riesenbatzen Geld geliehen, und zwar eine Million Dollar.«

Ich starrte Semjon mit offenem Mund an. Eine Million Dollar? Das schien mir doch zu viel, woher sollte so viel Geld kommen? Ein so einträgliches Geschäft konnte der Handel mit Eiern ja nun auch wieder nicht sein.

Semjon holte währenddessen eine Flasche Kognak und füllte zwei Gläser. Als ich ablehnte, goss er beide Gläser auf einmal hinunter. Erstaunlich, früher hatte er nicht so viel getrunken.

»Hat dir Veronika gefallen?«, beschloss ich, das Terrain von einer anderen Seite her zu sondieren.

Worobjow wurde plötzlich blass, Schweißtropfen liefen ihm über das Gesicht.

»Was willst du damit sagen?«

Ich tat erstaunt:

»Gar nichts weiter. Mich interessiert bloß, wie sie und Max miteinander ausgekommen sind. Kann es denn wirklich sein, dass sie ihn soweit gebracht hat, dass er sie umbringen wollte?«

Semjon füllte sich ein weiteres Glas Kognak ein und leerte es fast auf einen Zug. War er inzwischen etwa zum Alkoholiker geworden?

»Semjon, wo arbeitest du jetzt eigentlich?«

»Ich gebe die Zeitschrift *Die Skandale der Woche* heraus«, antwortete er mit schwerer Zunge. »Veronika habe ich nicht gut gekannt, wir hatten fast keinen Kontakt. Ada hat sie nicht gemocht, und anders als Max habe ich nur eine Frau zur selben Zeit. Ich bin kein Schürzenjäger!«

»Ha«, regte ich mich auf, »lüg doch nicht so unverschämt. Wir sind hier nicht bei einem Verhör. Du hast doch gerade eine Frau vor mir versteckt, so eine schwarzhaarige mit einer roten Handtasche!«

Die vollkommen harmlose Anspielung auf seinen Seitensprung versetzte ihn aus irgendeinem Grund in einen Zustand äußersten Entsetzens. So glasige Augen bekam unser Snap, wenn er den Tierarzt mit einer Spritze ankommen sah. Worobjow griff wieder nach dem Kognak, als das Telefon klingelte.

»Hallo«, krächzte er.

Je länger am anderen Ende gesprochen wurde, umso länger wurde sein Gesicht. Als er den Hörer aufgelegt hatte, warf er mir einen gehetzten Blick zu:

»Das war keine Geliebte, eine Mitarbeiterin ist gekommen, um Material abzuholen. Wir geben heute eine neue Nummer heraus.«

Da er offenkundig vor irgendetwas schreckliche Angst hatte, wollte ich das Eisen schmieden, so lange es heiß war. Ich drohte dem Betrunkenen mit dem Zeigefinger und sagte:

»Ei, ei, ei, lügen ist gar nicht gut. Zu deinem Pech kenne ich die Dame, die da weggegangen ist, gut. Ich habe sie erkannt. Wenn du willst, sag ich dir ihren Namen: Er endet auf ›a‹.«

Die Wirkung übertraf alle meine Erwartungen. Worobjow fiel vor mir auf die Knie und streckte seine dicken Finger zu mir aus:

»Daschka! Ich erzähle dir alles, du darfst es bloß niemandem weitererzählen. Willst du, dass ich dir Geld gebe? Ich bin jetzt ein reicher Mann. So viel du willst, zehntausend, zwanzigtausend Dollar? Aber sag es niemandem weiter…«

In dem Moment fiel die Haustür ins Schloss. Eine angenehme, tiefe Frauenstimme erklang:

»Schatz, wo bist du?«

Ada war von der Datscha zurückgekehrt. Sofort sprang Semjon wieder auf die Beine, aber der Kognak hatte ihm so zugesetzt, dass er stattdessen rücklings auf sein Hinterteil fiel. Seine Frau betrachtete voller Ekel ihren Mann und die leere Kognakflasche, dann fiel der Blick ihrer hervorstehenden Augen auf mich:

»Was geht hier vor?«

»Liebste«, gurrte Semjon, während er versuchte, seine Beine zu ordnen, »da bist du ja, meine Süße!«

»Ich bin Maxim Poljanskijs frühere Frau«, versuchte ich schnell, Klarheit zu schaffen, »ich bin gekommen, um mich mit Semjon zu unterhalten.«

»Wie ich sehe, haben Sie sich bereits glänzend unterhalten«, zischte Ada. Ihre Augen glitzerten Unheil verkündend und versprachen ihrem Mann nichts Gutes. »Und? Haben Sie alles besprochen?«

»Nein«, sagte ich frech, »sagen Sie, können Sie sich zufällig erinnern, was für eine Uhr Max trug?«

»Na klar«, schnaubte Ada, »ein teures Stück mit lauter Steinen, die Firma weiß ich nicht…«

»Eine Rolex«, hickste Semjon stumpf vom Boden her, »eine goldene Rolex, er hat sie sogar fallen lassen und einen Teller zerbrochen.«

Ada schüttelte sich vor Ekel und ging hinaus. Ich trat nah an den dümmlich lächelnden »Freund« heran und sagte deutlich zu ihm:

»Na schön, für heute lass ich dich in Ruhe, aber morgen komme ich wieder, und dann reden wir ernsthaft.«

Als ich wieder in meinem Volvo saß, kam ich ins Grübeln. Was mochte Worobjow bloß so erschreckt haben? Konnte er wirklich solche Angst vor Ada haben, dass man bloß seine Geliebte zu erwähnen brauchte, um ihn vollständig aus der Fassung zu bringen?

KAPITEL 8

Gegen zwölf traf ich im Untersuchungsgefängnis ein. Vor den Schaltern drängten sich unendlich viele verschwitzte Menschen. Nachdem ich meine voluminöse Tasche hereingeschleppt hatte, stützte ich mich mit den Ellenbogen auf einen der kleinen Holztische und schaute mich um. Daran, die Sachen auf legalem Wege abzugeben, war gar nicht zu denken. Ich würde warten, bis am Ende des Arbeitstages der Andrang nachlassen würde, und dann am Schalter meine grüne »Sondergenehmigung« vorweisen. Da ging plötzlich ein unglaubliches Geschrei los.

»Schweine, Schurken, Scheusale«, tobte eine zerraufte Frau mit erhobenen Fäusten, »mein Söhnchen habt ihr eingesperrt, ihr Hunde, und jetzt nehmt ihr mein gutes Essen für ihn nicht an! Ihr korrupten Diebe, ich hasse euch, ihr widerlichen Polypen, ihr tauben Nüsse…«

Die Menge verstummte, die Schalterfenster gingen auf einen Schlag zu, während die Frau hysterisch weiterschrie. Aus dem Augenwinkel sah ich, wie einige Frauen schnell ihre Kisten zum Ausgang schleppten…

Plötzlich hörte man lautes Stampfen, und in den überfüllten Raum drang eine Spezialeinheit der OMON, der Elitetruppe des Innenministeriums. Als ich sah, wie die Keulen auf den Rücken vollkommen unschuldiger Menschen schlugen, wurde mir Angst und Bange. Wenn man die auf den Schädel bekam, dann gute Nacht: Für den Rest des Lebens würde man in der Klapse vor sich hin geifern. Die Uniformierten begannen, die Leute nun systematisch auf die Straße hinaus zu drängen, indem sie sie energisch mit ihren Gummiknüppeln, mit Fußtritten und deftigen Flüchen bearbeiteten. Dabei zertraten sie die Taschen mit den Lebensmitteln. Die Menge – fast nur Frauen, die vor Angst heulten, während sie sich den blutigen Rotz wegwischten – drängte zum Ausgang. An den Türen gab es ein Durcheinander, Schreie waren zu hören.

Ohne zu wissen, was ich tat, kletterte ich unter einen wackeligen kleinen Tisch in der Hoffnung, nicht entdeckt zu werden. Die Schreie entfernten sich zunehmend, bis schließlich eine beklemmende Stille eintrat. Dann hörte ich das Rasseln der Schlösser. Neben dem Tisch blieben Beine stehen, die in einer Uniform steckten. Es roch nach billigen Zigaretten. Während ich den Lederriemen meiner Tasche in meinen starr gewordenen Fingern festklammerte, sagte ich schmeichelnd von unter dem Tisch hervor:

»Söhnchen, he, Söhnchen!«

Die Füße machten vor Schreck einen Satz in die Luft.

»Zum Teufel, wer ist da?«, sagte der unsichtbare Kopf dazu.

Vor meinen Augen erschien das verdutzte, gar nicht bösartig aussehende Gesicht eines einfachen, pausbäckigen Burschen mit Schweißtropfen auf der Stirn.

»Wie sind Sie denn hierher geraten?«, erkundigte er sich streng. »Na los, raus hier, und zwar schnell!«

Neben den Männerbeinen erschienen zwei Paar Frauenbeine, die einen in Leinenlatschen, die anderen in chinesischen Sandaletten.

»Oh, diese Mütter«, sagte die Ältere und bückte sich, »da ziehen sie Kriminelle heran, und dann müssen sie auch noch wegen ihnen leiden!«

»Gehen Sie«, forderte mich der Milizionär erneut streng auf, »wegen eures schlechten Benehmens werden heute keine Pakete angenommen. Das kommt davon, wenn man die Staatsorgane bei ihrer Arbeit beleidigt!«

Ich kletterte aus meinem Versteck hervor, nahm meine Tasche und schlurfte schweigend zur Tür. Meine demütige Folgsamkeit ließ das eisige Herz der älteren Beamtin schmelzen.

»Diese armen Mütter«, murmelte Vera Alexejewna. »Komm her. Katja, nimm ihre Sachen an, wir sind doch keine Tiere, wir verstehen ja. Was denkst du, wieso wir im Gefängnis arbeiten? Wir müssen doch unsere Kinder und Enkel ernähren!«

Die forsche Katja schaute meine Sachen durch.

»Du scheinst nicht unter Armut zu leiden«, sagte sie, als sie die Jeans umdrehte, »andere Leute bringen einfachere Sachen hierher, während du nur Markenkleidung hast!«

Schweigend griff ich nach meinem Portmonee. Katja knüllte die Scheine in der Hand zusammen.

»Pass auf, übermorgen habe ich wieder Dienst. Komm nach drei Uhr und frag nach Katja Rogowa. Lass die Finger von den anderen, nachher kriegst du nur wieder Ärger. Du kannst alles mitbringen, ich geb's weiter. Nur Drogen und Alkohol nicht, damit will ich nichts zu tun haben.«

Nachdem ich mit ihr vereinbart hatte, dass ich ihr übermorgen die Uhr bringen würde, ging ich auf die Nowoslobodskaja-Straße hinaus und sah im Schaufenster des Supermarkts mein Spiegelbild. Ich sah wirklich beeindruckend aus. Mein helles, sandfarbenes Kostüm hatte sich in einen schmutzigen, braunen Lappen verwandelt, meine Haare standen zu Berge, die Knie hatten schwarze Flecken, mein »wasserfester« Lippenstift von Dior war im Gesicht verschmiert. Eine seltene Schönheit. Nachdem ich mich halbwegs in Ordnung gebracht hatte, fuhr ich zur mathematischen Fakultät.

Die freundliche Mitarbeiterin des Studiendekanats nahm die Schachtel mit den Pralinen entgegen und fragte erstaunt:

»Was heißt hier Sportfest? Kiew? Bei uns laufen gerade die Prüfungen auf Hochtouren. Außerdem haben wir zur Ukraine schon lange keine Beziehungen mehr. Wenn man jetzt Studenten dorthin schicken will, kriegt man nur Scherereien, es ist ja jetzt ein eigener Staat. Nein, und noch mal nein.«

Ich setzte mich zwischen den Säulen hin. Wieso war Jana dann in die Hauptstadt der Ukraine gefahren? Ob ihre Freundin Shenja Bescheid wusste?

Rada Iljinitschna hatte Recht gehabt. Shenja wohnte ganz in der Nähe der Uni in einem riesigen Haus aus hellem Backstein, welches den ganzen Block einnahm. Das Mädchen war zu Hause. Wegen der Hitze trug sie nur Shorts und ein kurzes Hemdchen.

»Mama ist nicht zu Hause«, sagte sie, als sie die Tür öffnete, »kommen Sie später wieder oder rufen Sie die Erste Hilfe.«

»Ich wollte zu dir.«

»Oh, und ich dachte, Sie sind eine Nachbarin und wollen sich den Blutdruck messen lassen. Aus dem ganzen Haus kommen sie zu uns gerannt«, teilte Shenja offenherzig mit. »Sind Sie vielleicht wegen der Annonce hier?«

»Nein, nein, sag mal, kennst du Jana Sokolowa gut?«

»Ja«, antwortete Shenja, »aber wer sind Sie?«

»Die Rechtsanwältin von Maxim Poljanskij.«

Genau wie Tanja lief Shenja durch diese Mitteilung rot an, dann stotterte sie:

»Sie sind bestimmt von Veronika beauftragt. Sie hat damit gedroht, dass sie Jana vor Gericht zur Verantwortung ziehen würde.«

»Nein, Veronika ist tot, und Maxim ist im Gefängnis. Er wird beschuldigt, sie umgebracht zu haben.«

Shenja wurde grau im Gesicht.

»Und das alles wegen Jana, ja? Was soll jetzt werden?«

Wir gingen in die kleine blitzblanke Küche, wo Janas Freundin erst einmal ein Glas Wasser herunterstürzte.

Während sie in großen Schlucken trank, schaute ich sie mir aufmerksam an. Ein hübsches rundes Gesichtchen, eine schöne

Figur. Das einzige unschöne Detail war direkt über dem Knie ein großes hässliches Muttermal, das die Form einer Maus hatte und mit dicken schwarzen Haaren bedeckt war.

Sie folgte meinem Blick und erklärte ohne eine Spur von Verlegenheit:

»Diesen ›Schmuck‹ trage ich seit meiner Kindheit mit mir herum. Ich müsste das Ding entfernen lassen, hab aber Angst davor. Also lebe ich einfach damit weiter.«

»Sag mal«, begann ich, sie auszufragen, »woher weißt du, dass Veronika sie vor Gericht bringen wollte?«

Shenja seufzte:

»Am ersten Juni ist sie zu uns in die Fakultät gekommen. Wir hatten gerade eine Prüfung hinter uns, als sie auftauchte. Ganz aufgetakelt und über und über parfümiert. Sie kam angerannt und fragte:

»Hallo, wo kann ich die Sokolowa finden?«

Jana hat geantwortet:

»Das bin ich.«

Veronika starrte sie erstaunt an und fragte dann gedehnt:

»Was, du? Na, jetzt ist Max wohl vollkommen durchgedreht.«

Dann gingen sie zur Seite ans Fenster und redeten ziemlich lange miteinander. Shenja sah nur, wie ihre Freundin die ganze Zeit verneinend den Kopf schüttelte. Schließlich wurde Veronika böse und schrie über den ganzen Korridor:

»Denkst du, du kannst den Mann und das Geld haben? Glaubst du, Max heiratet dich? Das hält sowieso nicht lange. Dann wird er mit dir so umgehen wie mit mir und schmeißt dich weg. Ich bin übrigens seine siebte Frau!«

Nach dieser Tirade fing sie plötzlich laut an zu heulen. Als Jana und Shenja sahen, wie der verlassenen Ehefrau die schwarze Wimperntusche die Wangen herunterlief, bekamen sie einen Schreck. Hastig versuchten sie, Veronika zu beruhigen, und reichten ihr Kompott, das sie vom Imbissstand mitgebracht hatten. Schließlich beruhigte sich die Poljanskaja. Sie packte Jana mit ihrer manikürten Hand, als wäre sie ein Schraubstock, und sagte leise:

»Fahr doch zur Hölle, du verdammte Unruhestifterin. Wegen dir hat Maxim seinen Verstand verloren. Als er gestern nach Hause kam, hat er mir sogar mit einer Pistole vor der Nase herumgefuchtelt! Dazu hat er wie verrückt geschrien: ›Wenn du nicht in die Scheidung einwilligst, bring ich dich um!‹ Aber ich werde mich nie von ihm scheiden lassen. Er wird mich wirklich umbringen müssen, wenn er mich loswerden will!«

Mit diesen Worten warf sie das leere Kompottglas auf den Boden und lief über die knirschenden Scherben davon.

Diese widerliche Szene hatte sich in aller Öffentlichkeit abgespielt, vor den Augen ihrer Kommilitonen. Und keinem waren Veronikas Worte über Maxims Drohung entgangen.

Jana war furchtbar aufgewühlt, beschloss aber, ihrem Liebsten nichts davon zu erzählen.

»Sie ist so rücksichtsvoll«, seufzte Shenja, »jede andere hätte den Moment genutzt, um der Konkurrentin eins auszuwischen.«

Am fünften Juni hatte die Freundin Shenja angerufen und ihr gesagt, sie würde nach Kiew fahren. Shenja hatte sich noch über die seltsame Reise gewundert und gefragt, was Jana denn in der Hauptstadt der Ukraine verloren habe.

»Max hat mich gebeten, einen Botendienst für ihn zu erledigen«, erklärte ihr Jana zurückhaltend.

»Fahrt ihr denn nicht nach Tunis?«, fragte Shenja noch erstaunter.

»Wir haben die Tickets auf Juli umgebucht«, antwortete Jana, »Maxim hat gerade Probleme bei der Arbeit.«

Sie zögerte ein bisschen und fügte dann hinzu:

»Ich fahre, um Geld zu besorgen.«

Sie teilte ihr weder eine Telefonnummer mit, noch sagte sie ihr, in welchem Hotel sie wohnen würde. Wahrscheinlich wusste sie gar nicht, dass ihr Liebster seitdem im Gefängnis saß. Das würde eine Überraschung werden, wenn sie wiederkäme! Es war ja nur gut, dass die Miliz nicht in die Fakultät gekommen war. Bei all den Zeugen, die die Sache mit der Pistole und der Morddrohung mitgehört hatten!

Ich ging zum Auto und sah neben meinem Volvo nachdenklich einen Verkehrsmilizionäre stehen.

»Was ist denn das?«, fragte er vorwurfsvoll und zeigte mit dem Finger auf das Halteverbot. »Das gibt einen Strafzettel.«

Da klingelte mein Handy. Ich zog es aus der Tasche und hörte eine bekannte Stimme:

»Daschutka!«

»Max! Sie haben dich rausgelassen! Von wo rufst du an?«

»Von dort«, seufzte mein Ex-Mann. »Einer hier in der Zelle hat jetzt ein Handy, er hat mir erlaubt zu telefonieren. Sag Kescha, er soll mir meine Uhr, eine Nagelschere, Nadel und Faden und eine Hähnchenkeule mitbringen. Alle Anwälte machen das hier so.«

»Ist gut«, versprach ich, »außerdem gebe ich morgen ein Paket für dich ab. Sag, was möchtest du noch zu essen haben?«

Aber da tutete es nur noch im Hörer. Ich warf mein Handy in die Tasche und sah den Milizionäre an, der nur meinte:

»Haben Sie Unannehmlichkeiten? Sie sind ja ganz blass geworden!«

»Ach, nein«, winkte ich ab, »mein Mann hat aus dem Knast angerufen, aus irgendeinem Grund will er eine Hähnchenkeule haben. Schere und Faden verstehe ich ja noch, aber wozu um Himmels willen braucht er eine Hähnchenkeule?«

Der Verkehrspolizist sah kurz mich, dann den Volvo an, dann lief er mit federnden Schritten davon.

»He, warte«, schrie ich ihm nach, »was ist denn nun mit der Strafe?«

»Machen Sie, dass Sie fortkommen«, winkte er nur ab.

Ich lachte laut auf und ließ den Motor an. Der gewichtige Hüter des Gesetzes hatte mich ganz offenkundig für die Frau eines Mafioso gehalten. Wenn der Mann aus dem Knast anruft und das Auto neu ist… Womöglich riskiert man eine Kugel ins Gehirn, wenn man so einer einen Strafzettel verpasst.

Ich schaffte es gerade noch rechtzeitig, zum Abendessen zu Hause zu sein. In der Garage stand weder Häschens Volkswagen noch Keschas Mercedes. Das hieß, dass ich den beiden Alten allein ausgesetzt sein würde. Aber im Esszimmer erwartete mich eine Überraschung.

Die beiden Omas und der melancholische Gera thronten am Tisch. Am Fenster stand ein mir unbekanntes Mädchen im Alter von Manja. Die dunkelblonden Haare des Kindes waren mit Nylonbändern zu zwei straffen Zöpfen zusammengebunden. Die Kleidung des Mädchens erinnerte an eine Pionieruniform: Es trug einen dunkelblauen, knielangen Faltenrock und eine weiße Bluse mit einfachen Knöpfen. Die hellen Zwirnkniestrümpfe und schwarzen Schuhe vollendeten das Bild.

Unglaublich, dachte ich bei mir, es gibt wirklich noch Kinder, die sich so anziehen!

»Schön, dass du rechtzeitig zum Abendessen kommst«, bemerkte Nina Andrejewna.

»Hallo, Mama!«, rief das Mädchen.

»Manja«, regte sich Rimma Borissowna auf, »schrei nicht so, sprich normal. Na, was ist, haben wir sie nicht wunderbar gekleidet? Jetzt sieht sie wenigstens wie ein Kind aus.«

Sie hatten sich wirklich Mühe gegeben, das musste ich zugeben. Ich setzte mich an den Tisch, Manja ließ sich neben mir nieder.

»Sehe ich nicht genauso einfältig aus wie das Tscheburaschka aus dem Märchen?«, flüsterte mir meine Tochter zu, während sie an ihren idiotischen Nylonbändern zog.

»Manja«, reagierte Nina Andrejewna sofort, »lass das Flüstern, das ist nicht *comme il faut.* Man redet nicht bei Tisch.«

Sie hätten sich lieber bedanken sollen, dass das Mädchen so gutmütig war. Jede andere hätte den beiden Alten den Teller mit dem undefinierbaren Essen, das sie zum Abendessen hatten zubereiten lassen, um die Ohren gehauen.

Ich nahm meine Gabel und stocherte ein wenig in der weißen Masse herum. Was mochte das bloß sein? Vom Geschmack her erinnerte es an feuchte Watte, aussehen tat es wie Rasierschaum.

»Schmeckt's?«, fragte Rimma Borissowna und lächelte.

»Großartig!«, antworteten Manja und ich wie aus einem Munde.

»Ein Spezialgericht«, erklärte die Alte zufrieden, »ein Omelett aus Eiweiß. Genau das, was man abends braucht, leicht und schnell verdaulich. Außerdem belastet es die Leber nicht.«

Ich konnte mir lebhaft vorstellen, was für ein Gesicht unsere Köchin Katja gezogen haben mochte, als sie dieses Zeug zubereiten musste. Auf dem Tisch herrschte gähnende Leere: kein Käse, keine Butter, keine Wurst. Schade, dass ich nicht zu McDonald's gegangen war!

Ich versuchte, das Omelett herunterzuwürgen, ohne zu kauen und ohne mich zu verschlucken, damit ich die widerliche Abwesenheit jeglichen Geschmacks nicht schmecken musste.

»Übrigens«, verkündete Rimma Borissowna, »Gera hat sich mit einer Frau verabredet. Erzähl, mein Sohn.«

Der stets melancholische, schweigsame Gera zog ein zerknülltes Stück Papier aus der Tasche und reichte es mir. Bei näherem Hinsehen erwies es sich als Seite aus den Heiratsanzeigen der Zeitschrift *Zweite Hand.* Ein paar Zeilen waren rot angestrichen: »Junge Brünette, ohne materielle Sorgen, mit Wohnung, Moskauerin mit Hochschulbildung und guter Arbeit, ohne Kinder, alleinstehend, sucht verwandte Seele zum Abschluss einer Ehe. Du: Mann um die Dreißig, selbstständig, ohne schlechte Angewohnheiten, größer als 1,80 m, mit Wohnung und gutem Verdienst. Vorbestrafte, Geschiedene mit Kindern und Alkoholiker werden gebeten, sich nicht die Mühe zu machen.«

Ich richtete meinen Blick auf Gera. Wie er es wohl schaffen wollte, der Kandidatin zu gefallen? Er war nicht größer als ich, also eins vierundsechzig. Sein Alter lag um die vierzig, oder, um exakt zu sein: Er war fünfundvierzig. Eine Wohnung war zwar vorhanden, aber am Ende der Welt, und er lebte dort mit seiner Mutter. Sein Lohn war einfach großartig, wenn er ihm ausgezahlt wurde: Ganze siebenhundert Rubel kamen im Monat dabei heraus. Schlechte Angewohnheiten hatte er allerdings wirklich nicht: Er rauchte nicht, trank nicht und war kein Schürzenjäger. Aber dazu war er auch einfach nicht attraktiv genug!

»Natürlich«, zwitscherte Rimma Borissowna, »zuerst müssen wir sie uns von nahem anschauen und uns kennen lernen. Wir haben Regina gebeten, morgen zum Abendessen hierher zu kommen. Du entschuldigst doch sicher, dass wir gesagt haben, das ist unser Haus, um sie nicht gleich mit der Provinz zu verschrecken. Dann können wir weitersehen.«

Da lag also der Hase im Pfeffer. Natürlich, wenn die liebe Regina das zweistöckige Backsteinhaus mit der Garage für drei Autos und dem großen Garten sah und sich ausrechnen konnte, was die Möblierung und die Bilder kosteten, würde sie sich bestimmt in Gera verlieben.

»Wir müssen Gera nur noch ordentlich anziehen«, riet Nina Andrejewna, »vielleicht könnten wir bei Kescha einen Anzug ausleihen?«

»Nein«, sagte ich schnell, »Kescha trägt eine ganz andere Größe. Geht lieber morgen früh in ein Geschäft und kauft alles, was ihr braucht. Das ist mein Geschenk für ihn.«

Abends um elf klopfte es an meiner Tür. Kescha kam mit einem großen Paket in mein Schlafzimmer.

»Hier«, sagte er und reichte mir einen Big Mac, »Manja habe ich ihren schon gegeben. Die Omas lassen hier vollkommen ungenießbares Zeug zubereiten. Da kann man ja glatt vor Hunger sterben.«

Voller Dankbarkeit schlug ich meine Zähne in den Burger und fragte:

»Kescha, wozu braucht Max eine Hähnchenkeule?«

»Er hat Hunger«, erklärte Kescha erstaunt, »alle Anwälte bringen ihren Schützlingen was zu essen, und eine Keule lässt sich gut transportieren, außerdem ist das Fleisch kalorienreich.«

Nachdem ich das letzte Stück von der wunderbaren Bulette heruntergeschluckt hatte, schloss ich wohlig meine Augen. Manchmal lassen sich schwierige Fragen einfacher beantworten, als man denkt.

KAPITEL 9

Am nächsten Morgen ging ich direkt in die Küche, um hier meinen Kaffee zu trinken und in Ruhe ein Butterbrot mit dem verpönten Schinken und Käse zu essen. Aber ich war nicht die Einzige, der diese schlaue Idee gekommen war. Am Büfett stand Manja mit einer Scheibe gekochtem Schinken.

»Ach, guck mal«, kicherte ich, »jetzt werden die Omas gleich deine rosa Jeans und das Top sehen!«

Manja seufzte traurig:

»Was für ein Albtraum! Stell dir mal vor, immer mit denen zusammenzuleben! Wie andere Kinder ihre Großmütter aushalten, verstehe ich nicht. Weißt du, Mami, am besten gehe ich jetzt nicht durch die Haustür, sondern springe gleich hier aus dem Fenster.«

Ohne auf das Gejammer der Köchin Katja zu hören, stopfte sich Manja schnell das letzte Stück von ihrem gekochten Schinken in den Mund und sprang hinaus in den Garten. Eine Sekunde später erschien ihr zerzauster Kopf vor dem Fensterbrett.

»Mach dir keine Sorgen! Ich komme heute spät nach Hause, so gegen zehn. Nach meinem Kurs gehe ich noch zu Familie Chejfez.«

Katja seufzte bekümmert:

»Ihre Gäste sind wirklich komisch. Heute wollten sie zum Frühstück wieder nur Haferschleim mit Wasser gekocht haben, zum Mittagessen soll es Milchsuppe geben und zum Abendessen gedünstete Koteletts mit Mohrrüben. Da wird sich Kescha freuen.«

So viel stand fest. Denn dies waren genau die Speisen, die mein Sohn nicht riechen konnte. Still trank ich meinen Kaffee aus, als ich im Flur Schritte hörte. Ob es wohl eine der Schwiegermütter war? Nein, mit denen wollte ich auf keinen Fall zusammentreffen! Ich ergriff auch die Flucht aus dem Fenster und rannte gebückt in die Garage, als stünde ich unter Beschuss. Ich würde noch einmal zu Semjon fahren. Hoffentlich war er schon auf und Ada wieder auf der Datscha.

Semjon war vollkommen nüchtern und versuchte gar nicht erst, so zu tun, als freute er sich, mich zu sehen.

»Na, was gibt's denn jetzt noch?«, bellte er mich an, während er mir den Eingang versperrte.

»Wenn du Ärger machst, erzähl ich Ada, wie du dir ohne sie die Zeit vertreibst«, drohte ich.

Der treulose Ehemann seufzte und gab mir den Weg frei. Ich verlor keine Zeit damit, mir die Hausschuhe anzuziehen, die er mir anbot, sondern ging gleich barfuß in die Küche hinüber.

»Nun sag schon, warum du hier bist, oder willst du jetzt jeden Morgen hier erscheinen?«, fragte er boshaft.

Ich wollte schon entsprechend antworten, als sich plötzlich mein Bauch unbarmherzig verkrampfte.

»Ich erklär's dir gleich«, versprach ich und verschwand schleunigst auf der Toilette.

Die Worobjows wohnten in einem älteren Haus, die Wohnung war Ende der Siebziger gebaut worden. Die Zimmer waren standardmäßig aufgeteilt, die Toilette grenzte also an die Küche. Man kann sich vorstellen, dass das nicht besonders angenehm ist. Während der eine meinetwegen gerade am Frühstücken ist, ist der andere vielleicht gerade mit genau dem Gegenteil beschäftigt. Noch dazu hatten die Architekten zwischen die Küche und dieses Eckchen ein Fenster gesetzt. Das war ja nun wirklich das Allerletzte!

Ich hatte mich kaum ordentlich hingesetzt, als es klingelte. Semjon trampelte zur Tür.

»Ada?«, hörte ich seine ungläubige Stimme. »Du hast den Zug verpasst!«

Schwere Schritte schlurften zur Küche, dann sagte Ada:

»Warst du etwa froh, allein hier zu sein?«

»Was ist los mit dir?«, regte sich Semjon auf. »Du bist geschminkt wie eine Nutte, und wo hast du dieses idiotische Kleid her?«

»Das wirst du gleich sehen«, versprach sie.

»Nein«, schrie er plötzlich auf, dann war ein dumpfer Knall zu hören, wie wenn man einen Korken aus der Flasche zieht.

Schneller als eine Katze kletterte ich auf das Klobecken und schaute durch das Fenster.

Was ich sah, ließ mich fast in Ohnmacht fallen. Semjon lag bäuchlings auf dem Boden, die linke Hand war seltsam verdreht. Unter dem Kopf bildete sich langsam eine schwarz glänzende Pfütze. Vor ihm stand mit gespreizten Beinen und sehr zufrieden Ada. Für einen sonnigen Junimorgen war sie tatsächlich viel zu stark geschminkt. Ihr mächtiger Leib steckte in einem knallroten Stretchkleid, das so eng saß wie ein Präservativ. In den Händen hielt die gute Frau eine Pistole.

Sprachlos sah ich zu, wie Ada mit einer ganz und gar professionellen Geste den Revolver auf den Boden warf. Dann räusperte sie sich und ging singend zur Tür. Die hohen Absätze betonten ihre ziemlich große, massige Gestalt. Irgendetwas an ihrem Aussehen kam mir komisch vor. Während ich noch benommen auf dem Klobecken stand, hatte sie auch schon die Tür erreicht und… war verschwunden.

Ich stürzte in die Küche. Der Mann lag vollkommen unbeweglich da. Ich packte ihn an den Schultern und drehte ächzend den starren Körper um. Zwischen den Augen war ein sauberes kleines Loch zu sehen. Für Semjon kam alle Hilfe zu spät, Ada hatte wie ein Sniper geschossen. Auf dem Weg zur Schwelle achtete ich darauf, nicht in die blutige Pfütze zu treten, dann rief ich Alexander Michailowitsch an.

Ich ging nach draußen, steckte mir eine Zigarette an und setzte mich neben ein paar junge Mütter auf eine Bank. Sie verzogen ihre Gesichter, sagten aber nichts. Dann nahm die eine das durch mein Erscheinen unterbrochene Gespräch wieder auf:

»Diese Worobjowa zieht sich jedenfalls schrecklich geschmacklos an!«

»Das kann man wohl sagen«, erwiderte die andere, »dabei ist sie schon uralt, bald fünfzig, und dieses rote Kleid saß stramm wie nur was.«

»Während an ihr selber so ziemlich gar nichts mehr stramm ist.«

»In ihrem Alter sollte sie sich ein bisschen zurückhaltender kleiden! Wo soll sie sich bei dem Hängepo schon den Stretch hinziehen.«

Sie lästerten immer weiter, während ich freudlos rauchend daneben saß.

Die Dienst habende Brigade kam in einem Kleinbus angefahren. Als Letzter stieg Shenka aus, ein alter Bekannter von mir.

»Hallo, Daschutka!«, rief er munter. »Wen hast du denn da – einen Gehängten, einen Ertränkten?«

Ich schwieg. Das war nun weiß Gott nicht lustig. Nun kam noch ein Shiguli, aus dem der Oberst und ein mir unbekannter Mann in Uniform stiegen. Alle zusammen gingen wir in die Wohnung.

»Sehr hübsch«, murmelte Shenka, während er sich die Gummihandschuhe überzog, »ganz sauber und schön. Na, Dascha, was hast du angefasst?«

»Ich habe Semjon nur umgedreht. Ich dachte, er lebt noch.« Ich ächzte laut auf.

»Na«, fragte Alexander Michailowitsch mit drohender Stimme, »was winselst du, du Leichenentdeckerin!«

»Jetzt weiß ich, was so seltsam aussah. Ada hatte Handschuhe an, genau solche wie die von Shenka, weiß, aus Gummi…«

»Warte, warte«, unterbrach mich mein Freund, »der Reihe nach. Wieso warst du hier, und wer ist Ada?«

Seufzend erzählte ich ihm die Wahrheit.

Das heißt, fast. Meinen Hinterhalt in der Toilette und die Mordszene beschrieb ich sehr genau, während ich auf die Frage nach dem Zweck meines Besuches nur sagte:

»Er ist ein enger Freund von Max, ich wollte mich mit ihm beraten, wie es jetzt mit dem Büro weitergehen soll. Maxim ist schließlich der Chef, bislang ist es nicht konfisziert worden.«

Zehn Mal ließen mich die Ermittlungsbeamten meine Geschichte immer wieder anders erzählen. Dann nahmen sie meine Fingerabdrücke ab und hießen mich mit in die Zentrale kommen.

Alexander Michailowitschs Sekretärin, die ausgesprochen freundliche Nastjenka, seufzte, als sie mich inmitten der Gruppe verärgerter Männer sah, und fragte:

»Haben Sie mal wieder eine Leiche gefunden?«

Aber da wurde ich schon ins Arbeitszimmer gezerrt, auf einen Stuhl gesetzt und vergessen. Die Mitarbeiter gingen ein und aus, schließlich waren drei Stunden sinnlosen Wartens vergangen, bis endlich Shenka auf der Schwelle erschien.

»Hier«, sagte er unfreundlich und hielt mir einen Plastikbecher mit kaltem löslichen Kaffee und ein Butterbrot mit vertrocknetem Käse hin.

»Wenn ihr schon einen Zeugen fast verhungern lasst, möchte ich mir lieber nicht vorstellen, wie ihr mit Leuten umgeht, die ihr verhaftet habt«, erklärte ich, während ich das widerliche Zeug entgegennahm.

»Wir stecken sie in eine Betonzelle und schlagen ihnen mit dem Gummiknüppel auf die Nieren«, kam es wie aus der Pistole geschossen.

Da ging die Tür schon wieder auf, und Ada wurde hereingeführt. Diesmal hatte sie ein weites Kleid mit kleinen weißbraunen Blümchen an. Obwohl ihre Wangen und Lippen jetzt auch nicht mehr so schrecklich geschminkt waren, erkannte ich Semjons Frau sofort.

»Ist sie es?«, fragte Alexander Michailowitsch, der ebenfalls hereingekommen war.

Ich nickte.

»Wir werden die Gegenüberstellung vorschriftsmäßig durchführen.«

»Was soll das hier alles heißen?«, schrie Ada los.

»Das soll heißen«, erklärte ihr einer der Männer, »dass du dich, wenn du deinen Mann umbringst, vorher überzeugen solltest, dass im Haus niemand Fremdes ist! Dascha Iwanowna war im Bad und hat den Schuss beobachtet.«

»Was soll das hier mit dieser Idiotin? Ihr seid ja alle völlig verrückt geworden! Ich sehe sie jetzt zum ersten Mal!«

»Zum zweiten«, berichtigte ich sie, »das erste Mal war gestern, als Sie von der Datscha kamen.«

»Ich habe Semjon nicht umgebracht«, schrie Ada. »Wozu soll ich auf meinen Mann schießen? Wir sind doch seit fast fünfundzwanzig Jahren verheiratet! Ich bin um sechs Uhr in der Früh aus dem Haus gegangen, bin mit der ersten Straßenbahn nach Kratowo gefahren.«

»Hast du sie gesehen?«, fragte der Oberst.

Ich nickte:

»Sehr gut sogar, nur hatte sie da ein rotglänzendes Stretchkleid an. Außerdem war sie irrsinnig geschminkt: die Wangen himbeerrot, die Lippen wie Mohrrüben. Und an den Füßen trug sie Sandalen mit ganz hohen Absätzen.«

»Nein, jetzt schauen Sie doch!«, rief Ada mit Tränen in der

Stimme. »Wie kann man bloß so lügen. Ich habe ja gar kein rotes Kleid, erst recht nicht aus Stretch! Wie sollte ich denn bei meiner Figur so eng anliegende Sachen tragen? Absätze trage ich überhaupt nie. Schauen Sie doch, wie groß ich bin, fast einen Meter achtzig. Mein Leben lang bin ich mit flachen Schuhen herumgelaufen.«

Dabei hob sie einen merkwürdig kleinen und zierlichen Fuß, der in einem Sommerschuh aus Wildleder mit absolut flacher Sohle steckte.

Mir kamen die ersten, wenn auch noch schwachen Zweifel.

»Ich weiß nicht, warum«, kochte Ada weiter, »aber Ihre Zeugin lügt.«

»Nein«, entgegnete Alexander Michailowitsch, »die Wassiljewa ist unsere Mitarbeiterin und würde sich nie irgendwas einfach so ausdenken.«

»So, so«, heulte Ada auf, die nun völlig die Fassung verlor, »ihr seid zu faul, den Mörder zu suchen, da erfindet ihr einfach irgendwelche Beweismittel, ihr widerlichen Polypen, ich hasse euch. Ihr wart schon immer so, auch als mein Papa umgebracht worden ist. Ihr Schweine.«

»Ada Genrichowna, bitte beruhigen Sie sich, außer Dascha haben Sie ja noch andere Leute im Hof gesehen: die Nachbarinnen, der Hausmeister und der Kioskverkäufer, wo Sie sich eine Flasche Fanta gekauft haben.«

Jetzt stampfte die Beschuldigte mit dem Fuß auf: »Ich trinke keine Fanta, ich habe überhaupt noch nie Fanta getrunken.«

Ich ließ meine Augen nicht von ihren kleinen, zarten Füßen und konnte mich schließlich nicht mehr halten:

»Ada, was für eine Schuhgröße tragen Sie?«

Die Frage kam so unerwartet, dass sie zu weinen aufhörte und antwortete:

»Fünfunddreißig. Was ist damit?«

»So was, bei Ihrer Größe haben Sie Füße wie eine Chinesin,

ich bin fast zwanzig Zentimeter kleiner und passe mal so eben gerade in die Neununddreißig.«

»Ja«, erklärte Ada plötzlich kokett, »das kommt nicht oft vor, auch meine Hände sind klein.«

Sie steckte eine schmale, aristokratische Hand mit feinen langen Fingern aus.

»Dascha«, fuhr der Oberst erbost dazwischen, »die Brust- und die Taillenweite klärst du bitte später.«

»Weißt du«, murmelte ich, »es ist wirklich sehr seltsam. Aber diese große Frau hatte Sandalen mit wahnsinnig hohen Absätzen an den Füßen, die mindestens Größe vierzig, zweiundvierzig waren. Ich habe noch darüber nachgedacht, wie schwer es wohl für sie sein musste, Schuhe in der Größe zu finden. Wenn man Ada auf solche Stelzen stellen würde, wäre sie fast zwei Meter groß! Und die Hände waren so groß wie Männerhände... Weißt du was, wahrscheinlich war sie es doch nicht, sondern irgendjemand, der ihr schrecklich ähnlich sah!«

»Na endlich!«, atmete Ada auf.

»Pass auf«, zischte Alexander Michailowitsch, »jetzt hör auf, die Dumme zu spielen. Sieben Leute haben die Worobjowa gesehen! Zwei haben gesagt, sie habe im Hof die Handschuhe ausgezogen. Man kennt sie gut im Haus, man hat sie gegrüßt, woraufhin sie zurückgegrüßt hat und zur U-Bahn gegangen ist. Es ist einfach zu dumm, bei einem Verbrechen so ein Kleid anzuziehen. Die ganze Straße hat ihr nachgeschaut!«

»Na eben«, schrie ich auf, »irgendwer wollte die Aufmerksamkeit auf sie lenken und hat sich deshalb diese Aufmachung gewählt!«

»Ich besitze überhaupt kein rotes Stretchkleid«, heulte Ada los. »Ich habe noch nie so eins gehabt.«

»Pascha, zeig mal her«, befahl der Oberst.

Ein mir unbekannter junger Mann zog aus einer Aktentasche zwei durchsichtige Beutel mit Anhängeschildern. Er öffnete sorgfältig den einen und zog zerknüllten Stoff auf den Tisch.

»Erkennen Sie das?«

Ada starrte die Kleidung an.

»Nachdem Sie auf Ihren Mann geschossen hatten«, erklärte Pascha, »sind Sie die Straße entlang und dann in das Geschäft ›Damenbekleidung‹ hineingegangen. Dort haben Sie genau dieses Kleid mit den braunweißen Blümchen gekauft, das Sie jetzt anhaben. Das andere Kleid und« – dabei schüttelte er den anderen Beutel – »die Gummihandschuhe haben Sie in den Papierkorb in der Umkleidekabine geworfen. Die Verkäuferinnen kennen Sie gut. Sie kaufen dort oft ein. Noch dazu haben Sie da heute einen Streit vom Zaun gebrochen und die Verkäuferin beschuldigt, Ihnen beim Ausgeben des Wechselgeldes hundert Rubel zu wenig gegeben zu haben. Die Kasse musste nachgezählt werden. Wir können jederzeit eine Gegenüberstellung mit den Mitarbeitern des Ladens organisieren, wenn Sie wollen. Aber es wäre besser, Sie würden sich dazu bekennen. Vor Gericht wird ein freiwilliges Schuldbekenntnis immer strafmildernd berücksichtigt!«

»Aber was reden Sie denn?«, murmelte Ada mit matter Stimme. »Sie haben wohl wirklich beschlossen, mich hinter Gitter zu bringen? Ich habe mein Kleid zwar in diesem Geschäft gekauft, aber das war schon vor zwei Wochen!«

»Richtig«, erwiderte der Ermittlungsbeamte, »man hat sich dort auch gewundert, warum Sie dasselbe Kleid noch einmal kaufen wollten. Aber Sie haben dort erklärt, Sie hätten sich Kirschsaft über das erste Kleid gegossen und es wegwerfen müssen.«

»Sie haben kein Recht, mich festzuhalten«, murmelte die Frau, ihre Lippen waren weiß geworden.

»Also gut«, seufzte Alexander Michailowitsch und rief nach den Begleitposten.

Als Ada die Uniformierten sah, war sie wie gelähmt.

»Ich komme nicht mit«, sagte sie kopfschüttelnd, »ich komme nicht mit. Ich habe Anspruch auf einen Anwalt.«

»Gleich heute schicke ich noch einen zu Ihnen«, versprach ich ihr schnell.

Ada heftete ihren Blick auf mich.

»Dascha, Sie sind hier der einzige halbwegs vernünftige Mensch. Sie müssen mir einfach glauben, dass ich mit Semjons Mord nichts zu tun habe! Jemand muss das extra so ausgeheckt haben, damit ich verdächtigt werde!«

»Ich glaube Ihnen«, sagte ich ernsthaft.

»Jetzt reicht's«, sagte der Oberst nun ernsthaft verärgert, »steckt die Worobjowa sofort in die Einzelzelle, und diese Zeugin jagt zum Teufel!«

Nun spielte sich eine schreckliche Szene ab. Die Begleitposten versuchten, die Mordverdächtige vom Stuhl hochzuziehen, während sie sich mit eisernem Griff daran festkrallte.

»Ich komme nicht mit«, wiederholte sie mit zerrauften Haaren.

Die Soldaten scheuten sich, sie in Anwesenheit eines hohen Vorgesetzten zu nötigen. Sie holten Unterstützung herbei. Zu viert schleppten sie schließlich die verzweifelt sich sträubende Ada zur Tür.

»Ich bin unschuldig, ich habe ihn nicht getötet, ich komme nicht mit«, weinte sie.

Das Schreien wurde leiser, endlich trat Ruhe ein. Ich seufzte, auf meinen Magen legte sich eine ungeheure Schwere, meine Beine zitterten.

»Ich warne dich«, verkündete Alexander Michailowitsch streng, »deinem Kescha gebe ich nicht die Erlaubnis, diese Sache zu übernehmen.«

»Das Recht hast du nicht«, parierte ich, »er wird einen Vertrag von der Beratungsstelle vorweisen, und du wirst ihm ganz artig die Ermittlungsunterlagen zeigen. Und wenn du ihm Steine in den Weg legst, werde ich mich beim Staatsanwalt beschweren!«

Mit diesen Worten warf ich mit aller Kraft die Tür hinter mir zu und stürzte zum Ausgang. Meine Tasche mit dem Telefon hatte ich drinnen liegen lassen.

Erst als ich am Volvo angekommen war, merkte ich, dass sie noch auf dem Tisch im Büro stehen musste, aber jetzt konnte ich unmöglich zurückgehen. Gut, dass ich wie alle vergesslichen Menschen unter der Stoßstange immer noch einen zweiten Schlüssel aufbewahrte.

Ich setzte mich ins Auto und zündete mir eine Zigarette an. Was passiert war, kam mir mehr als seltsam vor. War es nicht mehr als dumm, ein feuerrotes Kleid anzuziehen, wenn man seinen geliebten Ehemann umbringen wollte? Und wozu das Verbrechen am helllichten Morgen begehen? Wäre es nachts nicht einfacher gewesen, um dann still und leise zu verschwinden? Na ja, ich jedenfalls hätte es so gemacht. Vollkommen idiotisch war auf alle Fälle der Besuch im Kleiderladen und der Skandal bezüglich des Wechselgeldes. Als ob sie die Aufmerksamkeit extra auf sich lenken wollte. Und dann noch die Schuhgröße und die Absätze… Aber wer konnte es außer Ada gewesen sein? Wem konnte Semjons Tod nützen?

Ich stieg noch einmal aus und ging zum Zeitungskiosk hinüber. Die Werbung für die *Skandale der Woche* war nicht zu übersehen. Ich kaufte das widerliche Blatt und fuhr zu McDonald's. Dort legte ich die Wochenzeitschrift vor mir auf den Tisch und begann, sie genau zu studieren. Nach fünf Minuten hätte ich die Seiten am liebsten nur noch mit der Kohlenzange umgeblättert. Sie waren von oben bis unten mit dem unglaublichsten Zeug voll geschrieben. Eine fünfundachtzigjährige Oma hatte zum Beispiel ihren eigenen Enkel getötet und aufgegessen. Der Patient N. aus Chabarowsk hatte sich zwei Nägel in den Schädel gehauen. Ein eifersüchtiger Arzt hatte seine Liebhaberin mit Aids infiziert. Auf dem Mittelfalz des Blattes war ein riesiges Foto einer bekannten Sängerin abgebildet. Die Arme hatte sich mit ihrem Kleidersaum in einem Nagel verfangen, und der Fotograf hatte den nackten Po der Diva festgehalten. »Junona Song trägt keine Unterwäsche!«, lautete die zum Himmel schreiende Überschrift.

Wäre ich an der Stelle der unglückseligen Junona gewesen, hätte ich Semjon bestimmt den Tod gewünscht. Vielleicht musste man den Mörder unter den »Helden« des Skandalblättchens suchen?

Während ich diese originelle Idee langsam verdaute, ging ich wieder nach draußen. Es war schon Abend, aber immer noch so schwül wie im Dampfbad. Die Uhr an der U-Bahnstation »Twerskaja« stand genau auf sieben. Oh Gott! Rimma Borissowna hatte doch darum gebeten, unbedingt zum Abendessen wieder da zu sein, damit wir die nächste Heiratskandidatin von Gera kennen lernen konnten.

Wenn man sich beeilen will, dauert es meistens erst recht lange. So war es auch dieses Mal: An allen nur möglichen Stellen war Stau, so dass ich erst nach acht in Loschkino ankam.

Aus dem Esszimmer hörte man Gelächter und das Klirren von Geschirr. Ich ging hinein. Das Essen war schon voll im Gange!

Auf dem Tisch, auf dem eine Decke mit Spitzen lag, stand das silberne Teeservice, das das Büfett normalerweise nie verlässt. Offensichtlich hatten meine Schwiegermütter heute Abend ausnahmsweise einmal vergessen, was für Magen und Leber gesund ist, denn auf den Tellern lagen Berge von Eclairs, Rosinenkuchen und Gebäck. Ein Stück weiter standen die Butterdose und zwei Schälchen, eins mit rotem, eins mit schwarzem Kaviar. Außerdem ein Teller mit verschiedenen Sorten von französischem Käse, Törtchen, Piroggen, Wurst-Sandwichs…

»Dascha«, zwitscherte Rimma Borissowna erfreut, »wir haben uns schon mal hingesetzt und ein bisschen was gegessen. Was hättest du gern?«

Ein »Eiweiß-Omelett«, wäre es mir fast herausgerutscht, aber ich hielt an mich und sagte:

»Ich hätte gern einen Tee mit Zitrone, bitte.«

»Du achtest viel zu sehr auf deine Figur«, rügte mich Nina Andrejewna.

»Richtig so«, mischte sich der Besuch ein, »kleine Sünden bestraft der liebe Herrgott gleich.«

Seufzend schaute ich mir die Frau an. Sie nahm jedenfalls nichts Ordentliches zu sich, denn sie sah einem Skelett verdammt ähnlich. Ihr zusammengeschrumpftes Gesicht war klein, kaum größer als eine Faust, die Haut hatte einen gelblichen Schimmer. Um die Augen lag ein dichtes Netz kleiner Falten, an der Nase hatte sie irgendwelche kleinen Pigmentflecken oder Sommersprossen. Dazu dünnes Haar, wie gerupft, auch die Zähne waren keine Pracht, gelb und schief sahen sie aus.

»Für Frauen ist es am wichtigsten, die Figur zu halten«, fuhr Regina fort, »meine ist so, dass man mich auf knapp zwanzig schätzt!«

Dafür meint man aber, wenn man dein Gesicht sieht, du bist schon fünfzig, dachte ich und lenkte meinen Blick auf Gera, der sich richtig ausstaffiert hatte. Wahrscheinlich war er den ganzen Tag unterwegs gewesen, um sich einen Anzug zu kaufen. Das helle fliederfarbene, zerknitterte Sakko, das über seinem dicken Bauch spannte, betonte seine schmalen Schultern und die eingefallene Brust. Er trug ein gelbes Hemd und einen hellgrünen Schlips. Bestimmt hatten in irgendeiner Boutique schlaue Verkäuferinnen dem Einfaltspinsel diese Ausstattung als den letzten Schrei der Pariser Mode aufgeschwatzt.

Seufzend trank ich meinen Tee und hörte nur am Rande dem Gespräch zu.

»Ich bin ein kreativer Mensch«, verkündete Regina, »und feinfühlig. Ich suche einen gleichgesinnten Mann. Geld verdiene ich selber genug, aber es ist besser, wenn mein Mann auch begütert ist.«

»Als was arbeiten Sie denn?«, erkundigte sich Gera schüchtern.

»Ich handle mit Exoten«, erklärte Regina.

Es herrschte Schweigen. Dann fragte Rimma Borissowna nach:

»Verzeihen Sie, ich habe nicht verstanden. Womit handeln Sie?«

»Mit Exoten. Na ja, mit Affen, Krokodilen, Stachelschweinen, Schlangen«, erklärte der Besuch.

»Interessant«, sagten beide Schwiegermütter gleich langsam, wobei sie jede Silbe betonten.

»Ein einträgliches Geschäft«, bemerkte Regina, »ich habe ein paar tausend Dollar im Monat, es ist nur...«

»Was?«, fragte Rimma Borissowna respektvoll nach.

»Sehr schwierig. Ein Teil der Exoten verendet, bevor man sie ans Ziel gebracht hat, und dann gibt es alle möglichen anderen Unannehmlichkeiten: Flöhe, Geschwüre, Würmer...«

»Na ja, wahrscheinlich kann man ein Tier ja kurieren«, mischte sich Nina Andrejewna ein.

»Das wäre ja noch schöner«, schnaubte Regina, »sollen doch die Besitzer Geld für den Tierarzt ausgeben. Nein, nein, ich spreche nur von mir. Letztes Jahr habe ich mich bei einem Känguru mit der Krätze angesteckt, während ich im Mai nach einem Transport von Meerkatzen einen Monat lang Flöhe mit mir herumgetragen habe. Die waren vielleicht zählebig, die Scheusale, keine Salbe hat geholfen, schließlich musste ich mich kahl rasieren. Und jetzt wollen die Haare nicht mehr ordentlich nachwachsen.«

Sie kratzte sich schnell den Schädel. Nina Andrejewna rückte weiter ab. Ich entschuldigte mich, um in mein Schlafzimmer zu gehen. Aber auf der Schwelle hielt ich an und rief die Hunde zu mir. Wer weiß, nachher springt ein Floh von der Dame über, und dann haben wir den Ärger.

KAPITEL 10

Um sieben Uhr morgens klopfte es an meiner Schlafzimmertür. Schrecklich wütend setzte ich mich im Bett auf und rief:

»Ich komme nicht frühstücken, lasst mich gefälligst schlafen.«

Aber das Klopfen hörte nicht auf. Kochend vor Wut zog ich meinen Morgenrock an und sperrte die Tür auf. Jetzt würde ich den Alten gehörig die Meinung sagen!

Aber im Korridor stand Alexander Michailowitsch, in der ausgestreckten Hand hielt er meine Handtasche.

»Ich weiß, dass es früh ist«, sagte der Oberst bittend, »aber ich habe dir was mitgebracht. Komm, lass uns Frieden schließen«, und er streckte mir den gekrümmten kleinen Finger hin.

Wie sollte ich da noch böse sein?

Lachend führte ich ihn nach unten. Wir hatten uns kaum gesetzt, als die anderen auch schon im Pulk erschienen.

»Daschalein«, gurrte Nina Andrejewna mit schlauem Lächeln, »mach uns mit deinem Mann bekannt.«

Das ist nicht mein Mann, sondern der Ermittlungsbeamte, der Ihren Sohn des Mordes beschuldigt, fuhr es mir durch den Kopf. Laut aber sagte ich:

»Darf ich vorstellen: Alexander Michailowitsch.«

»Sehr erfreut«, zirpte Rimma Borissowna, »ganz Recht, mein Kind, eine Frau braucht einen Mann.«

»Wir sind nicht verheiratet«, knurrte ich.

»Ja, wie?«, fragte Nina Andrejewna scheinheilig. »Ihr habt die Nacht zusammen verbracht und seid nicht verheiratet?«

Was für eine Heuchlerin!

»Ich habe hier nicht übernachtet, ich bin gerade erst gekommen«, wehrte sich der Oberst, »Dascha hatte ihre Tasche vergessen...«

»Ei, ei, ei«, nickte die Schwiegermutter Nummer zwei, »besuchen Sie Ihre Freunde immer um halb acht in der Früh?«

Darauf wusste Alexander Michailowitsch keine Antwort.

»Morgenstund hat Gold im Mund, taram-tam-tam, taramtam-tam«, begann Manja zu singen.

»Manja«, regte sich Nina Andrejewna auf, »Kinder in deinem Alter schweigen gewöhnlich, wenn die Erwachsenen sprechen.«

»Und ab welchem Alter dürfen Kinder auch ein Wörtchen mitreden?«, fragte Manja kampflustig.

Kescha klopfte seiner Schwester beruhigend auf die Schulter.

»Kaffee oder Tee?«, fragte Häschen und versuchte damit, die Atmosphäre zu entspannen.

»Zyankali, bitte«, flüsterte der Oberst.

Manja kicherte.

»Maria, setz dich gerade hin und nimm die Ellbogen vom Tisch«, reagierte Nina Andrejewna sofort. »Übrigens, Bandys Magen ist nicht in Ordnung. Er hat schon wieder schlecht gekackt, sieht nach Durchfall aus!«

Der Oberst schüttelte sich und stellte den Kaffee mit Milch wieder zurück. Offenkundig gefiel ihm die Farbe seines Getränks nach der Äußerung meiner dritten Schwiegermutter nicht mehr.

»Daschalein«, fuhr Rimma Borissowna fort, die nichts bemerkt hatte, »heute kommt zum Abendessen wieder eine Heiratskandidatin. Ehrlich gesagt hat uns Regina nicht gefallen. Ich habe mich die ganze Nacht über im Bett gekratzt. Was meinst du, ob die Flöhe auch von Mensch zu Mensch überspringen?«

»Ganz bestimmt«, erklärte Manja, »im tiermedizinischen Institut haben sie erzählt, dass Affenflöhe eine widerliche Plage sind. Es reicht schon, nur ein paar Minuten daneben zu stehen. Wie viele Stunden haben Sie gestern nebeneinander gesessen? Jetzt haben Sie sich ganz sicher angesteckt!«

Rimma Borissowna kratzte sich wie verrückt.

»Sehen Sie«, erklärte Manja fröhlich, »jetzt beißen sie schon zu.«

»Oh Gott, was soll ich denn tun?«, rief die alte Frau.

»Mit diesen Geschöpfen fertig zu werden, ist sehr schwierig«, seufzte das schlaue Kind, »ich habe vor kurzem übrigens ein Referat über Parasiten geschrieben. Es gibt einen Weg. Als Erstes müssen die Haare weg.«

»Auch vom Kopf?«, fragte die Schwiegermutter entsetzt.

»Die am Kopf können bleiben«, erbarmte sich Manja, die sich jetzt endlich an ihrer Peinigerin rächen konnte. »Dann muss man sich möglichst dick mit Ichtyol einschmieren und es ein, zwei Stunden einwirken lassen.«

»Manja«, regte sich Kescha auf, »Schluss jetzt. Hört nicht auf sie, sie redet nur dummes Zeug. Ihr habt überhaupt keine Flöhe, es ist alles nur Einbildung.«

»Na, also ich weiß nicht«, sagte meine Tochter gedehnt, während sie die nervös zuckende Rimma Borissowna spöttisch anschaute. Dann schlang sie schnell ihren Toast mit Käse hinunter und sprang zur Tür hinaus.

»Irka«, schrie sie im Korridor frohlockend, »schließ die Tiere in der Küche ein, im Esszimmer könnten sie sich mit Parasiten anstecken!«

Alexander Michailowitsch räusperte sich und fragte:

»Wolltest du nicht vielleicht in die Stadt? Könntest du mich zur Arbeit bringen? Mein Wagen ist kaputt, ich bin mit dem Taxi hergekommen.«

Wir setzten uns in den Volvo. Ihn fröstelte:

»Ach ja, diese alten Weiber! Manja kann ich schon gut verstehen.«

Ich brachte ihn bis zu dem großen steinernen Haus und

schaute ihm nach, wie er über den Hof lief. Dabei dachte ich darüber nach, was ich als Nächstes tun sollte. Welch ein Unglück: Nun musste ich gleich zweien auf einmal helfen: Max und Ada. Na schön, ich würde versuchen herauszufinden, was für Probleme bei Poljanskij im Geschäft aufgetaucht waren. Wer war dieser geheimnisvolle Mafioso, der von Max diese gigantische Summe gefordert hatte, und wieso hatte Jana nach Kiew fahren sollen, um Geld zu besorgen?

Bei Max im Büro saß an Tamara Pawlownas Stelle eine weißblonde junge Frau mit kilometerlangen Beinen. Sie hob ihre zugetuschten Wimpern, schaute mit einem fischigen Blick in meine Richtung und zischte durch die schneeweißen Zähne:

»Was wollen Sie?«

»Wo ist Tamara Pawlowna?«

»Wer ist das?«

»Die vorige Sekretärin.«

»Die Alte ist entlassen«, verkündete Kaugummi kauend das himmlische Wesen, »wahrscheinlich kocht sie jetzt ihren Enkeln den Brei!«

»Geben Sie mir die Adresse.«

Während sie ihren Kaugummi weiter im Mund herumwälzte, blätterte sie faul das Telefonbuch durch.

»Surow-Gasse 8, Wohnung Nr. 3.«

Ich ging auf die Straße. Am Kiosk kaufte ich mir einen Kaugummi mit dem schönen Namen »Winterfrische« und stopfte ihn mir in den Mund. Vielleicht wurden die Zähne ja wirklich weißer davon? Was hatte die neue Sekretärin doch für kostbare Beißerchen gehabt!

Während ich verzweifelt meine Kiefer arbeiten ließ, zog ich aus dem Handschuhfach eine Karte und suchte nach der Surow-Gasse. Ach du jemine! In Nowokossino! Das war ja schon fast in Sankt Petersburg oder Minsk oder so. Was Geografie angeht, bin ich leider eine echte Niete.

Es wurde richtig heiß und schwül. Wahrscheinlich würde es Regen geben. Über der Stadt hing Smog. Am Stadtrand fuhr ich aus einem Tunnel heraus und ordnete mich in die rechte Spur ein. Ich wollte nur kurz anhalten und mir etwas Kaltes zu trinken kaufen.

Plötzlich hörte ich von hinten eine Sirene, eine Stimme schrie drohend: »Der Volvo mit dem Kennzeichen 625 ke, sofort anhalten!«

Vor Schreck trat ich sofort auf die Bremse. Oh Gott, was habe ich getan, dass man mich so abfängt! Hab ich ein paar Omas überfahren, ohne es zu merken?

Aus einem schicken weißen Auto, das mit allem möglichen Milizionärsklimbim verziert war, stieg gemächlich ein Bursche aus, der mit seinem Knüppel herumspielte. Ich versuchte, ein nettes Lächeln aufzusetzen, damit er nicht gleich auf mich losging.

»Na«, bellte mich der Verkehrspolizist an, ohne sich vorzustellen, »warum haben Sie, als Sie aus dem Tunnel herausgefahren sind, die Scheinwerfer nicht ausgeschaltet?«

Vor Empörung wäre ich fast geplatzt. Da hatte er sich ja ein Vergehen ausgedacht! Vornehm entrüstet wollte ich den Mund aufmachen, begriff aber im selben Moment, dass eine unwiderrufliche Katastrophe geschehen war.

Leider habe ich schon seit meiner Kindheit furchtbar schlechte Zähne. Mein ganzes Leben lang habe ich mich gequält und bin schon mit vierzig bei einer Prothese gelandet. Wie alle Gebissträger weiß ich eigentlich sehr gut, dass ein Kaugummi nichts für mich ist. Jetzt hatte sich also das widerliche Ding mit der Plastikmasse verklebt, so dass ich die Kiefer nicht mehr auseinander bekam.

»Warum sagst du nichts?«, ließ der Verkehrspolizist nicht locker.

Verzweifelt versuchte ich, mit der Zunge die klebrige Masse in den Griff zu kriegen.

»Du bist wohl besoffen«, freute er sich schon auf seinen zusätzlichen Gewinn.

Hoffnungslos schüttelte ich den Kopf.

»Bist du etwa stumm?«

Der Teufel sollte ihn holen, den aufdringlichen Kerl! Um die Strafe kam ich ohnehin nicht herum. Ich nahm meine mit dem Kaugummi umwickelte Prothese heraus und zischte böse:

»Jetzt sagen Sie schon, was ich für die Scheinwerfer bezahlen soll, aber dann lassen Sie mich bloß in Ruhe!«

Erstaunt starrte der Bursche auf meine Hand.

»Was ist das?«

»Zähne, was geht Sie das an? Und überhaupt, ich arbeite nachts als Vampir, schauen Sie nur, wie bleich ich bin.«

Der Polizist winkte mit seiner Kelle und ging zurück zu seinem Wagen.

»Warten Sie«, rief ich ihm hinterher, »was ist jetzt mit der Strafe?«

Der Knabe drehte sich um:

»Das hätte mir gerade noch gefehlt, einer verkrüppelten alten Frau Geld abzunehmen!«

Mit heulender Sirene machte er sich daran, ein anderes Opfer zu suchen. Wütend riss ich den Kaugummi ab. Verkrüppelte Alte! Was für ein ungehobelter Kerl!

Nowokossino ist eine furchtbare Gegend, alle Häuser sind Doppelhaushälften, die ein und dieselbe Hausnummer und verschiedene Buchstaben haben. Nachdem ich mit Müh und Not das richtige Haus gefunden hatte, ging ich in den ersten Stock hinauf. Tamara Pawlowna saß in der Küche und strickte einen Strumpf. Mit einem Fuß schaukelte sie einen Kinderwagen, in dem ein kleines Kind selbstvergessen mit seiner Spucke Blasen machte. Zwei weitere, etwa drei Jahre alte Kinder waren gerade dabei, einem apathischen dicken Kater ein Kinderjäckchen anzuziehen. An einer Ecke des Küchentisches saß ein kleines Mädchen mit einem Malbuch.

»Wie viele Enkel haben Sie denn?«, brach es aus mir heraus.

»Ach was, wo denken Sie hin«, lachte Tamara Pawlowna, »die Kinder sind von den Nachbarn. Aus dem Büro hat man mich weggejagt, und von der Rente kann ich nicht leben. Da hab ich mir diese kleine Gruppe organisiert. Die eine muss einkaufen, die nächste zum Frisör, die Kinder bringen sie zu mir. Ich nehme zehn Rubel pro Stunde, das ist doch annehmbar, oder?«

Ich stimmte ihr zu und fragte:

»Tamara Pawlowna, sind Sie sicher, dass Max keine Unannehmlichkeiten bei der Arbeit hatte?«

»Absolut sicher«, bekräftigte sie, »es ist ein solides, gut laufendes Unternehmen.«

»Könnte es sein, dass er mit der Mafia Schwierigkeiten hatte, haben Sie da eine Ahnung?«

»Ich wusste über alles Bescheid, deshalb hat mir Koschkin ja auch gekündigt«, sagte sie ironisch. »Mit den Banditen habe ich selbst die Abrechnungen gemacht. Maxim Andrejewitsch hat mir das Päckchen gegeben, ich habe es dann den jungen Männern überreicht. Es kamen immer die kleinen Fische zum Abholen, damit hatte der Chef nichts zu tun. Jedes Mal lief es gleich ab: Ich gab ihnen die Dollars, sie mir eine Tafel Schokolade. Ganz liebe Jungens waren das. Hätte man nicht gewusst, was Sache ist, hätte man sie für Studenten vom Konservatorium halten können.«

»Wer ist ihr Boss?«

»Ich habe keine Ahnung«, antwortete die Sekretärin erstaunt.

»Sie wissen also ganz genau, dass Poljanskij keine Schulden gemacht hatte?«

»Meine Liebe«, sagte sie geduldig, »Maxim Andrejewitsch war ja so erfolgreich, gerade weil er mit Geld so sorgfältig umgegangen ist. Er hat immer wieder gesagt: Machst du einmal

Schulden, und ist's auch nur für kurze Zeit, kommst du nie auf den grünen Zweig. Jeder von uns hat gutes Geld bekommen, und zwar immer pünktlich. Wissen Sie, wie oft die Miliz Straßenhändler schikaniert? Entweder stimmt etwas mit dem Hygienepass nicht, oder die Handelserlaubnis ist nicht rechtskräftig, oder es fehlt das Qualitätszertifikat. Mit den ›Eierhändlern‹ hat niemand seine Zeit verloren, weil man genau wusste: Hier war alles in Ordnung. Nein, das Geschäft lief hervorragend. Dazu kommt ja noch, dass wir jetzt auch mit Hühnerfleisch handeln würden, wenn Poljanskij nicht verhaftet worden wäre. Er wollte einen Laden eröffnen und hatte sich schon den schönen Namen ›Putt-Putt‹ dafür ausgedacht.«

Nachdem ich von der redseligen Frau nichts Neues hatte erfahren können, ging ich zurück auf die Straße, wo ich Mühe mit dem Atmen hatte, denn in der Luft hing ein unvorstellbarer Smog. Wer war bloß dieser geheimnisvolle Mafiaboss, der »Kruglyj« genannt wurde. Und wie konnte ich ihn am schnellsten kennen lernen? Plötzlich hatte ich eine Idee.

Im nächsten Laden kaufte ich zweitausend Eier. Der Verladearbeiter des Geschäfts, ein etwa fünfzigjähriger, leicht angetrunkener Mann, trug mir die Kartons in den Volvo. Bei dem zehnten konnte er sich nicht mehr zurückhalten und fragte neugierig:

»Wozu brauchst du die alle?«

»Ich feiere Ostern«, antwortete ich, ohne mit der Wimper zu zucken.

Der Mann schwieg, dann sagte er gedehnt:

»So ein Quatsch, das ist doch schon ewig her, das war im Frühling...«

»Ich bin Buddhistin.«

Er hüstelte und ging zurück in den Laden. Langsam setzte sich mein überladener Volvo in Bewegung.

Ich suchte mir einen äußerst belebten Ort für den Verkauf aus, und zwar einen der Ausgänge an der U-Bahnstation »Dinamo«. Auf dem kleinen Platz standen lauter Straßenverkäufer, auch zwei Eierhändler waren darunter. Nachdem ich ein paar Kisten aus dem Volvo genommen hatte, ging ich mir die Preise der Konkurrenten ansehen.

Bei dem einen kosteten sie 12 Rubel, bei dem anderen 11,50. Na wunderbar. Ich riss einen Zettel aus meinem Notizblock und schrieb darauf: »Frische Eier, 6 Rubel«. Eine Sekunde später blieb die erste Käuferin bei mir stehen, eine einfache, erschöpft aussehende Frau.

»Die sind wohl faul«, stellte sie fest.

»Warum?«, fragte ich erstaunt.

»Wer würde schon gute Eier zu diesem Preis verkaufen?«

»Ich arbeite ohne Zwischenhändler, die Eier kommen direkt aus der Fabrik.«

Aber die Frau schüttelte ihren Kopf und ging zum nächsten Stand. So eine dumme Kuh. Aber zehn Minuten später hatte sich die Lage schon geändert, eine kleine Schlange hatte sich gebildet. Die Leute nahmen die billigen Eier direkt in der Kiste mit. Die »Eierhändler« wurden unruhig und begannen, miteinander zu sprechen. Um sie noch schneller auf die Palme zu bringen, griff ich zu meinem Handy, drückte irgendwelche Tasten und schrie dann, so laut ich konnte, hinein: »Fedja, komm mit dem LKW, die Eier gehen weg wie nichts.«

Ein paar Sekunden später tauchte neben mir ein kurzatmiger Polyp mit einem runden Gesicht auf:

»Hygienepass, Qualitätszertifikat, Handelserlaubnis ...«

Ich zog hundert Dollar aus der Tasche und steckte sie ihm in die ausgestreckte Hand:

»Hier!«

Der Milizionär steckte den Schein sorgfältig ein und ging weiter, dann drehte er sich noch mal um und rief mir zu:

»Falls dich noch einer von uns belästigt, sag, dass Filimonow es dir erlaubt hat.«

Wunderbar, die eine »Mafia« war schon erschienen, jetzt

brauchte ich nur noch die andere. Auch sie ließ nicht lange auf sich warten. Ein schmales Bürschchen mit einem Wolfsgesicht bellte frech:

»Wer hat dir erlaubt, deine beschissenen Eier hier aufzustellen?«

»Beschissene Eier gibt's hier nur zwei, und das sind deine«, antwortete ich freundlich, »erlaubt hat es mir der Kruglyj. Das geht dich hier gar nichts an. Hol deinen Vorgesetzten, mit kleinen Fischen will ich nichts zu tun haben.«

Der Kerl schoss mit bösen, giftigen Blicken um sich, verdrückte sich aber. Ich fuhr fort, meine Eierpakete nach links und rechts auszuteilen.

»Meine Liebe«, hörte ich eine angenehme Baritonstimme an meinem Ohr, »was haben Sie da vom Kruglyj gesagt, wir verstehen nicht richtig.«

Ich schaute mir den Sprecher an. Es war ein Mann zwischen dreißig und vierzig. Die Lippen waren zu einem Lächeln verzogen, die Augen jedoch unangenehm trübe. Im Mund fehlten ein paar Vorderzähne, am Mittel- und am Ringfinger waren Ringe auftätowiert. Dieser war wohl tatsächlich schon eine Rangordnung höher als der vorherige.

»Diese Eier hier sind mir so was von egal«, winkte ich ab, »wenn du willst, schlag ich sie gleich selber kaputt.«

»Was soll das, bist du nicht mehr ganz dicht?«, fragte der Kerl erstaunt. »Ich hab ja bloß gefragt. Wir wollen bloß nicht, dass sich irgendwelche Fremden hierher verirren.«

»Pass auf, Bruder«, sagte ich in Erinnerung an die Lektion, die ich im Gefängnis erhalten hatte, »such den großen Boss und sag ihm, dass Poljanskijs Frau an der U-Bahnstation ›Dinamo‹ steht und Eier verkauft. Und füg hinzu, dass ich weiß, wohin die Million Dollar verschwunden ist. Falls er fragt, wo Maxim Andrejewitsch selbst abgeblieben ist, dann teil ihm mit: in der Butyrka, in der Gruppenzelle, aber am Fenster, nicht an der Latrine.«

Der Mann reagierte sofort. Aus den Augenwinkeln sah ich, wie er über das Handy mit irgendwem sprach. Meine Eier gingen zur Neige. Ich setzte mich auf die leeren Schachteln und sagte matt zu den Wartenden, der LKW sei im Stau stecken geblieben. Das Volk glaubte mir und begann, eine Schlange zu bilden.

Eine halbe Stunde verstrich. Plötzlich bremste ein über und über verdreckter, zerbeulter Shiguli auf der Straße. Die Kennzeichen und die Fenster waren völlig verschmiert. Seltsam, denn in Moskau hatte es schon seit einigen Tagen nicht geregnet. Ein fröhlich lächelnder, etwa dreißigjähriger Bursche stieg aus dem kümmerlichen Wagen aus und kam auf mich zu. Die Händler waren auf einmal mucksmäuschenstill. Offensichtlich war der Chef gekommen.

»Veronika Medwedjewa«, verkündete er feierlich, »der Kruglyj steht zu Ihren Diensten, worum geht's?«

Ich musterte ihn von Kopf bis Fuß. Er trug eine Jeans und ein Hemd von Lagerfeld, die Schuhe waren von Pasolini, die schwarze Brille von Dior, während die Uhr eine einfache Seiko war. Das Geld hatte wohl noch nicht für was Besseres gereicht.

»Veronika liegt im Leichenschauhaus. Maxim Andrejewitsch, der sie umgebracht hat, ist im Knast. Ich habe eine Information über viel Geld, bringen Sie mich zum Kruglyj.«

Der Bursche seufzte, in seinem Gesicht konnte ich lesen, dass die Nachricht von dem Mord neu für ihn war. Er ging zum Wagen zurück, redete kurz mit jemandem und winkte mir dann mit dem Finger.

Die Tür ging auf, drinnen saß ein zweiter Mann, noch ganz jung und ganz in Schwarz wie ein Totengräber.

»Setz dich«, nickte er mir zu.

»Nein, ich fahr in meinem eigenen Wagen hinter euch her.«

»Ich hab gesagt, setz dich«, erklärte der Totengräber, »wenn man uns den Auftrag gibt, bringen wir dich hierher zurück, wenn nicht, dann brauchst du deinen Volvo sowieso nicht mehr. Für eine Leiche ist auch eine Schubkarre nutzlos.«

Da ich die Logik dieser Bemerkung einsehen musste, stieg ich in die Invalidenkarre ein. Der lächelnde Bursche setzte sich hinter das Steuer. Bevor er losfuhr, zog er sorgfältig die Vorhänge an den Fenstern zu. Der unscheinbare Shiguli fuhr ausgesprochen leichtgängig die Straße entlang. Hinter der alten Karre verbarg sich ein erstklassiger Renner.

KAPITEL 11

Wir fuhren etwa vierzig Minuten. Dann bremste der Fahrer scharf und befahl:

»Raus.«

Ich stieg aus und fand mich in dem Hof eines Hauses wieder, das meinem sehr ähnlich sah. Derselbe weiße Ziegelstein, dieselben Fenster, sogar der Weg war wie unserer mit roten Kieseln ausgestreut. Nur gab es hier drei Stockwerke anstelle unserer zwei, und an einer Ecke des Hauses befand sich ein unsinniges Türmchen im mauritanischen Stil.

Ich wurde direkt in den kreisrunden Empfang geschubst.

»Setz dich!«, fuhr mich mein Begleiter an und wies auf ein rotes Sofa.

Ich ließ mich auf das weiche Kissen nieder, als aus einer Seitentür auch schon zwei ziemlich wohlbeleibte Rottweiler herausstürmten und lautstark meine Füße beschnüffelten.

»Ajax, Helmut, pfui!«, hörte ich eine aristokratische Stimme. »Keine Angst, sie beißen nicht, sie sind vollkommen harmlos.«

»Ich habe überhaupt keine Angst«, sagte ich und streichelte den Hunden über ihre großen Köpfe.

»Sie mögen große Hunde?«, fragte der Hausherr erstaunt. »Das ist eine Seltenheit bei Damen.«

»Ich bin sowieso einmalig, ein echtes Einzelstück.«

Der Boss lachte. Er machte einen ausgesprochen sympathischen Eindruck. Er war groß, hatte eine aufrechte Haltung und nicht den geringsten Bauchansatz. Die ganz und gar grauen Haare waren zurückgekämmt, seine braunen Augen blitzten und die Wangen waren tadellos rasiert. Er musste so um die fünfundsechzig sein. Gekleidet war er wie ein Westeuropäer: Er trug helle, beigefarbene Cordjeans von Levi's und ein dünnes weinrotes Hemd.

»Sie sind ja gar nicht Veronika«, sagte er, »aber Sie sagten, Sie seien Poljanskijs Frau. Eine kleine Lüge lässt große Zweifel aufkommen.«

»Ich lüge nie, ich war tatsächlich einmal Poljanskijs Frau.«

»Aha«, sagte er gedehnt. »Und worin liegt jetzt das Problem?«

Seufzend begann ich, ihm alles zu erzählen, was in diesen Tagen geschehen war. Schließlich fragte ich ihn ohne Umschweife:

»Er hat Ihnen eine Million Dollar geschuldet, nicht wahr?«

Der Mann fing fröhlich an zu lachen.

»Sie sind wirklich erstaunlich! Ich habe Max immer beneidet: Die Frauen, die er gehabt hat, einfach großartig! Ich habe nie so ein Glück gehabt. Die, die mir gefallen, sind schon lange in festen Händen. Sie, zum Beispiel, sind doch bestimmt auch schon lange verheiratet!«

»Ich habe zwei Enkel«, erklärte ich für alle Fälle.

Wieder lachte er laut los:

»Wunderbar, ich liebe Kinder! Vielleicht rufen Sie Ihren Gatten an und sagen ihm, dass Sie aufgehalten wurden? Hinter dem Haus ist ein Schwimmbecken, ich lasse gleich ein paar Cocktails bringen.«

Ich ging hoch wie eine Rakete:

»Ich dachte, Sie helfen Maxim, und stattdessen!«

»Meine Liebe«, sagte der Kruglyj, wieder ernst geworden, »ist es die Möglichkeit? Sie fallen bei mir einfach so mit der Tür ins Haus und fordern von mir Rechenschaft? Das ist nun doch wirklich komisch.«

»Na schön«, sagte ich, »ich sehe schon, ich bin umsonst hier, das war dumm von mir. Sagen Sie Ihren Spürhunden, sie sollen mich zurück zur U-Bahnstation bringen.«

»Und was werden Sie dann tun?«, fragte mein Gesprächspartner interessiert.

»Den echten Mörder suchen.«

»Das heißt, Sie glauben nicht, dass Maxim auf Veronika geschossen hat?«

»Nicht eine Sekunde.« Ich schüttelte den Kopf. »Ich verstehe nur bisher überhaupt nicht, wer und weshalb ihm das jemand unterschiebt. Ehrlich gesagt, glaube ich, dass Sie das inszeniert haben. Eine Million Dollar sind viel Geld, da haben Sie Ihren Schuldner auf originelle Weise bestraft. Die Dummen stellen einen Killer ein, während der große Boss sich was Besseres ausgedacht hat: In den Knast mit ihm, ins Arbeitslager, soll er ruhig fünfzehn Jahre schmoren!«

»Ich heiße Iwan Michailowitsch«, erklärte mein Gesprächspartner, »Kruglyj ist sozusagen mein Pseudonym in bestimmten Kreisen. Wie lautet Ihr werter Name?«

»Darja Iwanowna.«

»Daschenka«, sagte der Boss zärtlich, »haben Sie denn gar keine Angst? Sie kommen zu mir ins Haus und behaupten, ich wäre ein Bösewicht. Und wenn das nun stimmt? Was dann? Zeugen, die zu viel wissen, kommen selten lebend wieder heraus.«

»Ich bin gekommen, um Ihnen einen Handel vorzuschlagen.«

»Lieben Sie Max denn so sehr, dass Sie ihn freikaufen würden?«

Ich zuckte die Achseln.

»Es ist nicht leicht, Ihnen meine Gründe zu erklären.«

»Versuchen Sie es, vielleicht verstehe ich und bin einverstanden.«

»Meine Eltern sind früh gestorben, so dass ich mich allein durchschlagen musste. Ehrlich gesagt, gelang mir das nicht besonders gut. Ich hatte nie Geld, zum Glück gehörte mir wenigstens die Wohnung. Ich will nicht sagen, dass die Kinder und ich gehungert haben, aber die Kartoffeln haben wir stückweise gekauft.«

»Was soll das heißen?«

Ich lächelte.

»Das heißt, dass ich sie nicht im Kilo kaufte, sondern drei Stück fürs Abendbrot. Im Oktober begann Max, mir den Hof zu machen, im November wurde es plötzlich unglaublich kalt. An warmen Sachen besaß ich nur ein kurzes Felljäckchen. Ich fror entsetzlich. Einmal ging ich mit Poljanskij ins Theater, er in einem wunderschönen warmen Schafspelz und einer Pelzmütze aus Bisamratte. Ich in meinem Jäckchen und mit einem bescheuerten, selbst gestrickten Mützchen mit Bommel. In der Pause verschwand Max irgendwohin. Als wir dann hinterher zum Ausgang gingen, gab man mir auf meine Nummer an der Garderobe einen wunderschönen Pelzmantel aus Karakulschaffell heraus, weich und glänzend. Ich dachte zuerst, der Mann an der Garderobe hätte sich geirrt, aber mein Verlobter zog mir mit schlauem Lächeln den Mantel über. Dann passierte alles Mögliche, Gutes und Schlechtes. Schließlich haben wir uns scheiden lassen. Max gründete eine neue Familie, ich auch. Inzwischen kann ich mich kaum noch an unser Zusammenleben erinnern. Aber dieser Pelzmantel ... Denken Sie einfach, ich stehe in Maxims Schuld. Es war das erste und letzte Mal, dass ich ein Geschenk einfach so bekommen habe, ohne jeden Grund.«

Iwan Michailowitsch streckte die Hand aus.

»Kommen Sie, Daschenka, gehen wir ins Arbeitszimmer. Hier in der Diele lässt es sich schlecht reden.«

Wir gingen die Treppe nach oben und kamen in einen großen Raum. Nie hätte ich geglaubt, dass ein Mafiaboss solch ein Zimmer hätte! Riesige Bücherregale füllten drei der Wände. Was es da nicht alles gab: Philosophie, Psychologie, Geschichte, russische und andere klassische Literatur. Einen besonderen Platz nahmen Kriminalromane vor allem ausländischer Autoren ein. Auf dem Schreibtisch lagen neben dem Computer ein paar Ausgaben der Zeitschriften *Gerichtsmedizin in Frage und Antwort* und *Kriminalistik*.

»Rauchen Sie?«, erkundigte sich der Hausherr, während er eine kleine Bar öffnete.

»Danke, nur meine eigenen, von anderen muss ich husten«, antwortete ich und zog meine Gauloises aus der Tasche.

Iwan Michailowitsch drehte sich um, und wir begannen zu lachen. Er hatte dieselbe blauweiße Packung in der Hand.

»Ich habe sie in Frankreich lieben gelernt, schade, dass es sie hier so selten gibt«, lachte er weiter, »nie hätte ich gedacht, dass ich eine Dame mit denselben Gewohnheiten kennen lernen würde. Trinken Sie Kognak?«

Ich schüttelte den Kopf:

»Ich muss noch Auto fahren.«

Er winkte ab:

»Man wird Sie nach Hause bringen.«

Er nahm eine Flasche Rémy Martin aus der Bar und murmelte:

»Den finde ich ganz gut.«

»Ich auch«, sagte ich, »allerdings mag ich persönlich den 1949er lieber als den 1946er. Der war der Beste von dieser Sorte.«

Die Tür des Arbeitszimmers öffnete sich ein Stück weit, ein Bursche mit einem Tablett kam herein. Er stellte schweigend einen Teller mit Käse und Crackern und ein Schälchen mit Nüssen auf den Zeitungstisch. Das war ja wirklich eine Bewirtung wie im Westen. Laut schnaufend kamen jetzt die Rottweiler hereingestürmt. Sie steckten ihre Köpfe zwischen meine Knie. Automatisch steckte ich ihnen Stücke von dem begehrten Käse in die Mäuler und streichelte ihnen die Köpfe.

Der Boss seufzte:

»Na schön. Mein ganzes Leben leide ich schon wie ein Hund wegen der Frauen. Kaum gefällt mir eine, verliere ich vollständig den Verstand und mache Dummheiten. Und Sie gefallen mir außerordentlich. Deshalb tue ich jetzt, was ich eigentlich nicht sollte. Aber vorher versprechen Sie mir, dass alles, was ich Ihnen erzählen werde, dieses Zimmer nicht verlassen wird.«

Ich nickte ernsthaft. Er setzte sich in einen Sessel.

»Zwischen mir und Max gab es tatsächlich eine Schuld. Und auch die Summe haben Sie richtig genannt, es handelte sich um eine Million Dollar. Nur eins war falsch: Nicht Max schuldete mir das Geld, sondern ich ihm. Aber ich habe meine Schuld beglichen, und zwar Anfang Juni. Und um ganz genau zu sein: am 4. Juni.«

»Herr im Himmel«, brach es aus mir heraus, »was ist der Eierhandel doch für ein einträgliches Geschäft!«

Er schmunzelte:

»Die Eier haben damit nichts zu tun. Wir handeln mit Antiquitäten, und zwar schon ziemlich lange. Max hat einfach den richtigen Riecher für Raritäten. Was er alles aufstöbert! Vor gar nicht so langer Zeit hat er bei irgendeiner alten Frau einen echten Goya entdeckt. Stellen Sie sich vor, sie hatte das Ölbild im Bad hängen und wollte es wegwerfen, weil es ihr zu düster war!«

Ich war überrascht:

»Und was ist mit den Eiern?«

»Was soll sein?«, fragte Iwan Michailowitsch erstaunt. »Geschäft ist Geschäft, aber das große Geld kam aus einer ganz anderen Quelle. Max und ich haben diese Tätigkeit übrigens nicht an die große Glocke gehängt. Wir wollten nicht so viel Aufmerksamkeit auf uns ziehen.«

»Wie haben Sie ihm das Geld gebracht?«

»Wie sonst auch: Ich habe es in ein Päckchen getan, und Bekas hat es ihm gegeben. Es war ja nicht das erste Mal!«

»In ein Päckchen«, schnaubte ich, »dazu braucht es einen Koffer.«

Er lächelte.

»Sie haben zu viele Filme gesehen. Eine Million Dollar in Hundertdollarscheinen sind nur zehntausend Scheine, das passt ohne Probleme in ein Geschenkpaket. Ein Koffer fasst da schon ganz andere Summen.«

»Hat Ihr Gesandter ganz sicher alles übergeben?«

»Bekas?! Aber natürlich, mit diesen Dingen scherzt man nicht. Außerdem rief Max hinterher an und teilte mir mit, dass alles in Ordnung war.«

»Wo bewahrte er sein Geld auf?«

Iwan Michailowitsch breitete die Arme aus:

»Was für eine intime Frage! In unseren Kreisen fragt man so was nicht. Wahrscheinlich in der Schweiz oder in den Arabischen Emiraten.«

»Aber da konnte er es doch nicht sofort hinschicken. Er musste es doch sicher eine Zeitlang zu Hause deponieren!«

Der Boss seufzte:

»Kennen Sie die Kammer hinter dem Badezimmer?«

»Ja.«

»Dort ist unter der Decke ein Zwischenboden mit allem möglichen Zeug. Wenn man da hineinschaut, sieht man an der hinteren Wand einen kleinen Safe. Nur nach dem Code dürfen Sie mich nicht fragen, den weiß ich nicht.«

»Wo haben Sie Max kennen gelernt?«

Mein Gesprächspartner zündete sich genießerisch eine Zigarette an.

»Meine Liebe, mit Ihnen fühlt man sich ja wie vor dem Staatsanwalt. Wissen Sie, dass Poljanskij drei Jahre im Ausland war?«

»Ja. Nina Andrejewna hat erzählt, dass er seinen Militärdienst in Polen geleistet hat. Er hat Russisch-Unterricht gegeben. Ich weiß noch, wie ich mich gewundert habe, dass er keine Polin geheiratet hat, sondern allein zurückgekommen ist!«

»Genau. Die Geschichte mit den Russisch-Kursen ist eine hübsche Lüge. Maxim hat im Arbeitslager gesessen.«

»Was? Weswegen?«

»Wegen Schieberei. Zuerst hat er mit Feuerzeugen gehandelt, dann mit Jeans, und als er schließlich mit Kunstobjekten begann, haben sie ihn erwischt. Wir haben bis zum Prozess in einer Zelle auf derselben Pritsche geschlafen. Im Gegensatz zu mir bekam er immer gute Pakete. Er war nicht geizig, hat immer alle leckeren Sachen geteilt. Das hat uns für immer verbunden, seitdem sind wir befreundet.«

Ich saß mit offenem Mund da. Das war eine echte Neuigkeit! Wetten, dass niemand die Wahrheit kannte! Als er mein Erstaunen bemerkte, grinste der Boss zufrieden und sagte:

»Erzählen Sie mir lieber von Veronikas Ermordung.«

Ich teilte ihm mit, was ich über Nika und Semjon wusste. Iwan Michailowitsch wurde nachdenklich, dann sagte er seufzend:

»Ehrlich gesagt, kann ich mir im Moment keinen Reim darauf machen. Aber ich werde mich der Sache annehmen.«

Er stand auf, zog eine Schreibtischschublade auf und holte eine kleine Schachtel heraus.

»Nehmen Sie.«

Auf dem Samtfutter lag ein einfacher Goldring, der fast so aussah wie ein Ehering. Über die Mittellinie waren kleine hellblaue Steine eingelassen, wahrscheinlich Saphire, der Buchstabe K war zu erkennen.

»Legen Sie ihn an und nehmen Sie ihn nie ab«, forderte der Boss, »das ist Ihr Schutzbrief. Sollten Sie in Unannehmlichkeiten geraten, dann werden wenigstens meine Leute nicht schießen, sondern mich benachrichtigen. Natürlich ist das keine hundertprozentige Sicherheit, aber immerhin… Ich bin in dieser Stadt nicht der unwichtigste Mann, und meine Familienmitglieder sind auch geachtete Leute. Außerdem gebe ich Ihnen eine Telefonnummer. Rufen Sie nur an, wenn es absolut notwendig ist. Man wird mich dann finden. Und wundern Sie sich nicht, denn eine alte Frau nimmt den Hörer ab, mit ihr darf man nicht reden. Sie ist nur der Mittelsmann. Sagen Sie nur: ›Für Papa von…‹ Ach, dabei fällt mir ein, wir müssen Ihnen noch einen Namen geben!«

Er kaute auf seinen Lippen und sah nachdenklich aus dem Fenster, dann hüstelte er:

»Großes Schweinchen! Ja, das passt. ›Für Papa vom Großen Schweinchen.‹ Dann sagen Sie Ihre Telefonnummer oder Adresse, und ich rufe zurück. Wenn Sie sofort Hilfe brauchen, sagen Sie: ›Es brennt. Das Große Schweinchen ist im Feuer.‹«

Ich lachte laut los. Ein betagter Mann, der sich solche Spielereien ausdachte.

»Das ist überhaupt nicht komisch«, sagte der Boss scharf und mit steinerner Stimme. »Sie wissen gar nicht, in was Sie sich da einmischen, und ich habe überhaupt keine Lust, Blumen zu Ihrer Beerdigung zu schicken. Streifen Sie den Ring über!«

Ich legte meinen »Schutzbrief« an. Na so was, er passte wie angegossen.

»Übrigens, Iwan Michailowitsch, wissen Sie zufällig noch, was für eine Armbanduhr Max trug?«

»Eine numerierte Platin-Longines mit Brillanten. Ein teures Spielzeug. Ich war dagegen, wozu soll man seinen Reichtum so zur Schau stellen! Damit fordert man das Unglück nur heraus. Und jetzt fährt Bekas Sie nach Hause. Wo wohnen Sie?«

»In Loschkino. Aber er soll mich lieber zur U-Bahnstation ›Dinamo‹ bringen.«

»Wozu denn das jetzt wieder?«

»Dort steht noch mein Volvo.«

»So ein Unfug.«

Er rief nach dem geheimnisvollen Bekas. Ein paar Sekunden später kam der junge schwarz gekleidete Bursche ins Arbeitszimmer, der mich hierher gebracht hatte.

»Du bringst Daschenka nach Loschkino und dann holst du ihren Wagen für sie«, trug ihm der Kruglyj auf. »Und erklär ihr, wie sie dich erreichen kann.«

Bekas nickte und verschwand wie ein Schatten im Korridor. Iwan Michailowitsch goss uns noch einen kleinen Abschiedstrunk ein und begleitete mich dann bis zur Haustür.

Die Hunde trotteten hinterher.

»Den Hunden hast du auch gefallen«, stellte er fest. »Was ist, komme ich dir zu alt vor? Ich werde mich melden. Vielleicht findest du ja mal Zeit, um mit einem Opa Abend essen zu gehen?«

Er küsste mir die Hand, dann ging ich zum Auto. Dieses Mal stand ein funkelnder und glitzernder Mercedes im Hof. Bekas warf einen kurzen Blick auf meinen Ring und fragte dann ehrerbietig:

»Wo möchten Sie sitzen, Chefin?«

»Lieber hinten.«

Wir fuhren mit rasender Geschwindigkeit dahin. An der Auffahrt auf die Chaussee stand ein Kontrollposten der Verkehrspolizei. Bekas bremste und schrie dem vor Langeweile auf und ab wippenden Milizionäre zu:

»Hast du Dienst, Petka?«

»Ja, leider, Bekas«, rief der zurück, »es ist so heiß, ich krepiere bald.«

»Sobald du fertig bist, komm ruhig vorbei. Fedka gibt dir ein kaltes Bier.«

Der Verkehrspolizist freute sich und lächelte. Wir fuhren weiter.

In Loschkino waren wir in null Komma nichts. Mein Begleiter bremste und sagte:

»Jetzt hole ich Ihnen noch den Volvo.«

Ich hatte meinen Mund noch nicht aufgemacht, da heulte der Mercedes bereits auf und raste davon. Völlig verdattert ging ich ins Haus und stellte erst in der Diele fest, dass ich dem Fahrer die Schlüssel für den Volvo gar nicht gegeben hatte. Da fuhr der Arme also umsonst!

Im Haus saß schon wieder eine neue Heiratswillige. Diesmal hatte Gera eine schmächtige, flachsblonde junge Frau mitgebracht. Außer den beiden saßen noch Nina Andrejewna, Kescha, Häschen und Manja am Tisch.

»Wo ist Rimma Borissowna?«, fragte ich meine Schwiegertochter leise.

»Sie hat sich heute Morgen mit Ichtyol eingeschmiert und das Zeug bis jetzt nicht wieder abgekriegt«, kicherte Olga.

Die junge Frau, die wie ein Labormäuschen aussah, beschrieb gerade umständlich ein Rezept für einen ganz besonderen Kuchen. Das auszuhalten, überstieg meine Kräfte.

»Ich gehe rauchen«, erklärte ich und ging in den Hof hinaus. Manja kam mit den Hunden hinter mir her. Wir setzten uns auf die Stufen. Friedliche Abendstille umgab uns. Irgendwo in der Ferne quakten ein paar Frösche. Die Hunde lagen faul zu unseren Füßen. Es war schon fast dunkel, am Himmel kamen große Sterne zum Vorschein.

Plötzlich hörte man den Lärm eines Motors, in den Hof kam ein Auto geflogen. Mein armer Volvo, so schnell war er wohl noch nie gefahren worden. An der Vortreppe kam der Wagen zum Stehen. Bekas sprang heraus und sah die Hunde.

»Na so was«, staunte er, »die großen da kenn ich, der schwarze muss ein Pudel sein, aber die kleinen, das sind ja Missgeburten! Was sind das für welche?«

»Auf jeden Fall keine Missgeburten«, regte sich Manja auf, »das sind ein Mops und eine Yorkshire-Terrierin, sie sind übrigens Mann und Frau.«

»Danke, Bekas«, sagte ich. »Wie haben Sie das ohne Autoschlüssel geschafft?«

Der Bursche lächelte.

»Na ja, viele Einfaltspinsel bewahren zur Sicherheit ihren Zweitschlüssel unter dem hinteren Stoßdämpfer auf. Aber auch ohne das wäre es kein Problem. Ich bin schließlich ein Profi. Meine erste Strafe hab ich für Diebstahl abgesessen.«

»Möchten Sie einen Tee?«, fragte Manja.

»Das fragst du mich?«, fragte Bekas verdutzt.

»Ja, ja«, nickte Manja, »es gibt noch Piroggen, ein bisschen Torte und Eclairs, die sind sehr lecker.«

Bekas war verwirrt, offenkundig wurde er nicht oft eingeladen.

»Ich müsste jetzt eigentlich...«, stotterte er.

»Auf ein Tässchen kannst du schon noch bleiben«, sagte ich.

»Na los, komm schon«, fiel Manja ein. »Du musst Fifina und Kleopatra kennen lernen.«

»Ich habe aber nicht die richtigen Sachen an«, wehrte sich Bekas schwach.

Aber da hatte ihn Manja schon an der Hand genommen und ins Esszimmer geführt.

Ich blieb auf der Vortreppe sitzen. Manchmal lernten wir doch wirklich merkwürdige Menschen kennen.

KAPITEL 12

Am nächsten Morgen wurde ich wieder zu unchristlicher Zeit geweckt. Die alten Damen thronten feierlich am Tisch.

»Wie gefällt euch Lenotschka?«, erkundigte sich Rimma Borissowna.

»Wer bitte?«, fragte ich verständnislos.

»Na die, die gestern da war.«

»Scheint ganz in Ordnung zu sein«, murmelte Kescha ohne jede Begeisterung, »bescheiden, nicht so grell geschminkt…«

»Mir hat sie nicht sonderlich gefallen«, verkündete Rimma Borissowna, »und Gera gefällt sie gar nicht. Wir werden weitersuchen, nicht wahr, mein Sohn?«

Gera nickte schweigend.

»Übrigens, es ist Freitag«, sprach Rimma Borissowna weiter.

»Ja, und?«, fragte Nina Andrejewna.

»Es ist doch eigentlich schrecklich, in Moskau zu sein und nicht ins Bolschoi-Theater zu gehen!«, seufzte meine Schwiegermutter Nummer drei.

»Aber das ist doch gar kein Problem«, sagte Kescha verwundert. »Ich besorge für Sie und Gera Karten.«

»Nein, nein«, widersprach Rimma Borissowna, »allein gehen wir nicht, es müssen schon alle mitkommen.«

Fast hätte ich mich verschluckt. Solche Familienunternehmungen kann ich auf den Tod nicht ausstehen, ich bin einfach allergisch dagegen. Aber Kescha stimmte ergeben zu:

»Na gut, dann kaufe ich also sieben Karten. Was soll es denn sein?«

»Oper natürlich«, riefen die beiden Alten wie aus einem Munde.

Nachdem Irka das Omelett gebracht hatte, konzentrierten sich alle aufs Essen.

»Übrigens«, teilte Nina Andrejewna dann mit, »Bandys Magen ist nicht in Ordnung. Er hat schlecht gekackt...«

»Sieht nach Durchfall aus«, fiel ihr Olga ins Wort und kicherte.

Meine Schwiegermutter Nummer zwei zog ihre Augenbrauen hoch. Ich stellte meinen Kaffee beiseite und stand auf, um meine Sachen zusammenzusuchen. Wahrscheinlich würde es tagsüber wieder heiß werden, also erledigte ich ein paar Dinge am besten gleich morgens.

Als Erstes ließ ich mir von Nina Andrejewna die Hausschlüssel geben und fuhr zu ihr nach Hause. Ich öffnete die Tür und schaute mich in der Diele um. Irgendwas stimmte hier nicht! Eine Minute später war es mir klar. Ich wusste doch noch genau, wie die Alte und ich die Wohnung verlassen hatten. Ich hatte sämtliche Hüte von der Garderobe heruntergerissen, so dass sie über den Boden verstreut waren. Jetzt dagegen lagen sie alle an ihrem Platz. Wer konnte sie aufgehoben haben? Die alte Frau hatte Loschkino nicht verlassen, Max war im Knast, Veronika lag auf dem Seziertisch. War vielleicht die Putzfrau in der Zwischenzeit hier gewesen?

Ich ging in die Kammer, kletterte auf die Leiter und öffnete den Zwischenboden. Im Schrank ging ein Licht an. Das Lämpchen beleuchtete Schachteln mit Weihnachtsschmuck. Fluchend räumte ich das Zeug nach unten und schaute mir dann, während ich von all dem Staub niesen musste, die Rückwand an. Hier ließ nichts auf einen Safe schließen! Das hieß, dieser Zwischenboden war nicht der richtige. Ich machte den ersten Schrank zu und öffnete den zweiten. Auch hier ging das Licht an. Diesmal nahm ich drei schwere Koffer heraus, ohne dass Staub aufwirbelte. An der Rückwand sah ich eine kleine Tür mit einem runden Griff. Daneben ein Paneel mit Knöpfen. Man musste eine Zahlenkombination eingeben, aber was für eine?

Ich kletterte die Leiter wieder hinunter und ging in Maxims Arbeitszimmer. Vielleicht hatte er sie irgendwo aufgeschrieben? Die Schubfächer seines Schreibtisches waren peinlich geordnet: nach Rechnungen und allen möglichen anderen Papieren, Bürokram, Telefonbüchern. Maxim hatte sich keinen Computer angeschafft. Soweit ich mich erinnern konnte, war ihm immer alles, was mit Technik zu tun hatte, suspekt. Wie hatte er es bloß gelernt, einen Jeep zu fahren? Und überhaupt, wo lagen eigentlich die Autoschlüssel? Ich musste mal in den Wagen hineinschauen. Vielleicht war dort ja etwas Interessantes zu finden.

Melancholisch wühlte ich in den Unterlagen. Nein, hier sah nichts nach einer Geheimzahl aus. Was würde er sich ausgedacht haben?

Wieder kletterte ich auf die Leiter. Das Geburtsdatum von Nina Andrejewna? Das Todesjahr des Vaters? Die Tür bewegte sich nicht. Nachdenklich schaute ich auf den Safe. Aber natürlich, ein dummer Gedanke vielleicht, aber versuchen konnte ich es ja: 7117. Ein leichtes Schnippen, das war's tatsächlich! Am siebten Januar hatten wir geheiratet, am ersten Juli hatten wir uns getrennt. Max sagte, dass ihn diese beiden Zahlen, die Sieben und die Eins, schon sein ganzes Leben lang begleitet hätten. Geboren war er an einem siebten Juli, das erste Mal geheiratet hatte er an einem ersten Januar, sein Vater starb an einem siebzehnten November…

Ich zog die schwere kleine Tür auf: Nichts. In dem kleinen Metallfach herrschte gähnende Leere.

Nachdem ich die Koffer wieder an Ort und Stelle verstaut und den Zwischenboden zugeschlossen hatte, zündete ich mir in der Küche eine Zigarette an und überlegte, was ich weiter tun konnte. Zuerst würde ich nachsehen, ob im Jeep etwas zu finden war, dann würde ich zur Butyrka fahren und Max fragen, wo er das Geld hingetan hatte. Vielleicht lag ja da der Hase im Pfeffer? Es war schließlich eine enorme Summe.

Ich schloss die Wohnung ab und ging in die Garage. Der Jeep blitzte und glänzte wie frisch gewaschen. Ich kletterte hinein und sah mich um. Zwar schon ein schöner Wagen, aber was für ein Ungetüm, man saß darin wie in einem Trolleybus. Und was war das hier?

Im Handschuhfach fand ich Handschuhe, ein Taschentuch, eine Tafel Schokolade und ein Päckchen Davidoff. In dem Fach zwischen den Vordersitzen lag eine leere Mineralwasserflasche Perrier, eine Ausgabe der Zeitschrift *Skandale der Woche* und eine Packung Aspirin-Brausetabletten. Sonst nichts.

Ich seufzte und setzte mich wieder auf den Beifahrersitz. Nein, für mich wäre so ein Auto weiß Gott nichts. Es war so groß, dass man mit den Füßen kaum bis zu den Pedalen reichte. In einer Ecke entdeckte ich ein zusammengeknülltes Stück Papier. Ich glättete es. Es war völlig verschmiert mit Kugelschreibertinte: »Quittung. Salon ›Orakel‹. Monetnaja-Straße. Dienstleistung tausend Rubel – Bezahlt«. Was mochte das für ein Ort sein?

Es wurde langsam heiß. Mein Volvo brachte mich gemächlich zur Butyrka. Dieses Mal suchte ich gleich nach der freundlichen Katja.

»Schnell nach unten«, forderte sie mich auf, als sie das Geld nahm, »gleich wird die letzte Gruppe für heute eingelassen.«

Ich lief in den Kellerraum. Fünf Minuten später donnerten die Türen, eine Gefängniswärterin las die Namen vor. Meiner kam als letzter. Ich wollte schon an ihr vorbei, aber die Frau schüttelte den Kopf:

»Entschuldige, aber dein Süßer ist nicht dabei.«

»Was ist los?«

»In der Zelle ist die Gelbsucht ausgebrochen.«

»Und was jetzt?«, fragte ich verwirrt.

»Jetzt geht gar nichts«, antwortete die Frau, »keine Besuche, kein Rechtsanwalt, keine Gerichtsverhandlungen. Man ist sehr streng damit bei uns. Du musst warten, bis die Quarantäne aufgehoben wird.«

»Dauert das lange?«

»Erst mal fünfundzwanzig Tage, dann wird man weitersehen.«

Ich ging auf die Nowoslobodskaja-Straße hinaus, die vor Hitze so glühte, dass es mich geradezu erschlug. Der arme Maxim! Bei der Hitze war es in der überfüllten Zelle kaum auszuhalten. Ob Jana wusste, wo das Geld war? Wahrscheinlich hatte Maxim sie nach Kiew geschickt, damit sie die Million fortschaffte.

Aber zu Hause bei der Sokolowa nahm niemand ab. Seltsam, ich hatte die Tante, die übergewichtige Rada Iljinitschna, eigentlich so verstanden, dass sie nur selten das Haus verließ. Womöglich hatte sie sich aber auch einfach nur hingelegt. Auch die Nachbarin Tanja war nicht zu Hause, und Shenja Poljakowa war ebenfalls ausgegangen. Nicht gerade ein Glückstag! Na schön, dann würde ich eben die freie Zeit nutzen und zur Redaktion der *Skandale der Woche* fahren.

Die Wochenzeitschrift hatte ihren Sitz im Erdgeschoss eines Hauses aus hellem Backstein. Direkt vor seinen Fenstern lag der Kiewer Bahnhof mit seinem geschäftigen Treiben. Es war so furchtbar heiß, dass der Asphalt schmolz. Gequälte Reisende wischten sich die schweißnassen Gesichter ab, während sie Kinder und zentnerschwere Koffer hinter sich her zu den Bahnsteigen zogen.

»Zug Nr. 13 Moskau – Konotop fährt von Gleis sieben. Begleitpersonen möchten jetzt bitte den Zug verlassen«, sagte eine metallische Stimme über meinem Kopf.

Keuchend vor Hitze ging ich auf einen Kiosk mit Eis zu, während ich abwesend vor mich hin sang: »Zug Nummer dreizehn

Moskau–Konotop, top, top.« Plötzlich schoss mir wie ein glühender Pfeil ein Gedanke durch den Kopf. Nummer dreizehn, Moskau – Konotop? Was für ein Zufall! Ich erinnerte mich, wie Janas freundliche Nachbarin Tanja erzählte, dass sie ihr den Koffer auf den Kiewer Bahnhof gebracht hatte, zu Zug Nr. 13 und Waggon Nr. 13! Ob es zwei Züge mit derselben Nummer gab? Oder lag Konotop noch hinter Kiew?

Ich kehrte um und ging zum Fahrkartenschalter. Eine gelassene junge Frau von der Auskunft, die sich auch über die komischsten Fragen nicht zu wundern schien, gab mir ruhig alle notwendigen Informationen. Ich ging auf den Bahnsteig hinaus, kaufte mir automatisch eine ungenießbare Wurst mit Brötchen und kam, während ich sie an einen streunenden Hund verfütterte, langsam wieder zu mir. Grund genug, um verwirrt zu sein, gab es allerdings. Natürlich gab es nur einen Zug Nr. 13, aber die Fahrzeit von Konotop bis Kiew betrug noch einmal zwölf Stunden. Wohin hatte sich Jana also aufgemacht? Sie hatte alle angelogen mit ihrer Geschichte, sie würde in die Hauptstadt der Ukraine fahren. Wo war sie nun aber wirklich? War sie bis Konotop gefahren? Sie hätte ja überall aussteigen können. Es gab nur eine Möglichkeit, dies herauszufinden. Ich musste mir ein Foto von der Sokolowa besorgen und es dem Schaffner zeigen, vielleicht konnte er sich ja an sie erinnern.

Auf dem Platz vor dem Kiewer Bahnhof tobte der Verkehr. Ich stieg in meinen Volvo. Die *Skandale der Woche* konnten warten. Wieder ging Rada Iljinitschna nicht ans Telefon, aber nun fuhr ich trotzdem zu ihr. Vielleicht war der Apparat kaputt gegangen? Doch er funktionierte, denn als ich mit Händen und Füßen gegen die Tür bummerte, hörte ich, wie dahinter das Telefon klingelte. Wo, zum Teufel, konnte sie stecken? Auch die Nachbarin Tanja war nicht zu Hause. Ich kehrte wieder zu Rada Iljinitschnas Wohnung zurück und begann, heftig gegen die Tür zu hämmern. Diesen Lärm konnte sie nicht überhören! Ich setzte mich auf die Stufen und zündete mir eine Zigarette an.

Was ein verdreckter Müllschlucker doch für einen furchtbaren Gestank im Treppenhaus produzierte, wie gut, dass wir inzwischen in einem eigenen Haus wohnten. Es stank irgendwie aufdringlich süßlich, einfach grauenhaft.

Ich ging näher an die Tür heran und hielt meine Nase an den Spalt. Der Geruch kam direkt aus Rada Iljinitschnas Wohnung. Voller böser Vorahnungen zog ich mein Handy heraus. Wenn ich jetzt Alexander Michailowitsch anrufen würde, käme er natürlich, aber dann konnte ich mich von meinen Nachforschungen verabschieden. Ich zögerte ein wenig, dann wählte ich die Nummer der Miliz.

Etwa eine Stunde später, als ich von der Hitze und dem Gestank schon vollkommen benebelt war, trudelte die Miliz ein.

»Na, wo ist das Problem?«, fragte einer von ihnen.

»Ich wollte eine Verwandte besuchen, aber keiner macht die Tür auf.«

»Na so was«, brummte der andere, »vielleicht schläft sie oder ist einkaufen gegangen.«

»Sie ist Invalidin, geht so gut wie nie raus, und erst recht nicht bei dieser Hitze. Außerdem geht seit ein paar Tagen niemand ans Telefon. Riechen Sie nichts?«

Die Milizionäre schnupperten und seufzten.

»In welchem Verhältnis stehen Sie zur Mieterin dieser Wohnung?«

»Ich bin die Schwester.«

»Dann brechen wir jetzt auf Ihre Verantwortung die Wohnung auf. Nicht, dass Sie das nachher beanstanden! Aber zuerst müssen wir den Hausverwalter finden.«

Eine weitere Stunde verging mit der Suche nach dem Zuständigen. Schließlich kamen eine kurzatmige, etwa fünfzigjährige Frau und ein etwas angetrunkener Mann. Die Milizionäre machten sich daran, die Tür aufzubrechen. Es kostete keine große Anstrengung, kaum ein paar Schläge, und schon ging die dünne Tür auf, die nur von einem morschen Schloss gehalten worden war. Der »Duft« wurde stärker. Die Streifenposten warfen sich gegenseitig einen Blick zu, dann betraten sie die Wohnung. Ich schob die Hausverwalterin beiseite, stürzte in die Küche, und da fand ich sie alle beide.

Rada Iljinitschnas Kopf lag zwischen umgekippten Tassen auf dem Tisch. Tanja saß, gegen den Herd gelehnt, mit weit aufgerissenen Augen da, ihr Unterkiefer hing herunter. Das Gesicht des Mädchens war mit schrecklichen Flecken bedeckt, die nackten Füße hatten einen grünlichen Schatten. Rundherum eine Wolke von Fliegen.

Ich spürte, wie mir schwarz vor Augen wurde und ging zurück in den Flur. Einer der Milizionäre schob mich zur Seite und schaute in die Küche.

»Ach du jemine«, sagte er und zog seine Schirmmütze ab, »dann gehen Sie jetzt bitte mal ins Wohnzimmer und warten dort.«

Das kam überhaupt nicht in Frage! Ich wollte so schnell wie möglich weg von hier.

»Ich warte im Treppenaufgang«, krächzte ich heiser und hielt mir ein Tuch vors Gesicht, »hier stinkt es derartig, ich muss mich gleich übergeben.«

»Na gut«, winkte die Streife mit der Hand ab, »aber gehen Sie nirgendwohin. Sie sind unsere Hauptzeugin.«

Na prima, genau das wollte ich ja gerade nicht sein. Auf wackligen Beinen verließ ich das Haus. Der widerliche Moskauer Smog roch einfach wunderbar. Mein Volvo hatte gehorsam im Schatten auf mich gewartet. Ich sprang hinters Steuer und fuhr in Richtung U-Bahnstation »Universität« zur Wohnung von Shenja Poljakowa.

Und wieder war die Antwort auf mein Klingeln Schweigen. Panisch setzte ich mich auf die Stufen und begann, angestrengt zu schnuppern. Es roch wie immer: nach Katzen und einem Haufen frisch gewaschener Wäsche. Wahrscheinlich war sie zur

Uni oder zur Bibliothek gegangen… Aber da surrte der Aufzug und Shenja trat ins Treppenhaus. In der Hand hielt sie eine große Flasche Mineralwasser.

»Warten Sie auf mich?«, fragte die Studentin erstaunt.

»Haben Sie ein Foto von Jana Sokolowa?«

»Ja«, sagte sie gedehnt, während sie die Tür aufschloss, »die Jungens haben ein Foto von uns am Imbiss gemacht, aber wozu brauchen Sie das?«

»Herr Poljanskij bat mich, ihm ein Foto ins Gefängnis zu schicken.«

»Der arme Kerl«, seufzte Shenja, während sie in den Bücherregalen suchte.

Schließlich war das Foto gefunden. An einem Tisch saßen drei lächelnde Mädchen.

»Das ist Jana«, sagte Shenja und zeigte mit dem Finger auf die hässlichste der drei.

Das dreieckige Gesichtchen eines rachitischen Kindes, eine schmale, für das winzige Gesicht ein bisschen zu lange Nase und bleiche Lippen, auf dem Kopf ein roter Bürstenschnitt. Nur die Augen waren schön: groß, klar und klug. Würde man ihr einen ordentlichen Haarschnitt verpassen und sie ein bisschen schminken… Womit hatte sie Max fasziniert? Hatte er etwa unter dem wenig präsentablen Äußeren eine edle Seele entdeckt? Das sah meinem Ex-Mann aber gar nicht ähnlich. Seine Frauen hatte er sich immer ausschließlich nach den Äußerlichkeiten ausgesucht. Ich kannte sogar den Typ: eine große, schlanke, eher dümmliche Blondine mit einem Barbie-Gesicht. Nur ich war da etwas aus der Reihe gefallen.

Ich steckte meine Ausbeute in meine Tasche, ging zur Tür und fragte noch auf der Schwelle:

»Shenja, hat Jana sich schon bei Ihnen gemeldet?«

»Nein.« Sie schüttelte den Kopf. »Sie ist einfach verschwunden, und auch zu Hause bei ihr ist keiner. Wie vom Erdboden verschluckt.«

»Ich bitte Sie inständig, passen Sie auf, lassen Sie keine Fremden in Ihre Wohnung, auch keine Handwerker, Vertreter oder Bettler.«

»Niemals«, versprach Shenja ernsthaft. »Heute fahre ich auf die Datscha und bin bis Mittwoch bei meinen Eltern. Dann wird Jana sicher wieder auftauchen.«

Am Kiewer Bahnhof ging ich direkt zur Bahnhofsleitung. Die Tür zum Arbeitszimmer wurde von einer wachsamen Sekretärin bewacht, einer etwa fünfzigjährigen Frau mit einem altmodischen Dutt, der aus einem zusammengerollten Zopf bestand.

»Andrej Sergejewitsch ist nicht da«, erklärte sie drohend, »mit den Fahrkarten haben wir nichts zu tun, gehen Sie zum Schalter.«

Aber ich hatte mir schon eine tränenreiche Geschichte ausgedacht. Und zwar war ich am vierten Juni mit dem Zug Nr. 13 in einem Waggon mit derselben Nummer nach Konotop gefahren. Da hatte ich meine Tasche mit all meinen Papieren und ziemlich viel Geld liegen gelassen. Der Schaffner hatte sie gefunden und im Fundbüro abgegeben. Jetzt wollte ich diesen ehrlichen Menschen aufsuchen und mich bei ihm bedanken. Das war ja eine solche Seltenheit heutzutage.

»Wohl wahr«, pflichtete mir die jetzt sehr viel freundlichere Dame bei und betätigte den Hebel am Schaltpult.

Keine zehn Minuten später waren schon Vorname, Nachname und Adresse der guten Samariterin bekannt: Sie hieß Ljubow Pawlowna Fomenko und wohnte in der Krasnyj-Schlagbaum-Straße.

Während ich mich über diesen seltsamen Namen wunderte, schlug ich den Stadtplan auf und fand diesen »Schlagbaum« nicht weit vom Stadtzentrum, in der Nähe des Bahnhofs Krasnaja Presnaja-Towarnaja. Zunächst rollte ich ganz entspannt bis zum Marschall-Shukow-Prospekt, die Schwierigkeiten begannen erst hier. Ich fuhr durch ein merkwürdig verwinkeltes Viertel aus Garagen, Werkstätten und irgendwelchen Fabriken. Dann kreuzte ich eine Bahnlinie und fand mich auf einer Straße wieder, die auf beiden Seiten von einer roten Backsteinmauer begrenzt war. Sie zog sich ewig hin, bis der Weg schließlich scharf nach rechts abbog und an einer offenen eisernen Pforte endete.

Offensichtlich hatte ich mich verirrt. Ich parkte den Volvo auf dem schmalen Bürgersteig und schlug wieder die Karte auf. Ach du großer Gott, wie sollte ich bloß zu diesem blöden Krasnyj Schlagbaum kommen? Es klopfte ans Fenster. Ein hübsches Mädchen mit vulgärem Gesicht lächelte mich erwartungsvoll an.

»Hör mal, hast du nicht zufällig ein Telefon im Auto? Ich muss unbedingt mal telefonieren, bis zur nächsten Telefonzelle sind es drei Kilometer.«

Ich hielt ihr mein Handy hin. Das Mädchen schrie wie verrückt hinein, während ich mir weiter die Karte anschaute.

»Danke«, sagte sie endlich. »Was suchst du denn da, sag, vielleicht weiß ich Bescheid?«

»Eher unwahrscheinlich, die Krasnyj-Schlagbaum-Straße.«

»Ha, ha«, kicherte das Mädchen los, »da wohne ich. Siehst du das Haus da?«

Sie zeigte mit einem Finger, von dessen Nagel der Lack schon abblätterte, auf einen hohen, schmutzig grauen Wohnblock aus Beton.

»Wenn du mich mitnimmst, zeig ich dir den Weg.«

Wir fuhren zurück und kurvten ziemlich lange durch die krummen Gassen. Schließlich lag der Wohnblock direkt vor uns. Andere Gebäude gab es nicht in der Straße.

Ich ging in den ersten Stock und hatte noch gar nicht geklingelt, als schon die Tür aufsprang.

»Gott sei Dank!«, schrien eine Frau und ein Mädchen in Manjas Alter einstimmig. »Wir dachten schon, Sie kommen gar nicht mehr. Los, schnell.«

Sie zerrten mich ins Badezimmer.

»Waschen Sie Ihre Hände, eins ist schon draußen«, erklärte die Frau und reichte mir ein Stück Seife.

»Mami, oh, Mami«, weinte jemand hinten in der Wohnung.

Die Frau zog mich ins Zimmer. Auf dem ausgezogenen Sofa lag ausgestreckt ein kleiner, zotteliger Hund. Das arme Tier warf gerade Junge. Neben seinem krampfhaft zitternden Körper lag ein Welpe, der sozusagen im »Beutel« auf die Welt gekommen war, er brauchte sofortige Hilfe. Noch ein kleines weinendes Mädchen stand auf Knien daneben.

»Schluss mit dem Geheul«, sagte ich, »holt schnell eine Nagelschere, eine Flasche mit warmem Wasser und ein Handtuch.«

Die Frau und die Kinder rannten los wie die Weltmeister. Eine Stunde später war alles vorbei. Drei wunderbare, schwarze, stumpfnasige Welpen saugten ungestüm an der erschöpften Mutter.

»Geben Sie ihr zwei Tage lang kein Fleisch, sondern süße warme Milch«, verlangte ich.

»Oh«, lachten die Mädchen, »Geld für Fleisch haben wir sowieso keins. Susy frisst Kartoffeln, Suppen und Nudeln.«

»Genug gequatscht«, sagte die Mutter böse, »wir sind nicht arm! Was schulden wir Ihnen?«

Ich schüttelte den Kopf:

»Nichts. Seien Sie froh, dass ich dasselbe erst vor kurzem mit meiner Hündin erlebt habe und noch genau weiß, was zu tun ist.«

»Also sind Sie gar nicht von der ›Ersten Hilfe für Tiere‹?«, fragte die Frau erstaunt.

»Nein, ich wollte zu Ljubow Pawlowna Fomenko.«

»Das ist unsere Mama«, erklärten die Mädchen im Chor.

»Lasst mich mit ihr reden«, unterbrach sie Ljubow Pawlowna. »Weshalb wollten Sie zu mir?«

»Ich habe ganz vergessen, mich vorzustellen. Major Wassiljewa, ich beschäftige mich mit der Suche nach Vermissten.«

Die Frau schaute beunruhigt ihre Kinder an:

»Nun geht schon, geht.«

Die Mädchen gingen zur Tür hinaus, wahrscheinlich lauerten sie aber auf der Schwelle, weil aus dem Flur ein gedämpftes Kichern zu hören war.

»Am vierten Juni ist diese junge Frau in Ihrem Waggon von Moskau losgefahren. Wissen Sie zufällig, wo sie ausgestiegen ist?«

Ljubow Pawlowna spielte mit dem Foto in ihren Händen.

»Ich erinnere mich. Es war mir noch so komisch vorgekommen.«

»Wie bitte?«

»Sie hatte eine Fahrkarte bis Fominsk und ist auch dort ausgestiegen.«

»Und was ist daran so außergewöhnlich?«

»Nach Fominsk kann man auch mit der Straßenbahn fahren, wozu brauchte sie einen Platz im Zug, der viel mehr kostet? Die Straßenbahnen fahren regelmäßig.«

»Vielleicht hatte sie es eilig.«

»Alles ist möglich, natürlich, aber solche Fahrgäste haben wir in unserem Zug so gut wie nie. Außerdem erschien sie ohne Gepäck, stand bis zur letzten Minute auf dem Bahnsteig, bis man ihr ihren Koffer gebracht hatte. Dann stieg sie in Fominsk aus. Ich habe noch aus dem Fenster geschaut, als wir wieder losfuhren: Da saß sie auf einer Bank und aß eine Pirogge.«

Es war acht, als ich schließlich zu uns auf den Hof fuhr. Aber die Hitze hatte noch nicht nachgelassen. Glühender Dunst schwebte über der Stadt, sogar in Loschkino fiel einem jeder Atemzug schwer.

Auf der großen Wiese vor der Garage direkt im Gras saßen Manja und… Bekas. Vor ihnen lag ein vollkommen auseinandergenommener Motorroller.

»Mamilein«, schrie Manja los, »Kolja kann aus jedem Motor

eine Rakete machen. Er hat mir versprochen, dass mein Roller zweihundert Stundenkilometer schaffen wird.«

Ich schloss, dass Kolja Bekas sein musste, und erkundigte mich vorsichtig:

»Wozu brauchst du so einen schnellen Roller?«

»Das ist einfach praktisch«, erklärte Manja.

Bekas seufzte betreten:

»Jetzt setzen wir ihn wieder zusammen, dann ist er wie neu.«

»Er hat auch an Keschas Mercedes ein Teil repariert, den Bendikas, oder so.«

»Den Bendix«, berichtigte Bekas, »das ist ein Teil vom Starter.«

Ich schaute ihm ins Gesicht, das jetzt erstaunlicherweise gar nichts Verschlossenes mehr hatte, und fragte:

»Wie alt sind Sie, Bekas?«

»Achtzehn«, antwortete er, »aber denken Sie nicht, bloß, weil ich so jung bin, kann ich nichts. Ich verstehe viel von Motoren. Technik hab ich immer gemocht. Ich kann Uhren reparieren, Bügeleisen, Radios, Fernseher.«

»Wau«, bestätigte Snap.

Bekas pirschte sich sofort heran, ließ aber gleich von ihm ab, als er sah, dass der Hund mit voller Kraft auf Olga zulief, die gerade nach Hause kam.

»Bleib bei der Sache«, wies ihn Manja zurecht, »gleich kommt Kescha, und dann gibt es Abendessen.«

Bekas begann folgsam, mit dem Schraubenzieher in den Innereien des armen Motorrollers herumzustochern.

Ich ging ins Haus. Nicht eine Minute zweifele ich an deinen Fähigkeiten als Autoschlosser, Kolja. Wenn ich nur daran denke, was du schon alles geschafft hast mit deinen achtzehn Jahren: Gesessen hast du schon und bist als Mädchen für alles beim Boss gelandet, und jetzt sollst du auch noch ein Auge auf mich haben.

KAPITEL 13

Der Morgen begann wie immer. Da ich ohnehin wusste, dass die alten Damen mich nicht schlafen lassen würden, ging ich von selber rechtzeitig zum Frühstück hinunter. Meine Lieben gähnten, was das Zeug hielt. Die Omas dagegen waren frisch wie der Morgentau und voller Tatendrang. Auf dem Tisch dampfte in einer Schüssel der unvermeidliche Haferschleim.

»Mamilein«, flüsterte Manja, »gib mir mal die Butter rüber, ich schmier mir einen Toast.«

»Maria«, verkündete Rimma Borissowna, »wie oft soll ich dir noch sagen, dass es sich nicht gehört zu flüstern. Das ist sehr ungezogen.«

Sie schob ihr die Schachtel Skandi hinüber.

»Margarine kann ich nicht leiden«, regte sich Manja auf, »ist denn keine Butter da?«

»Butter ist sehr schädlich«, lautete Rimma Borissownas prompte Antwort, »pures Cholesterin. Ganz schlecht für die Leber. Margarine ist viel gesünder.«

Manja stocherte schweigend mit dem Löffel in ihrem klebrigen Brei herum. Häschen versuchte, das Thema zu wechseln:

»Serafima Iwanowna und ich haben fast die ganze Nacht nicht geschlafen. Wanka und Anka kriegen gerade Zähne.«

Bisher hatten uns die Zwillinge keine besonderen Sorgen gemacht. Sie konnten sich noch nicht selbstständig bewegen und verbrachten die meiste Zeit in ihrem Zimmer im ersten Stock.

Ihr Leben bestand im Wesentlichen noch aus Schlafen und Essen. Es waren ausgesprochen ruhige und pflegeleichte Kinder. Sie fingen nur an zu schreien, wenn sie in verschiedenen Bettchen lagen. Sie wollten immer zusammen schlafen.

»Ja«, bemerkte die gute Rimma Borissowna philosophisch, »kleine Kinder, kleine Sorgen. Große Kinder, große Sorgen.«

»Übrigens«, mischte sich Nina Andrejewna ins Gespräch ein, »Bandy hat etwas mit seinem Bauch…«

»Er hat wieder so flüssig gekackt«, führte Manja den Satz fröhlich zu Ende.

Ich seufzte. Sollten wir diesen Satz vielleicht mit Kreuzstich aufsticken und im Esszimmer aufhängen, damit wir ihn immer vor Augen hatten?

Nach dem Frühstück ging ich zusammen mit Nina Andrejewna in den Garten. Sie begann begeistert, den ins Kraut geschossenen Löwenzahn aus dem Beet zu rupfen. Um uns herum stromerten die Hunde. Aber Nina Andrejewnas Herz schlug ungeteilt für Bandy. Immerzu streichelte sie ihm über den Rücken und belehrte ihn: »Bandjuscha, friss das Gras nicht, dein Bäuchlein wird dir weh tun.« Es tat mir Leid, ihr die Laune zu verderben, aber es half ja nichts.

»Nina Andrejewna, stimmt es, dass Max in Polen gar nicht seinen Militärdienst geleistet hat, sondern im Arbeitslager saß?«

Die ausgerupften Löwenzähne fielen allesamt zu Boden. Meine Ex-Schwiegermutter schrumpfte zusammen und setzte sich auf die Bank. Bandy, der den Umschwung ihrer Laune spürte, winselte leise und leckte ihr die runzeligen Hände.

»Wer hat sich denn diesen Unsinn ausgedacht?«, versuchte sie, mir weiszumachen. Aber ich hatte schon verstanden, dass der Boss die Wahrheit gesagt hatte.

Das hieß, es war bereits Maxims zweite Verurteilung, automatisch zählte er jetzt zu den Wiederholungstätern. Das Verhalten der Sicherheitsorgane solchen Untersuchungshäftlingen gegenüber war natürlich auch entsprechend.

»Was sind das bloß für Leute«, regte sich Nina Andrejewna auf, »wie können sie sich solche Gemeinheiten ausdenken! Max soll ein Krimineller sein! Er hat in Polen gearbeitet, Russisch hat er dort unterrichtet!«

Ich seufzte. Natürlich war es theoretisch möglich, dass Poljanskij Lehrer gewesen war. Das Diplom des Literaturinstituts befähigte ihn dazu. Aber praktisch? Verstand Nina Andrejewna denn nicht, dass man das sehr leicht überprüfen konnte?

Sie steigerte sich weiter in die Sache hinein, aber da war ich schon auf dem Weg zur Garage. Der Boss hatte mich hier also nicht belogen. Konnte es sein, dass auch der Rest der Wahrheit entsprach? Wo war dann die Million, und hatte womöglich irgendjemand Max deswegen in diese unglückliche Lage gebracht? Woher wusste Semjon von dem Geld, wenn Iwan Michailowitsch doch klar und deutlich gesagt hatte, dass von dem Antiquitätenhandel niemand auch nur etwas ahnte. Hatte Max etwa seinem besten Freund davon erzählt?

Mein Kopf schwirrte von all den endlosen Fragen. Na schön, die Schwierigkeiten würde ich der Reihe nach lösen müssen, und zwar dann, wenn sie auftraten, wie meine Großmutter zu sagen pflegte, und ich hatte gelernt, auf sie zu hören. Zuerst würde ich nach Fominsk fahren und Jana suchen. Ich hätte doch zu gern einmal mit dem Mädchen selbst gesprochen.

Der Weg war wunderschön, die Sonne schien, dass es eine wahre Freude war. Ich hielt an einem Straßenimbiss und hatte ein köstliches Mahl. Unsere Hauptverkehrsstraßen werden denen in Westeuropa immer ähnlicher, hier wie dort gibt es Tankstellen mit kleinen Restaurants und Toiletten, praktisch an jeder Ecke stehen irgendwelche Straßenhändler, eine Entwicklung, die ich sehr begrüße.

In bester Laune kam ich in Fominsk an und parkte auf dem Platz vor dem Bahnhof. Das kleine, einstöckige Gebäude war in einem weniger guten Zustand, es musste zu Beginn der Fünfzigerjahre gebaut worden sein. Die Fassade, die mit Säulen, Skulpturen und natürlich Hammer und Sichel verziert war, bröckelte.

Der Zug aus Moskau hielt normalerweise auf Gleis 1. Auf dem Bahnsteig befand sich nur eine einzige Bank, neben ihr standen ein paar Frauen mit Körben und Eimern. Ich setzte mich, als auch schon der Express Moskau – Lwow einfuhr. Die Frauen eilten zu den Waggons und boten Piroggen, gekochte Kartoffeln, gebratenen Fisch und Würstchen feil. Aber es gab nur wenige Käufer, entweder hatten die Reisenden ihren Proviant noch nicht aufgegessen, oder sie hatten einfach noch keinen Hunger.

Ein lauter Pfiff ertönte, der Zug fuhr weiter. Die Frauen wischten sich über die Stirn und trafen sich bei der Bank wieder. Es roch streng nach Schweiß.

»Was für ein verdammtes Leben«, sagte die eine.

»Früher waren wir geachtete Leute und haben in der Fabrik gearbeitet, jetzt lungern wir hier mit unserem Fraß bei den Zügen herum«, seufzte die zweite.

»Wir können noch von Glück reden, dass wir den Leuten Essen verkaufen«, mischte sich die dritte ein, »denn Klawka zum Beispiel verkauft Präservative, die könnte vor Scham im Boden versinken.«

Sie schwiegen, während ich mir eine Zigarette anzündete. Die Frauen hüstelten demonstrativ, dann erkundigte sich die dickste, die am schlimmsten schwitzte:

»Warten Sie auf einen Zug? Gehen Sie lieber ins Bahnhofsgebäude, jetzt hält bis ein Uhr keiner mehr.«

Ich nahm vorsichtig das Gespräch auf:

»Nein, ich suche meine Tochter, sie ist am vierten Juni von zu Hause weggegangen und seitdem nicht mehr wiedergekommen.«

»Sag bloß, was für ein Unglück«, befanden die Frauen. »Sie ist bestimmt jung und schön?«

Ich holte das Foto hervor und zeigte mit dem Finger auf Jana. Schweigend betrachteten die Frauen die Aufnahme. Dann sagte die Älteste gedehnt:

»Ich glaube, sie hatte noch fünf Piroggen gekauft und ist dann bei Raissa verschwunden.«

»Was heißt das, verschwunden?«, spitzte ich meine Ohren.

Die Frau zögerte, fing aber sofort an zu erzählen, als sie den Fünfhundertrubelschein sah.

Am vierten Juni hatte sie wie immer auf dem Bahnsteig ihre Piroggen mit Kartoffelfüllung verkauft. Es war heiß, so dass die Leute wenig Lust hatten, die zwar leckeren, aber eben heißen Backwaren zu kaufen. Aus dem Moskauer Zug, der weiter nach Konotop fuhr, schaute überhaupt gar keiner heraus. Nur aus Waggon Nr. 13 sprang leichtfüßig ein schlankes Mädchen. Die Händlerin bemerkte, dass sie trotz der Hitze Nylonstrumpfhosen trug, dazu ein superkurzes Röckchen, ein eng anliegendes Jäckchen, und ihr Gesicht war mit getöntem Puder voll gekleistert. Die blauen Augen, deren Farbe durch eine türkisfarbene Kette noch hervorgehoben wurde, hatte sie reichlich mit schwarzer Tusche umpinselt. Sie ließ sich auf die Bank plumpsen, kaufte fünf Piroggen und schlang sie sofort herunter.

»Sie war dünn wie ein Streichholz«, erzählte die Frau noch immer erstaunt, »und hatte dabei einen Appetit wie ein junger Mann. Sie hat die Piroggen heruntergeschlungen und dann gefragt, wo die Toilette ist.«

Die Verkäuferin wollte selbst gerade dorthin, nahm sie also einfach mit. Das Mädchen trug leichthändig ihren Koffer, außerdem hatte sie eine kleine Tasche bei sich. Die Toilette auf dem Bahnhof war kostenpflichtig, aber die Verkäuferin kannte Raissa, die Toilettenfrau. Die beiden hatten früher einmal zusammen in einer Fabrik gearbeitet, die inzwischen geschlossen war, so dass die eine nun versuchte, ihre Waren im Zug loszuwerden, während die andere die Klos putzte. Aus alter Freundschaft ließ Raissa ihre Freundin umsonst pinkeln.

Während das Mädchen in seiner Tasche nach zwei Rubeln kramte, ging die andere schon nach drinnen. Fünf, sechs Minuten später kam sie heraus und sah bei Raissas Tischchen den Koffer stehen.

»Stell dir vor«, kicherte die Freundin, »was für ein Dummkopf das Mädel ist. Statt zu den Frauen ist sie aus Versehen zu den Herren gegangen. Na ja, macht auch nichts, da ist ja im Moment keiner.«

Während der etwa zehn Minuten, die sich die beiden unterhielten, kam das Mädchen nicht heraus. Dafür erschien ein gut aussehender, schwarzhaariger junger Bursche mit Schnurrbart, der keine Tasche bei sich hatte. Er ging an den erstaunten Frauen vorbei und machte sich in Richtung Bahnhofsvorplatz davon.

»Oje«, ächzte Raissa, »bestimmt ist der gekommen, als ich selber gerade auf der Toilette war. Immer versuchen die Leute, einfach so an mir vorbeizuschlüpfen. Wieso kommt das Mädchen eigentlich nicht wieder, ist sie ertrunken, oder was?«

Raissa trug ihrer Freundin auf zu warten und ging in die Herrentoilette, kam aber sofort wieder zurück. Das Mädchen war nicht dort.

»Und was ist mit dem Koffer passiert?«, fragte ich.

»Frag Raissa, sie ist bei den Toiletten.«

Ich lief hin. Neben dem Drehkreuz saß eine ausgesprochen dürre Frau mit ausgemergeltem Gesicht auf einem Stuhl und döste vor sich hin.

»Zwei Rubel Eintritt«, erklärte sie, als sie aufgewacht war, »aber auf dem Vorplatz gibt's auch eine kostenlose Toilette, falls Ihnen das zu teuer ist.«

»Sagen Sie«, sprach ich sie an, »können Sie sich an dieses Mädchen erinnern?«

»Das ist kein Mädchen, sondern David Copperfield. Sie hat sich buchstäblich in Luft aufgelöst«, lachte Raissa.

»Und wo ist der Koffer?«

»Er steht bei mir in der Kammer. Ich dachte, das dumme Ding wird bestimmt irgendwann auftauchen und ihn sich abholen. Die Tasche hat sie auch dagelassen!«

»Die Tasche?«

Als Raissa zu der Toilette ging, sah sie am Haken einsam die vollkommen leere Tasche hängen. Sie konnte sich gar nicht genug wundern. Die Toilette war im Erdgeschoss, wegen der Hitze stand das große Fenster die ganze Zeit offen. Es kam schon vor, dass besonders schlaue Reisende einfach durchs Fenster stiegen, um das Geld für die Klofrau zu sparen. Raissa hörte es normalerweise und lief dann hinein, um für ihr Recht zu sorgen.

Aber dieses Mädchen hatte, wie es sich gehört, zwei Rubel bezahlt. Wieso war sie also durch das Fenster hinausgeklettert?

»Kann ich mal den Koffer sehen?«

Raissa zögerte:

»Na, ich weiß nicht…«

Ich zog fünfhundert Rubel aus der Tasche. Sofort rannte sie zur Kammer und brachte einen kleinen weiß-rot-schwarz karierten Koffer hervor. Darin lag nichts weiter Interessantes: ein helles Röckchen, ein paar Slips, einige T-Shirts, eine warme flaumige Jacke, Jeans und die unerklärliche Medizin Prednisolon. Außerdem war hier auch die leere Handtasche.

»Ich habe den Koffer aufgemacht«, gab Raissa zu, »und die Tasche dazugetan, dann habe ich gedacht, vielleicht ist ja ein Ausweis drin… Nehmen Sie die Sachen mit?«

Ich schüttelte den Kopf:

»Falls Jana bei Ihnen auftauchen sollte, möchte ich Sie bitten, ihr diesen Zettel zu geben.«

Ich reichte Raissa ein Stück Papier, auf das ich schrieb: »Max hat großen Ärger, rufen Sie mich sofort an.«

»Ist gut«, antwortete die Toilettenfrau.

Die nächste Stunde brachte mir keine weiteren brauchbaren Informationen ein. Weder der Bettler, der auf dem Bahnhofsplatz saß noch der Eisverkäufer, noch die Straßenhändler hatten ein Mädchen aus dem Klofenster klettern sehen.

»Das ist hier wie im Kino«, teilte mir der Zeitungsverkäufer fröhlich mit, »die Leute sind doch nicht recht bei Trost heutzutage. Schon zwei Rubel sind ihnen zu schade, lieber klettern sie durch das Fenster. Sie also rein, Raissa schreit los, droht mit dem Lappen, sie wieder zurück. Zwei oder drei sind es sicher pro Tag. Ich hab gar nichts dagegen, dann gibt's wenigstens was zu lachen. Also schaue ich die ganze Zeit in die Richtung und warte auf das nächste Schauspiel, aber ein Mädchen habe ich nicht gesehen. Das Fenster hier geht zum Männerklo, die Frauen klettern in das andere, das nicht auf den Platz hinaus geht.«

Dann unterhielt ich mich mit dem Kassierer am Fahrkartenschalter und mit den Taxifahrern, aber keiner hatte ein schmales Mädchen mit einem für Fominsker Verhältnisse exotischen roten Bürstenhaarschnitt gesehen. Jana hatte ihre Sachen stehen lassen und war wie vom Erdboden verschluckt.

Um sechs war ich wieder zu Hause. Rimma Borissowna drehte und wendete sich vor dem großen Spiegel in der Diele. Ihren in die Breite gegangenen Matronenkörper hatte sie in ein grünes Samtkleid gezwängt, am Hals glänzte ein »Brillantkollier«. Eine in gleicher Weise schimmernde Haarspange schmückte die hochgesteckten Haare. Daneben stand der schwitzende Gera, der in einem guten, etwas altmodischen Anzug mit großen Aufschlägen steckte.

»Also Dascha!«, sagte die alte Frau vorwurfsvoll, »wie kann man sich nur so verspäten! Wir haben schon befürchtet, wir müssten ohne dich fahren.«

»Wohin denn?«, fragte ich verwundert.

»Ins Theater natürlich. Hattest du das etwa vergessen?«

Ach du jemine, nicht nur vergessen... Ich hab doch glatt gedacht, ihr fahrt jetzt irgendwohin und ich kann in Ruhe baden,

Kaffee trinken, eine Zigarette rauchen... Aber die raue Wirklichkeit brach rüde in meine harmlosen Träume ein.

»Na los, beeil dich«, drängte Rimma Borissowna, »zieh dich um, aber bitte heute keine Jeans. Wir gehen alle zusammen ins Bolschoi-Theater, festlich und schön angezogen, wie es sich gehört...«

Ohne mir die lästigen Belehrungen weiter anzuhören, flog ich nach oben. Ein Kleid! Ich durchwühlte meine Garderobe und fand schließlich ein weißes Leinenkostüm und helle Pumps, glättete so gut es ging meine Haare und ging wieder nach unten.

Meine Familie stand schon in der Diele versammelt, alle machten lange Gesichter. Wir lieben uns ja wirklich sehr, aber Familienausflüge kann keiner leiden, vor allem nicht, wenn es irgendwohin geht, wo keiner hin will, und noch dazu in Kleidern, die keiner tragen will. Kescha hatte allerdings die Wünsche der Alten einfach ignoriert und seine helle Hose und das Hemd mit den kurzen Ärmeln anbehalten. Häschen trug ein leichtes, fast schwereloses Kleidchen mit riesigem Ausschnitt. Manja hatte es am schlimmsten getroffen, an ihr hatten sich die Alten so richtig ausgetobt. Sie hatten sie in ein vollkommen idiotisches, mit Bändern und Spitzen verziertes Kleid aus schimmernder Atlasseide gesteckt. Wo sie dieses unglaubliche Stück nur her haben mochten! Die Haare hatten sie ihr wieder in zwei Zöpfe gebunden, nur dass es diesmal statt zwei Bändern vier waren. An den Füßen hatte meine Tochter weiße Kniestrümpfe mit durchbrochenen Nähten und schwarze Lackschuhe.

»Das ist kein Kind, sondern eine Schönheit«, sagte Nina Andrejewna gerührt, »Gera ist heute extra zum Kaufhaus ›Djetskij Mir‹ gefahren. Rimmalein und ich hatten überlegt, wie wir das Mädchen ein bisschen herausputzen könnten, im Schrank hatten wir einfach nichts Passendes gefunden. Nur ganz kurze Röckchen, kurze Jäckchen und diese scheußlichen Jeans, überhaupt nichts Ordentliches. Ja und du, Daschalein, du hättest dir ruhig auch was Angemesseneres anziehen können. Was ist das für ein zerknitterter Lappen, den du da trägst?«

Zerknitterter Lappen! Ein exklusives Kostüm von Lagerfeld, praktisch ein Einzelstück, das entsprechend gekostet hatte. Aber es sah natürlich wirklich nach Nichts aus.

Manja drückte mir ermunternd die Hand:

»Mach dir nichts draus, Mami. In der Pause gehen wir zum Büfett und schlagen uns den Bauch voll.«

Extrem schlecht gelaunt setzte ich mich in die Loge im ersten Rang. Erstens hatte ich nicht einen Funken musikalisches Gehör, und zweitens mochte ich keine Opern, am allerwenigsten *Aida.* Das Ende war mir einfach zu düster. Und drittens war es heiß und stickig im Theater. Ich schloss meine Augen, ließ mich gegen die Rückenlehne meines Sessels sinken und versuchte, mir einzureden, dass mir die Ouvertüre gefiel. Der Vorhang ging auf, die Handlung begann. Aber diesmal lief sie nicht wie sonst ab.

Die äußerst füllige Sängerin wollte gerade mit ihrer Arie beginnen, als ein unheimlicher Katzenschrei ertönte. Die verblüffte Sängerin klappte ihren Mund wieder zu, das Orchester kam durcheinander. Eine Sekunde später hatte es sich wieder gefangen, tat so, als müsse alles so sein, und spielte die Takte noch einmal. Als die Frau zu den Koloraturen ansetzte, stimmte die Katze sofort mit ein. Es klang wunderbar. Sie war erstaunlich gut im Takt und versuchte sogar, solchen Gefühlen wie Schmerz, Leidenschaft und Liebe Ausdruck zu verleihen. Bei den Tenor- und Bassstimmen schwieg sie. Auch Tiere haben ihren Ehrgeiz, dieses hier wollte also mit Aida höchstpersönlich im Duett mithalten. Der Saal kicherte unverhohlen. Aus unserer Loge, die fast über der Bühne hing, konnte man gut sehen, wie sich die Glatze des Dirigenten mit roter Farbe überzog. Manja schob sich die Faust in den Mund, um nicht lauthals loszulachen. Häschen biss sich auf die Unterlippe, Kescha verbarg sein Gesicht in den Händen, die beiden alten Damen waren zutiefst entrüstet. Mit Müh und Not ging der erste Akt zu Ende.

Um den Alten die bittere Pille zu versüßen, führte Kescha alle zum Büfett. Ich blieb in der Loge und unterhielt mich mit der Platzanweiserin. So erfuhr ich, dass die Sänger und Dienstkräfte Tiere mochten. Unter der Bühne lebten Katzen, und zwar genau zwölf Stück, die von den Leuten gefüttert wurden. Alles war gut, bis die eine schließlich Junge warf.

Eins der jungen Kätzchen hatte einen Hang zur Kunst und begann zu singen. Das junge Talent fühlte sich jedoch nur zur Oper hingezogen, beim Ballett verhielt es sich mucksmäuschenstill. *Aida* war seine Lieblingsoper. Bisher war es noch nicht gelungen, die selbsternannte »Operndiva« zu fangen, so dass nun schon die fünfte oder sechste Besetzung auftrat. Die Primadonnen verzichteten eine nach der anderen darauf, mit der Katze im Duett zu singen.

Auf dem Rückweg kochten die beiden alten Damen in vornehmer Entrüstung. Um sie zu besänftigen, versprach ihnen Kescha, für Mittwoch wieder Karten zu besorgen.

KAPITEL 14

Morgens rief ich Oxana auf der Arbeit an.

»Entschuldige, dass ich dich so früh störe…«

»Ach i wo«, sagte meine Freundin erstaunt, »ich hab schon die erste OP hinter mir, jetzt bereite ich mich gerade auf die zweite vor.«

Oxana ist Chirurgin und ein entsprechend zupackender Mensch. Wenn meine Kinder krank waren, habe ich sie immer nur ihr anvertraut. Ihre Methode war dabei stets etwas unorthodox. Meine Freundin hat den Kindern die warmen Decken weggerissen, die Fenster aufgemacht und sie aufgefordert, nicht so zu jammern.

Nie habe ich erlebt, dass Oxana schlechte Laune gehabt hätte. Nicht ein Mal hat sie sich über ihr schweres Leben beschwert, obwohl sie dazu Grund genug gehabt hätte. Allein, ohne jede Hilfe, hat sie zwei Jungen großgezogen, außerdem leben in ihrer kleinen Wohnung noch zwei Scotchterrier, eine Staffordshire-Terrierin namens Rejtschel, vier Hamster, diverse Meerschweinchen und die fette, kurzatmige Katze Markisa. Eine Vogelspinne und eine Schildkröte machen den Zoo komplett. Oxana sagt oft und gerne, dass »der Ausweg aus einer ausweglosen Lage genau dort liegt, wo man in sie hineingeraten ist«, und ist immer wohlgemut. So auch heute: Es war erst halb zehn in der Früh, und sie wetzte schon das Skalpell für die zweite OP.

»Oxana, wozu nimmt man Prednisolon ein?«

»Um nicht zu sterben.«

»Jetzt mal ernsthaft.«

»Das ist nicht zum lachen. Wenn du aufhörst, es zu trinken, liegst du schnell unter der Erde.«

»Das heißt, wenn jemand Prednisolon verschrieben bekommen hat, muss er es regelmäßig, also ohne zu pausieren, zu sich nehmen? Es immer dabei haben, auch auf einer Dienstreise?«

»Natürlich. Er könnte ja irgendwo landen, wo es keine Apotheke gibt.«

»Kann es sein, dass so ein Kranker sein Medikament vergisst?«

»Eher unwahrscheinlich. Meist hat so jemand eine Operation an den Nebennieren hinter sich. Diese Leute wissen ganz genau, dass es für sie die komplette Katastrophe bedeutet, ihre Hormone nicht einzunehmen. Das sind schließlich nicht bloß Vitamine.«

»Ist das Medikament teuer?«

»Was ist denn heute noch billig?«

Auch wieder wahr, dachte ich, als ich den Hörer auflegte. Was hatte Jana solche Angst gemacht? Wieso hatte sie die Toilette so übereilt durch das Fenster verlassen? Konnte die Gefahr so groß gewesen sein, dass die Arme nicht nur ihre Sachen, sondern auch die für sie unerlässliche Medizin vergessen hatte? Hatte sie darauf gehofft, sie in einer Apotheke nachkaufen zu können? Und warum hatte sie in aller Seelenruhe und mit solchem Appetit auf dem Bahnsteig die Piroggen verzehrt, wenn sie dann so panikartig die Flucht ergriffen hatte? Nur eins war klar: Das Geld hatte Jana nicht. Natürlich hatte der Boss Recht, einen großen Koffer brauchte man für eine Million Dollar nicht, aber in den BH passte sie nun auch nicht gerade hinein. Die Tasche und der Koffer waren auf der Toilette geblieben. Die Schaffnerin wusste noch, dass Jana allein im Coupé gesessen hatte. Erst in Fominsk, wo sie ausgestiegen war, hatten andere

Reisende in dem Abteil Platz genommen. Das Mädchen hatte auf der Bank gelegen und die ganze Reise verschlafen. Ljubow Pawlowna hatte sie bei der Einfahrt nach Fominsk nur mit Müh und Not wach gekriegt. Das hieß, sie hatte das Geld auch niemandem unterwegs geben können. Wo steckte es also?

Das Telefon schreckte mich aus meinen Gedanken hoch. Es war Alexander Michailowitsch, der unwahrscheinlich wütend zu sein schien.

»Komm sofort hierher!«

»Was ist passiert?«

»Sobald du hier bist, erfährst du es«, versprach mir mein Freund.

Ohne mir irgendeiner Schuld bewusst zu sein, fuhr ich zu seinem Büro.

Shenka hatte es sich in dem kleinen Arbeitszimmer zwischen Schreibtisch und Fensterbrett bequem gemacht. Mit einem Löffel rührte er in einem Plastikbecher mit billiger Suppe.

»Schon beim Mittagessen?«, fragte ich ihn fröhlich, »noch ein bisschen früh, oder?«

»Wahrscheinlich hab ich Hunger«, antwortete er.

Shenka war Pathologe, mit einem Wort einer, der in Leichen herumwühlte, um ihre wahre Todesursache zu finden. Der Beruf hatte seinem Charakter einen bleibenden Stempel aufgedrückt. Immer musste er an allem zweifeln. Fragte man ihn, welcher Monat gerade war, schaute Shenka zuerst aus dem Fenster, dann auf den Kalender, blätterte in der Zeitung und erklärte schließlich nach langen Überlegungen unschlüssig: »Wahrscheinlich Juni, aber ganz sicher bin ich nicht, es gibt zu wenig Beweise.« Er arbeitete schon sein ganzes Leben mit Alexander Michailowitsch zusammen und verstand seinen Chef schon fast ohne Worte. Wir freundeten uns zwar nicht sofort an, dafür mochten wir uns aber jetzt umso lieber. Vor gar nicht langer Zeit drängte Manja Shenka zwei Yorkshire-Terrier auf,

Lizzy und Karlotta. Unser Freund, der vorher nie Haustiere gehalten hatte, verwandelte sich in einen leidenschaftlichen Hundehalter. Für seine angebeteten Hunde kaufte er frisches Rindfleisch und Quark vom Markt.

Alexander Michailowitsch schaute mich drohend an und fragte:

»Lautet das Kennzeichen von deinem Wagen 625 ke?«

»Ja.«

»Und ist es ein dunkelroter Volvo, wo vorn am Spiegel so ein idiotischer Esel herunterbaumelt?«

»Wieso idiotisch?«, regte ich mich auf. »Manja hat ihn mir geschenkt.«

»Ich an deiner Stelle wäre beleidigt gewesen«, erklärte der Oberst, während er sich eine Zigarette anzündete, »das war eindeutig eine Anspielung auf die geistigen Fähigkeiten der Mutter.«

»Was ist denn nun passiert?«

»Nein, das musst du mir erklären. Wie hast du von den beiden Leichen in der Wohnung der Sokolows erfahren?«

Was für eine Überraschung! Wie hatte er das nun wieder herausbekommen?

»Ganz einfach, Watson«, sagte Alexander Michailowitsch spöttisch, als er mein erstauntes Gesicht sah, »die Hausverwalterin und der Hausmeister sind hinter dir aus dem Haus gekommen und haben bemerkt, wie du fluchtartig das Weite gesucht hast. Jedenfalls haben sie sich das Kennzeichen gemerkt. Der Rest war einfach. Jetzt, mein Engel, sag die ganze Wahrheit, und zwar schnell und ehrlich!«

Dabei schlug er mit der Faust auf den Tisch.

So, so, Scheinwerfer ins Gesicht, nichts als die blanke Wahrheit, ein offenes und ehrliches Bekenntnis wirkt sich strafmildernd aus … Aber ich wusste genau: Wenn ich den Mund aufmachte, würde mir auf der Stelle jede weitere Nachforschung verboten werden. Lügen durfte ich auch nicht, dann würde ich gleich gegen die Wand gedrückt. Die beste Lösung war, die Wahrheit mit einer Lüge zu verknüpfen.

»Weißt du, in letzter Zeit hatte Maxim eine Affäre mit Jana Sokolowa. Anscheinend hat er sie wirklich lieb gewonnen, denn er hat mich gebeten, ihm beim nächsten Besuch ein Foto von seiner Liebsten mitzubringen. Also bin ich hingefahren, hab sie und Rada Iljinitschna aber stattdessen tot vorgefunden.«

»Das war sie nicht«, brummte Alexander Michailowitsch, »sondern die Nachbarin. Woher weißt du eigentlich den Namen von der Tante?«

»Den hat mir Max gesagt. Er hat mir auch verraten, dass sie praktisch nicht aus dem Haus geht, so dass ich direkt hingegangen bin, ohne vorher anzurufen.«

»Warum bist du geflüchtet?«, erkundigte sich mein Freund jetzt in deutlich verändertem Tonfall. Er hatte meine Geschichte offenkundig geschluckt.

»Ich hatte mich so erschrocken, es war einfach ein Schock.«

Alexander Michailowitsch war gerade dabei, mich auszuschimpfen, als ein mir unbekannter Mitarbeiter mit verzerrtem Gesicht ins Zimmer geflogen kam, so dass der Oberst mich schnell entließ.

Ich fuhr zu McDonald's und dachte nach, während ich in meinen Big Mac biss. Was, wenn das Geld bei Semjon versteckt war? Offenkundig hatte Max ihm vertraut, wenn er ihm von der Million erzählt hatte. Vielleicht tüftelten sie ihre Geschäfte gemeinsam aus? Ich beschloss, zur Redaktion der *Skandale der Woche* zu fahren, um herauszubekommen, wem Herr Worobjow wohl Unannehmlichkeiten bereitet haben mochte.

Die Redaktion hatte sich im Erdgeschoss eines altmodischen Hauses gemütlich eingerichtet. Nachdem ich eine Weile durch die engen, verschlungenen Korridore geirrt war, stand ich schließlich vor einer Tür mit der Aufschrift »Chefredakteur«.

»Herein!«, rief eine angenehme männliche Stimme.

Ich stieß die Tür auf und war sprachlos. Alle Wände des kleinen Raums waren von oben bis unten mit den unglaublichsten Fotos beklebt! Ein bekannter Politiker, der so aussah, als würde er schon in dritter Generation zur Intelligenzia gehören, zeigt jemandem einen Vogel; eine Schlagersängerin, Abgöttin der Jugend, sitzt nackt auf einem Motorrad; ein Geistlicher stößt einen obdachlosen Hund mit dem Fuß fort…

»Beeindruckt Sie das?«, schmunzelte der Mann.

»Und wie«, murmelte ich und starrte den Redakteur mit offenem Mund an.

Vor dem Hintergrund der Skandalfotos sah er einfach wunderbar aus. Seine Haare waren angenehm hellgrün getönt, im Ohr trug er drei Ohrringe, auf dem rechten, sehr eindrucksvollen Bizeps war eine Tätowierung zu sehen.

»Also«, begann der Mann, »womit kann ich dienen?«

»Ich habe als Sekretärin bei einer hoch gestellten Persönlichkeit gearbeitet, jetzt hat man mir ungerechterweise gekündigt…«

»Meine Liebe«, sagte er begeistert, »Sie brauchen nichts weiter zu sagen. Ich weiß schon, was kommt: Sie wollen sich rächen. Also, was haben Sie: Briefe, Aufzeichnungen, Videos?«

»Zwei Koffer voll mit kompromittierendem Material«, platzte ich heraus. Den Satz hatte ich irgendwo mal aufgeschnappt und behalten.

»Großartig«, freute sich der Redakteur, »raus damit!«

»Ehrlich gesagt, habe ich mich schon mit jemand anderem abgesprochen, mit Semjon Worobjow. Er hat mir tausend Dollar versprochen.«

»Meine Güte«, zwitscherte der Redakteur, »wozu brauchen wir da Semjon? Wir kommen auch ohne ihn aus. Sie kriegen das Geld, wenn die Sache für uns interessant ist. Na los, lassen Sie es nicht zu lange schmoren, meine Süße, geben Sie den Müll heraus.«

»Nein, ich will Semjon sehen«, sträubte ich mich hartnäckig, »ich geb die Sachen nur ihm in die Hand.«

»Jetzt zieren Sie sich doch nicht so, Kindchen«, seufzte der Grünhaarige.

Ich drehte mich zur Tür.

»Warten Sie, warten Sie!« Er wurde plötzlich unruhig. »Ich wollte Ihnen keine Angst machen, aber Semjon ist tot.«

Ich zeigte mich erschocken:

»Ein Herzinfarkt!«

»Aber nein, seine Frau hat ihn umgebracht.«

»Wie entsetzlich! Weswegen?«

Der Redakteur schaltete die Kaffeemaschine ein.

»Weiß der Teufel.«

»Vielleicht war es ja gar nicht die Frau, sondern ein Auftragskiller?«

»Aber nein«, winkte er ab, »die Polypen waren hier und sagten, es sei die Frau gewesen. Ich kenne Ada, ich war ein paar Mal bei den Worobjows zu Hause. Eine ganz ruhige Frau, was kann sie so wütend gemacht haben? Obwohl, wenn ich denke, was Semjon so angestellt hat...«

»Hat er getrunken?«

»Nein, er ist fremdgegangen. Keinen Rock hat er ausgelassen. Auch ich mache ja manchmal vor nichts Halt, aber gegen Semjon bin ich ein Unschuldslamm. Sie hatte genug davon, mit so einem Kerl ihr Leben zu vergeuden. Ehrlich gesagt hatte es in letzter Zeit etwas nachgelassen. Anscheinend hatte er was Festes laufen, aber mit wem, weiß ich nicht. Sie hat oft hier angerufen, mit so einem dünnen Kinderstimmchen...«

»Vielleicht ist es ja gar nicht wegen der Weiber passiert.«

»Aber wieso denn dann?«

»Hier bei Ihnen werden so viele Skandalgeschichten gedruckt. Es könnte doch einfach jemandem der Kragen geplatzt sein. Es ist nicht besonders angenehm, wenn etwas Peinliches über einen in der Zeitung steht.«

Der Redakteur lächelte:

»Genau da irren Sie sich. Der Kleinbürger denkt natürlich,

dass es den Filmstars oder Politikern schrecklich peinlich sein müsste, wenn sie auf einem Empfang mit nacktem Hintern, ohne Unterwäsche erwischt werden. In Wirklichkeit sind sie begeistert. Ist doch klar! Da stehen sie wieder in den Schlagzeilen. Sie werden es nicht glauben, aber einige bringen selber etwas vorbei, was sie kompromittiert, mit der Bitte, es zu veröffentlichen, und sind beleidigt, wenn wir ablehnen. In diesem Jahr kann ich mich nur an drei Leute erinnern, die wirklich deswegen in die Luft gegangen sind: General Kaloschin, der Schauspieler Andrej Jelisarow und der Modeschöpfer Epifan Blistatjelnyj. Also geben Sie schon Ihr Futter her.«

»Ich muss noch drüber nachdenken«, sagte ich und nutzte die Gelegenheit, um den Rückwärtsgang einzulegen, »nachher tue ich meinem ehemaligen Arbeitgeber noch einen Gefallen.«

»Dann denken Sie nach«, stimmte mein Gesprächspartner mir gnädig zu, »und überlegen Sie es sich gut. Aber gehen Sie nicht zum *Klatschmaul*, dort sitzen nur Gauner herum. Wir bezahlen besser als die, und unsere Auflage ist auch höher.«

»Wäre es möglich, mal einen Stapel *Skandale* anzuschauen?«

»Natürlich, gehen Sie zu Zimmer zwölf und sagen Sie, Sergej hat Sie geschickt.«

Ich breitete den großen Karton auf dem Schreibtisch aus und fand schnell die gesuchten Ausgaben. Der Artikel über Kaloschin war im April veröffentlicht worden. Das Bild zeigte einen wackeren alten Mann in Uniform neben einem kleinen Tisch. Auf der Tischplatte türmten sich kleine Schachteln. »General Kaloschin verhökert in Bitez seine Orden«, lautete die Überschrift. In dem Bericht, der mit »Hartgesottener Sperling« unterzeichnet war, war die Rede von den ärmlichen Lebensumständen des alten Mannes, der sich von Brot und Kefir ernähren musste, so dass er nun also gezwungen war, seine Medaillen zu verscherbeln.

Die Notiz über Andrej Jelisarow, Schauspieler am Theater

»Rampe«, war ebenfalls im April erschienen. Wieder ein Foto. Diesmal waren es zwei halb nackte Männer, die sich auf einem Brokatsofa leidenschaftlich umarmten. »Die heimlichen Freuden des Liebhabers Hunderter von Frauen« geiferte die Zeitschrift. »Millionen von Zuschauern seufzen insgeheim umsonst, wenn sie den unvergleichlich schönen Mann sehen«, schrieb derselbe »Hartgesottene Sperling« gehässig. »Der Charme der Verführerinnen beflügelt seine Phantasie nicht. Denn der mannhafte Held zieht es vor, seine Freuden in den Armen seines besten Freundes zu suchen, dessen Name für uns bislang, oh weh, ein Geheimnis ist!«

In den letzten Maitagen erschien die Verunglimpfung von Epifan Blistatjelny, wie immer mit Fotos. Auf einem schreitet ein sehr hübsches Mannequin in einem originellen Kleid aus, das garantiert nicht für den alltäglichen Gebrauch gemacht ist. Das Oberteil und der Rock sind aus feinen Uhrenarmbändern zusammengesetzt, so dass sich ein Geflecht aus Metall und Haut ergibt. Darunter stand: »Modell Paco Rabanne, Januar 1999«. Das zweite Foto ähnelte dem ersten wie ein Ei dem anderen, dasselbe Kleid, dieselbe Frisur des Mädchens, nur mit einem anderen, einem russischen Gesicht. Mit dem Zusatz: »Ausführung Epifan Blistatjelnyj, April 1999«. Dazu ein bösartiger kurzer Text: »Der hartgesottene Sperling reiste zu den Laufstegen von Paris und Moskau und machte ein paar Schnappschüsse. Worin besteht der Unterschied zwischen den Kleidern, fragen Sie? Ich habe keine Ahnung, das eine hat der weltberühmte Paco Rabanne im Winter gezeigt, das andere stellte der Anfänger Epifan Blistatjelny vor. Seltsam, dass in zwei so unterschiedlichen Köpfen zur gleichen Zeit dieselbe originelle Idee auftauchte. Bisher ist Epifan nicht durch Einfallsreichtum aufgefallen. Nur ein einziges Mal war es ihm bisher geglückt, originell zu sein, und zwar, als er seinen Namen Fjodor Sykunow in das Pseudonym Epifan Blistatjelny verwandelte.«

»Wer ist dieser Hartgesottene Sperling?«, fragte ich die Frau, die am Computer saß.

»Semjon Worobjow, unser früherer Chef.«

Ich verließ die Redaktion und stieg in meinen Volvo. Am besten fing ich bei dem General an, dort schien mir die Beleidigung am schlimmsten zu sein.

Niemand ahnt, wie leicht es ist, eine Telefonnummer herauszukriegen. Man muss nur ein bisschen erfinderisch sein. Ich fuhr zum Generalstabsgebäude, ging in das Büro für die Einlassgenehmigungen und setzte mich in die Kabine mit dem Haustelefon. An der Wand hing natürlich eine Liste mit Telefonnummern. Ich suchte die Kaderabteilung und nahm den Hörer ab.

»Hallo, hier zweite Abteilung. Wir schreiben für die Veteranen anlässlich des 22. Juni eine materielle Unterstützung aus, haben aber die Koordinaten von Kaloschin verloren. Bitte, ihr Lieben, sucht mir schnell die Adresse raus, sonst krieg ich Ärger mit dem Chef. Tanja, bist du's?«

»Tanja hat Mittagspause«, antwortete meine Gesprächspartnerin, »ich bin Lena, immer steht ihr kampfbereit und mit gezogenen Säbeln da.«

»Na ja, Lenalein«, jammerte ich los, »du weißt doch, was für ein Tier bei uns das Sagen hat.«

»Verka, bist du's, oder was?«

»Ja.«

»Na schön«, erbarmte sich Lena, »warte schnell.«

Papier knisterte, dann hörte ich es hüsteln. Schweigend schaute ich mir die Tabelle an, die über dem Apparat hing. Endlich klang es durch den Hörer:

»Verka, schreib auf: Prospekt Kisseljowa 18.«

Dazu kam noch die Telefonnummer. Mit dem befriedigenden Gefühl, meine Pflicht getan zu haben, kaufte ich mir erst einmal ein Eis. Na, das war doch wieder leicht gewesen! Wenn es einen Generalstab gibt, muss auch eine zweite Abteilung existieren, und in dieser Kaderabteilung findet sich ganz bestimmt auch eine Tanja. Außerdem hatte mir Lena sofort geglaubt, weil ich von einem hausinternen Anschluss angerufen hatte. Wie hätte sie auch ahnen sollen, dass ich aus dem Büro für die Einlassgenehmigungen anrief.

KAPITEL 15

Der Prospekt Kisseljowa liegt ziemlich zentral. Am Telefon hatte mich der General zum Mittagessen zu sich bestellt. Zeitlich würde ich das genau hinkriegen. Das Haus Nummer 18 erschlug einen durch seine Erhabenheit. Das Untere des riesigen, langen, flachen Gebäudes war mit Granitplatten verkleidet. Hier und dort waren Gedenktafeln zu sehen. Über die Jahre hatte die Elite unserer Armee, die Generalität, in diesem Haus gelebt. Ein altmodischer, quietschender Lift brachte mich langsam in den zweiten Stock. Die Tür ging sofort auf, mit satter Bassstimme erkundigte sich General Kaloschin:

»Sind Sie Journalistin?«

»Ja«, murmelte ich und bahnte mir zwischen dem umfangreichen Bäuchlein des Generals und dem Türpfeiler meinen Weg.

»Schnell Hausschuhe angezogen und dann Marsch ins Arbeitszimmer«, kommandierte Kaloschin.

Ergeben befolgte ich den Befehl. Im Zimmer hieß er mich in einem ziemlich abgenutzten schwarzen Ledersessel Platz nehmen und brummte unfreundlich:

»Ihren Bruder kann ich nicht leiden.«

»Die Veröffentlichung in den *Skandalen der Woche* hat uns entrüstet«, begann ich.

Der alte Haudegen wurde knallrot:

»Diese Schweine, diese Dreckskerle, zum Duell müsste man sie auffordern, diese Schufte.«

Er schlug mit der Faust auf den Schreibtisch. Eine kleine Kristallvase klirrte kläglich und fiel auf den Boden. Der General seufzte traurig und schaute ängstlich zur Tür. Die Strafe ließ nicht lange auf sich warten.

»Rodja«, hörte man eine empörte Frauenstimme, dann betrat eine dicke Frau majestätisch das Arbeitszimmer. Sie hatte einen roten Morgenmantel an, der mit brokatenen Drachen bestickt war. Das Hauskleid wirkte an ihr wie ein teures Abendkleid.

»Was erlauben Sie sich, Rodion Michailowitsch?«, fragte ihn seine Frau.

»Bitte verzeih, meine Liebe«, murmelte der Alte, der sofort kleiner geworden zu sein schien.

Wer im Haus das Heft in der Hand hielt, war somit klar.

»Von welchem Verlag sind Sie?«, fragte die Ehegattin.

»Von der Zeitung *Der Grenzsoldat*.«

Die Generälin blühte auf:

»Na prima, dann kommen Sie jetzt zu Tisch. Dort wollen wir weiterreden.«

Sie geleiteten mich in ein riesiges Esszimmer. Auf dem gigantisch großen Tisch dampfte eine Suppenschüssel, die so groß war wie ein Eimer. Die Generälin füllte einen tiefen Teller, der einer Schüssel ähnelte, bis zum Rand, und reichte ihn mir.

»Danke, äh… das ist zu viel!«

»Natalja Michailowna«, stellte sich die Ehegattin vor. »Und Sie sind Dascha, glaube ich? Essen Sie, essen Sie, Sie sind ja so dünn.«

Die Kaloschins begannen mit unwahrscheinlicher Geschwindigkeit, mit ihren Löffeln zu hantieren. Jeder von ihnen tat sich mindestens einen Eimer saure Sahne in seinen Borschtsch. Hoffnungslos versuchte ich, die bodenlose Schüssel auszulöffeln. Erstens esse ich sowieso keine Suppen, und zweitens hätte sich in diesem Behälter problemlos ein Schwimmwettkampf austragen lassen! Meine Rettung kam unerwartet. Natalja Michailowna entschuldigte sich und ging in die Küche. Der General schlug sich an die Stirn: »Der Wodka!« und eilte ins Arbeitszimmer. Wütend starrte ich auf den Borschtsch, als ich das Trapsen von Krallen hörte und ein junger Pitbull mit glühenden Augen und lächelndem Maul ins Zimmer kam. Ich packte meine Schüssel, stellte sie ihm schnell auf den Boden und sagte:

»Entschuldige, ich weiß zwar nicht, wie du heißt, aber sei so lieb und friss das schnell auf!«

Lautes Schmatzen folgte auf dem Fuße. Es dauerte keine Minute, und der Teller war leer. Mit meiner Serviette wischte ich meinem Retter das Maul ab.

»Sind Sie fertig?«, freute sich Natalja Michailowna, als sie einen riesigen Teller mit gebratenen Hähnchen hereintrug.

Der Pitbull setzte sich brav in meine Nähe.

»Bill, stör nicht«, befahl Rodion Michailowitsch.

»Ach was, soll er nur sitzen bleiben«, sagte ich erschrocken.

Ich bekam fast ein ganzes Hähnchen und einen Berg Kartoffeln auf meinen Teller geschaufelt. Hier ernährte man sich weiß Gott nicht von Brot und Kefir, die *Skandale der Woche* hatten ganz offenkundig gelogen.

Der General zählte nun alle Beleidigungen auf, die ihm widerfahren waren. Ich hörte aufmerksam zu, während ich Bill nach und nach Stücke des duftenden Hähnchens in den riesigen Rachen schob.

»Ich habe mit dem Schuft abgerechnet, wie es sich beim Militär gehört«, erklärte der Alte, »ohne viel Federlesens zu machen.«

»Sie haben ihn getötet!«, ächzte ich. »Das heißt, Sie haben Semjon erschossen?«

»Was für einen Semjon?«, fragte Rodion Michailowitsch erstaunt. »Wen soll ich erschossen haben? Ich hab Dimka ordentlich verprügelt. Er ist zwar noch jung, aber gegen mich hatte er keine Chance.«

»Wer ist Dimka?«, fragte ich nun meinerseits erstaunt.

Es kam heraus, dass der General vor gar nicht langer Zeit seinem Chauffeur gekündigt hatte, einem jungen Burschen, der gerne einen über den Durst trank. Ein paar Mal hatte Rodion Michailowitsch dem Säufer verziehen, denn der hatte aufrichtig Reue bekundet. Aber schließlich war es aus mit der Geduld, und Dimka fand sich auf der Straße wieder. Der junge Mann hatte nicht nur einen guten Arbeitsplatz mit hervorragendem Verdienst verloren, auch der Aufschub seines Militärdienstes war damit hinfällig. Rachsüchtig nahm er ein Foto vom General Kaloschin, aufgenommen in dem Moment, wo ihm eine Auszeichnung für seine herausragenden Leistungen überreicht wurde, und schickte es an die *Skandale der Woche*. Ein schrecklicher Wirbel begann.

Pausenlos riefen Rodion Michailowitsch nun Freunde, Kollegen und Nachbarn an. Alle brannten darauf, dem armen Alten zu helfen. Das Institut, in dem er bis heute noch halbtags arbeitete, schickte zum Zeichen humanitärer Hilfe zwanzig Päckchen Spaghetti.

Die Nudeln gaben dem tapferen Krieger den Rest, so dass er schließlich rasend vor Wut in der Redaktion der *Skandale* auftauchte, wo er unverzüglich von dem »Hartnäckigen Sperling« empfangen wurde.

Semjon entschuldigte sich sofort bei ihm und zeigte ihm den Artikel, den der erboste Chauffeur eigenhändig verfasst hatte. Rodion Michailowitsch begann herumzuschreien, dass man in seriösen Verlagen die Fakten prüfen würde, als zwei bezaubernde junge Mädchen in Miniröcken erschienen und ihm einen Fotoapparat überreichten. Freundlich errötend baten die Mädchen Rodion Michailowitsch, nicht böse zu sein, das könne doch jedem passieren. Außerdem schenkten sie ihm die *Anthologie des Witzes* und ein kostenloses Abonnement der *Skandale der Woche*, während Semjon ihm versprach, eine Richtigstellung zu veröffentlichen. Kaloschin fuhr also reich beschenkt und gebauchpinselt wieder nach Hause.

Mit seinem früheren Chauffeur hatte Rodion Michailowitsch ein echtes Gespräch unter Männern. Er fuhr zu ihm nach Hause und hielt ihm die Faust unter die Nase.

Ich verließ das überaus gastfreundliche Haus mit einem Paket, das in buttergetränktes Papier eingewickelt war.

Die Generälin hatte der hungrigen »Journalistin« Piroggen mit auf den Weg gegeben.

Nachdem ich es mir mit einer Zigarette in meinem Volvo gemütlich gemacht hatte, strich ich mit gutem Gewissen General Kaloschin von der Liste der Verdächtigen. Es wäre nicht seine Art gewesen, irgendwelche Tücken anzuwenden. So einer würde eher einfach einen Riemen nehmen und den Feind verprügeln. Da klingelte mein Handy.

»Mamilein«, schrie Manja in den Hörer, »die Omis haben Angst, dass sie zu spät ins Theater kommen.«

Ich musste mich also beeilen, nach Hause zu kommen. Aus der Garage war Jubelgeschrei zu hören. Ich schaute hinein.

Manja und Sascha Chejfez machten Luftsprünge, daneben stand Bekas.

»Mami«, rief Manja, »schau mal, was Kolja mit Saschas Fahrrad gemacht hat!«

Sascha Chejfez ist die beste Freundin meiner Tochter.

Sie sind gleich alt, aber Sascha ist so dünn, dass man denkt, sie bricht gleich entzwei. Trotz ihres engelhaften Aussehens ist es ein richtig giftiges Mädchen mit einer scharfen Zunge.

Ihre Eltern erlauben ihr nicht, Motorroller zu fahren, so dass Sascha nur ein Fahrrad hat. Jetzt hatte der geschickte Bekas einen Motor angebaut.

»Super«, schrien die Mädchen, »echt geil!«

Bekas hörte sich das Hosianna stolz an, ohne ein Wort zu sagen.

»Jetzt bin ich noch schneller als Manja«, jubelte die glückliche Sascha.

»Und was wird deine Mama dazu sagen?«, fragte ich, um sie wieder auf die Erde zurückzuholen.

»Gar nichts weiter«, meldete Sascha. »Ein Fahrrad haben sie mir erlaubt, oder? Haben sie. Na also.«

Diesmal landeten wir in der Oper *Eugen Onegin,* wieder in derselben Loge im ersten Rang, fast in derselben Zusammensetzung. Nur Häschen fehlte. Die sechs Monate alten Zwillinge hatten sich eine Erkältung eingefangen, so dass Olga beschloss, zu Hause zu bleiben, um der Kinderfrau zu helfen.

»Na, die hat ja vielleicht ein Glück!«, flüsterte mir Manja neidisch zu und schlug dann mit süßer Stimme vor: »Häschen, du möchtest doch sicher mit Kescha zusammen in die Oper gehen! Ich könnte dafür mit Wanka und Anka zu Hause bleiben.«

»Nein, nein«, rief Häschen, die Opern hasste, erschrocken, »wozu so ein heldenhafter Verzicht! Geh nur, Manja, und amüsier dich.«

Das unsterbliche Werk von Tschaikowski näherte sich dem Ende. Ich saß zusammengekauert in meinem roten Samtsessel und war fast am Einschlafen. Da kam die Ballszene. Aber der dickbäuchige General Gremin hatte noch nicht angesetzt, Eugen Onegin mit seiner berühmten Arie »Ein jeder kennt die Lieb auf Erden« zu antworten, als sich plötzlich dichter Rauch auf der Bühne ausbreitete. Ein schreckliches Rattern ertönte und Gremin versank vor den Augen des überraschten Publikums im Boden.

»Was für eine originelle Interpretation!«, sagte Rimma Borissowna begeistert.

»Er hat wieder mit dem Fuß den Takt geschlagen«, rief die Logenschließerin empört.

Während die Sänger tapfer versuchten, die Oper zu Ende zu singen, setzte ich mich zu der betagten Angestellten und fragte:

»Warum ist er verschwunden?«

»Weil er ein Idiot ist!«, fauchte die alte Frau wütend, sie nahm sich solche Schlappen offenkundig sehr zu Herzen.

Anscheinend hatte der Sänger, wenn er die Arie des Gremin sang, die Angewohnheit, mit dem Fuß den Takt zu schlagen. Das wäre ja nicht weiter schlimm gewesen, wenn nicht unter der Bühne ein spezieller Arbeiter sitzen würde. Für diesen bedeutete das Klopfen von oben ein vereinbartes Zeichen. Zwar spielte es in einer anderen Inszenierung, nämlich in der von Faust, eine Rolle, wo es bedeutete: »Mephisto verschwindet durch die Luke, auf der Bühne entsteht Rauch.« Aber der Bühnenarbeiter dachte nicht lange nach: Wenn er das Signal hörte, ließ er den Sänger verschwinden und sorgte für Rauch. Da diese Situation bereits einige Male aufgetreten war, hatte man Gremin gebeten, nicht mehr mit dem Fuß zu klopfen. Aber er vergaß sich, dem Arbeiter war es ohnehin egal, und so kam es, dass der Rest der Oper ohne Gremin vonstatten ging.

Am nächsten Tag beschloss ich, den Schauspieler Andrej Jelisarow aufzusuchen. Ich rief beim Theater »Rampe« an und erklärte, ich würde gern eine Inszenierung sponsern, wo der unvergleichlich schöne Mann die Hauptrolle spielen sollte. Der Geschäftsführer keuchte vor Freude und gab mir nicht nur die Telefonnummer, sondern auch die Adresse. Schauspieler waren bekanntlich Spätaufsteher, also ging ich am besten gleich hin und holte den Starliebhaber aus dem Bett.

»Wer ist denn das nun wieder?«, hörte ich hinter der Tür den samtenen Bariton unzufrieden rufen.

»Ein Sponsor für Ihre neue Inszenierung«, antwortete ich schalkhaft.

Sofort ging die Tür auf.

»Verzeihen Sie«, murmelte der hoch gewachsene Blonde, »ich hätte nicht gedacht, dass Sie sofort kommen.«

»Wozu die Sache auf die lange Bank schieben?«, fragte ich

und folgte ihm in das große Wohnzimmer, das in seiner Einrichtung wohl originell wirken sollte.

Vom Stil her sah es nach »Bauernhütte« aus: überall holzgeschnitzte Bänke und Stühle, ein bemaltes Tischchen, ein riesiger Fernseher und kein einziges Buch.

Andrej setzte sich auf das äußerst unbequeme Sofa und schaute mich erwartungsvoll an. Das erbarmungslose Sonnenlicht stach dem Schauspieler direkt ins Gesicht und zeigte deutlich, dass er nicht erst fünfundzwanzig, sondern schon weit über dreißig sein musste. Die Haut im Gesicht und am Hals hatte ihre Frische verloren, um die Augen und Schläfen waren Krähenfüße zu sehen. Auch der Mund hatte bereits seine harten, männlichen Züge verloren. Noch zwei, drei Jahre, dann würde die Rolle des edelmütigen Papa besser zu ihm passen, oder er ließ sich ein paar Mal liften, um wieder als junger Liebhaber durchgehen zu können. Andrej trug einen hellblonden Haarschopf, aber an seinem Scheitel bemerkte ich eine verräterische Schwärze. Die Haare färbte er sich also auch noch.

Etwa fünf Minuten lang setzte ich ihm auseinander, worum es ging. Demnach vertrat ich einen Mäzen, der anonym bleiben wollte, ein großer Theaterfreund war und Geld für eine Inszenierung zu geben beabsichtigte, die möglichst aus dem klassischen Repertoire stammen sollte.

Jelisarow wurde ganz aufgeregt. Er rannte im Zimmer auf und ab, manchmal hielt er inne und nahm aus Gewohnheit irgendeine malerische Pose ein. Ich beschloss, den Eifer des ins Träumen geratenen Schauspielers etwas zu bremsen.

»Es gibt nur einen Pferdefuß…«

»Welchen?«, fragte Jelisarow, der am Fenster stehen geblieben war und sich neckisch seinen oxidierten Pony von der Stirn blies.

»Mein Chef ist ein Mensch mit sehr strengen Sittenvorstellungen. Man könnte schon fast sagen, er ist ein Frömmler…«

»Ja, und?«, fragte Andrej verständnislos.

»Er liebt Ihr Theater sehr, gibt aber niemals jemandem Geld, dessen Lebensweise nicht der Tradition entspricht.«

»Ich verstehe nicht«, murmelte der Starliebhaber.

Ich seufzte und fragte ihn geradeheraus:

»Sind Sie schwul?«

Jelisarow zuckte hoch vor Empörung und schrie los:

»Aber ich habe doch die Hälfte aller russischen Frauen gebumst!«

»Das mag ja sein«, entgegnete ich skeptisch, »aber mein Chef hat die *Skandale der Woche* gelesen, und da sind ihm einige Zweifel gekommen.«

»Diese widerlichen Aasgeier«, sagte Andrej aufgeregt und rezitierte, wobei er seine Hände zum Himmel hob: »Verleumdung ist ein schrecklich Ding, sie tötet auf der Stelle, wie der Schuss aus einer Pistole.«

Aus welchem Stück er das Zitat wohl haben mochte?

»Glauben Sie mir nicht?«, fragte der Schauspieler beinahe verzweifelt. »Ich werde es Ihnen erklären.«

Jemand aus seinem »Freundeskreis« hatte der Zeitschrift Fotos geschickt, die während der Proben zu der neuen Inszenierung entstanden waren. Tatsächlich ging es in dem Stück um Homosexuelle, und Andrej spielte darin die Hauptrolle. Die Szene, in der er seinen Partner fest in die Arme schloss, war das Ende des ersten Aktes. Die Schauspieler waren dabei fast nackt, und wenn man nicht wusste, wo die Fotos gemacht worden waren, konnte man wirklich denken, es sei die leidenschaftliche Begegnung zweier Liebhaber.

»Ich weiß, wer mich da in den Schmutz ziehen wollte. Das war Veronika Medwedjewa, diese schauderhafte Gans«, schimpfte Jelisarow.

Vor Aufregung fingen meine Ohren an zu glühen, aber ich bemerkte so ruhig ich konnte:

»Also, das ist nun wirklich überflüssig! Warum beschuldigen Sie eine so schöne Frau, ohne Beweise zu haben. Ich habe sie im Fernsehen gesehen, ein Bild von einer Frau, geradezu ein Engel!«

»Wenn Sie wüssten, was für Schimpfwörter die in den Mund nimmt, da kommt der schlimmste Verbrecher nicht mit«, kreischte Andrej auf. »Ich werde Ihnen alles erklären.«

Für die neue Inszenierung musste die weibliche Hauptrolle besetzt werden. Der Regisseur hatte Veronika angeschleppt. Bei all ihrer Schönheit war sie aber noch lange keine Schauspielerin. Andrej machte ein paar Proben, woraufhin er entschieden erklärte, dass er mit so einer Partnerin nicht spielen würde. Der Regisseur, der genau wusste, dass das Publikum wegen Jelisarow ins Theater kam, nahm Veronika wieder aus dem Ensemble. Aber die abgewiesene Schauspielerin war nicht bereit, so schnell aufzugeben. Abends erschien sie also bei Andrej zu Hause und forderte eine »offene Aussprache«. Sie bat ihn, ihr eine Chance zu geben, aber Jelisarow blieb standhaft. Da fuhr Veronika ihre letzte Waffe auf. Bevor der Schauspieler »pieps« sagen konnte, fiel ihr das kurze, eng anliegende Kleid von den Schultern und sie stand vollkommen nackt vor ihm. Einen vollkommeneren Körper hatte Andrej in seinem ganzen Leben noch nicht gesehen, sie war geradezu eine Statue von Rodin. Er erbebte, und der Abend endete zum beiderseitigen Vergnügen im Schlafzimmer.

Am nächsten Morgen redete Veronika gut gelaunt über ihre Rolle in der neuen Inszenierung, aber Andrej gebot der Liebhaberin Einhalt. Er erklärte ihr, für die Rolle sei bereits eine andere Schauspielerin vorgesehen, und ihre Bettgeschichte ändere gar nichts daran!

Wütend warf sie ihm zuerst die Kaffeekanne, dann die Pfanne mit dem Omelett entgegen. Er wich beidem geschickt aus und setzte die Radauschwester gewaltsam vor die Tür. Veronika trat mit den Füßen dagegen und fluchte, was das Zeug hielt.

Als daher die »Ente« in den *Skandalen der Woche* erschien, wusste er sofort, wem er das zu verdanken hatte. Vornehm empört fuhr er in die Redaktion.

»Meine Verehrerinnen sind vor allem Frauen«, erklärte er, »wenn sie denken, dass ihr Götze ein Schwuler ist, kommen sie garantiert nicht mehr zu den Aufführungen.«

Semjon Worobjow beruhigte den erbosten Mann. Während er über die Gewissenlosigkeit bestimmter Leute klagte, bewirtete er Andrej mit Kognak. Dann kamen ein paar Frauen unterschiedlichen Alters hereingeflogen. Sie rollten vor Begeisterung mit den Augen, baten um ein Autogramm und um ein Erinnerungsfoto. Der eitle Mann schmolz dahin. Auch ihm schenkte man die *Anthologie des Witzes* und ein Jahresabonnement. Als Jelisarow fortging, war er fast besänftigt.

Die Geschichte hatte allerdings noch eine Fortsetzung. Als er eine Woche später ins Haus der Journalisten ging, sah der Schauspieler im Restaurant an einem Tisch Semjon und… Veronika, wie sie sich zärtlich anlächelten. Sein erster Impuls war, sie zu ohrfeigen und ihnen die Gesichter in den Salat zu drücken. Aber er beherrschte sich und verließ den Speisesaal schnell wieder.

»Bin ich nicht ein Dummkopf? Da wollte ich mich beim Redakteur beschweren, und der ist der Liebhaber von dieser Schlampe! Womöglich haben sie sich diese Gemeinheit zusammen ausgedacht.«

»Wieso meinen Sie, sie sind ausgerechnet ein Liebespaar?«, fragte ich. »Vielleicht sind sie einfach Freunde.«

»Ach was!«, schnaubte er. »Kann man etwa mit so einer Nymphomanin befreundet sein? Außerdem haben sie sich derartig aneinander geschmiegt und sich auf eine Art angeschaut…«

Ich brachte das Gespräch nun schnell zu Ende und flatterte auf die stickige Straße hinaus. An einer Bude kaufte ich eine Dose widerlich warmes Sprite und versuchte zu verarbeiten, was ich erfahren hatte.

Veronika und Semjon! Vielleicht hatten sie nur freundschaftlich zusammen gegessen? Obwohl ich solche Leute gut kannte. Wahrscheinlich hatten sie wirklich eine Affäre miteinander.

Beide waren bei ihren Techtelmechteln nicht wählerisch. Sie waren gierig und von Neid erfüllt, ein großartiges Paar. Veronika! Was wusste ich überhaupt über sie? Hatte sie eigentlich Verwandte? Wer würde sich um das Begräbnis kümmern? Ob Veronika wegen dieser verdammten Million umgebracht worden war?

Ich rief Nina Andrejewna an und bat sie, nochmals ihre Wohnung näher unter die Lupe nehmen zu dürfen.

KAPITEL 16

Das Schloss öffnete sich nach einer Umdrehung. Komisch, hatte ich das letzte Mal etwa nicht ordnungsgemäß abgeschlossen? In der Wohnung war es still, aber es roch stark nach einem teuren französischen Parfüm. Konnte ein Parfüm so beständig sein? Eigentlich wohnte schon lange niemand mehr hier, aber der Duft schwebte immer noch in der Luft.

Ich ging ins Arbeitszimmer und schaute nachdenklich auf die Regale. Sollte ich vielleicht mit den Fotos anfangen? Es gab nur zwei Alben. Eines zeigte die Poljanskijs im Urlaub, in dem anderen waren ein paar Hochzeitsfotos eingeklebt. Nein, sie war wirklich eine einzigartige Schönheit, allein schon die Haare waren Gold wert: ein dichter, dunkelblonder krauser Lockenkopf. Warum sie die wohl abgeschnitten und gefärbt hatte? Ich steckte eins der Bilder in die Tasche, dann schaute ich die Dokumente durch. Interessant war eigentlich nur die Heiratsurkunde.

Ich beschloss, mich im Schlafzimmer umzugucken, vielleicht würde ich ja dort etwas Interessantes finden.

Plötzlich hörte ich im Flur ein leises Geräusch.

Vor Schreck zuckte ich zusammen und schrie:

»Wer ist da?«

Die Antwort war das Klappen der sich schließenden Tür. Ich rannte in die Diele, dann ins Treppenhaus hinaus. Gleichmäßig summend fuhr der Fahrstuhl nach unten. Hals über Kopf stürzte ich die Treppe hinunter, aber zu spät. Im Erdgeschoss stand die

Kabine leer, auf der Straße war niemand zu sehen. Nur eine von der Hitze ermattete Katze lag schlafend auf einer Bank.

Voller unguter Gedanken kehrte ich zurück. In der Diele lag ein Bild vom Trafalgar Square in einem Holzrahmen auf dem Boden. Vor vielen Jahren hatte Maxims Vater es als Souvenir aus London mitgebracht. Direkt neben der Wohnungstür hing das Aquarell absolut ungünstig. Wenn ich die Tür auf- oder zumachte, hatte ich es oft auf den Boden geworfen. Aber Nina Andrejewna wollte das »Gemälde« partout nicht umhängen.

»Vater hat es selber hierher gehängt«, war ihre Begründung.

Ich hängte das Souvenir wieder an seinen Platz. Wer mochte wohl aus der Wohnung gerannt sein? Vielleicht hatte ich vergessen, die Tür zu schließen, und ein kleiner Dieb war in die Diele gekommen, gegen das Bild gestoßen und hatte meine Stimme gehört…

Ich lief ins Schlafzimmer und öffnete den riesigen Kleiderschrank. Eine Unmenge von Kleidern, Blusen und Hosen hing ordentlich auf Bügeln. Drei Pelzmäntel waren sicher vor Motten in Papier verpackt. Die Kommode war voller Unterwäsche, auf dem Trumeau standen Berge von Kosmetik und verschiedenste Flakons mit französischem Parfüm. Ich kramte weiter in den fremden Sachen. Wie seltsam, dass überhaupt nichts Wertvolles herumlag. Eine Frau wie Veronika musste doch massenhaft Schmuck besessen haben. Aber ich fand noch nicht einmal den einfachsten kleinen Ring. Außerdem waren keinerlei Briefe da, keine Quittungen, keine Tagebücher.

Das sorgfältig aufgeräumte Zimmer wirkte wie ein anonymes Hotelzimmer. Nichts erinnerte an die Bewohnerin.

Der Ordnung halber ging ich auch durch die anderen Zimmer, dann beschloss ich, Epifan Blistatjelnyj aufzusuchen.

Das Modehaus, in dem der Modeschöpfer seine unsterblichen Werke schuf, hatte sich in einem früheren Kindergarten niedergelassen. Im Erdgeschoss war ein Geschäft, in dem exklusive

Einzelstücke von ihm verkauft wurden. Ich ging hinein und begann, die Kleider durchzusehen. Was für wunderhübsche Fummel! Besonders dieses kurze grüne Kleid mit den roten Rüschen und schwarzen Knöpfen. Absolut empfehlenswert für Frauen, deren Männer zu fett geworden waren: Wenn man sich so was zu Hause anzog, würde dem Ehemann vor Schreck der Appetit vergehen. Als ich dann noch das Preisschild studiert hatte, war klar, dass der arme Mann außerdem noch seines Schlafes beraubt würde. Der scheußliche Fummel sollte sage und schreibe zweitausend Dollar kosten. Nachdenklich betrachtete ich die Kostüme, als eine dünne, große junge Frau mit einem leicht verzerrten, nervösen Gesicht auf mich zukam. Die Arme hatte einen Tick. Die linke Wange begann plötzlich zu zucken und entstellte ihre Gesichtszüge.

»Haben Sie sich etwas ausgesucht?«, erkundigte sie sich mit professioneller Höflichkeit.

Ich seufzte:

»Sind diese Sachen denn auch wirklich exklusiv?«

»Es sind kleine Stückzahlen«, erklärte die Verkäuferin, »immer höchstens fünf, sechs.«

»Nein«, sagte ich unzufrieden, »das geht überhaupt nicht. Da kauft man was, und dann trifft man womöglich eine andere, die dasselbe anhat. Haben Sie denn keine Einzelarbeiten?«

»Sie meinen wirkliche Einzelstücke? Sie sind im ersten Stock, aber sie kosten weitaus mehr.«

Ich winkte lässig mit der Hand ab:

»Bringen Sie mich hin!«

In dem großen Saal mit Spiegelgläsern in den Fenstern brannte ein weiches gelbliches Licht. Wirklich schlau ausgedacht: Bei dieser Beleuchtung hätte sogar Methusalem wie ein freundlicher Jüngling ausgesehen. Rundherum standen scheußliche schwarze Schaufensterpuppen mit blauen Haaren, schwarzhäutige Schönheiten. Kleider, Kostüme und etwas, was an Zuckersäcke denken ließ… Zu einem dieser Säcke führte mich die Verkäuferin.

»Hier«, sagte sie und zeigte mit dem Finger auf das ausgestellte Stück, »ein absolut exklusives Teil.«

Ich drehte das Preisschild um:

»Modeschöpfer Galina Berestowa, Abendkleid ›Zauber‹, Preis 120000.«

Unzufrieden schob ich es beiseite und sagte kapriziös:

»Berestowa, wer ist denn das! Ich will eine Arbeit von Epifan Blistatjelny!«

Die junge Frau seufzte:

»Die Sachen, die Herr Blistatjelny geschaffen hat, sind absolut einzigartig, es sind Kunstwerke. Im normalen Leben sollte man sie gar nicht tragen, und ihr Preis geht über Ihre Möglichkeiten hinaus. Suchen Sie sich etwas im Erdgeschoss aus.«

Geringschätzig starrte sie auf meinen einfachen, unauffälligen Rock von Gucci.

Diese Unverschämtheit musste bestraft werden.

»Kind«, näselte ich von oben herab, während ich aus meiner Tasche meine platinfarbene Kreditkarte hervorzog, »meine Möglichkeiten reichen nicht nur, um alle diese Kleider als Schutzhüllen für Artilleriegeschütze zu kaufen, dazu kaufe ich auch noch Ihr ganzes Gebäude und das anschließende Gelände. Also nehmen Sie schnell Ihre tadellosen Beine in die Hände und sagen Sie Herrn Blistatjelny, eine äußerst lohnende Kundin sei gekommen.«

Mit zuckender Wange rannte die junge Frau fort. Ich nahm meine Gauloises heraus, setzte mich in einen Sessel und zog zufrieden an meiner Zigarette, während ich die Asche auf den Boden schnippte. War ich etwa nicht eine von den »neuen Russinnen«, oder was?

Keine fünf Minuten später kam aus der mit Gold verzierten weißen Tür ein etwa eins sechzig großer Mann gesprungen. Was ihm an Größe fehlte, machte die Länge der Haare wieder wett. Auf dem Kopf hatte der Kurze eine wilde, gefärbte Löwenmähne. Der reichlich runde Bauch hing über einer weißen Levi's, der obere Teil des Körpers steckte in einer glänzenden Jacke ohne Ärmel.

»Sie wollten mich sehen?«, erkundigte sich der Mann mit einer piepsigen Stimme.

Um Himmels willen, der Name Sykunow, was so viel hieß wie »Pisser«, hätte weiß Gott besser zu ihm gepasst.

»Falls ich Herrn Blistatjelny vor mir habe, ja. Geht man hier etwa immer so unverschämt mit den Kundinnen um? Sie haben doch gar nicht so viele davon. Sie sollten sie lieber pfleglich behandeln!«

»Was meinen Sie damit?«, fragte Epifan erstaunt.

»Wenn ich zu Chanel gehe, werde ich mit Kaffee begrüßt und Mannequins führen die Gewänder vor. Bei Paco Rabanne werden immer kleine Kuchen gereicht, während bei Ihnen innerhalb von zehn Minuten dreimal darauf hingewiesen wird, dass die Sachen zu teuer sind und man sich lieber auf dem vietnamesischen Markt einkleiden sollte.«

Der Modeschöpfer wurde blass vor Wut.

»Geh mir aus den Augen, du Missgeburt«, zischte er der Frau mit dem verzerrten Gesicht durch die Zähne zu. »Ich schaffe es nicht, ihr zu kündigen, aus Mitleid behalte ich das Dummerchen. Kommen Sie, kommen Sie.«

Er führte mich in sein Arbeitszimmer, das eher so aussah wie das Schlafzimmer einer Kokotte. Überall weißer Atlas, rosa Tüll und Rüschen, Schleifchen, Volants, Plisséstoff…

Sofort wurden löslicher Kaffee und Rosinenkuchen aufgetragen. Nachdem ich mir gnädig ein Stück davon abgebrochen hatte, erklärte ich:

»In der Zeitung habe ich ein Kleid aus Uhrarmbändern gesehen. So eins möchte ich haben!

Epifan hob seine Arme:

»Oje, das ist leider verkauft. Aber es gibt viele andere Modelle.«

Er zeigte mir eine Reihe von Aufnahmen.

»Machen Sie mir ein zweites Kleid aus Uhrarmbändern«, forderte ich.

»Unmöglich«, erklärte Epifan.

»Die *Skandale der Woche* haben behauptet, Sie klauen Ihre Schnitte einfach bei anderen Designern«, provozierte ich ihn endlich.

Der Erfolg war grandios. Epifan sprang sofort darauf an:

»Alles Verleumdung, reine Verleumdung!«

»Sie haben dort ein Foto gezeigt, das wirklich sehr an ein Stück von Paco Rabanne erinnert.«

»Da ist nichts Gemeinsames dran«, kochte er. »Ich habe helles Leder mit Eisen verwendet, er dagegen schwarz lackierte und matte Uhrarmbänder. Außerdem ist mein Kleid nicht für eine Modenschau angefertigt worden. Ich habe es für eine Schlagersängerin auf Bestellung gemacht. Wäre Veronika nicht gewesen, hätte keiner aus dieser Geschichte einen Skandal gemacht.«

»Welche Veronika?«

Epifan seufzte:

»Ich habe nur Frauen um mich herum: Zuschneiderinnen, Schneiderinnen, Knopfannäherinnen, Kostümbildnerinnen... Es ist die Hölle. Immerzu gibt es Streitereien. Die eine hat der anderen nicht gesagt, was sie hören wollte, oder schief geguckt, und schon geht's los. Aber am schlimmsten sind die Mannequins. Das ist wie im Raubtierkäfig, sag ich Ihnen. Lässt du einmal die Zügel locker, geht's los mit dem Geraufe. Sie streiten sich um die Männer und die Auslandsreisen, beschweren sich, zeigen sich gegenseitig an. In die Schminke schmieren sie sich gegenseitig Kleber, in die Schuhe stecken sie sich Rasiermesser. Und was das Bemerkenswerteste ist: Je schöner die Frau, umso mehr ist sie ein Aas. Jede Modenschau endet mit der Vorführung eines Brautkleides. Das ist eben Tradition. Im Brautkostüm auf den Laufsteg zu gehen, ist ein ganz besonderes Prestige.«

Allein schon die Erinnerung daran, wie Veronika sich deswegen bei ihm aufgeführt hatte, brachte Epifan erneut in Rage. Er kannte Veronika noch aus jener Zeit, als sie Mannequin werden wollte, lange vor ihrer Hochzeit mit Poljanskij.

Im Frühjahr dieses Jahres war Veronika nun wieder bei Epifan aufgetaucht. Sie wollte in der traditionellen Sommer-Modenschau auftreten und feierlich im Brautkleid auf den Laufsteg kommen. In den Filmkreisen liefen die Geschäfte eher schlecht, so dass sie sich überlegt hatte, so die Aufmerksamkeit der Öffentlichkeit auf sich zu ziehen. Aber Epifan hatte nicht die Absicht, auf den Vorschlag seiner alten Bekannten einzugehen. Das Brautkleid war für die junge Schönheit Kati Rjabtschenko genäht worden. Überhaupt passte die Bekleidung einer Jungvermählten eher zu einem unschuldig aussehenden Mannequin als zu einem zynischen Luder.

Veronika hatte Epifan schweigend zugehört und war dann gegangen. Ein paar Tage später erschien der Artikel.

»Aber das Gegenteil ist passiert«, frohlockte er, »die Leute haben die *Skandale der Woche* gelesen und sind in Massen zu meiner Modenschau gekommen. Also habe ich Veronika zu danken. Hätte ich gewusst, wie gut das funktioniert, hätte ich mir die Geschichte selber ausgedacht. Und Gjulnara habe ich nicht gekündigt.«

»Wer ist Gjulnara?«

»Veronikas beste Freundin, sie haben zusammen bei mir angefangen. Dann ist die Medwedjewa zum Theater gegangen, während Gjulnara bis heute den Laufsteg rauf und runter rennt. Sie muss das Kleid mit den ›Uhrarmbändern‹ fotografiert haben, außer ihr kommt keine in Frage.«

Wir redeten noch etwa zwanzig Minuten über das vollkommen überflüssige Abendkleid, dann kaufte ich eine scheußliche violette Jacke, die von oben bis unten mit Strass, falschen Brillanten und Glasperlen bestickt war, und verließ den Laden. In meiner Tasche lag die Adresse der launenhaften Gjulnara.

Ich sah auf die Uhr und beschloss, nach Hause zu fahren. Es war sieben. Bestimmt amüsierte sich das Mannequin jetzt auf irgendeiner Party. Mädchen dieser Art suchte man am besten morgens auf, wenn sie sich ausschliefen. Außerdem hatte ich schrecklichen Hunger und Durst und Lust auf eine Zigarette. Aber meine Gauloises waren alle, und am Kiosk gab es sie nicht zu kaufen.

Der Himmel zog sich zu, es wurde dunkel ringsum. Ich war noch nicht in Loschkino angekommen, als eine wahre Sintflut vom Himmel herunterprasselte. Dicke Tropfen trommelten mir schmerzhaft auf den Rücken, während ich von der Garage ins Haus lief.

In der Diele standen neben dem Kinderwagen Manja und Bekas und dachten nach.

»Was gibt's?«, fragte ich.

»Wir wollen einen Motor anbringen«, murmelte Bekas langsam, »stellen Sie sich vor, wie toll. Man muss nur gut überlegen, wie man es am besten hinkriegt. Ich würde ja gern ein Steuerpult verwenden…«

Ich zuckte zusammen, als ich mir vorstellte, wie der Kinderwagen mit den Zwillingen mit einer Wahnsinnsgeschwindigkeit den Berg hochfuhr, während unser altes Kindermädchen Serafima Iwanowna hinter ihm herrannte und schnaufend mit dem Pult wedelte.

»An den Kinderwagen kommt kein Motor!«, sagte ich bestimmt.

»Na gut«, stimmten die beiden nachgiebig zu und schlenderten ins Arbeitszimmer hinüber.

Ich lief ihnen nach. Mir war, als hätte Kescha vor kurzem neue Krimis gekauft, jetzt wollte ich mir die interessantesten heraussuchen. Manja und Bekas schalteten den Computer ein, während der Fernseher in der Ecke leise seine dummen Nachrichten vor sich hin murmelte.

»Na los«, ermutigte Manja Bekas, »du wirst es schnell lernen. Na los, schreib: Kuh.«

Bekas klapperte mit der Tastatur.

»Nein«, schrie Manja auf, »was machst du denn da? Schau mal, was du geschrieben hast – Ku.«

»Ja, stimmt das denn so nicht?«, fragte Bekas erstaunt.

»Wie, bist du etwa auf den Kopf gefallen?«, regte meine Tochter sich auf. »Oder warst du nicht in der Schule?«

Es herrschte Schweigen, dann murmelte der Knabe:

»Nur drei Klassen lang.«

»Warum denn das?«, ächzte Manja. »Haben deine Eltern dir verboten, zur Schule zu gehen?«

Wieder dauerte es eine Weile, bis er antwortete:

»An meinen Papa kann ich mich nicht erinnern. Ich hab ihn nie gesehen, und meine Mama war immer betrunken. Wir waren fünf Kinder, immer mit einem Jahr Abstand, und alle wollten essen. Mama hat nur an ihre Flasche gedacht. Sie warf uns gerade mal einen Laib Brot hin: Und nun esst, ihr lieben Kinderchen. So hab ich nur die ersten drei Klassen besucht. Ich bin der Älteste, ich musste meine Brüder und die Schwester ernähren. Zuerst hab ich Autos gewaschen, dann haben mich die Jungs mitmachen lassen.«

»Wo?«, fragte Manja streng nach.

»In der Autowerkstatt: Zuerst hab ich die Karren ausgesucht, dann auch geklaut, bis ich in den Knast kam. Aber die Jungs haben mich zum Glück schnell wieder rausgeholt.«

»Und was machst du jetzt?«, setzte Manja ihr Verhör fort.

Ich war erstaunt darüber, wie gehorsam Bekas auf ihre unerbittlichen Fragen antwortete.

»Jetzt arbeite ich als Chauffeur für meinen Chef«, erklärte er, »ich verdiene gut, habe eine eigene Wohnung und hab mir sogar ein Auto gekauft.«

»Und wo sind deine Brüder?«

»Als Mama sich zu Tode gesoffen hatte, wurden alle in Kinderheime gesteckt. Meine Schwester und die beiden Kleinsten wurden adoptiert, Petka bei einer Schlägerei umgebracht, während Ljoschka in einem Ensemble tanzt, es heißt ›Rhythmen der Erde‹.«

»Pass auf, Nikolaj«, erklärte Manja, »natürlich hast du eine schwere Kindheit gehabt, aber mit achtzehn Ku ohne h zu schreiben, ist einfach peinlich. Morgen fangen wir mit dem Unterricht an. Russisch, Mathematik, Geschichte, Literatur, vielleicht noch Französisch. Mit dem Computer lernst du schnell umzugehen. Im Sommer werden wir viel schaffen.«

»Ja, aber wahrscheinlich kann ich das nicht, ich hab alles vergessen«, wandte Bekas ein.

Aber Manja gab nicht nach: »Das kommt schon wieder.«

Wieder klapperten sie mit der Tastatur. Leise raschelte ich mit den Seiten, um meine Lektüre auszuwählen. Der arme Bekas, was hatte er doch für ein Pech gehabt. Dabei war er ein talentierter Mechaniker, einfach Gold wert.

Der Fernseher gab weiterhin nur Unsinn von sich. Ich nahm die Fernbedienung, um ihn auszuschalten, als auf dem Bildschirm ein mir wohlbekanntes Gesicht erschien. »Sie verließ das Haus und ist nicht mehr zurückgekehrt«, las der Sprecher in sachlichem Ton vor, »Jewgenija Poljakowa, sieht aus wie zwanzig, helles, kurz geschnittenes Haar, braune Augen, zart gebaut. Sie hatte ein weißes T-Shirt und gelbe Hosen an, an den Füßen Stoffschuhe aus China, am Knie ein großes Muttermal. Wer Jewgenija Poljakowa gesehen hat oder weiß, wo sie sich aufhält, möchte sich bitte bei der Miliz melden.«

Ein paar Minuten lang schaute mich Shenja fröhlich lächelnd vom Bildschirm an, dann kam ein neues Bild.

Ich rannte aus dem Arbeitszimmer zum Telefon. Eine ältere Frau hob den Hörer bei den Poljakows ab.

»Verzeihen Sie, gerade habe ich im Fernsehen gesehen…«

»Wissen Sie, wo sie ist?«, fragte die Frau schnell. »Ich bitte Sie, sagen Sie es uns. Wir bezahlen dafür.«

»Nein, leider weiß ich nicht, wo sie ist. Ich bin ihre Dozentin an der Uni. Wie ist sie denn verschwunden?«

An jenem Tag, als ich bei Shenja gewesen war, wollte sie abends zu ihren Eltern auf die Datscha fahren. Die warteten fast bis Mitternacht auf ihre Tochter und dachten dann, sie wäre einfach in der Stadt geblieben. Aber als die Eltern zwei Tage später nach Moskau kamen, war das Mädchen nicht zu Hause. Die Nachbarin, die im Hof mit ihrem Hund spazieren gegangen war, sagte, sie habe Shenja am Freitag gesehen. Sie hätte ihr zugerufen: »Hallo, Tante Lena, ich fahre auf die Datscha, zu Mama!« Das war ungefähr um fünf Uhr abends gewesen. Danach hatte keiner die Studentin mehr gesehen.

Ich setzte mich auf das Sofa und stützte den Kopf in meine Hände. Wie konnte das sein? Wo steckte Shenja?

KAPITEL 17

Als ich zum Frühstück hinunterging, waren schon alle auf dem Sprung. Gera hatte, wie immer, ein Treffen mit einer möglichen Braut vor sich, Rimma Borissowna machte sich zur Gemäldegalerie auf. Nina Andrejewna war im Badezimmer im Erdgeschoss zugange und badete Bandy, der Wasser liebt. Ich schaute zu ihnen herein: Beide hatten kolossalen Spaß. Inmitten von Seifenschaum saß der Pitbull in der Badewanne und hatte einen verzückten Ausdruck um sein dreieckiges Maul. Meine Schwiegermutter rieb ihn mit einer Bürste und gurrte:

»Gib Pfötchen, ja, schlauer Hund.«

Als sie mich bemerkte, drehte sie ihren sorgfältig frisierten Kopf in meine Richtung und sagte:

»Er darf kein fettes Futter zu fressen kriegen. Er hat schon wieder schlecht gekackt, viel zu flüssig.«

Wer hätte das gedacht, dass sie ihr Herz so an Bandy hängen würde! Nicht an den kleinen Chutschik oder die bezaubernde July, nicht an das zärtliche Pudelmädchen, sondern ausgerechnet an den riesigen, mächtigen Pitbull. Da sollte einer was von alten Frauen verstehen.

»Ach, und noch was«, fuhr Nina Andrejewna fort mit ihren Klagen, »der Arme war gestern völlig übermüdet, er ist fast umgefallen…«

Bandy müde? Das wäre mir neu. Dieser Hund konnte schließlich, ohne es überhaupt zu merken, von Moskau bis Sankt Petersburg laufen!

»Keschas Blinker am Mercedes sind kaputt gegangen«, petzte sie, »da hat er Bandy ins Auto gesetzt. Den ganzen Tag hat er das arme Tierchen durch die Sonnenglut gefahren, so dass es fast ohnmächtig geworden wäre. Ist das nicht dumm?«

Mir schien genau das Gegenteil der Fall zu sein: eine geradezu weise Entscheidung. Ob sich wohl auch nur ein Verkehrspolizist fände, der es riskieren würde, sich einem Wagen zu nähern, auf dessen Rücksitz ein Pitbull mit vorstehenden Reißzähnen lümmelt? Bandy stand ja schließlich nicht auf der Stirn geschrieben, dass er für ein kalorienreiches Brötchen seine eigene Mutter verkaufen würde. Aussehen tat er wie ein bedrohlicher, böser Hund.

Nachdem sie ihren Liebsten ein letztes Mal mit dem Duschschlauch abgespritzt hatte, trocknete Nina Andrejewna ihn mit Frotteehandtüchern ab und befahl:

»Jetzt geh und trockne, aber nicht draußen im Hof, da zieht's, und du wirst mir noch krank.«

Bandy, der sich mit Vorliebe bereits in den ersten Strahlen der Märzsonne wälzte, trottete fröhlich ins Wohnzimmer. Ich wartete, bis meine Schwiegermutter die Handtücher aufgehängt hatte, dann fragte ich:

»Nina Andrejewna, wer sind Veronikas Eltern?«

»Sie hat nicht viel davon gesprochen«, sagte sie mit zusammengepressten Lippen. »Aber Max hat mir ihre tragische Geschichte erzählt.«

Wir schlenderten ins Wohnzimmer hinüber.

»Wieso tragisch?«

»Es ist mal wieder ein Beweis dafür, wie man ein Kind verderben kann, wenn man ihm zu viel Aufmerksamkeit schenkt«, seufzte die alte Frau. »Du kennst meine Haltung zu Maxims Frauen. Ich war immer auf ihrer Seite, habe nie auf ihre Fehler geachtet, keine je verurteilt. Aber Veronika ist wirklich ein Ungeheuer. Ihre Eltern sind die berühmten Pädagogen Medwedjew.«

»Was? Genau die?«

Meine Schwiegermutter nickte. Um 1970 herum erschien auf den Ladentischen der Buchhandlungen ein Buch, das Anna und Michail Medwedjew geschrieben hatten. Es waren junge Pädagogen, Eltern von sieben oder acht Kindern, die erzählten, wie man die junge Generation richtig zu erziehen hätte. Zur Anschauung diente die eigene Familie. Sie weckten ihre kleinen Kinder morgens um sieben. Bei jedem Wetter wurden die Kinder auf der Straße mit eiskaltem Wasser übergossen. Dann machten sie etwa eine Stunde Gymnastik mit ihnen. Bis zum Mittagessen wurde unterrichtet. Alle Kinder der Medwedjews konnten schreiben und rechnen, als sie eingeschult wurden, und wussten bereits so viel, dass sie gleich in die dritte Klasse kamen. Von 16 bis 20 Uhr spielten die kleinen Medwedjews auf Musikinstrumenten, beschäftigten sich mit fernöstlichem Zweikampf, malten Ölbilder und bastelten irgendwelche Sachen. Die Eltern ließen die unglückseligen Kinder nicht eine Minute allein. Noch abends vor dem Einschlafen bekamen sie klassische Literatur vorgelesen: Puschkin, Lermontow, Nekrassow. Im Sommer kam körperliche Arbeit hinzu. Auf dem Grundstück der Datscha zogen sie Kartoffeln, Kohl, Zwiebeln und Mohrrüben. Die Kinder säten das Gemüse, gossen es, häufelten die Kartoffelpflanzen und jäteten das Unkraut. Und zwar immer alle zusammen, dabei sangen sie Lieder.

Journalisten besuchten die Medwedjews. Die kleinen Kinder, die Shakespeare auf Englisch zitierten und Kartoffeln schälen konnten, riefen gesunden Neid hervor, und Tausende von Eltern begannen, ihr Beispiel nachzuahmen.

Vorsichtige Zweifel wurden im Keim erstickt. Mit einem Pädagogengehalt ist ein solcher Haufen schwer durchzufüttern. Aber die Eltern Medwedjew hatten ihre Arbeit gleich ganz aufgegeben. Sie hatten sich ein edles Ziel gesetzt: einzigartige

Sprösslinge heranzuziehen. Aber obwohl sie das Beste wollten, war das Ergebnis doch nicht besser als anderswo.

Weil es hinten und vorne an Geld fehlte, liefen die Kinder das ganze Jahr über halb nackt herum, die Jüngeren trugen die Sachen der Älteren auf, aber auch die besaßen nur das Allernötigste. Eine Hose und ein Hemd hatten die Jungen, ein ausgesprochen hässliches Kleid die Mädchen. Sie bekamen nie genug zu essen. Breggs Lehre vom medizinischen Fasten war den Massen damals in Russland nicht bekannt, aber die Medwedjews schrien aus Leibeskräften von der heilsamen Wirkung des Hungerns und gaben ihren Kindern mittwochs und samstags sogar überhaupt nichts zu essen.

Ärger kam erst auf, als der Älteste, Mitja, die Aufnahmeprüfung zum Physikstudium nicht schaffte. Der Junge hielt einfach dem Druck nicht stand und landete mit heftigen Stresssymptomen in der Psychiatrie. Sein Bruder Kostja, der nach ihm kam, erzählte den anreisenden Journalisten alles. Voller Entsetzen hörten sich die Reporter die Erzählungen des Kindes über die Hungerjahre und die Verwünschungen an, die an die Adresse der Eltern gerichtet waren, wie sie ihre Söhne und Töchter immerzu mit Diäten, Gymnastik und Erziehungsspielen gequält hatten. Die Ärzte, die hinzugerufen wurden, stellten bei den Knirpsen Gastritis, chronische Lungenentzündung, kaputte Zähne und einen tiefen Hass nicht nur gegen Vater und Mutter, sondern auch gegeneinander fest.

Es gab einen furchtbaren Skandal. Einen ganzen Monat lang wurde in den Zeitungen heftig darüber diskutiert. Per Gericht wurde den Medwedjews befohlen, sofort mit ihren Experimenten aufzuhören. Die städtischen Behörden stellten Geld zur Verfügung und kleideten die Kinder ein. Aber zu diesem Zeitpunkt war die Familie praktisch schon auseinander gefallen.

Mitja kam aus der Psychiatrie nicht mehr heraus, Kostja ging auf die Seefahrerschule. Die Dritte war Veronika. Das Mädchen war schon seit seiner Geburt unglaublich schön gewesen, durch die Hungerjahre hatte ihr Gesicht ein schimmerndes Leuchten erhalten, als wäre es von einem Meister der Renaissance gemalt. Aber kaum jemand wusste, welche Dämonen sich hinter der engelsgleichen Fassade verbargen. Die Familie Medwedjew siedelte aufs Land um. Die Eltern waren der Meinung, sie könnten ihre Jüngsten dort besser als in der Stadt erziehen. Damit sie Moskau nicht zu verlassen brauchte, begann Veronika am Polytechnikum eine Ausbildung zum Stuckateur. Den Beruf hatte sie sich nach dem Prinzip ausgewählt, wo man am leichtesten aufgenommen und ob ein Platz im Studentenwohnheim geboten wurde.

Manchmal hält einem das Leben eine Trumpfkarte direkt vor die Nase. Irgendwann geriet dem Mädchen eine Anzeige von einer Modelagentur in die Hände. Sie überwand ihre Schüchternheit und stellte sich vor. Man nahm sie sofort, und drei Monate später führte sie bereits Kleider vor.

Mehr als alles auf der Welt wollte sie Geld haben. Die entbehrungsreiche Kindheit hatte eine pathologische Habgier in ihr geweckt. Veronikas Gier war praktisch grenzenlos. Sie wollte alles auf einmal: eine Wohnung, ein Auto, Kleider, Schmuck und... Geld, Geld, Geld.

Damals hatte man in Moskau gerade damit angefangen, Schönheitswettbewerbe auszuschreiben. Eine der Konkurrentinnen zeigte ihr bei einer solchen Gelegenheit einen tadellos gekleideten Mann mit intelligentem Gesicht.

»Das ist der Hauptsponsor«, flüsterte sie Veronika zu, »der wahnsinnig reiche Händler Poljanskij.«

Das Mädchen begann zu träumen: Ein märchenhaftes, sorgenloses Leben erschien vor ihrem inneren Auge. Jetzt galt es, dies in die Tat umzusetzen. Veronika begann, Maxim zu umgarnen, und zwar erfolgreich: Bereits im Frühjahr trug sie den kostbaren Ehering.

Weder die Eltern noch die Brüder und Schwestern waren zu der schicken Hochzeit im Restaurant »Prag« eingeladen. Veronika hatte ihre Verwandten einfach aus ihrem Leben gestrichen.

Kaum hatte sie Poljanskij geheiratet, warf sie sich in einen Strudel grenzenloser Ausgaben.

»Es war eine wahre Orgie«, beklagte sich Nina Andrejewna, »jeden Tag kaufte sie sich ein neues Kleid, Ringe trug sie manchmal dreireihig…«

»Das heißt, sie besaß viel Schmuck?«, fragte ich.

»Bergeweise«, erklärte meine Schwiegermutter, »Ketten und Anhänger, Armbänder und Ohrringe… Ich habe sie sogar mal gerügt, was sie denn wolle mit all dem Zeug.«

»Wo hat sie das alles aufbewahrt?«

»Im Schlafzimmer wahrscheinlich, wo sonst!«

Ich zündete mir eine Zigarette an. Wohin mochte das alles verschwunden sein? Vielleicht gab es einen Dieb im Haus, der ihre Vorliebe für Schmucksachen kannte?

Das Wetter schlug plötzlich um. Vom Himmel, der sich mit grauen Wolken zugezogen hatte, fiel jetzt ein ekliger feiner Regen. Es wurde merklich kühler. Bis zu Gjulnaras Wohnung brauchte ich ziemlich lange. Sie wohnte in Sewernoje Butowo. Zwischen hohen Plattenbauten standen plumpe, nicht wirklich fertig gebaute, zweistöckige Häuschen. In einem davon wohnte Veronikas beste Freundin.

Sie hatte noch geschlafen, als ich an der Tür klingelte. Ihr Gesicht war leicht geschwollen, die lange, schwarz glänzende Mähne fiel ihr auf die Schultern.

»Was wollen Sie?«, murmelte sie und gähnte.

»Major Wassiljewa von der Abteilung ›Kampf gegen die organisierte Kriminalität‹.«

Das Mannequin ächzte vor Schreck auf und war sofort wach.

»Was ist passiert?«, fragte sie eilig. »Ich weiß von nichts, ich habe den ganzen Morgen verschlafen.«

»Gehen wir hinein oder sollen wir hier draußen reden?«, erkundigte ich mich drohend.

Gjulnara entschuldigte sich und führte mich in ein großes

Wohnzimmer, das mit Möbeln voll gestellt war. Auf dem Tisch standen noch die Reste vom gestrigen Gelage: eine leere Flasche Champagner, ein paar benutzte Salatteller und ein Aschenbecher voll mit Kippen.

Ich verzog das Gesicht. Wie viele andere Raucher vertrage ich abgestandenen Zigarettenrauch und den Anblick von Kippen nicht. Gjulnara sah meine Grimasse und öffnete die Balkontür. Frische Luft, die nach Regen duftete, drang ins Zimmer.

»Kennen Sie Veronika Medwedjewa?«

»Ja, aber was ist denn nun passiert?«, fragte sie erstaunt.

»Wissen Sie etwa nichts?«, war es nun an mir, mich zu wundern. »Sie ist umgebracht worden.«

Gjulnara stieß einen seltsam brodelnden Laut aus und ließ sich in den Sessel fallen.

»Was heißt umgebracht?«, stotterte sie und griff nach ihrem Päckchen Vogue.

»Man hat ihr in den Kopf geschossen«, erklärte ich, »jetzt läuft ein Verfahren, und Sie müssen auf ein paar Fragen antworten.«

»Bitte lassen Sie uns einen Kaffee trinken«, stotterte Gjulnara mit schwacher Stimme, und wir gingen in die Küche hinüber. Sie setzte Kaffeewasser auf und erzählte mir die Geschichte ihrer Bekanntschaft mit Veronika.

Sie waren gleichzeitig zur Agentur gekommen und hatten auch gemeinsam angefangen zu arbeiten. Die Mädchen brauchten dringend Geld, daher lehnten sie kein Jobangebot ab. Sie versuchten, reiche Liebhaber zu finden, aber irgendwie hatten sie kein Glück. Gjulnara verdiente sich ab und zu mit Striptease etwas dazu, Veronika dagegen war so unmusikalisch, dass sie sich zu Musik überhaupt nicht hätte bewegen können.

Einmal arbeitete Gjulnara in dem Restaurant »Zwei Monde«. Das war nichts weiter Besonderes. Epifan Blistatjelny zeigte dort einen Teil seiner scheußlichen Kollektion. Es gab in der Kneipe keinen angemessenen Ort, um sich umzuziehen, so dass die Mädchen ihre Gewänder in einem engen kleinen Raum wechseln mussten. Gjulnara hatte es noch nicht geschafft, ihr Abendkleid auszuziehen, als die Tür aufsprang und ein etwa dreißigjähriger Mann hereinkam. Die nackten Mannequins kreischten auf: Sie dachten, einer der Restaurantbesucher wolle ihnen auf die Pelle rücken. Aber Veronika brachte sie sofort zum Schweigen. »Das ist für mich«, sagte sie und ging mit dem Mann zusammen vor die Tür.

Nach der Arbeit kam sie zu Gjulnara und sagte, ihr Bruder Anton sei gekommen. Er würde am VGIK, der Filmhochschule, studieren und arbeite an einem Film für seine Diplomarbeit. Für die Aufnahmen brauchte er ein junges, schlankes, schwarzhaariges Mädchen. Die Aufnahmetage würden gut bezahlt werden, ob Gjulnara das nicht versuchen wolle?

Sie sagte sofort zu. Wie so viele Mädchen wollte auch sie ein Filmstar werden.

Anton arbeitete aus irgendeinem Grund nicht bei »Mosfilm«, sondern zu Hause. Als Gjulnara zu ihm kam, gab er ihr das »Drehbuch« zu lesen, das aus zwei zerknitterten, mit unleserlicher Schrift vollgeschriebenen Heftseiten bestand. Gjulnara sollte die Rolle einer jungen Gräfin spielen, die von ihrem Mann vergewaltigt wird.

Die Handlung spielte im Schlafzimmer auf einem großen Bett. Den Verführer spielte ein riesiger Bursche mit stumpfsinnigem Gesichtsausdruck. Als er begann, sich auszuziehen, wurde Gjulnara schlecht: Erstens hatte das Dummchen nun endlich begriffen, dass Anton dabei war, einen Porno zu drehen, zweitens besaß der Partner ein Genital von ungeheuren Ausmaßen.

Gjulnara beschloss, sich noch aus der ganzen Sache herauszuziehen, aber sie lag bereits auf dem Bett. Anton gab ein Zeichen, und der debile Riese warf sich auf sie. Gjulnara wehrte sich, der Mann schnaufte, die Kamera surrte, der Regisseur stöhnte zufrieden. Eine halbe Stunde später war alles vorbei.

Anton reichte der »Schauspielerin« einen Umschlag mit Geld und begleitete sie zur Tür. Erbost rannte sie zu Veronika, aber die reagierte ganz gelassen.

»Denk doch mal nach«, sagte sie zu ihrer Freundin, »schau mal in das Kuvert, da ist ein ganzer Haufen Dollars drin. Was ist daran schon so Besonderes: Du hast mit einem Mann gefickt. Ist es vielleicht das erste Mal gewesen? Wann hast du schon mal in einer halben Stunde so viel Geld verdient? Bist du etwa Sharon Stone? Mach dir keine Sorgen, der Film war ein Auftrag, nur der Auftraggeber wird ihn sehen. Ein guter, sauberer Verdienst, auf jeden Fall besser, als mit nackten Brüsten vor Männern rumzuhopsen.«

Aber Gjulnara war anderer Meinung.

»Wieso verdienst du dir nicht selber als Pornosternchen was dazu, anstatt mich reinzulegen?«, griff sie Veronika an.

Die lachte auf:

»Weißt du, Anton ist mein Bruder. Er wollte partout nicht mich aufnehmen, sonst hätte ich das schrecklich gern gemacht – bei dem Verdienst!«

Aber Gjulnara wollte mit Pornogeschäften nichts mehr zu tun haben und beschränkte den Kontakt zu Veronika auf das Notwendigste.

»Über Tote soll man ja nicht schlecht reden«, seufzte sie, »aber Veronika war wirklich nicht normal. Sie hat Hals über Kopf diesen alten Knilch Poljanskij geheiratet und mit dem Geld gleich nur so um sich geworfen. Manchmal sind wir uns auf Partys begegnet, und immer musste sie mit irgendwelchem Schmuck oder Pelzmänteln prahlen…«

Vor kurzem hatte Veronika Gjulnara ganz unerwartet besucht und sich über ihr schweres Schicksal beklagt. Ihr wurden keine Filmrollen mehr angeboten, während ihr Mann mit einer anderen, einer jungen Studentin, eine Affäre hatte. Er gab seiner Frau kein Geld mehr für ihre Launen, die Ausgaben hatte er auf ein paar Kopeken reduziert. Jetzt musste sie mit schlappen zweitausend Dollar im Monat auskommen. Als Veronika versuchte zu rebellieren, zeigte ihr Mann ihr seine Zähne.

»Wenn du's genau wissen willst, meine Liebe«, hatte er sie angefahren, »es wäre billiger für mich, dich umzubringen, als dich auszuhalten.«

Veronika hatte sich nicht entmutigen lassen und ihrem Mann erklärt, sie würde nie in die Scheidung einwilligen. Ein Gerichtsverfahren kann sich endlos hinziehen, wenn man nicht zu Vorladungen geht, sondern ärztliche Attests vorlegt. Außerdem könnte man ja plötzlich schwanger sein…

Max war durch ihre Worte rot vor Zorn geworden:

»Wenn du Ärger machst, bring ich dich tatsächlich um.«

»Jetzt bittet er mich aus irgendeinem Grund nicht mehr um die Scheidung«, klagte Veronika ihrer früheren Freundin angstvoll, »vielleicht hat er wirklich vor, mich aus dem Weg zu räumen? Wenn mit mir irgendwas passiert, dann weißt du, dass Maxim dahinter steckt.«

Gjulnara hatte das ungereimte Zeug verdrängt. Erst als ich nun gekommen war und sie von der Ermordung erfahren hatte, erinnerte sie sich wieder daran, wie verängstigt Veronika gewesen war.

»Keine Angst«, beruhigte ich sie, »Poljanskij ist schon verhaftet. Aber was ist, wenn er gar nicht schuld am Tod seiner Frau ist? Herr Blistatjelny ist wegen des Artikels, der in den *Skandalen der Woche* erschienen ist, furchtbar böse auf die Medwedjewa.«

Gjulnara kicherte leise:

»Damit hatte Veronika gar nichts zu tun, das war Lena Sajzewa, weil Sykunow sie nicht mit nach Paris genommen hat. Aber erzählen Sie das bloß niemandem, er würde sie ins Jenseits befördern. Und bei Nika ist es jetzt eh schon egal. Lena ist zwar ein bisschen dumm, aber sonst ein ordentliches Mädchen.«

Nachdem sie noch eine Weile über lauter mir völlig unbekannte Leute getratscht hatte, verließ ich sie. Sie wusste noch sehr gut, wo Veronikas Bruder wohnte. Sofort machte ich mich in die Mjasnizkaja-Straße auf.

Das Haus, das wahrscheinlich aus den Dreißigerjahren stammte, sah sehr beeindruckend aus. Der Boden im Eingangsbereich war mit abgewetzten Marmorfliesen ausgelegt, das gusseiserne Geländer der gigantischen Treppe ein Meisterwerk. Die Wohnung Nummer acht begrüßte mich mit einer riesigen Eisentür. Aus der gepanzerten Tiefe der Wohnung drang eine Männerstimme zu mir:

»Zu wem wollen Sie?«

»Zu Anton.«

»Hier gibt es keinen Anton.«

»Können Sie mir vielleicht sagen, wo ich ihn finden kann?«

»Keine Ahnung«, bellte der Kerl, »hau ab hier, sonst rufe ich die Miliz.«

Ich ging nach unten, kaufte mir eine Tüte Chips und begann, melancholisch die salzigen Knusperteile zu kauen. Wo konnte ich diesen Bruder bloß finden? Ob die Eltern vielleicht Bescheid wussten?

Gegen fünf kam ich nach Hause. Rimma Borissowna stürzte sich sofort aufgeregt auf mich:

»Daschutka, na los, mach dich fertig, wir gehen ins Konzert. Ich hab selber die Karten gekauft.«

Die alten Damen hatten offenbar ein unersättliches Verlangen nach kulturellen Veranstaltungen, während die abscheulichen Kinder sonstwohin geflüchtet waren. Olga »versteckte sich« hinter den rotznasigen Zwillingen, Kescha hatte ganz plötzlich in der Beratungsstelle zu tun. Sogar Manja hatte sich aus der Affäre gezogen und nur im Vorbeilaufen noch gerufen, sie sei mit Sascha zusammen auf einem Geburtstag eingeladen. Gera war schon wieder mit einer Heiratskandidatin verabredet. Daher hatten die beiden Omas jetzt schon eine ganze Weile sehnsüchtig auf die Uhr gestarrt in der Hoffnung, dass ich bald käme.

Im ersten Moment wollte ich mir schon irgendwas ausdenken, um absagen zu können. Aber als ich die bittenden Augen meiner Schwiegermütter sah, schlich ich fügsam nach oben und zog mich um.

Rimma Borissowna hüpfte vor Ungeduld, als sie zu mir ins Schlafzimmer flog. Ich begann, in meinem Schrank zu wühlen.

»Oh, wie schön!«, schrie sie auf.

Ich schaute mich um. In ihren ausgestreckten Händen hielt sie das unsterbliche Werk von Epifan Blistatjelnyj: die violette Jacke, die mit lauter falschem Glitzerkram bestickt war.

»Gefällt sie Ihnen?«

Rimma Borissowna, die mit dem Geschmack einer Elster gesegnet war, nickte schweigend.

»Ich habe Sie als Geschenk für Sie gekauft.«

»Oh, Daschenka«, rief sie, »ich gehe gleich und ziehe dieses wunderschöne Stück an.«

Zutiefst beglückt lief sie zur Tür hinaus.

Das Konzert sollte im Tschaikowski-Saal stattfinden. Während die alten Damen sich noch gegenseitig ihre Plätze anboten, las ich das Programm. Schubert, Chopin, Schumann und aus irgendeinem Grund Mozart. Na schön, auch egal.

Das Orchester donnerte los, die alten Damen rollten vor Begeisterung ihre Augen. Ich entspannte mich und versuchte, es zu genießen. Rimma Borissowna war so naiv gewesen zu glauben, in der ersten Reihe wären die besten Plätze, so dass wir nun die sich rötenden Gesichter der Musiker im Visier hatten.

Sie begannen, die »Jagdszene« zu spielen, in der ein Horn erklingt und aus einer Startpistole ein Schuss abgegeben wird. Der Schlagzeuger wollte gerade in die Luft schießen, als es auf unseren Nachbarsesseln merkwürdig unruhig wurde. Zwei starke junge Burschen mit breiten Schultern und schweren Nacken hoben den ziemlich dicken Herrn im schicken Abendfrack von seinem Stuhl. Erstaunt beobachtete ich, wie sie den Mann zu Boden warfen. Einer der Burschen legte sich sofort auf ihn, während der andere einen riesigen Revolver aus seinem Jackett hervorzog und wild ins Orchester zu schießen begann. Die unglückseligen Musiker warfen ihre Geigen, Trommeln und Violoncelli fort und versteckten sich unter ihren Pulten. Der Dirigent fiel in sich zusammen, als hätte man ihn niedergeschlagen. Muskulöse Burschen kamen vom hinteren Teil der Bühne ins Parterre hinunter, eine Schlägerei begann. Aber das Missverständnis klärte sich schnell auf. Einer der Mafiabosse hatte das Konzert mit seiner Anwesenheit beehrt. Seine wachsamen Bodyguards, die in der Kunst der Musik wenig beschlagen waren, hatten den Schuss aus der Startpistole für einen Angriff auf ihren Chef gehalten und schnell die entsprechenden Maßnahmen getroffen.

Die Mafiosi hoben den Musiker wieder hoch, klopften ihm den Schmutz ab, glätteten die Falten seines Anzugs, setzten ihn wieder auf seinen Stuhl und entschuldigten sich bei ihm. Mit erregten Gesichtern begannen die Musiker, auf ihren Geigen zu kratzen, der demoralisierte Dirigent schaffte es nicht, das Orchester zu einem einheitlichen Ganzen zusammenzubringen. Schade, dass Manja nicht mitgekommen ist, dachte ich, das hätte ihr bestimmt gefallen.

KAPITEL 18

An die Adresse der Medwedjews heranzukommen, war ganz leicht: Ich rief einfach bei der Zeitschrift *Pädagogik* an und gab mich als Französin aus, die von dieser erstaunlichen Erfahrung profitieren wollte.

Die beiden Musterpädagogen waren nach Bolotowo gezogen, was gar nicht so weit von Moskau entfernt liegt. In einer halben Stunde war ich dort. Ein stiller, verschlafener, ganz provinzieller Ort, nur auf dem Bahnhofsplatz gab es ein bisschen Leben. Bei den Buden, die ein ganz einfaches Sortiment von Wodka, Zigaretten und Schokolade führten, lungerten die Vertreter der lokalen Crème de la Crème mit ihren Säufergesichtern herum. Die Proletarskaja-Straße begann direkt bei den Gleisen und zog sich als gerade Linie bis zur Ortsgrenze hin.

Das Haus Nummer 36 sah zwischen den Nachbarhäusern duster aus: Es war dunkel, aus Holz und hatte ein etwas schiefes Dach. Ich drückte die laut quietschende Pforte auf und befand mich in einem großen, verwahrlosten Hof. Links war ein einfacher Gemüsegarten angelegt, etwas dahinter schossen Kartoffelpflanzen in die Höhe. Alte Bettwäsche und unwahrscheinlich viele Männerunterhosen hingen zum Trocknen auf einer Leine.

In der Hütte roch es irgendwie sauer und unangenehm. Eine schmuddelig aussehende Frau in einem schmutzigen Kattunkleid war gerade dabei, Milch in ein Dreiliterglas zu gießen. Die kleine Küche stand voll mit schmutzigem Geschirr. Hier und dort hingen dreckige Lappen, es standen Sachen herum, die in einer Küche eigentlich nichts zu suchen haben: Kämme, eine leere Shampoo-Flasche und ein Flakon Eau de Cologne von Gwosdik.

»Zu wem wollen Sie?«, fragte die Frau müde.

»Wohnen hier die Medwedjews?«

»Michail ist gestorben«, erklärte sie gleichgültig.

»Könnten Sie nach Anna rufen?«

»Das bin ich«, brummte sie und stellte seufzend den Melkeimer auf einen Hocker. »Was wünschen Sie?«

»Die Zeitschrift *Pädagogik* hat Sie im Wettbewerb ›Meine Familie‹ zur Siegerin erklärt. Hier ist der Preis.«

Ich reichte ihr einen Briefumschlag mit hundert Dollar herüber. Gleichgültig nahm Anna ihn entgegen und murmelte:

»Was soll denn das schon wieder! Erst ziehen Sie über uns her und machen uns fertig, und jetzt zeichnen Sie uns aus. Besser wär's, Sie würden unsere Obrigkeit dazu bringen, uns wieder Kindergeld zu zahlen, wir kriegen schon seit zwei Jahren nichts mehr.«

»Ich arbeite erst seit kurzem dort«, rechtfertigte ich mich, »in der Zeitschrift hat jetzt das ganze Personal gewechselt.«

»Und Parfenow?«, fragte sie jetzt interessierter.

»Auch.«

»Was ist mit ihm, ist er womöglich gestorben?«

»Genau«, sagte ich, um ihr eine Freude zu machen, »ein Infarkt hat ihn innerhalb einer Stunde dahingerafft.«

Ihre Wangen bekamen vor Freude etwas Farbe, und sofort wurde die gute Frau ungewöhnlich freundlich. Mit einem Lappen wischte sie einen Hocker ab, von dem schon die Farbe abblätterte, dann gurrte sie:

»Setzen Sie sich, Sie sind bestimmt müde. Möchten Sie ein bisschen Milch? Es ist unsere eigene, direkt von einer jungen Kuh.«

Erschreckt schüttelte ich meinen Kopf. Milch kann ich auf den Tod nicht leiden, ich trinke sie in keiner Form.

»Ich muss Fotos von Ihnen zusammen mit Ihren Kindern machen«, wechselte ich schnell das Thema und zog meine auf dem Weg gekaufte Polaroid hervor, »Sie bekommen auch welche.«

»Sofort, kommen Sie«, sagte Anna herzlich und öffnete die Tür zum Wohntrakt. Im Innern war die Hütte unerwartet groß. Der etwa dreißig Quadratmeter große Raum war großstädtisch eingerichtet: An drei Wänden standen Regale mit Lehrbüchern für Geschichte, Geografie, Chemie, Botanik… Auf dem riesigen Esstisch standen bergeweise Schachteln mit Spielen: Dame, Schach, Halma, Lotto, Domino. Am Fenster befand sich neben einer Geranie, die in voller Blüte stand, ein in dieser Umgebung ganz und gar unwahrscheinlicher Gegenstand: ein neuer Computer. Er war offenkundig ans Internet angeschlossen, denn eine dünne weiße Schnur führte direkt zum Telefonanschluss. Die Medwedjews waren also doch nicht ganz so unbedarfte Leute. Nur ein Fernseher war nirgends zu sehen.

Anna ging durch das Zimmer, machte die Tür zu einem der Schlafzimmer auf und fragte:

»Andrej, wo sind die anderen?«

»Nastja ist im Gemüsegarten, Simka hilft ihr, Pawlik ist Wasser holen gegangen.«

»Und was sitzt du hier müßig herum?«

Als der Junge nicht antwortete, trug ihm seine Mutter auf, die anderen zu rufen. Fünf Minuten später versammelte sich die kleine Schar verdreckter Kinder im Zimmer. Die Älteste war vielleicht sechzehn oder siebzehn, ihr verwaschener Kittel umschloss straff ihren hübschen Mädchenkörper. Die anderen hatten Hosen an. Ihre Füße waren nackt, die Haare ungekämmt, die Hälse schwarz vor Dreck. In diesem Haus wurde ganz offenkundig moralischer Schönheit der Vorzug vor körperlicher gegeben.

Nachdem ich geknipst und den Kindern einen Teil der Fotos gegeben hatte, tat ich ganz erstaunt und fragte:

»Wo sind denn die anderen? Ich wollte über alle schreiben.«

Anna seufzte:

»Wir haben acht Kinder gehabt. Der Älteste ist leider unheilbar erkrankt und gestorben. Der Nächste ist Kapitän geworden und permanent auf See. Meine Tochter Veronika ist Schauspielerin. Sie hat immerzu Aufnahmen und keine Zeit, nach Hause zu kommen, Anton arbeitet auch die ganze Zeit, er ist im Handel tätig. Bei mir sind nur die Jüngsten.«

Ich schaute mir die offenkundig unterernährten Kinder an und bat seufzend:

»Geben Sie mir die Adressen der Älteren.«

Anna wurde verlegen. Wahrscheinlich wollte sie der Journalistin nicht eingestehen, dass ihre Sprösslinge das Elternhaus längst vergessen hatten.

»Es ist unnütz, versuchen Sie es lieber gar nicht erst, sie zu finden. Schreiben Sie einfach, dass alle Kinder eine gute Ausbildung erhalten haben und zu vollwertigen Teilen der Gesellschaft geworden sind.«

»Und Veronika?«, fragte ich, um die Pädagogin zu provozieren.

»Was ist mit Veronika?«, fragte sie erstaunt. »Ich heiße das Fernsehen nicht gut, mir scheint, dass die Kinder davon verdummen, deshalb haben wir keinen Apparat. Aber ich weiß, dass sie mit großem Erfolg und viel dreht. Jedem das seine, wie man so schön sagt. Wenn meine Tochter diesen Weg gewählt hat, heißt das, so soll es sein. Ich und ihr Vater haben getan, was wir konnten, wir haben ihnen ein Dach über dem Kopf gegeben. Wenn sie flügge sind, müssen sie ihren eigenen Weg gehen.«

Zum Beispiel direkt auf den Friedhof, dachte ich bei mir. Wahrscheinlich wusste diese kinderliebe Mutter gar nichts von dem Tod ihrer ältesten Tochter oder vom Schicksal ihrer Söhne.

Was für eine Pädagogin! Ich würde ihr nichts erzählen, das konnte die Miliz besorgen. Allerdings war der Besuch für die Katz gewesen: Antons Adresse hatte ich nicht erfahren, ich würde woanders danach suchen müssen.

Auf dem Rückweg nach Moskau versuchte ich, meiner traurigen Gedanken Herr zu werden. Wie seltsam! Früher hatte ich nie Zeit für die Erziehung der Kinder gehabt. Jede freie Minute war dem Geldverdienen gewidmet, sonst hätten wir einfach nicht überleben können: Essen wollten alle, Geld brachte aber nur ich allein nach Hause. Manchmal kam ich erst um elf Uhr abends nach Hause und fiel, nachdem ich das Butterbrot gegessen hatte, das mir Kescha hinhielt, gleich ins Bett. Wir gingen nur selten ins Theater, Kino oder in den Zirkus und spielten so gut wie nie Lotto. Aber als sich dieser unermessliche Reichtum über uns ergoss und ich Kescha vorschlug, er solle sich doch ein Haus bauen, zwar auf demselben Grundstück, aber eben getrennt von unserem, winkte mein Sohn nur ab:

»So ein Quatsch, was sollen Häschen und ich denn ohne euch!«

Anna dagegen hatte ihren Kindern alles gegeben, was nur möglich war, und doch war das Gegenteil eingetreten.

Meine philosophischen Überlegungen wurden durch ein seltsam klopfendes Geräusch unterbrochen, der Volvo zog auf die Seite. Irgendwie schaffte ich es zu bremsen, stieg aus und schaute mir die Hinterräder an. Natürlich: ein Platten! Ich hatte zwar einen Ersatzreifen, und auch die Schraubenschlüssel waren vorhanden, aber der liebe Herrgott hat mich leider mit zwei zarten Händchen versehen. Loskriegen würde ich die Schrauben ja vielleicht gerade noch, aber die Prozedur andersherum … Es half nichts, ich musste mir einen starken Helfer suchen.

Die Straße war vollkommen leer. Nachdem ich eine Weile in der sengenden Sonne herumgestanden hatte, schloss ich den Volvo ab und lief zu einem zweistöckigen weißen Haus, das ich in der Ferne sehen konnte. Der staubige Weg schlängelte sich zwischen Müllhaufen, die Hitze wurde unerträglich, eine klebrige Staubschicht legte sich auf mich.

Als ich näher an das Haus herantrat, sah ich das Schild »Städtisches Krankenhaus«. Na prima, da konnte ich mich in der Toilette etwas frisch machen und würde sicher irgendeinen Onkel Wassja finden. Das Bad lag im Erdgeschoss, an der Tür hing ein Zettel: »Kein Wasser«. Ich seufzte und ging den langen, nach Chlorkalklösung stinkenden Korridor hinunter. Hier war keine Menschenseele zu sehen. Schließlich kam ich zu einer Abteilung, auf deren Tür »Unfallstation« geschrieben stand. Ich stieß sie auf und ächzte vor Schreck.

Der schmale Korridor stand voll mit Pritschen. Überall ragten eingegipste Arme und Beine aus ihnen hervor. Ein Radio jaulte unbarmherzig, es roch nach Urin, Medikamenten und schmutzigen Lappen. Mitten in diesem Albtraum saß eine junge Krankenschwester und las vollkommen ungerührt einen dicken Liebesroman.

»Um zwei Uhr ist Besuchszeit«, schimpfte sie unzufrieden, ohne die Augen von ihrem Buch zu heben.

Seufzend zog ich mein Portmonee heraus und begann, ihr mein Leid zu klagen. Nachdem sie den Schein schnell eingesteckt hatte, machte sich die Krankenschwester erstaunlich menschenfreundlich auf die Suche nach dem Hausschlosser, nicht ohne mir vorher aufgetragen zu haben:

»Falls jemandem schlecht wird, soll er warten.«

Ich sah mir den mit Kranken vollgestopften, schwülen Korridor an. Natürlich, sollte hier irgendjemand anfangen wollen zu sterben, würde ich ihm sagen, er müsse bitte warten, bis die Schwester zurück sei. Obwohl es wahrscheinlich eher keine Sterbenskranken gab, es schien sich vor allem um gebrochene Extremitäten zu handeln. Nur über einem Bett hingen keinerlei Spannseile für irgendeine Art von Gips. Vielleicht lag gar niemand darin? Die Decke war ganz glatt gezogen, als ob niemand darunter läge. Ich ging näher heran. In dem Bett lag eine Frau mit einem schmalen, spitzen, gelblichen Gesichtchen, der Schädel war so mit einem Verband umwickelt, dass es schien, als hätte sie einen Hockeyhelm auf. Aus dem viel zu großen Ausschnitt ragte ein dürrer Hals mit einem furchtbaren dunkelblauen Abdruck ringsum. Eine Selbstmörderin, schoss es mir durch den Kopf, sie hat versucht, sich aufzuhängen. Die Frau atmete unhörbar leise, hätte sich die Decke nicht langsam gehoben, hätte man sie nicht für lebendig gehalten. Am Kopf des Bettes hing ein Schild: »Unbekannt, aufgenommen am 20. Juni«. Eines ihrer Beine hing nackt aus der Pritsche heraus. So zu liegen, musste doch bestimmt unbequem sein.

Ich versuchte, das unerwartet schwere Bein wieder unter die Decke zu schieben. Dabei fiel mein Blick auf ein großes Muttermal am Knie. Ein brauner Fleck, groß wie eine kleine Maus, mit dünnen schwarzen Härchen bedeckt.

»Ich müsste gehen und das Muttermal entfernen lassen«, hörte ich innerlich Shenja Poljakowas Stimme, »aber ich habe Angst davor, deshalb lebe ich mit dem Mäuschen«.

»Sie brauchen also Hilfe bei einem Platten?«, hörte ich hinter meinem Rücken eine laute Stimme. Es war ein Mann um die Vierzig in einem schmutzigen, blauen Arbeitsanzug und verschlissenen Sportschuhen, er hatte einen Koffer mit Werkzeug in der Hand. Aber nach dem Auto stand mir jetzt gar nicht der Sinn. Daher gab ich meinem Retter die Autoschlüssel und trug ihm auf, meinen Volvo nach der Reparatur zum Krankenhaus zu fahren. Dann machte ich mich eiligst auf die Suche nach einem Arzt.

Im Ärztezimmer fand ich drei davon, zwei Frauen um die Fünfundfünfzig und einen ganz jungen Burschen. Trotz der irrsinnigen Hitze waren sie gerade dabei, eine Biskuittorte mit fetter Cremefüllung herunterzuschlingen und heißen Tee zu trinken.

»Woher kommt diese Unbekannte, die am Fenster liegt?«, fragte ich.

»Als Erstes sagt man ›Guten Tag‹«, wies mich die dicke Ärztin streng zurecht.

»Die Besuchszeit für die Angehörigen beginnt um vier«, setzte mich die Dürre mit böser Miene in Kenntnis.

»Sehen Sie nicht, dass wir beschäftigt sind«, brummte der unrasierte Bursche, »so ist das Volk, nicht mal essen lässt es einen.«

Na schön, das würden wir gleich haben. Ohne mich um die schimpfenden Ärzte zu kümmern, zog ich mein Handy aus der Tasche, drückte wahllos ein paar Tasten und schrie dann in den tutenden Hörer:

»Iwan Iwanowitsch, schick eine Einheit her, es scheint, als hätte ich die Poljakowa gefunden. Ich verhöre jetzt erst mal die Ärzte.«

Vor Schreck verpasste der Bursche, der gerade den nächsten Happen Torte essen wollte, mit der Gabel seinen Mund. Mit Genugtuung sah ich, wie das Sahneröschen direkt auf seine helle Hose fiel.

»Wer sind Sie?«, fragte die Dicke, ohne klein beizugeben.

»Major Wassiljewa von der Moskauer Einheit. Wir ermitteln gegen die organisierte Kriminalität«, erklärte ich. »Und jetzt erzählen Sie bitte, wer die Frau hierher gebracht hat, und wann und wo er sie gefunden hat.«

Die dürre Ärztin zuckte mit den Achseln:

»Wir wissen selber kaum etwas.«

Vor ein paar Tagen hatte jemand aus Bolotowo, ein gewisser Viktor Sergejewitsch Rasumnow, die splitternackte, furchtbar zugerichtete Frau in die Aufnahme gebracht. Jemand musste die Arme zuerst mit einem Schlag auf den Kopf betäubt und dann – wahrscheinlich mit einer Kunstfaserschnur – gewürgt haben.

»So was kommt vor«, seufzte der Bursche, »in Büchern wird es beschrieben. Der Mörder schnürt dem Opfer ein Seil um den Hals, das Opfer hängt schlaff herunter, seine Muskeln entspannen sich, Harn tritt aus, die Augen werden starr… Na ja, eben das Erscheinungsbild des Todes. Der Bösewicht denkt, er hat seine Sache abgeschlossen und lässt sein Opfer so liegen. Aber ein paar Sekunden später fängt der Atem wieder an zu gehen, der Mensch kehrt ins Leben zurück. Es passiert zwar selten, kommt aber vor. Hier muss es jedenfalls so gewesen sein. Was für ein Glück, dass sie ein ordentlicher Mensch gefunden hat: Er hat die Arme in seinen Shiguli geladen und zu uns gefahren. Wir konnten sie nur mit knapper Not wiederbeleben, und sie ist immer noch im Koma. Wie, sagten Sie, lautet ihr Name?«

Ich ließ mir Rasumnows Koordinaten geben, ging auf die Straße und teilte den Poljakows mit, wo sie ihre Tochter finden konnten. Die Mutter sagte weinend, sie würden sofort herausfahren.

Ein seltsamer Zufall wollte es, dass der gute Samariter Viktor Sergejewitsch direkt neben den Medwedjews wohnte. Ihn mit seinem Vatersnamen anzusprechen, wie es sich für Erwachsene gehört, hätte nicht gepasst. Der rothaarige Junge konnte nicht älter als sechzehn sein. Seltsam stolz darüber, dass eine »Ermittlungsbeamtin« direkt aus Moskau zu ihm gekommen war, erzählte mir Vitjuscha den Hergang in allen Einzelheiten.

An jenem Tag hatte er die günstige Gelegenheit, dass seine Eltern auf dem Markt Fleisch verkauften, beim Schopf gepackt und sich den Shiguli seines älteren Bruders gegriffen, um damit vor seiner Freundin aus dem Nachbardorf Kostino anzugeben. Man gelangte über einen sehr nassen Feldweg dorthin. Ein heftiger Regen hatte tiefe Pfützen hinterlassen, die einfach nicht trocknen wollten. Kurz vor der Einfahrt ins Dorf musste Vitjuscha sogar anhalten, weil sich ein kleiner See gebildet hatte. Aus dem Kofferraum holte er einen Eimer, um des Wassers Herr zu werden.

Direkt am Wasser lag das vollkommen nackte Mädchen. Zunächst erschrak er und dachte, er hätte eine Leiche gefunden, als er plötzlich bemerkte, wie der Körper leicht zuckte. Er drehte das Mädchen auf den Rücken, ihr Gesicht war ihm unbekannt. Aber er war ein gutherziger Junge.

»Ich weiß«, sagte der Junge besonnen, »eigentlich hätte ich gleich die Miliz und die Erste Hilfe benachrichtigen müssen, aber das nächste Telefon war wer weiß wie weit weg. Außerdem gibt es hier nur einen Krankenwagen, und bis der dann endlich kommt... Noch dazu ging es dem Mädchen sehr schlecht. Ihr Gesicht war blau, sie atmete kaum, es war mehr so was wie ein Röcheln.«

»Mach dir keine Sorgen«, sagte ich und reichte ihm hundert Dollar, »ich werde den Eltern sagen, welche Rolle du in dieser Geschichte gespielt hast. Ich denke, sie werden sich ordentlich bei dir bedanken.«

»Das stimmt auch wieder«, antwortete Rasumnow lebhaft, »ich hab ihr ja doch das Leben gerettet. Sie wäre sicher dort draußen gestorben, denn dieser Weg ist kaum befahren, normalerweise nimmt man lieber den Umweg über die Chaussee. Als ich kam, war sie schon fast tot. Sie hat von irgendeiner Jana gesprochen.«

»Was? Wie bitte?«

»Na ja, als ich sie ins Auto legte, stöhnte sie ganz erbärmlich und sagte dann leise: ›Nicht, Jana, bring mich nicht um.‹«

Gegen fünf war ich zu Hause. In meinem Kopf herrschte vollständiges Chaos. Wer hatte versucht, Shenja umzubringen? Konnte es wirklich die bescheidene, stille Jana gewesen sein? Aber wieso? War sie inzwischen vielleicht nach Hause zurückgekehrt?

Ich wählte Janas Nummer und ließ lange läuten. Entweder war sie nicht zu Hause, oder sie hatte den Stecker herausgezogen. Im Arbeitszimmer saß Bekas und kämpfte verzweifelt mit Rechtschreibübungen.

»Wie schreibt man das richtig – ›höltzern‹ oder ›hölzern‹?«, fragte er mich.

»Stolz, Holz, hölzern schreibt man ohne ›t‹«, antwortete ich automatisch.

Konzentriert quietschte Bekas mit seinem Stift. Ich ging in die Küche, brühte mir einen Kaffee auf und setzte mich ans Fenster. Wie gut das tat! Olga war mit den Zwillingen spazieren gegangen, Kescha in der Beratungsstelle, Manja drillte Bekas, und die alten Damen waren auch irgendwohin verschwunden. Von den Hausbewohnern waren nur die Hunde und Katzen bei mir, aber die hatten einen riesigen Vorteil: Sie redeten nicht.

Während ich meinen leckeren Kaffee schlürfte, dachte ich nach. Also, was habe ich inzwischen herausgekriegt? Bislang noch nichts weiter Beruhigendes. Max hat Veronika erschossen, und zwar hinterrücks im Schlaf. Ich glaube zwar, dass er nichts damit zu tun hat, aber alle Beweise sprechen gegen ihn. Wie kann man auch so ein Idiot sein! Wenn du schon deine Gattin um die Ecke bringen willst, dann tu es wenigstens still und leise und mach nicht solchen Lärm darum. Aber nein, er musste vor Gott und der Welt erklären, dass er seine Liebste erschießen will, und dazu noch mit der Pistole herumfuchteln. Kann es wirklich sein, dass er sich so in die geheimnisvolle Jana verliebt hat, dass er seinen Verstand verloren hat? Wo ist Jana abgeblieben? Und wo zum Teufel ist die Million Dollar hin? An einem Tag hat er sie gekriegt, und am nächsten wird er wegen Mordes festgenommen. Wie sollte er in der Zwischenzeit das Geld auf die Bank bringen? Hat er es seiner Geliebten oder Semjon gegeben? Aber Letzteres glaube ich nicht, ich würde Semjon ja noch nicht einmal zwei Rubel anvertrauen. Weswegen ist Ada so wütend geworden? Und wieso scheint es mir so, als wäre es nicht sie gewesen, die geschossen hat? Ich habe ihr Gesicht doch genau durch das Fenster gesehen. Die Absätze und die Schuhgröße? So ein Quatsch. Die hatte sie extra angezogen, um nicht ihre Spuren auf dem Boden zu hinterlassen. Was für ein durchtriebenes Aas, sogar Handschuhe hatte sie übergezogen! Sie konnte bloß nicht wissen, dass ich auf der Toilette saß! Vielleicht ist ja doch alles ganz einfach? Veronika hatte Max so auf die Palme gebracht, dass er sie umgebracht hat, und Ada war Semjons ewige Geilheit so leid, dass sie die Fassung verloren hat. Rada Iljinitschna und Tanja hat ein Einbrecher umgebracht, Shenja ist von einem Vergewaltiger überfallen worden…

Ich seufzte. Nein, das konnte natürlich alles nicht sein. Aber wie war es denn nun wirklich?

KAPITEL 19

Am nächsten Morgen rief ich Alexander Michailowitsch an.

»Daschutka«, sagte mein Freund erfreut, »wir haben schon so lange nicht mehr miteinander geplaudert. Ich will immer bei euch vorbeikommen, aber mir fehlt die Zeit. Wie geht es Chutschik?«

»Er wird dicker«, versicherte ich dem Oberst und fragte: »Sag mal, wem habt ihr eigentlich Veronikas Leiche anvertraut?«

»Ich hatte dich doch gebeten, dich nicht in die Sache einzumischen!«, rief Alexander Michailowitsch böse.

»Ich misch mich ja gar nicht ein«, sagte ich beleidigt, »aber ich habe Max besucht, und er macht sich Sorgen, das ist doch völlig normal.«

»Wenn man bedenkt, dass er sie erschossen hat, ist das ziemlich seltsam«, schnitt mir mein Freund das Wort ab. »Bislang sind die Überreste der Medwedjewa bei uns, irgendwas ist da noch unklar.«

»Was denn?«

»Daschutka, wolltest du nicht im Sommer nach Paris fahren?«, wechselte er schlagartig das Thema.

»Nein«, musste ich ihn enttäuschen, »übrigens, habt ihr schon festgestellt, wer Janas Tante Rada Iljinitschna und die Nachbarin Tanja umgebracht hat?«

»Ich bin sehr beschäftigt«, erklärte der Oberst, »lass uns später noch mal telefonieren.«

Na schön, aber vergiss bloß nicht, dass es in deiner Abteilung eine fünfte Kolonne gibt, dachte ich bei mir. Ich rief Shenka an. Ich hatte etwas, wofür der verrückte Hundefanatiker jedes Geheimnis verraten hätte.

»Shenkalein«, flötete ich zärtlich in den Hörer hinein, »du hast schon lange nicht mehr angerufen. Wie geht's euch denn so?«

»Sag, was du brauchst, aber möglichst schnell, ich hab bis zum Anschlag zu tun«, antwortete der Pathologe schroff.

»Verzeih, ich wollte dich nicht stören, ich hab da nur was aus Paris für Yorkshire-Terrier, aber was soll's, ein andermal.«

Ich hängte den Hörer auf. Mal sehen, ob er gleich anrufen oder erst in ein anderes Zimmer gehen würde. Fünf Minuten später klingelte das Telefon. Er hatte also den Raum gewechselt, damit ihn keiner bei einem gemütlichen Plausch stören konnte.

»Was hast du da über Yorkshire-Terrier gesagt?«, erkundigte er sich.

»Ach, nichts weiter, arbeite du nur ruhig weiter«, antwortete ich hämisch.

»Na los, nun sag schon«, drängte er.

»Weißt du, in Paris ist im Fachhandel was Neues auf den Ladentischen erschienen. Es sind spezielle Vitaminkapseln, extra für Yorkshire-Terrier.«

»Und?«, rief Shenka ungeduldig.

»Wenn du ihm zwei Kapseln gibst, verheddert sich fünf Tage später das Fall nicht mehr, es gibt keine Knoten und verfilzten Stellen mehr.«

Der Pathologe schwieg beeindruckt. Verstehen kann das nur jemand, der wie er jeden Abend einen sich verzweifelt wehrenden Hund ans Sofa drückt, um ihm die verfilzten Locken auszubürsten.

»Das schadet bestimmt der Gesundheit des Hundes«, presste er schließlich hervor.

»Aber nein«, beruhigte ich ihn fröhlich, »es ist nur ein Vitamincocktail. Keine Ahnung, warum die Dinger so eine Wirkung haben.«

»Toll«, gab mein Freund begeistert von sich, »und du willst sie mir geben?«

»Ja, nur sag mir noch, habt ihr den Mörder von Rada Iljinitschna Sokolowa gefunden?«

Shenka schwieg, dann sagte er schließlich gepresst:

»Pass auf, komm lieber her, wir reden besser nicht am Telefon. Und bring das Mittel mit.«

Ich hängte den Hörer auf und lachte los. Wie leicht es doch ist, mit Leuten umzugehen, wenn man nur ihre Schwächen kennt! Aber nun musste ich erst einen Kaffee trinken.

Im Esszimmer saßen die alten Damen.

»Ach, wir haben so einen wunderbaren Spaziergang durch den Wald gemacht«, riefen sie einstimmig, »Bandy und Snap haben wir auch mitgenommen.«

Natürlich, ohne ihren geliebten Pitbull würde Nina Andrejewna nirgendwohin gehen...

Ich goss mir einen Kaffee ein und seufzte. Jetzt kam bestimmt gleich der übliche Spruch.

Und siehe da, meine Schwiegermutter Nummer zwei konnte es nicht lassen. »Bandy muss weniger fettes Futter kriegen, er hat wieder schlecht gekackt.«

Da klingelte das Telefon. Nina Andrejewna hob den Hörer ab. Ihr fröhliches Gesicht verlor mit einem Mal alle Farbe. Ihre Wangen fielen ein, ihre Nase streckte sich plötzlich merkwürdig nach vorn.

»Mein Lieber«, rief sie, »mein Süßer, wie geht es dir?«

Dann reichte sie mir den Hörer und flüsterte:

»Er sagt, er hat nur wenig Zeit, und fragt nach dir.«

Es lärmte und knisterte im Hörer, ich hatte Mühe, Maxims Stimme zu verstehen:

»Daschutka, hier herrscht Quarantäne wegen Gelbsucht, kein Rechtsanwalt, keine Besuchstermine. Wir kriegen jetzt

Medikamente und mehr Essen, vergiss die Zigaretten nicht, hier gibt es überhaupt keine…«

»Max«, schrie ich wie verrückt, »wo hast du die Million Dollar versteckt?«

»Was soll das heißen, wo ich sie habe«, fragte mein Ex-Mann verwundert, »im Safe in der Zwischendecke, frag Mama, sie weiß Bescheid.«

»Max!«, schrie ich wieder, aber da tutete es schon im Hörer.

Rimma Borissowna schaute uns mit großen Augen verständnislos an.

»Mein Sohn«, erklärte Nina Andrejewna, während sie versuchte, ihre leise zitternde Unterlippe unter Kontrolle zu bringen, »ist auf Geschäftsreise in Amerika. Er ruft von dort aus an, aber nur selten, weil es so teuer ist.«

»Ach«, sagte Rimma Borissowna gedehnt, die ihr kein Wort glaubte, »ich verstehe. Nur hat Dascha doch mal gesagt, dass sie ihm Sachen ins Gefängnis bringen wollte…«

»Ich bitte um Verzeihung, aber ich muss mich umziehen«, murmelte Nina Andrejewna und verließ das Esszimmer. Sie hatte Haltung, das musste man ihr lassen.

Ich machte mich auf den Weg zur Miliz.

Shenka saß vor einem Mikroskop und starrte konzentriert durch das Okular.

»Hast du das Mittel dabei?«, erkundigte er sich nervös.

»Hast du was erfahren?«, gab ich zurück.

»Na los, gib mir die Vitamine«, forderte er.

»Erst die Infos, dann das Geld«, parierte ich.

»Erpresserin«, zischte Shenka, »der Oberst bringt mich um, wenn er das erfährt.«

Dann gab er mir die Dienstgeheimnisse preis.

Vor dem Aufgang zu Jana Sokolowas Haus befanden sich zwei Kioske. In dem einen gab es Brot, Milch und alle möglichen Backwaren, in dem anderen Zeitungen, Tabak und anderen

Kleinkram. Die Verkäufer hatten eine wunderbare Sicht auf den Hauseingang. Außerdem wohnten sie selber darin und kannten die Nachbarn sehr gut, die auch oft bei ihnen einkauften. Die Zeitungshändlerin führte inzwischen sogar ein Heft und schrieb bei dem einen oder anderen auch an. Die beiden Frauen versicherten, Tanja habe jeden Tag frischen Kefir für Rada Iljinitschna gekauft. Nun war sie nach ihren Worten seit ein paar Tagen nicht mehr erschienen, und auch Jana war seit langem nicht mehr aufgetaucht. Aber vor einer Weile war sie wohl doch einmal kurz dagewesen. Sie war ins Haus reingegangen und nach etwa zwanzig Minuten mit einer anderen jungen Frau wieder herausgekommen. Dann waren sie gemeinsam in einem Auto wieder weggefahren. Seitdem war Jana nicht mehr wiedergekommen. Die Fingerabdrücke in der Wohnung stammten alle von den Familienmitgliedern und von Tanja. Die Wohnungstür war nicht aufgebrochen, sondern mit dem Schlüssel geöffnet worden. Als er ging, hatte der Mörder dann die Tür in aller Ruhe wieder abgeschlossen. Aus der Wohnung war nichts verschwunden. Die Miliz hatte eine Fahndung nach dem Mädchen ausgeschrieben, aber bisher ohne Erfolg. Die Schwierigkeit bestand darin, dass kein einziges Familienfoto in der Wohnung zu finden gewesen war. Es gab einfach keine Fotos von den Sokolows. Rada Iljinitschna und Tanja waren erschossen worden, eine weitere enge Freundin von Jana, Shenja Poljakowa, war das Opfer eines Überfalls. Die Kommilitonen hatten ihre Prüfungen abgelegt und waren jetzt im Urlaub. Die Miliz konnte nur zwei wenig aussagekräftige Bilder des Mädchens auftreiben. Das eine stammte aus der Abteilung für Pass- und Meldewesen, darauf war sie erst sechzehn Jahre alt, das andere aus den Immatrikulationsunterlagen, die im Dekanat der Fakultät waren. Bei beiden handelte es sich um kleine Schwarzweißaufnahmen, die Sokolowa nach ihnen zu identifizieren würde sicher schwierig werden. Trotzdem waren sie beide an die Milizstreifen verteilt worden. Aber Jana war tatsächlich wie vom Erdboden verschluckt.

Auf Rada Iljinitschna und Tanja war mit einer Pistole vom Typ »TT« geschossen worden. Ersterer hatte man zunächst in den Hals geschossen, dann zur Sicherheit auch noch in den Kopf. Bei Tanja hatte der Schuss fast das Herz getroffen, auch hier war noch ein zweiter gefolgt. Das war alles. Mehr war nicht in Erfahrung zu bringen. Am Anfang hatte man den Mörder in Tanjas Bekanntenkreis gesucht. Aber sie hatte nur wenig Kontakte, in Diskotheken, Restaurants oder auf sonstige Studentenpartys ging sie nicht. Sie hatte keinen Freund, traf sich nur ungern mit Männern und arbeitete auch nicht. Ihre einzige Freundin war Jana Sokolowa.

Rada Iljinitschna hatte das Haus in den letzten Jahren gar nicht mehr verlassen. Jana und Tanja kümmerten sich um die Einkäufe. Wenn sie Luft brauchte, ging die Frau einfach auf den Balkon. Die einzige gute Bekannte war Amalia Genrichowna Klein, ihre Nachbarin aus der alten Wohnung. Aber Amalia war zur Zeit nicht in Moskau, sie machte Urlaub in der Türkei, so dass der Verdacht nicht auf sie fallen konnte. Ihre Reise hatte am 10. Juni begonnen, als die beiden noch am Leben waren.

Ich überließ Shenka der Begutachtung der von ihm heiß begehrten Vitamine und ging auf die Straße. Die feuchte, klebrige Hitze drang mir sofort unter die Bluse. Nicht der leiseste Windhauch, keine Luftbewegung. Langsam fuhr ich zur Nowoslobodskaja-Straße. Woher war mir bloß dieser Name vertraut: Amalia Genrichowna Klein? Wer hatte so geheißen?

Ich machte einen Abstecher zur Butyrka, um Max mit dem Nötigsten zu versorgen, und fuhr dann weiter zum Gorbuschka-Markt. Die Stände mit Videokassetten zogen sich, so weit das Auge reichte. Die Verkäufer priesen die Raubkopien um die Wette an. Aber ich brauchte weder die *Titanic* noch *Armageddon* oder *Die zwei Unglücksraben*. Mich interessierte nur die Pornografie. Endlich fand ich die Stände mit der entsprechenden Ware und begann, mir die Verkäufer anzuschauen. Na bitte, da war doch einer, der passte.

Der rotgesichtige Bursche mit Stiernacken trank gemächlich Bier aus einer dunklen Flasche. Sein Blick schweifte schläfrig über die Menschenmenge. Ich näherte mich den Kartons und sah mir das Sortiment an: *Die fröhlichen Ferien, Nonnen im Urlaub, Die Stahlmaschine…*

»Ein scharfes Ding«, sagte der Verkäufer und zeigte auf die *Nonnen,* »hab ich gerade erst reinbekommen.«

Ich verzog mein Gesicht:

»Wird auch nichts Neues sein, da werden sie die armen Weiber von allen Enden ficken…«

»Was wolltest du denn«, fragte der Bursche erstaunt, »seichte Liebesfilme? Die kriegst du bei mir nicht.«

»Aber nicht doch«, zierte ich mich weiter, »aber es kommt doch alles aufs Gleiche raus. Kenn ich alles schon, auch die Lesben und die Homos und die Sodomiten. Das macht einfach keinen Spaß mehr.«

»Ich hätte da einen Familienporno«, erklärte der Verkäufer, »mit versteckter Kamera gedreht, keine Inszenierung, alles ganz echt.«

»Iih, das ist ja noch schlimmer. Die Weiber sind alte Schnepfen, die Männer haarige Ungeheuer, denen der Bauch bis zu den Knien hängt, widerlich anzusehen.«

»Also, was willst du denn nun?«, fragte der Händler erbost.

»Ich habe gehört, man kann einen Film nach eigenem Drehbuch bestellen, mit Minderjährigen zum Beispiel, oder mit Sadomaso.«

»Können kann man schon«, seufzte der Rotgesichtige, »aber weißt du auch, was so was kostet?«

»Ist mir egal«, winkte ich ab, »Hauptsache, mein Mann kriegt einen hoch.«

»Dann kauf ihm lieber Viagra«, lachte der Händler, »das wird billiger.«

»Hör mal, Onkel Doktor«, beschloss ich, mich zu erzürnen, »ich weiß schon ohne dich, was ich für wen kaufen soll. Wenn du keinen Auftrag haben willst, dann eben nicht, ich find auch jemand anders.«

»Verträgst du etwa keine Witze?«, fragte mein Gegenüber jetzt mit eingelegtem Rückwärtsgang. »Komm in zehn Minuten wieder.«

Gehorsam ging ich über den Markt spazieren. Die Sonne stach erbarmungslos, zwischen den Ständen huschten einige Frauen herum, die Wasser und selbst gebackene Kuchen verkauften. Ich kaufte mir eine Dose Pepsi-Cola und trank die widerlich warme Flüssigkeit in einem Rutsch aus, dann kehrte ich zu dem Pornostand zurück.

Neben dem rotgesichtigen Burschen stand ein Mann in dreckigen Jeans und rauchte.

»Du wolltest einen speziellen Film in Auftrag geben?«

Ich nickte.

»Mit deinem Drehbuch oder mit meinem? Sag, was willst du?«

»Wer filmt?«

»Ich.«

»Man hat mir gesagt, der beste in der Branche sei Anton Medwedjew.«

»Wer?«, fragte der »Regisseur« erstaunt.

»Anton Medwedjew.«

»Kenn ich nicht«, murmelte er, »ich hab ja schon viele Namen gehört, aber den höre ich zum ersten Mal. Also, willst du nun einen Film bestellen?«

»Pass auf, ich komme morgen wieder, und du fragst in der Zwischenzeit nach Medwedjew. Wenn du mich zu ihm bringst, bestell ich bei dir den Film.«

Der Bursche sah mich misstrauisch an.

»Für wie blöd hältst du mich eigentlich?«

Er spuckte aus und ging.

Der Rotgesichtige schaute ihm hinterher und erklärte:

»Was soll das? Hau ab, wenn du keine Ware brauchst, kauf deinem impotenten Typen *Dornröschen.*«

Ich ging ganz dicht an ihn heran und zischte ihm leise zu:

»So redet man nicht mit mir. Du machst es nur noch schlimmer.«

»Oh, oh, oh, da jagst du mir aber Angst ein«, wieherte er los, »ich fang gleich an zu weinen. Wollen wir doch mal sehen, für wen es hier schlimmer wird«, und er pfiff auf zwei Fingern.

Wie aus dem Erdboden gestampft standen zwei Burschen da, die trotz der Hitze schwarz gekleidet waren.

»Was ist los, Andrjuscha?«, fragte der eine.

»Die Tante hier macht Ärger«, erklärte der Händler, »kaufen tut sie nichts, sie schimpft nur herum.«

Die Burschen lachten und kamen Unheil verkündend auf mich zu. Ich streckte meine Hand mit dem »Schutzbrief« des Kruglyj nach vorn und befahl herrisch:

»Los, Jungs, holt mir euern Vorgesetzten.«

Die beiden Aufpasser bremsten ab, dann kratzte sich der eine den Nacken und verschwand, während der andere in ehrerbietiger Entfernung stehen blieb. Keine fünf Minuten später erschien ein Mann um die Fünfunddreißig mit widerlichen, durchtriebenen Augen. Im Nu hatte er meinen Ring taxiert, dann begann er, bis über beide Ohren zu lächeln.

»Bitte verzeihen Sie den Jungs. Es sind einfache Burschen, sie haben keine Manieren.«

»Eine Frechheit ist das«, sagte ich, »ich bin gekommen, um einen Film zu kaufen, aber es gibt so wenig Auswahl, und dann zetteln sie noch einen Streit an.«

»Wieso hast du diese Respektsperson beleidigt?«, fragte der Mann den Rotgesichtigen ruhig.

»Das wollte ich nicht, bitte entschuldigen Sie. Wer konnte denn wissen, dass sie dazugehört«, erklärte der Verkäufer zitternd, »ich dachte, die Frau will einfach nur ein bisschen herumstänkern.«

»Nachher erkläre ich dir alles«, erklärte der Chef leise, dann drehte er sich zu mir: »Kommen Sie, ich zeige Ihnen jetzt was Besseres als diesen Schund.«

Wir liefen durch die Reihen bis zu einem kleinen zweistöckigen Schuppen. Im Erdgeschoss befand sich ein gemütliches Büro mit einem Fernseher, einem Videogerät, einer Kaffeemaschine und einem kleinen Kühlschrank.

Der Mann lächelte und entblößte dabei seine tadellos gepflegten Zähne. Er holte sein Handy heraus und gab Anweisung:

»Grauer, hol alles her, was du hast. Aber achte drauf, dass es die ersten Kopien sind.«

Dann drehte er sich zu mir um und fragte:

»Möchten Sie ein Wasser? Es ist ja so heiß wie in Afrika.«

Ich schluckte das eiskalte Wasser hinunter und ging zum Angriff über:

»Ich suche dringend nach Anton Medwedjew, er dreht Pornofilme.«

Der Mann zog wieder sein Telefon heraus.

»Kolja, komm sofort her.«

Der Gerufene kaute lange auf seinen Lippen.

»Medwedjew, Medwedjew, wer kann das sein? Kenn ich nicht.«

»Können Sie ihn ausfindig machen?«, fragte ich.

»Aber natürlich«, versicherte Kolja, »rufen Sie morgen Anatolij Igorjewitsch an. Wenn es diesen Medwedjew in Moskau gibt, finde ich ihn, selbst wenn er unter der Erde sein sollte.«

»Iwan Michailowitsch meine Verehrung«, sagte Anatoli Igorjewitsch und reichte mir seine Visitenkarte, »nehmen Sie die Kassetten.«

Er hielt mir ein Paket hin. Ich griff nach meinem Portmonee, aber er lachte nur:

»Aber nein, was tun Sie denn da!«

Ich warf die Filme, die ich gar nicht hatte haben wollen, in meinen Volvo und fuhr nach Hause. Das reichte für heute. Ich würde mich ausruhen und erst einmal die dürftigen Informationen verdauen. Keiner kannte Medwedjew, vielleicht drehte er schon lange keine Filme mehr oder hatte überhaupt nur einen gedreht, um die »Kunst« dann hinzuschmeißen.

Warum die Miliz bei Jana zu Hause bloß keine Fotos gefunden hatte? Ich konnte mich gut erinnern, wie Rada Iljinitschna aus dem Regal in der Küche das dicke Album gezogen hatte und mir Jana in allen möglichen Varianten gezeigt hatte. Und woher kannte ich den Namen Amalia Genrichowna Klein? Der war zu selten, als dass man ihm oft hätte begegnen können.

Mein Volvo rollte langsam die Chaussee entlang. Aus dem Radio tönte die muntere Stimme des DJs:

»Und jetzt wird uns die unvergleichliche Ada Kunzina von den Neuerscheinungen erzählen. Du hast das Wort, Adalein!«

Vor Schreck trat ich mit voller Kraft auf die Bremse. Hinter mir schimpfte und hupte es wüst.

»Wie blöd muss man sein, um einfach so mitten auf der Straße anzuhalten?«, schrie ein verschwitzter Mann und besah sich betrübt den zerschlagenen Scheinwerfer seines Shiguli. »Was für eine blöde Kuh…«

Er schrie mit weit aufgerissenem Mund und wünschte mir alles Unglück aus der Büchse der Pandora auf den Hals. Aber ich hörte gar nicht zu.

Ada! Adelaida Genrichowna Klein, Semjons Frau und seine angebliche Mörderin. In welchem Verhältnis mochte sie zu Amalia Genrichowna Klein, der Busenfreundin von Rada Iljinitschna Sokolowa, stehen?

KAPITEL 20

Der Erste, der mir zu Hause unter die Augen kam, war Bekas.

»Ich verstehe einfach nicht, warum zum Teufel die Franzosen nicht so schreiben, wie sie sprechen?«, fragte er.

Darauf hatte ich auch keine Antwort. Normalerweise redeten sich die Lehrer dann mit Sätzen heraus wie: »Das ergibt sich aus der Logik der Sprachstruktur.«

»Habt ihr euch nun hinter das Französisch geklemmt?«, fragte ich interessiert.

»Ja, ja«, nickte Bekas und zeigte mir das französische Lehrbuch, »das erste Thema lautet: ›Meine Familie‹. Manja hat gesagt, wenn ich im August die Prüfungen bestehe, nimmt sie mich eine Woche mit nach Paris und zeigt mir Disneyland. Es ist bestimmt toll, mit ihr zu fahren, sie kennt ja dort alles und spricht die Sprache, als wäre es Russisch.«

»Prüfungen?«, fragte ich verwundert. »Wer nimmt denn die Prüfungen ab?«

»Manja selber«, seufzte Bekas, »sie ist wirklich hart. Gestern hatte ich die Hausaufgabe nicht gemacht, die Zeit fehlte mir einfach, da schlug sie mich mit dem Lineal und gab mir für heute gleich vier Aufgaben. Iwan Michailowitsch musste sehr lachen, aber dann sagte er, sie hätte Recht.«

Ich ging ins Esszimmer. Die selbst ernannte Superpädagogin trank gerade Kakao. »Man schlägt seine Schüler übrigens nicht, man darf sie nur moralisch bestrafen«, maßregelte ich sie.

»Aber er versteht ja nichts und ist dazu noch faul«, schäumte Manja. »Gestern gab es bei seinem Chef anscheinend irgendwelche Aktionen. Ich hab ihm erklärt: Mir ist egal, was da passiert ist, ob Schießereien oder was auch immer... Er soll seine Hausaufgaben machen. Da hab ich ihm ordnungshalber eben ein paar Mal das Lineal über den Schädel gezogen. Alles Verleumdung.«

»Ich hab nicht gelogen«, sagte Bekas beleidigt, der gerade hereinkam, »was ich gesagt habe, stimmt aufs Wort.«

Sie nahmen den Teller mit den Kuchen und verschwanden wieder im Arbeitszimmer.

Ich machte es mir im Wohnzimmer auf dem Sofa bequem. Manchmal erinnert das Leben meiner Familie an ein schlecht geschriebenes absurdes Theaterstück. Manja glaubte doch im Ernst, dass Bekas, wenn er seine kriminellen Tätigkeiten erledigt hatte, auch noch Lust auf Hausaufgaben hätte.

Am nächsten Morgen weckte mich das Handy. Eine angenehme volle Männerstimme erkundigte sich:

»Na, Daschalein, wie laufen die Nachforschungen?«

»Wer ist da?«, fragte ich erstaunt.

Der Mann seufzte:

»Was sind Sie doch hart! Sie hätten wenigstens so tun können, als würden Sie sich an mich erinnern. Dabei hat Ihnen erst gestern der Ring geholfen.«

»Verzeihen Sie, Iwan Michailowitsch«, sagte ich betreten.

»Würde ich Ihnen sehr zur Last fallen, wenn ich jetzt auf eine Minute vorbeikäme?«

»Aber nein! Gar nicht!« Ich sprang aus dem Bett, um mich schnell anzuziehen.

Buchstäblich zehn Minuten später fuhr der völlig unscheinbare, verschmutzte Shiguli in den Hof hinein. Hinter dem Steuer saß ein mir unbekannter Bursche, ein zweiter, der daneben saß, sprang heraus und öffnete die Tür zum Rücksitz.

Iwan Michailowitsch stieg leichtfüßig aus. Er trug eine weiße Hose und ein helles Polohemd, sein Rücken war absolut gerade, von einem Bauch keine Spur. Hätte ich nicht gewusst, wie alt er war, hätte ich ihn für kaum über fünfzig gehalten.

Woher auch immer kamen plötzlich die Hunde angeflogen und rannten auf die Neuankömmlinge zu. Allen voraus lief der Pitbull, dessen langer dünner Schwanz hoch aufgereckt war.

»Was für schöne Tiere«, rief der Kruglyj begeistert, während er einen schnellen Blick auf unser Haus warf. »Na, kommt mal her, Jungs.«

Darauf hatten die Hunde nur gewartet. Alle auf einmal stürzten sie sich auf ihn. Der Pitbull stellte direkt seine Vorderpfoten auf das beigefarbene Hemd des Gastes und versuchte, ihm das Gesicht abzulecken.

»Bandy«, schrie die eben dazugekommene Nina Andrejewna entrüstet auf, »pfui, schäm dich.«

»Darf ich vorstellen«, sagte ich, »meine Schwiegermutter.«

Iwan Michailowitsch küsste der alten Dame feierlich die Hand, und wir gingen ins Wohnzimmer. Am Fenster stand Manja mit einem Berg Kassetten in den Händen.

»Sie sind also diejenige, die Bekas mit einem Lineal schlägt, wenn er seine Hausaufgaben nicht macht?«, fragte der Kruglyj und lächelte.

Manja wurde rot.

»Also wirklich, ich hab ihn nur einmal gehauen, und schon petzt er es allen, der Schwätzer.«

In unserem Haus ist es unmöglich, irgendetwas heimlich zu tun. Sofort kam Rimma Borissowna neugierig ins Wohnzimmer.

»Darf ich bekannt machen«, begann ich wieder, »meine Schwiegermutter. Die Mutter meines dritten Mannes.«

Wir tranken unseren Kaffee aus, dann bat Iwan Michailowitsch:

»Also, Daschalein, jetzt zeigen Sie mir mal die Rechnungen, wollen wir uns das Problem doch einmal anschauen. Als Buchhalter werfe ich immer gern als Erstes einen Blick auf die Fakten.«

Wir gingen hinüber ins Arbeitszimmer, zündeten uns unsere geliebten Gauloises an, sahen uns an... Da kam Kescha herein. Nein, also das nächste Mal würde ich mich doch eher bei McDonald's verabreden.

Wieder folgte die gegenseitige Bekanntmachung, dann fragte der Kruglyj plötzlich:

»Sind Sie nicht Rechtsanwalt? Ich möchte Ihnen eine einfache, kleine Sache vorschlagen. Sollten Sie damit zurechtkommen, werden Sie haufenweise Mandanten haben.«

Keschas Augen begannen zu leuchten. Iwan Michailowitsch fuhr fort:

»Heute Abend um sechs erwarte ich Sie im Restaurant des Zentralen Literaturhauses, da können wir reden.«

Nachdem alle Hausbewohner der Reihe nach im Arbeitszimmer vorbeigeschaut hatten – Olga brauchte unbedingt ein Buch, Manja suchte nach ihren Papieren, Nina Andrejewna wollte wissen, ob es Valokordin im Haus gab, und Rimma Borissowna suchte dringend nach einem Kugelschreiber –, waren wir endlich allein.

Iwan Michailowitsch schüttelte den Kopf:

»Sie haben eine große Familie.«

Ich winkte mit der Hand ab.

»Den Wunsch, mal allein im Haus zu sein, habe ich mir schon vor langem abgeschminkt. Irgendwer ist immer da und will beachtet werden.«

»Es wäre für alle eine Katastrophe, wenn Ihnen irgendwas zustoßen sollte«, bemerkte er. »Und Sie treiben sich an Orten herum, wo an jeder Ecke Fangeisen lauern. Lassen Sie es uns anders angehen. Max ist seit langem mein Kompagnon, ein guter, sorgfältiger und, was ganz besonders wertvoll ist, ein ehrlicher Partner. Seine Verhaftung macht mir materiell wie moralisch zu schaffen. Daher bin ich selbst daran interessiert, dass

Poljanskij so schnell wie möglich freigelassen wird. Ich habe ein paar Freunde: Wenn wir jetzt alle Hebel in Bewegung setzen, haben wir die Gerichtsverhandlung bald hinter uns. Wir drehen die Sache so, dass fahrlässige Tötung draus wird, er kriegt dafür die Mindeststrafe, wir bugsieren ihn in ein Arbeitslager aufs Dorf, dann lassen wir ihn auf Bewährung setzen und das war's – er ist frei.«

Ich schüttelte den Kopf:

»Das hieße aber, Max würde wegen Mordes verurteilt, oder?«

Er nickte:

»Ja, dafür kommt er aber schnell raus. Außerdem ist heutzutage eine Vorstrafe überhaupt keine Schande.«

»Aber er ist unschuldig!«

»Und wer war es?«

Ich schwieg.

»Sie wissen es nicht«, stellte er fest, »damit machen Sie es für ihn nur schlimmer. Während Sie Privatdetektiv spielen, sitzt der Mann in der Zelle. Wissen Sie, wie viele Leute auf ihr Gerichtsverfahren warten? Sie schmoren zwei bis drei Jahre in der Butyrka. Sie müssen dort übrigens nacheinander schlafen, weil zu wenig Platz ist.«

»Ich werde versuchen, ihn in eine kleine Zelle für fünf Mann umsetzen zu lassen«, murmelte ich.

»Das wäre eine Dummheit«, erklärte der Kruglyj, »erstens sind da neun statt fünf Kumpels. Und zweitens haben wahrscheinlich zwei oder drei von denen Tuberkulose oder sonstwelche Krankheiten. Es klingt vielleicht paradox, aber in der Zelle für hundertzwanzig Leute geht es einem, wenn man sich Freunde geschaffen hat, besser. Außerdem müssen Sie verstehen: Außer Max hat Veronika niemanden gestört. Sie hatte Liebhaber wie zum Beispiel Semjon Worobjow oder Lenja Koschkin, der den Eierhandel in die Hände genommen hat. Vielleicht hat er zwei Fliegen mit einer Klappe geschlagen: sich von der Geliebten befreit und das Geschäft übernommen.«

Iwan Michailowitsch seufzte.

»Aber Koschkin ist ein kleiner, ein bisschen dümmlicher Ganove. Er ist nicht der Richtige, um so ein Geschäft zu leiten. Es gibt schon lange einen anderen, der das tut, und zwar einen Schützling von mir. Sobald Max zurückkehrt, nimmt er das Ruder wieder in die Hand. Hören Sie auf mich, in einem Jahr werden wir Poljanskij freigekriegt haben. Wenn man den Dingen ihren Lauf lässt, wird er sieben oder acht Jahre absitzen müssen.«

Ich schwieg. Der Kruglyj auch. Schließlich schlug er mit der Hand auf den Tisch:

»Na gut, schließen wir einen Kompromiss. Ich gebe Ihnen zwei Wochen: Wenn Sie den Mörder finden, wunderbar. Finden Sie ihn nicht, fange ich an, Poljanskij mit meinen Möglichkeiten da rauszuholen.«

»Vielleicht wäre es nicht schlecht, Max zu fragen, was er selbst darüber denkt«, sagte ich, nahm das Telefon und wählte die Nummer des Handys, das ich ins Gefängnis geschleust hatte.

Aber außer einem Tuten passierte gar nichts.

»Wo rufen Sie an?«, erkundigte sich der Boss.

»In der Zelle, bei Max.«

Iwan Michailowitsch lachte los, dass es nur so dröhnte:

»Sie haben ein Handy eingeschmuggelt! Wie haben Sie das denn fertig gebracht? Er lässt es bestimmt tagsüber ausgeschaltet. Soweit ich weiß, telefonieren die Jungs nachts, um keinen Ärger zu kriegen.«

»Ich hatte nur einmal die Gelegenheit, ihn zu sehen. Danach ging es nicht mehr, weil dort die Gelbsucht ausgebrochen ist. Und zum Anwalt lässt man ihn auch nicht.«

Der Kruglyj wurde ernst:

»Es gefällt mir gar nicht, ihn so sich selbst zu überlassen. Ich schlage Folgendes vor. Morgen ruft Sie jemand an und erklärt Ihnen, wie Sie einen Besuchstermin bekommen können. Sie sprechen mit Poljanskij und berichten ihm von meinem Vorschlag. Ich denke, er wird zustimmen. Dann versuchen Sie selber zwei Wochen lang, den Mörder zu finden. Aber seien Sie vorsichtig. Falls er wirklich existiert, ist er schlau und gefährlich.«

Nachdem Iwan Michailowitsch mich verlassen hatte, rief ich Amalia Genrichowna Klein an. Shenka hatte Recht gehabt: Niemand nahm den Hörer ab. Na schön, dann würde ich mich mit Anatoli Igorjewitsch in Verbindung setzen. Aber die Visitenkarte war sonstwohin geraten. Ich schüttete den Inhalt meiner Handtasche auf dem Tisch aus und begann zu suchen. Ein Päckchen Taschentücher, die Schlüssel, ein Kamm, das Telefonbüchlein, Pfefferminzbonbons, Zigaretten… Und was war das für ein Zettel?

Ich hielt eine Quittung in der Hand. *Salon Orakel.* Ach ja, das Papier, das ich im Jeep gefunden hatte. Vielleicht war es ein Frisörsalon, in dem sich Max die Haare hatte schneiden lassen?

Beim »Orakel« wurde sofort der Hörer abgenommen:

»Ja, bitte?«

»Ich möchte mich beim Chef eintragen lassen.«

Die Frau schwieg eine Weile, dann erkundigte sie sich:

»Meinen Sie den Geistheiler?«

»Wie bitte? Ist das nicht ein Frisörsalon?«

»Nein, hier ist der Salon ›Orakel‹, wir bieten Wahrsagen, aus der Hand und aus Tarotkarten Lesen, Karmakorrekturen…«

»Hervorragend. Wo kann ich Sie finden?«

Ich schrieb mir die Adresse auf und zog mich schnell an. Die Zeit war kostbar, ich hatte nur zwei Wochen und musste alle Verdächtigen überprüfen.

Das »Orakel« befand sich in einem Gebäude, das früher eine Poliklinik gewesen war. Die liebevoll lächelnde Frau an der Rezeption versuchte, den Kunden Mut einzuflößen:

»Erzählen Sie mir Ihre Probleme, ich werde den richtigen Spezialisten für Sie finden.«

»Meine Freundin«, begann ich, inbrünstig zu lügen, »hat hier eine Wahrsagerin besucht, die ihr sehr geholfen hat. Aber sie weiß den Namen nicht mehr, nur die Quittung hat sie behalten.«

Ich hielt der Empfangsdame den zerknitterten, verschmierten Zettel hin.

»Ach so, Marina Mak«, reagierte sie lebhaft, »unsere beste Hellseherin. Na so was, Sie haben wirklich Glück, normalerweise ist sie für einen Monat mit Terminen ausgebucht, aber heute gibt es zufällig eine Lücke. Gehen Sie in Zimmer sieben, ich rufe Marina gleich.«

Ich ging den langen Korridor hinunter, bis ich neben der Toilette das gewünschte Zimmer fand. Ich klopfte ein paar Mal, ohne Antwort zu erhalten, dann machte ich die Tür auf.

Ein seltsamer Raum lag vor mir. Auf der Straße schien die Sonne, es war hell und warm. Hier dagegen war ein dicker Vorhang vor das Fenster gezogen, ein seichtes Licht, das wer weiß woher kam, brachte kaum Licht in das Halbdunkel. In der rechten Ecke befand sich eine Nische mit Ikonen und einer kleinen brennenden Lampe. Ein runder Tisch, der mit einer bis zum Boden reichenden Samtdecke bedeckt war, nahm fast die ganze Mitte des nicht sehr großen Raums ein. Darauf befand sich eine Menge interessanter Gegenstände. Ich trat näher und schaute sie mir neugierig an. Eine große Kristallkugel auf schwarzem Untergestell, mehrere Kartenspiele, ein Kerzenständer, ein Hühnerei und irgendwelche merkwürdig schimmernden Kristalle mit einer ungewöhnlich dunkelvioletten Färbung. Ich berührte sie mit den Fingern. Plötzlich sprangen die seltsamen Steinchen so, als wären sie lebendig, vom Tisch. Fluchend kauerte ich mich nieder und sammelte sie wieder zusammen. Eins war unter den Tisch gefallen. Ich hob die ziemlich staubige Tischdecke an und kroch darunter.

Da ging die Tür auf, Frauenstimmen erklangen.

»Kommen Sie herein, noch ist niemand da, obwohl mir aus der Rezeption gemeldet wurde, ich hätte eine Kundin«, sagte eine Mezzosopran-Stimme.

»Läuft bei Ihnen das Geschäft auch nicht so recht?«, fragte eine zweite Stimme, die höher und schärfer war als die erste.

»Das kann man wohl sagen. Vielleicht spielt die Hitze eine Rolle, oder die Leute haben kein Geld mehr«, beklagte sich der Mezzosopran, »in diesem Monat sind, glaube ich, bislang erst zehn Kunden gekommen.«

»Ich habe wieder eine Bitte an Sie, Marina«, sagte die Frau mit der scharfen Stimme und kam zur Sache.

Eigentlich hätte ich jetzt sofort hervorkriechen und meine idiotische Lage erklären müssen, aber das Gespräch hatte bereits begonnen, also hielt ich mich lieber sicher versteckt unter dem Tisch.

»Könnte man vielleicht Anton Medwedjew bitten, noch eine Scheidung in die Wege zu leiten?«

»Aber natürlich, bitte schön«, sagte die andere, »Sie kennen ja die Bedingungen. Sie schicken die Kunden mit einem Foto, der Preis ist wie gehabt.«

»Er ist einfach ein Goldjunge«, gackerte die mit der scharfen Stimme begeistert, »wie er die Sache gedeichselt hat. Der Richter hat die Ehe sofort aufgelöst, er hat noch nicht mal eine Bedenkzeit gegeben. Das Mädchen konnte nichts als weinen, wäre Anton nicht gewesen, wäre das Ganze sicher nicht so schnell und erfolgreich geendet. Und außerdem, wissen Sie, Anja hat so viel Kraft da reingesteckt, aber ihr Sohn wollte seine Frau einfach nicht verlassen. Und jetzt hat er sie noch nicht einmal mehr angeschaut. Marinalein, Herzchen, bitte rufen Sie ihn jetzt gleich an.«

»Ich erwarte eine Kundin«, wandte Marina ein.

»Es dauert doch nur eine Sekunde, ich flehe Sie an.«

»Na gut«, stimmte die Hellseherin zu, und sie gingen auf den Flur hinaus.

Ich kroch unter dem Tisch hervor, warf die eingesammelten Steinchen auf den Tisch und lief schnell in die Toilette. Während ich mir die staubigen Hände wusch, schaute ich in den Spiegel und dachte nach. Natürlich war Anton Medwedjew kein seltener Name. Vielleicht handelte es sich um jemand völlig anderen, aber bislang war er doch der einzige Mensch mit diesem Namen, der meinen Weg kreuzte.

Ich klopfte an die Zimmertür und sagte schüchtern:

»Bitte verzeihen Sie, ich musste noch auf die Toilette.«

Die am Tisch sitzende Frau wies mit königlicher Geste auf einen Stuhl. Eine extravagante Person. Das dichte dunkle Haar war in der Mitte gescheitelt und zu einem dicken Zopf geflochten, der über die linke Schulter fiel und sich irgendwo unterhalb der Taille verlor. Sie hatte riesige braune Augen, deren Pupillen kaum zu erkennen waren, und ein vollkommen bleiches Gesicht. Nur der Mund mit den schwellenden sinnlichen Lippen passte nicht in das Bild einer Heiligen. Um den vollen, schönen Hals hing eine riesige, sehr auffallende Kette mit einem Kreuz.

»Setzen Sie sich«, flötete Marina Mak, »und sagen Sie mir alles, was Sie quält.« Ich faltete meine Hände und verdrehte die Augen, um wie eine Hysterikerin zu wirken. Dann begann ich zu stöhnen und zu klagen.

Kurz gesagt war meine Geschichte folgende: Mein Söhnchen, mein Fleisch und Blut, mein herzallerliebster Einziger, den ich großgezogen hatte – er hatte eine Frau gefunden. Aber nicht etwa ein normales Mädchen, sondern ein widerliches Geschöpf, das aus Kiew stammte. Die schauderhafte Schwiegertochter hatte den intelligenten Jungen vollkommen eingewickelt. Sie zwang ihn, von früh bis spät zu arbeiten, damit sie sich Pelzmäntel und Goldschmuck kaufen konnte. Seine Mutter beachtete der Sohn überhaupt nicht mehr. Er hatte keine Absicht, sich von der abscheulichen Banausin zu trennen, sie hatte ihn ganz offensichtlich verhext. Ich hatte jetzt permanent Kopfschmerzen, keinen Appetit mehr, konnte nicht mehr schlafen und fühlte mich am ganzen Körper zerschlagen und todmüde.

»Entspannen Sie sich«, gurrte Marina, »legen Sie Ihre Hände auf die Knie.«

Hinter meinem Rücken wedelte sie energisch mit ihren Händen.

»Fühlen Sie die angenehme Wärme?«

»Das entspannt wirklich unglaublich«, erwiderte ich, ohne das Mindeste zu spüren.

»Die Sache ist klar«, entschied Marina, »auf Ihnen liegt ein böser Fluch. Ihre Schwiegertochter hat sich an eine Hexe der Schwarzen Magie gewandt, weil sie will, dass Sie sterben.«

»Um Gottes willen!«, rief ich ehrlich erschrocken. »Was soll ich tun? Muss ich wirklich sterben?«

Frau Mak hob beruhigend ihre Hände.

»Aber natürlich nicht. Es ist gut, dass Sie rechtzeitig hergekommen sind. Wir reinigen jetzt Ihre Aura, und dann schauen wir uns Ihre Karma-Häuser an.«

Sie zündete ein Räucherstäbchen an und machte sich an die Arbeit. Den Fluch verjagten wir mit dem Ei, dessen weiße Schale daraufhin dunkel wurde, während das Eigelb eine dunkelviolette Farbe annahm. Dann bekam ich Zaubernadeln, die ich mit der Spitze nach unten am Rockzipfel tragen sollte, dazu einen speziellen Sand und einen Talisman.

Schließlich war Marina müde. Ich schaute sie an und erkundigte mich:

»Wäre es nicht möglich, meiner Schwiegertochter einen Fluch aufzuerlegen?«

»Ich arbeite nur mit Weißer Magie«, erklärte die Hellseherin.

»Schade. Eine Freundin hat mir Ihre Adresse gegeben, ihr hat Anton Medwedjew sehr geholfen.«

»Wie heißt Ihre Freundin?«, fragte Marina scharf.

»Na ja, eigentlich ist es nicht wirklich eine Freundin, sie ist meine Nachbarin im Treppenhaus.«

»Und der Name?«

»Veronika Medwedjewa«, antwortete ich schnell.

»Nika?«, fragte Marina erstaunt. »Nika hat Sie zu mir geschickt? Aber warum haben Sie das denn nicht gleich gesagt? Und ich renne wie eine Blöde mit dem Ei um Sie herum. Wo steckt sie eigentlich die ganze Zeit? Ich versuche dauernd, sie anzurufen... Ihr Handy ist ausgeschaltet, und zu Hause geht keiner ans Telefon.«

»Sie ist mit ihrem Mann nach Paris gefahren, in den Urlaub.«

Marina seufzte:

»Dann wissen Sie jedenfalls, worum es geht?«

Ich schüttelte den Kopf:

»Nein, ich habe Nika nur mein Leid geklagt. Daraufhin meinte sie, es gebe da einen Anton Medwedjew, der dafür sorgen würde, dass mein Sohn sich von seiner Frau trennt.«

»Anton ist ein bezahlter Liebhaber«, erklärte Marina. »Erzählen Sie mir jetzt ein bisschen von Ihrer Schwiegertochter, damit ich weiß, was sie für ein Mensch ist, was sie mag, womit sie ihre Zeit verbringt, wo man sie am ehesten allein finden kann. Außerdem müssen Sie uns ein Foto und fünfhundert Dollar geben. Anton wird ihr den Hof machen, und die Fotos schicken wir dann Ihrem Sohn.«

»Er wird nicht glauben, dass sie fremdgeht. Er wird sagen, dass es eine Fotomontage ist.«

»Dann werden wir eine Bettszene inszenieren.«

»Wie das?«

»Ganz einfach. Erstens ist Anton unwahrscheinlich schön, so dass Frauen durchaus freiwillig mit ihm ins Bett gehen. Falls sie das nicht will, reichen ein paar Tropfen Schlafmittel im Champagner, und sie schläft bis zur Ankunft Ihres Sohnes tief und fest. Man wird nur dafür sorgen müssen, dass der gehörnte Ehemann zu der angegebenen Adresse kommt. Die Tür steht offen, die untreue Ehefrau wird in flagranti in den Armen eines anderen erwischt. Nach Durchführung der Operation geben Sie mir noch mal fünfhundert Dollar. Wenn der beleidigte Ehemann Anton an den Hals geht, kostet es weitere fünfhundert. Falls Beweismittel vor Gericht notwendig werden, kostet das extra.«

»Ist das teuer!«, sagte ich gedehnt.

»Ganz, wie Sie meinen«, antwortete Marina, »Sie können auch weiter mit Ihrer Schwiegertochter leben. Was den Fluch angeht, weiß ich nicht, aber eine nervöse Störung oder ein Magengeschwür ist Ihnen sicher. So bezahlen Sie und vergessen die ganze Sache.«

»Und wenn es nicht klappen sollte?«, zweifelte ich weiter.

»Ich garantiere absolut für den Erfolg. Anton hat schon vielen geholfen, Fehlschläge kommen nicht vor. Haben Sie ein Foto?«

»Könnte ich ihn selbst treffen?«

»Nein«, sagte Marina scharf, »Sie haben ausschließlich mit mir zu tun und geben mir das Geld. Anton trifft sich nur mit dem Objekt.«

Ich seufzte und fasste in meine Handtasche. In meinem Portmonee steckte ein kleines Foto von Olga und Kescha, auf dem sie fröhlich lachten. Marina schaute es sich genau an und begann, mir eine Reihe von Fragen zu stellen.

KAPITEL 21

Als ich den Salon »Orakel« verließ, war ich pitschnass geschwitzt und stank nach allem möglichen Räucherwerk. Der geheimnisvolle Anton sollte schon heute in Aktion treten. Als ich im Auto saß, wählte ich Amalia Kleins Nummer, ohne wirklich zu hoffen, dass sie da sein würde, aber da erklang eine aufgeregte tiefe Altstimme:

»Ja bitte!«

»Verzeihen Sie, aber in welchem Verhältnis stehen Sie zu Ada Genrichowna Klein, der Frau von Semjon Worobjow?«

»Um Himmels willen, ich bin die Schwester!«, schrie die Frau auf. »Sagen Sie schnell, kommen Sie vom Gefängnis, von Ada? Wenn Sie mir einen Brief gebracht haben, belohne ich Sie fürstlich.«

Ich beschloss, sie in ihrem Glauben zu lassen, und vereinbarte ein Treffen in einer halben Stunde.

»Ich flehe Sie an, lassen Sie mich nicht warten«, bat Amalia, »ich sterbe vor Ungeduld.«

Ich versuchte, sie nicht zu enttäuschen, und betrat genau um fünfzehn Uhr den Eingang des offenkundig schon zu Sowjetzeiten in Privatbesitz gewesenen Backsteinhauses, das um 1960 gebaut worden sein musste. Im Treppenhaus saß eine alte Frau und hob schläfrig den Blick von ihrer Zeitung:

»Zu wem wollen Sie?«

»Zu Amalia Genrichowna.«

»Erster Stock«, nuschelte die Portiersfrau, als es auch schon von oben rief:

»Hierher, hierher, kommen Sie.«

In der Wohnungstür stand eine große, blonde Frau, so eine Art Brunhilde mit großer Brust und starken Schenkeln. Sie war nicht dick, nur einfach sehr groß, wahrscheinlich um die eins achtzig, mit groben Gesichtszügen, blauen, leicht hervorstehenden Augen und einer zierlichen Nase. Unter normalen Umständen hätte sie wahrscheinlich gut ausgesehen, aber jetzt hatte Amalia rote Flecken im Gesicht, und die unerwartet kleinen Hände zerknüllten nervös etwas, was vor kurzem noch ein Taschentuch gewesen sein musste.

»Geben Sie mir das Schreiben«, forderte sie.

»Verzeihen Sie, wenn ich Sie enttäuschen muss, aber ich komme nicht von Ada. Ich bin die Rechtsanwältin von Maxim Andrejewitsch Poljanskij, Sie kennen Max doch?«

»Aber natürlich«, sagte Amalia, »will Max Ada denn helfen und hat Sie deshalb hergeschickt?«

Sie trat zur Seite, reichte mir Pantoffeln und führte mich in ein großes Zimmer mit einem Erker. Die ganze Atmosphäre des Raumes, der ein wenig altmodisch und geschmacklos eingerichtet war, zeugte davon, dass hier wohlhabende Leute wohnten: Es gab Samtvorhänge, die mir sehr staubig vorkamen, einen kostbaren usbekischen Teppich und eine Wohnzimmermöbelgarnitur à la »Louis XIII«. Dazu schreckliche braune Schränke, die reich vergoldet waren, an der Decke ein riesiger Bronzeleuchter, in den Ecken mit blauem Brokat bezogene Sessel, im Erker ein ebensolches Sofa.

Unerwartet kokett stöhnte Amalia plötzlich:

»Schrecklich, was für ein Albtraum! Max ist der einzige Mensch, der helfen will. Sie glauben es ja nicht, aber meine Freunde haben sich allesamt abgewandt. Sie wollen nichts mit der Verwandten einer Mörderin zu tun haben.«

Ich seufzte und erzählte ihr alles, was ich wusste: über Veronikas Ermordung und Maxims Verhaftung, darüber, wie ich durch das kleine Fenster Ada gesehen hatte und über meine Zweifel.

Amalia wurde mal bleich, mal rot im Gesicht, während sie ihr Taschentuch nun ganz zerfetzte. Als ich geendet hatte, rang sie ihre Hände:

»Das ist das Ende. Ada kriegt mindestens zehn Jahre, sie wird in Gefangenschaft sterben. Mein Gott, was für ein Verhängnis liegt auf dieser Familie, zuerst der Vater und jetzt sie.«

Verständnislos starrte ich sie an. Amalia zündete sich eine Zigarette an und erzählte ihre tragische Geschichte.

Genrich Klein stammte aus einer ursprünglich deutschstämmigen Familie. Vom Deutschen war allerdings nur der Familienname erhalten geblieben. Die Sprache beherrschte zu Hause keiner mehr. Die Kleins hatten sich vor so langer Zeit in Russland niedergelassen, dass sie problemlos als Russen gelten konnten. Den Urahn hatte Peter der Große aus Holland herangeholt. Über die Jahrhunderte hinweg hatten sich die Männer der Familie Klein immer mit ein und derselben Sache beschäftigt: Sie hatten mit Lebensmitteln gehandelt. Und zwar so erfolgreich, dass sie vor 1917 sogar für die Feinkostläden Jelissejew und Rjabuschinskij eine Konkurrenz dargestellt hatten. Während die beiden Letzteren im Strudel der Revolution zugrunde gegangen waren, hatte Karl Klein, Amalias und Adas Großvater, es geschafft, im Sattel zu bleiben, denn er hatte mit den Bolschewiken sympathisiert. Der überaus wohlhabende Mann hatte Lenin mehrfach Geld gegeben und von diesem dafür einige Dankesbriefe erhalten. Die Originale des Revolutionsführers dienten der Familie in den Dreißigerjahren, als die Verhaftungswelle begann, als Schutzbrief. Die Tschekisten wagten es nicht, einen Menschen zu verhaften, in dessen Einkaufstaschen sich regelmäßig eine Ausgabe der Lenin treuen Zeitung *Iskra* befand. Vielleicht lag es auch daran, dass Karl sich nicht in die Politik einmischte und in keinerlei Strömungen oder abweichlerischen Gruppierungen mitmischte. Er leitete einfach eins der größten Moskauer Lebensmittelgeschäfte und hatte ein glückliches Händchen im Umgang mit den Käufern und mit der Nomenklatur. Nach seinem Tod im Jahr 1957 übernahm sein Sohn Genrich das Ruder. Stalin war tot, die Kopien der Lenin'schen Briefe schmückten Kleins Arbeitszimmer zu Hause. Die Originale hatte er versteckt und in kein Archiv gegeben.

Ada und Amalia wurden im Abstand von einem Jahr geboren. Die schönen, starken blonden Mädchen gerieten ganz nach dem Vater. Von der Mutter hatten sie nur die zierlichen Hände, die kleinen Füße mit der Schuhgröße fünfunddreißig und ihre Schüchternheit. Die Schwestern waren zu schüchtern, um Freunde zu gewinnen, sie hatten nur miteinander zu tun. Dass die Familie auch in der kommunistischen Zeit keine Lebensmittelprobleme hatte, war ja klar. Noch dazu kleideten sie sich in der speziellen Sektion des Kaufhauses GUM ein, die der oberen Parteiführung vorbehalten war, und sie fuhren ins Ausland in die Ferien. Aber nicht etwa in die Tschechoslowakei oder nach Bulgarien, sondern in das für normale Sterbliche vollkommen unerreichbare Frankreich oder Italien. Sie hatten eine zweistöckige Datscha in Kratowo, hinter deren Eisentor es nicht nur eine, sondern gleich zwei Garagen gab: für den Wolga und den – nach sowjetischem Maßstab unglaublichen – Volkswagen.

Die ersten Unannehmlichkeiten begannen für die Mädchen, als ihre immer still und schweigsam gewesene Mutter starb. Ein paar Wochen lang ertränkte der Vater seinen Kummer im Alkohol, dann stellte er zwei Haushälterinnen ein. Genrich kam immer erst spät abends nach Hause, so dass Ada und Amalia praktisch allein aufwuchsen. Dabei blieben sie aber trotz des Reichtums normale sowjetische Kinder, die zuerst zu den Pionieren, dann zu den Komsomolzen gehörten. Sie machten nacheinander die Aufnahmeprüfung an der Hochschule, dann wurden sie Doktorandinnen. Ihre einzigen Freunde waren Max Poljanskij und die Tochter des Stellvertreters ihres Vaters, Ilja Kaz. Als Ada mit der Uni fertig war, fiel dem Vater plötzlich auf, dass die beiden Töchter auf dem besten Wege waren, als alte Jungfern zu enden. Mit dem ihm eigenen Unternehmergeist nahm sich Klein des Schicksals seiner Töchter an, so dass ein halbes Jahr später zwei Hochzeiten gefeiert werden konnten. Die Mädchen erhielten jede eine fertig eingerichtete Wohnung, ein Auto und ein dickes Sparbuch.

Mit dem glücklichen Leben war es plötzlich vorbei, als an einem nassen Märztag Genrich verhaftet und beschuldigt wurde, sozialistisches Eigentum geraubt zu haben. Amalia und Ada durften ihn nur ein einziges Mal sehen. Der leichenblasse Mann verabschiedete sich von seinen Töchtern, denn er wusste, dass er das Gefängnis nicht mehr verlassen würde. Nachdem er ein paar allgemeine Worte mit ihnen gewechselt und ihnen ans Herz gelegt hatte, immer miteinander befreundet zu bleiben, sagte er etwas sehr Merkwürdiges: »Hauptsache, der Hase läuft euch nicht davon. Ich flehe euch an, Mädels, geht jeden Tag zu Mama auf den Friedhof. Und merkt euch, der Hase wird neunzig Jahre alt.« Ada und Amalia hatten beide keine Ahnung, was der Vater damit meinte.

Die elterliche Sechszimmerwohnung an der Gorki-Straße wurde konfisziert, dasselbe passierte mit der Datscha, den Autos und dem väterlichen Sparbuch. Aber weder die Ermittlungsbeamten, die die Durchsuchung vornahmen, noch später die Gerichtsvollzieher fanden irgendwelche Wertgegenstände, Gold oder ausländische Währungen.

Genrich Klein wurde erschossen. Die Töchter wurden über den Zeitpunkt nicht informiert, denn man überließ den Verwandten nicht die Leiche der Exekutierten. Aber das Schicksal hielt einen merkwürdigen Zufall für sie bereit. Ada und Amalia gingen, wie ihnen der Vater aufgetragen hatte, oft auf den Urnenfriedhof des Donskij-Krematoriums, wo sich die sterblichen

Überreste ihrer Mutter befanden. Einmal machte sich Amalia allein auf den Weg und blieb in dem Winkel bei der Urnennische sitzen, bis es dunkel wurde.

Gegen neun Uhr abends forderte sie der Wächter auf, nach Hause zu gehen. Sie lief die Hauptallee zum Ausgang herunter, als sie an den Toren zum Krematorium zwei Milizionäre sah, die einen einfachen Sarg aus ungehobelten Holzplatten auf einer Bahre trugen.

Amalia wunderte sich über diese seltsam späte Beerdigung und trat näher. Die Milizionäre brachten die Bahre nach drinnen. Ohne nachzudenken lief Amalia hinter ihnen her und sah, wie die Ordnungshüter leise fluchend ihre Last auf die Kufen stellten. Die Friedhofsangestellte drückte auf einen Knopf, und der Sarg verschwand nach unten. Die Milizionäre wischten sich den Schweiß ab und machten sich auf den Heimweg. Als die Angestellte gerade ins Kontor zurückgehen wollte, bemerkte sie die Frau, die sich hinter einer Säule versteckt hielt.

»Wen haben Sie denn da so seltsam eingeäschert?«, fragte Amalia neugierig.

Zuerst schwieg die andere, aber ein Hundertrubelschein löste ihr die Zunge.

»Ach je«, sagte sie, »manchmal bringen sie die Leichen von Häftlingen her, an denen die Todesstrafe vollzogen wurde. Das hier war auch so einer.«

»Schauen Sie doch bitte nach, wie er hieß«, bat Amalia mit zitternder Stimme.

»Klein, Genrich Karlowitsch, geboren 1923«, antwortete die andere, nachdem sie einen schnellen Blick auf die Dokumente geworfen hatte, »er ist heute erschossen worden.«

Amalia ergriff ihre Hand und reichte ihr ihren Pass. Die Friedhofsangestellte wurde ganz blass und zog sie ins Kontor. Dort goss sie Amalia einen Wodka ein und hörte sich schweigend ihre Bitte an. Ob sie nun mitleidig war oder die antiquarischen Ohrringe mit den Brillanten bei der Entscheidung halfen, die Amalia abnahm und ihr hinhielt: Gegen Mitternacht brachte sie jedenfalls eine alte Kaffeebüchse voll mit Asche ins Kontor.

Ein paar Tage später stellten die Schwestern sie mit in die Nische, in der sich die Urne mit den sterblichen Überresten ihrer Mutter befand.

Nach der Festnahme des Vaters hatte Amalias Mann sie verlassen: Mit der Tochter eines zum Tode Verurteilten wollte er nichts mehr zu tun haben. Ada war etwas besser dran, Semjon blieb mit ihr zusammen. Man konnte zwar nicht gerade behaupten, dass ihr gemeinsames Leben sehr glücklich verlaufen wäre: Sie hatten keine Kinder miteinander, und dazu kam noch, dass Semjon ein schrecklicher Schürzenjäger war. Aber Ada liebte die Gartenarbeit und verbrachte all ihre Freizeit auf der Datscha, wo sie Blumen und irgendwelche ungewöhnlichen Gemüse züchtete.

»Ich verstehe einfach nicht, wieso sie ihn umgebracht hat«, schluchzte Amalia, »sie hatte sich doch schon lange an sein Fremdgehen gewöhnt. Eigentlich winkte sie nur noch ab, wenn es darum ging. Und Semjon war ein guter Ehemann, er kümmerte sich um sie. Mal kaufte er ihr einen Pelz, mal einen Ring, und auch Geld konnte sie haben, so viel sie wollte. Ehrlich gesagt, war Ada sogar froh, dass Semjon im Bett nichts von ihr wollte. Sie ist keine leidenschaftliche Frau. Semjon wollte sich auch nicht von ihr scheiden lassen. So eine ruhige, intelligente Frau, die angesichts seiner Abenteuer ein Auge zudrückte, passte ihm gut. Die Ehe funktionierte also prima! Vollkommen unverständlich, was Ada so zur Weißglut getrieben haben konnte. In der letzten Zeit hat sie sogar, bevor sie von der Datscha nach Hause kam, immer vorsorglich ihren Mann angerufen, um weder sich noch ihn in eine peinliche Lage zu bringen.«

»Komisch, dass sie eine Pistole gebrauchte«, seufzte ich, »und erstaunlich, dass sie, ohne schießen zu können, ihr Ziel auf Anhieb traf!«

Amalia schaute mich aufmerksam an.

»Ada und ich sind unsere ganze Jugend im Sportverein für Pistolenschießen gewesen. Wir sind beide Meisterinnen in diesem Sport. Ada würde eine Fliege im Dunkeln treffen.«

Überrascht sperrte ich meinen Mund auf.

»Das heißt, Sie glauben, Ada ist wirklich die Mörderin?«

Amalia steckte sich wieder eine Zigarette an.

»Leider gibt's da nichts dran zu rütteln. Sie hat mich gestern angerufen, sie haben ein Handy in der Zelle.«

»Gestern? Wann sind Sie denn zurückgekommen?«

»Schon vor einer Woche, ich bin nur ständig unterwegs, um ihr Lebensmittel und andere Sachen zukommen zu lassen.«

»Und was hat sie gesagt?«

»Vor lauter Geknister und Getöse konnte ich nur ihre Bitte um Verzeihung hören. Sie hat geschrien: ›Verzeih mir das alles, Amalia, ich hab es nicht mehr ausgehalten und auf den Schweinehund geschossen. Was habe ich dir für Leid zugefügt. Vergiss mich, so schnell du kannst!‹«

Schluchzend ging Amalia zur Anrichte und tropfte sich stark riechende Tropfen in ein Glas.

Ich beschloss, das Thema zu wechseln:

»Kennen Sie Rada Iljinitschna Sokolowa?«

»Natürlich«, antwortete Amalia, »sie ist ja Adas und meine einzige enge Freundin, die Tochter von dem Stellvertreter unseres Vaters, von Ilja Kaz.«

»Wie das?«, fragte ich erstaunt. »Sie hat doch nicht geheiratet und trägt trotzdem einen anderen Namen?«

»Ilja Solomonowitsch wurde zusammen mit Papa verhaftet«, erklärte sie, »aber ihn haben sie nicht erschossen, sondern zu fünfzehn Jahren verurteilt. Er ist in der Haft gestorben. Seine Frau hat ein zweites Mal geheiratet und dem Mädchen den Familiennamen des Stiefvaters gegeben. Rada ist ein sehr kranker Mensch, sie hat nie geheiratet, aber ihre Nichte ist bei ihr aufgewachsen, ein wunderbares, kluges Mädchen. Warum fragen Sie nach ihr?«

Ich wartete, bis sie wieder in ihrem Sessel saß, dann teilte ich ihr mit, dass ihre Freundin tot war.

Die arme Amalia wurde grau im Gesicht und griff wieder nach ihren Tropfen.

»Ich habe ihr immer zugeredet und sie gewarnt, sie solle die Sachen bei der Bank aufbewahren, aber nein, es musste ja unbedingt alles zu Hause bleiben. Womöglich haben die Diebe das gewusst, vielleicht hat Jana vor ihren Freundinnen damit geprahlt.«

Ohne ein Wort zu verstehen, starrte ich Amalia an, die mir nun den Sachverhalt erläuterte.

Genrich Klein war ganz unvermutet verhaftet worden, während Ilja Kaz erst zwei Tage später drankam, so dass er es schaffte, einige Wertgegenstände zu verstecken. Da die Miliz das Versteck nicht fand, wurde sein Inhalt Rada Iljinitschna zuteil. Um keine Aufmerksamkeit zu erregen, ging sie sehr sorgsam mit ihrem Besitz um und verkaufte nur hin und wieder einige der Goldmünzen aus der Zarenzeit. Das Geld gab sie nur sehr sparsam aus, teure Kleider, Möbel oder ein Auto legte sie sich nicht zu. Immerhin musste sie sich um das Alter keine Sorgen machen.

Ein Kästchen mit Schmuck bewahrte sie im Schrank auf, es lag unter dem untersten Schubfach in einer kleinen Nische. Rada hatte seinerzeit ihren Freundinnen das Versteck gezeigt. »Wenn ich plötzlich sterben sollte«, erklärte sie den Schwestern Klein, »dann nehmt es mit, verkauft es Stück für Stück und gebt Jana das Geld. Sie ist noch jung, alles auf einmal sollte sie nicht bekommen. Sonst wird sie womöglich mal aus Dummheit was davon anziehen, um in der Uni vor ihren Freundinnen damit zu prahlen.«

Es gab genug, womit man hätte prahlen können. Zum Beispiel ein unwahrscheinlich schönes altes Smaragdkollier mit einem passenden Anhänger und Ring dazu. Ein Diadem mit achtzehn reinen Brillanten, etwa zehn Paar Ohrringe mit Saphiren, Rubinen und Diamanten, Ketten aus Platingold, jede etwa hundert Gramm schwer, einige Herrenringe, ein Halsband aus echten Rosenperlen und vieles mehr.

Ada und Amalia beschworen Rada, diesen Schatz einer Bank anzuvertrauen.

»Die Zeiten haben sich geändert«, versuchten sie, ihre Freundin zu überreden, »keiner schert sich jetzt drum, woher du dein Geld hast. Verwahre den Schmuck lieber in einem sicheren Safe!«

Aber Rada wollte nicht.

»Wahrscheinlich hat Jana vor irgendwem darüber gesprochen«, grämte sich die Klein, »da haben sie die arme Rada umgebracht. Der Reichtum hat ihr kein Glück gebracht. Wer weiß, wohin unser Vater die ganzen Sachen gebracht hat, unsere Mutter besaß einzigartige Dinge, mal ganz abgesehen von den Fabergé-Eiern und den drei Tabakdosen aus dem achtzehnten Jahrhundert. Es ist alles spurlos verschwunden. Ilja Solomonowitsch hat die Sachen zwar für seine Tochter gerettet, aber was hat sie nun davon gehabt?«

»Vielleicht liegt ja noch alles in der Nische unter dem Schubfach?«, schlug ich vor. »Die Milizionäre haben doch nichts weiter Besonderes gesucht, die Wohnung sah nicht nach Reichtum aus. Sie haben Fingerabdrücke genommen und das war's.«

»Schön wär's«, seufzte Amalia, »Rada hat noch einen Cousin, der behindert ist und Not leidet. Sie hat ihm immer geholfen, obwohl sie nicht wirklich mit ihm teilen wollte, denn er trinkt. Wir könnten den Schmuck holen und seiner Frau und Tochter geben. Sie waren zwar nie besonders befreundet mit Rada, aber es ist doch besser, wenn der Besitz bei den Verwandten bleibt, als wenn Fremde ihn bekämen…«

Sie sah mich an:

»Sollen wir fahren und mal nachschauen?«

»Wie kommen wir denn in die Wohnung?«

»Ich habe einen Schlüssel«, antwortete Amalia.

Entschlossen brach ich die Milizplombe auf, dann gingen wir in die Wohnung.

Es stank entsetzlich: nach Staub, nach Moder und immer noch – wenn auch nicht mehr so schlimm wie das Mal davor – ekelhaft süßlich. Amalia ging in die Küche und wurde bleich im Gesicht. Die Unordnung war dieselbe geblieben wie am Tag, als die Miliz kam, nur dass die Leichen verschwunden waren.

Auf dem Tisch standen Tassen und Teller mit verschimmelten Kuchenstücken, hier und dort sah man braune Flecken, alles war mit einem dünnen weißen Staubfilm bedeckt – die Spuren der Suche nach Fingerabdrücken.

In den Zimmern herrschte beinahe Ordnung. Die Ermittlungsbeamten hatten einfach auf der Suche nach Fotos und Dokumenten ein bisschen herumgewühlt.

Amalia lief zielstrebig zu der großen Garderobe und zog die unterste Schublade heraus. Dann kauerte sie sich nieder, streckte die Hand unter den Schrank und zog schließlich drei Parkettstückchen hervor.

»Nichts«, stellte sie enttäuscht fest.

Ich näherte mich der Garderobe und versuchte, meine Hand, die kaum in die schmale Öffnung passte, in das Versteck zu schieben: Es war eindeutig leer. Der Reichtum, den der umsichtige Ilja Solomonowitsch gerettet hatte, war spurlos verschwunden.

Enttäuscht schauten wir uns an.

Da klingelte mein Handy. Eine unbekannte Männerstimme erkundigte sich:

»Spreche ich mit Darja Iwanowna? Kommen Sie um neunzehn Uhr in die Butyrka und gehen Sie in den ersten Stock im Turm. Bitten Sie den Diensthabenden, die Nummer 3-84 zu wählen und warten Sie, man wird Sie abholen. Vergessen Sie Ihren Pass nicht.«

KAPITEL 22

Um zehn vor sieben parkte ich auf der Nowoslobodskaja und stürzte zum Untersuchungsgefängnis. Im ersten Stock saß neben dem Metalldetektionsrahmen in einem Metallkäfig eine Frau in Uniform. Sie begrüßte mich auf die dem Gefängnis eigene, freundliche Art:

»Also?«

»3-84.«

Gemächlich wählte sie die Nummer und fragte:

»Wer ist da? Ach, Alexej Borissowitsch, hier ist eine Frau gekommen.«

»Darja Iwanowna«, warf ich schnell ein.

Aber die Angestellte hatte den Hörer bereits wieder auf die Gabel geworfen. Ich machte es mir auf dem Fensterbrett bequem, bis endlich Schritte zu hören waren. Ein großer, magerer Kerl mit einfältigem Gesicht winkte mir.

»Geben Sie mir Ihren Pass.«

Ich reichte ihm das Dokument und erhielt dafür ein Metallschildchen mit einer Nummer. Wir stiegen eine Treppe nach oben und an einem weiteren Posten vorbei, bis wir zu einem langen Korridor kamen. »Untersuchungsabteilung« stand auf einem Schild.

Der Bursche machte die Tür zu einem der Räume auf, schob mich hinein und ging fort. Ich sah mich um. Es war ein winziger, sechs oder sieben Quadratmeter großer Raum, den ein alter, abgewetzter Tisch fast ganz ausfüllte. An der Wand standen ein paar Stühle. Auf einem lag verloren eine Socke. Das Fenster war vergittert.

Wieder waren Schritte zu hören, der weißblonde Bursche führte Max herein.

»Sie haben vierzig Minuten«, sagte er und verschwand.

Poljanskij setzte sich auf einen Stuhl, während ich ihn bei der Hand nahm und ihm alle Neuigkeiten erzählte. Max hörte aufmerksam zu, gelegentlich hustete er.

»Danke und sag Iwan Michailowitsch«, bat mich mein Ex-Mann, »er soll mich hier rausholen, egal wie. Falls notwendig, bekenne ich mich schuldig.«

»Aber Max«, begann ich.

Poljanksij hob die Arme.

»Ich kann nicht mehr! Er soll tun, was er kann. Danke dir, Dascha, aber den echten Mörder werden wir nicht finden.«

»Pass auf, jetzt sag mir erst mal, wo die Million Dollar hin ist.«

»Was soll das heißen? In der Zwischendecke im Safe. Ich wurde sofort festgenommen und konnte mich nicht mehr darum kümmern. Aber mach dir keine Sorgen, die Miliz hat nichts gefunden, sonst hätten sie schon längst angefangen, mich über die grünen Scheine auszufragen. Es geht aber in den Verhören immer nur um Veronika.«

»Und du hast nicht Jana mit dem Geld irgendwohin geschickt?«

»Jana? Nein. Wie geht es ihr eigentlich? Sie schreibt nicht, wahrscheinlich will sie mit einem Mörder nichts zu tun haben.«

Ich musste Max reinen Wein einschenken darüber, dass das Geld und Jana verschwunden waren. Auch alles andere berichtete ich ihm. Poljanskij starrte mich unentwegt an.

»Was hast du im Salon ›Orakel‹ gemacht?«

»Ich?«, schrie mein Ex-Mann beinahe. »Da bin ich noch nie gewesen.«

»Wer hat gewusst, dass sich eine so große Summe im Haus befindet?«

»Niemand außer Veronika. Sie wusste über meine Geschäfte Bescheid.«

»Beschreib mir deine Uhr.«

»Wozu?«

»Es muss sein.«

»Ganz klassische Form, weißes Metall, die Ziffern sind mit kleinen Brillanten unterlegt, die Zeiger mit Saphiren geschmückt. Es ist eine Longines, in kleiner Auflage hergestellt, ich hab sie in Paris gekauft, als Geschenk zu meinem eigenen Geburtstag.«

»Weißes Metall! Bist du sicher, dass die Uhr nicht golden ist?«

»Platin!«, sagte Max kurz angebunden.

Da rasselte der Riegel, der Gefängniswärter kam herein und erklärte:

»Es ist Zeit.«

Max wurde fortgeführt. Mich brachte der Posten zurück, wartete, bis ich meinen Pass wieder hatte und sagte dann leise mit einem Blick auf meinen Ring:

»Grüßen Sie Iwan Michailowitsch von mir, Chefin.«

Ich hatte den Mund noch nicht aufgemacht, da war er schon verschwunden. Wie viele Gewährsleute mochte Iwan Michailowitsch wohl in diesem Gefängnis haben?

KAPITEL 23

Zu Hause waren so gut wie alle beschäftigt. Manja und Bekas saßen am Computer, Häschen saß auf dem Sofa und strickte wieder mal eine Jacke für Wanka, die alten Damen schauten konzentriert die Nachrichten. Gera war irgendwo unterwegs.

»Da ist so ein liebes Mädchen aufgetaucht«, teilte mir Rimma Borissowna mit, »eine Akademikertochter mit Wohnung und Datscha. Gera ist gestern zu ihr nach Hause gegangen. Die Eltern arbeiten im Ausland, so dass Tamara jetzt alleine lebt. Ich hab zu meinem Sohn gesagt: Das ist deine Chance, mein Lieber. Ob er sie morgen hierher einladen darf?«

Na, das würde ja eine schöne Überraschung geben für den abwesenden Akademiker-Papa: ein Bräutigam aus dem russischen Hinterland.

Am allerbeschäftigtsten war Kescha. Endlich war ihm nicht so ein kleiner Gauner, sondern ein echter Klient unter die Finger gekommen. Der Mann wurde eines Raubüberfalls auf einen Kassierer beschuldigt. Er war zwar erst zwanzig, hatte aber schon zweimal gesessen, das erste Mal als Minderjähriger, das zweite schon als Erwachsener.

»Es reicht schon, wenn du mich von zehn Jahren auf sieben herunterkriegst«, erklärte er Kescha, »unsere Leute werden in Scharen zu dir kommen, wie die Kraniche, wenn sie nach Süden ziehen.«

»Ist es dir nicht unheimlich, mit solchen Leuten zu tun zu haben?«, fragte ich vorsichtig nach.

»Mutter«, antwortete Kescha erstaunt, »was hast du denn gedacht? Dass im Gefängnis nur unschuldige Täubchen sitzen? Ich will ja gar nicht behaupten, dass nicht auch manchmal Unschuldige oder einfach nur Dummköpfe dabei sind, aber die meisten kommen doch tatsächlich nicht ohne Grund hinter Gitter. Und außerdem: Wessen Kuh hat denn da gemuht? Wer hat mich mit Iwan Michailowitsch bekannt gemacht? Und dein Bekas?! Der ist und bleibt ein Krimineller, auch wenn er mir sehr gefällt.«

Ich seufzte. Ich musste zugeben, dass er in allem Recht hatte. Betreten ließ ich mich neben Häschen aufs Sofa fallen und besah mir den winzigen Pullover, der aussah, wie für eine Puppe gemacht.

»Stell dir vor, was mir passiert ist«, kicherte Olga. »Seit hundert Jahren ist mir auf der Straße kein Mann mehr hinterhergelaufen. Heute kaufe ich in einem Geschäft Wolle, da kommt ein umwerfend schöner Mann heran. Tolle Figur, imposante Größe. Mit blauen Augen, blond, ausgezeichnet gekleidet. Er fing an, mit mir zu flirten. Ich hab ihm sofort klar gemacht, dass ich die Wolle brauche, um für die Zwillinge Pullis zu stricken. Das hatte keine Wirkung! Er hat mir einen Haufen Komplimente gemacht und ist dann verschwunden. Also nein, manchmal tut es doch einfach gut, wenn man merkt, dass man jemandem gefällt.«

Ich seufzte und ging in mein Schlafzimmer. Offensichtlich war Anton Medwedjew bereits in Aktion getreten. Ich musste Olga unbedingt einweihen und warnen. Aber das würde ich lieber morgen tun, das Dummerchen hatte sich so über die Aufmerksamkeit gefreut, die ihr da jemand schenkte. Es war ja gut und schön, dass Kescha Arbeit hatte, aber er musste seiner Frau unbedingt mehr Beachtung schenken.

Morgens kam ich in dem Augenblick zum Frühstück nach unten, als Nina Andrejewna Bandy einen großen fettigen Pfannkuchen hinhielt, der dick mit Marmelade beschmiert war. Die anderen Mitglieder der Hundemeute saßen daneben und leckten sich die Mäuler. Als meine Schwiegermutter mich sah, rechtfertigte sie sich gleich:

»Ich weiß, ich sollte dem Kleinen so was nicht geben, er hat schon wieder schlecht gekackt, viel zu flüssig.«

Aber ich hörte gar nicht weiter hin, sondern wählte die Nummer von Shenja Poljakowa. Ihre Mutter teilte mir fröhlich mit, ihre Tochter sei zwar noch im Krankenhaus, aber sie sei wieder bei sich und könne sprechen.

Sofort machte ich mich auf den Weg zur Klinik. Shenja lag in einem Extrazimmer. Ihr Gesicht hatte die schrecklich gelbe Färbung verloren. Trotzdem sah sie furchtbar aus: Die Augen und Wangen waren eingefallen, die Lippen hatten dieselbe Farbe wie der Kissenbezug.

Als ich vorsichtig die Tür aufmachte, öffnete das Mädchen müde die Augen und schloss sie unverzüglich wieder. Ich setzte mich neben sie, nahm ihre schlaffe, heiße Hand und fragte leise:

»Shenjalein, hörst du mich?«

»Ja«, flüsterte sie kaum vernehmbar.

»Wer hat das getan, kannst du dich erinnern?«

»Von der Miliz«, begann sie und verstummte.

»Sind Ermittlungsbeamte zu dir gekommen?«, versuchte ich zu raten.

Sie nickte schwach mit dem Kopf, dann öffnete sie plötzlich weit ihre Augen und sagte schnell und deutlich:

»Jana wollte mich töten. Aber warum?«

»Die Sokolowa?«, fragte ich verwundert. »Hast du sie gesehen? Shenjalein, bitte erzähl mir alles, damit ich dir helfen kann.«

Mühsam presste sie Wort für Wort aus sich heraus, vor Schwäche hielt sie die Augen dabei geschlossen. Das Bild, das dabei entstand, war furchtbar und unbegreiflich.

Buchstäblich einige Minuten, nachdem ich sie in ihrer Moskauer Wohnung verlassen hatte, rief Jana bei ihr an und erklärte, sie sei zurückgekommen, müsse aber wieder los, weil sie Dinge zu erledigen habe. Sie bat Shenja, nicht nach ihr zu suchen. Shenja fragte sie, ob sie wegen Max Bescheid wüsste. Ihre Freundin antwortete, sie wolle mit einem Mörder nichts zu tun haben, und forderte sie auf, seinen Namen in ihrer Gegenwart nicht mehr zu nennen.

Dann sagte sie, sie würde die Tante am nächsten Tag mit auf die Datscha nehmen, ihre Freundin Tanja würde sich um sie kümmern.

»Warte mal«, fragte Shenja erstaunt, »ihr habt doch gar keine Datscha.«

»Bekannte haben uns eingeladen«, erklärte Jana.

Dann trug sie Shenja auf, am Montag für sie ins Studiendekanat zu gehen und in ihrem Namen einen Antrag auf Beurlaubung vom Studium aus gesundheitlichen Gründen zu stellen. Shenja, die überhaupt nichts mehr verstand, versprach, dieser Bitte nachzukommen.

Gegen acht Uhr abends, als sie sich gerade auf den Weg zur Datscha machen wollte, suchte Shenja ihre Kursunterlagen zusammen, damit sie sich auf ihre letzte Prüfung vorbereiten konnte. Sie durchwühlte ihren ganzen Schreibtisch, bis ihr plötzlich einfiel, dass sie das Heft über Theoretische Mechanik Jana geliehen hatte. Sie rief bei der Freundin an, aber niemand nahm ab. Da sie wusste, dass Rada Iljinitschna, wenn sie sich vor den Fernseher setzte, immer das Telefon ausstöpselte, beschloss sie, einfach hinzufahren. Es war zwar weit, aber sie brauchte das Heft wirklich dringend, denn die Prüfung stand vor der Tür.

Als sie klingelte, machte lange keiner auf. In der Angst, Rada Iljinitschna könnte etwas zugestoßen sein, fing sie aus voller Kraft an, gegen die Tür zu hämmern, und schrie: »Tante Rada, machen Sie auf, ich bin's, Shenja!«

Endlich ging die Tür langsam ein Stück weit auf, Jana schaute heraus. Shenja wunderte sich, denn die Freundin sah irgendwie komisch aus.

»Was willst du?«, fragte Jana unwirsch, während sie schnell mit dem Fuß die Tür zur Küche zustieß.

»Die Kursunterlagen«, stotterte Shenja, »ich hab am Montag Prüfung, du hast sie mitgenommen, bevor du weggefahren bist.«

»Hast du deinen Eltern gesagt, dass du zu mir gekommen bist?«, fragte Jana plötzlich grob.

»Sie sind auf der Datscha«, antwortete die Freundin nun endgültig verzweifelt.

»Wegen der Kursunterlagen müssen wir in eine andere Wohnung fahren«, zischte Jana.

»Wohin denn?«, fragte Shenja erstaunt.

»Ganz in der Nähe. Komm«, erklärte Jana und schubste ihre Freundin schnell zum Aufzug.

Auf der Straße ging sie zu einem ziemlich verschmutzten kirschroten Shiguli. Am Steuer saß ein dünnes, schwarzhaariges Mädchen, das wie eine Zigeunerin aussah.

»Das ist Ljalja«, sagte Jana, »meine Freundin. Die Unterlagen sind bei ihr, es ist nicht weit von hier.«

Shenja stieg, nichts Böses ahnend, hinten ein, Jana setzte sich neben sie. Mit heulendem Motor brauste Ljalja los. Dann krachte etwas auf Shenjas Kopf, sie verlor das Bewusstsein. Sie kam zu sich, als Ljalja und Jana sie in fast völliger Dunkelheit irgendwohin schleiften.

»Hör mal, Anton«, sagte eine der beiden, »sie kommt wieder zu sich. Los, bring sie um, Medwedjew, und zwar so schnell es geht.«

Shenja wollte schreien, aber ein dickes Seil lag um ihren Hals, und wieder verlor sie das Bewusstsein.

Jetzt, wo sie wie durch ein Wunder zu den Lebenden zurückgekehrt war, verstand sie überhaupt nicht, warum Jana sie hatte umbringen wollen. Auch ich begriff es nicht. Und was war das für eine Ljalja? Konnte es sein, dass der bezahlte Liebhaber Anton Medwedjew Shenja erstickt hatte? War der Bursche womöglich im Nebenberuf ein Killer? Wo war Jana abgeblieben? Je mehr ich versuchte, mir durch das Dickicht einen Weg zu bahnen, umso undurchdringlicher schien es zu werden.

Klar war nur eines: Ich musste sofort Häschen anrufen und vor Anton warnen. Ich zog mein Handy heraus, hörte aber kein Tuten. Oh nein, bitte nicht! Manchmal vergaß ich, mein Handy aufzuladen, ausgerechnet heute war es offenkundig wieder so weit: Die Batterie war leer. Ich fluchte über mich selbst wegen meiner Dummheit und Leichtsinnigkeit und fuhr, so schnell ich konnte, nach Loschkino.

Häschen war im Hof und spielte seelenruhig mit den Zwillingen, sie hatten es sich auf einem großen Plaid bequem gemacht. Ich ließ mich neben sie fallen und erzählte ihr alles.

»Das heißt, du benutzt mich als Köder«, seufzte Olga.

»Es ist nur für ganz kurz«, beruhigte ich sie, »morgen fahren wir in die Stadt, und ich folge dir. Irgendwie werde ich es schon schaffen, an den Schönling ranzukommen.«

»Woher weißt du eigentlich, dass er mir morgen irgendwo begegnen wird?«, fragte Häschen interessiert.

»Er wird seine Aufgabe so schnell wie möglich erledigen wollen, um das Geld zu kriegen. Morgens gehst du gleich in dein Institut und setzt dich in die Bibliothek, wo du in aller Ruhe lernen kannst. Wahrscheinlich wird er so um zwölf auftauchen. Hauptsache, du tust so, als kennten wir uns nicht. Um den Rest brauchst du dich nicht zu kümmern.«

»Wenn Kescha davon erfährt, gibt es Ärger«, seufzte Häschen.

»Wir sagen es ihm einfach nicht«, lachte ich.

Nachdem ich meine Schwiegertochter überzeugt hatte, mir zu helfen, ging ich ins Haus. Da ich nun schon mal zu Hause war, konnte ich die Gelegenheit nutzen und erst einmal eine Erfrischung zu mir nehmen.

Im Wohnzimmer saß meine Schwiegermutter Nummer zwei vor dem ausgeschalteten Fernseher. Nina Andrejewna sah müde und verzweifelt aus.

»Warum schauen Sie sich nicht die Serie an?«, fragte ich munter.

Die alte Frau seufzte:

»Heute ist der Todestag meines Mannes. Da bin ich immer ein wenig niedergeschlagen. Und auf dem Friedhof bin ich auch nicht gewesen.«

»Warum denn nicht?«

»Wie soll ich denn aus eurem Loschkino dahin kommen? Hier gibt's weder Bus noch U-Bahn, und mit dem Auto müsste mich einer von euch hinbringen.«

Ein Blick auf die traurige alte Frau genügte, und ich sah ein, dass der heutige Tag für mich endgültig verloren war.

»Kommen Sie, wir fahren zum Grab von Andrej Fjodorowitsch.«

Die Asche des Generals Poljanskij ruhte auf dem Urnenfriedhof des Donskij-Krematoriums. Jetzt im Juni wirkte dieser Ort wie ein verwunschener Park. Nachdem wir am Eingang Blumen gekauft hatten, liefen wir die Allee hoch, die zum alten Teil des Friedhofs führte. Ich hatte einen Klappstuhl mitgenommen, so dass sich die Generälin gegenüber von der Nische hinsetzen konnte. Soll sie ruhig ein wenig dort sitzen bleiben, dachte ich bei mir, während ich die auf den Grabsteinen eingravierten Vor- und Nachnamen las.

Unwillkürlich kam mir der banale Gedanke, wie doch manch einer Glück gehabt hatte, während es anderen wiederum gar nicht hold gewesen war. Zum Beispiel war eine gewisse Rosa Iwanowna Kostina im Alter von siebenundzwanzig gestorben, während Pjotr Fjodorowitsch Makarow es auf stolze achtundneunzig gebracht hatte. Das war einfach ungerecht.

Ich lief immer weiter, bis ich schließlich im Schatten eines großen, weit verzweigten Baumes stehen blieb. Mein Blick fiel auf einen Namen, den ich kannte: Klein. Aus einer ovalen Fotografie schaute eine dunkelhaarige Frau mit feiner Nase und nervösem Mund. Neugierig las ich das Epitaph: »Wie ein Stern bist du erloschen und lässt dein helles Licht zurück. Unserer lieben Frau und Mutter von dem untröstlichen Ehemann und ihren Töchtern. Anna Wladimirowna Klein. 1935–1975.«

Na so was, das Grab von Adas und Amalias Mutter. Unten auf dem Stein war mit helleren Buchstaben später eingemeißelt worden: »Genrich Karlowitsch Klein. Ruhe in Frieden«. Ein Datum stand nicht dabei.

Ich erinnerte mich an die Erzählung von der Kaffeebüchse, die mit der Asche des armen Mannes angefüllt war, schüttelte mich und ging schneller weiter. Aber da sprang mir ein Steinchen in die Sandale, das ich auf einem Bein hüpfend ausschütteln musste. Nun begann ich automatisch, weiter die Grabinschriften zu lesen. Da, schon wieder: Der Säugling Nikifor war überhaupt kaum auf die Welt gekommen, während ein Mann mit dem komischen Namen Sajaz, Hase, neunzig Jahre alt geworden war. Er war 1879 geboren und 1969 gestorben. Was für ein langes Leben. Bestimmt hatte er weder getrunken noch geraucht und immer mit kaltem Wasser geduscht…

Blitzartig fiel mir da etwas ein: Hase! Er wurde neunzig Jahre alt! Was hatte Genrich Klein beim Abschied zu seinen Töchtern gesagt? »Vertragt euch und geht jeden Tag zu Mutters Grab. Hauptsache, der Hase läuft euch nicht davon, und denkt dran, er wird neunzig Jahre alt.«

Die armen Mädchen hatten nicht begriffen, was das liebe Langohr damit zu tun haben sollte. Aber mir ging jetzt ein Licht auf!

Mit einiger Mühe brachte ich die Geduld auf zu warten, bis Nina Andrejewna fertig war, und brachte sie schleunigst zurück nach Loschkino. Dann rief ich Amalia an.

Sie war gerade erst nach Hause gekommen und reagierte müde auf meine Bitte, zum Donskij-Krematorium zu kommen. Aber die Müdigkeit und Trägheit verließen sie schlagartig, als ich ihr das Grab von Sajaz, dem »Hasen«, zeigte.

»Das heißt, Sie glauben, Papa hat dort die Wertsachen versteckt?«

»Wahrscheinlich, wozu hätten Sie sonst jeden Tag auf den Friedhof gehen sollen, und was hätte die Bemerkung über den neunzigjährigen Hasen gesollt!«

»Ehrlich gesagt, dachten Ada und ich, dass unser Papa durch den Gefängnisaufenthalt schon seinen Verstand verloren hatte«, seufzte Amalia. »Aber wie sollen wir unsere Vermutung jetzt überprüfen?«

»Wir müssen die Urnennische öffnen und hineinschauen!«

»Leicht gesagt«, murmelte Amalia gedehnt, »aber so einfach geht das nicht, schließlich ist das kein Schrank, sie ist zugemauert. Als wir Papas Asche zu der von Mama stellen wollten, hatten wir ziemlichen Schiss! Stellen Sie sich vor, mitten in der Nacht, bei vollständiger Dunkelheit, hat der Arbeiter das Grab aufgemacht! Wir hatten ja keine Erlaubnis.«

Ich nahm sie bei der Hand.

»Dieses Mal wird es einfacher, ich weiß schon wie. Morgen werden wir die Sache angehen.«

KAPITEL 24

Um sieben Uhr in der Früh sprang ich aus dem Bett, um Olga zu wecken. Höchst erstaunt machte sie die Schlafzimmertür auf:

»Was willst denn du so früh?«

»Los, mach dich fertig für die Bibliothek.«

Meine Schwiegertochter kicherte:

»Die macht ja erst um zehn auf.«

Wir kamen immer noch fünf Minuten zu früh, bis sich schließlich eine dicke junge Frau an dem Schloss zu schaffen machte. Olga setzte sich in dem so gut wie leeren Lesesaal ans Fenster, während ich mich in der Nähe der Handbibliothek niederließ. Nach und nach füllte sich das Gebäude mit Studenten. Aber weder bis elf noch bis zwölf kam jemand zu Olga an den Tisch. Um halb zwei schlug sie ihre *Kunst der Renaissance* zu und ging zur Cafeteria. Ich trottete hinterher, tat aber weiter so, als würde ich sie nicht kennen.

Während ich meinen Kaffee trank, sah ich plötzlich einen unglaublich schönen Mann. Sein Alter war schwierig einzuschätzen, wahrscheinlich lag es zwischen zwanzig und dreißig. Seine schönen blonden Haare wurden sicherlich regelmäßig von einem teuren Frisör gepflegt. Die blauen Augen waren von so schwarzen Wimpern umrandet, dass es aussah, als würde der Bursche mit Wimperntusche nachhelfen. Der große Mund und das männliche Kinn schienen direkt aus einer Reklame für eine

After-Shave-Lotion zu stammen. Dazu hatte der Mann eine gute Größe, breite Schultern, ein Zahnpasta-Lächeln und eine fantastische Gesichtsfarbe. Auch sein Geschmack ließ nichts zu wünschen übrig: Er trug ein gut sitzendes Leinenjackett und tadellos gebügelte Hosen. Und er duftete nach Paco Rabannes »XL«.

Wie ein zum Leben erwachtes Reklamefoto ging er breit lächelnd auf Häschen zu und setzte sich zu ihr. Das war also Veronika Medwedjewas Bruder Anton. Wie konnte es bloß sein, dass eine hässliche Frau wie Anna so hübsche Kinder geboren hatte. Aber jetzt musste ich in Aktion treten. Mit dem glücklichen Ausdruck einer Vollidiotin schrie ich: »Anton!«

Der Mann drehte sich befremdet um. Ich winkte ihm mit der Hand:

»Kommen Sie!«

»Meinen Sie mich?«, fragte Medwedjew nach und stand auf.

»Ich hoffe, die Dame ist nicht beleidigt«, sagte ich kokett.

»Ach i wo, aber nicht doch«, beteuerte Häschen, während sie ihr Brötchen in riesigen Bissen herunterschluckte, »ich muss los, die Bücher warten.«

»Wie geht's Veronika?«

»Wem?«

»Na, Ihrer Schwester, Veronika Medwedjewa, der Frau von Maxim Poljanskij.«

»Sie müssen mich mit jemandem verwechseln«, antwortete der Mann bestimmt.

»Ist das denn die Möglichkeit?«, sagte ich gedehnt, »Sie sind so schön, dass Sie gar keinen Doppelgänger haben können.«

Aber der Bursche schluckte den platten Köder nicht.

»Ich kenne keine Veronika.«

»Dabei hat uns doch Ljalja, die Freundin von Jana Sokolowa, miteinander bekannt gemacht«, ließ ich die Katze aus dem Sack.

Anton schwieg eine Sekunde, dann flötete er sanft lächelnd,

während er mich mit einem zärtlichen Blick einhüllte: »Es tut mir wirklich Leid, aber Sie haben sich getäuscht. Ich kenne keine der von Ihnen genannten Frauen.«

»Auch nicht Marina Mak?«, warf ich ihm ins Gesicht.

»Leider nicht«, sagte Medwedjew, ohne mit der Wimper zu zucken, und trat zur Seite.

»Warten Sie, ich möchte Ihnen mitteilen, dass Veronika tot ist. Ihre Leiche liegt im Leichenschauhaus der Miliz, jemand muss die Frau doch begraben.«

Aber Medwedjew lief bereits mit großen Schritten zum Ausgang, während ich hinter ihm herrannte. Der Bursche stürmte los und sprang in einen losfahrenden Trolleybus. Ich sah nur noch durch die Windschutzscheibe sein plötzlich sehr böse und kalt wirkendes Gesicht auftauchen. Eins zu null für ihn in der ersten Runde.

Ich sah auf die Uhr. Die Zeiger standen auf halb drei, um drei war ich mit Amalia auf dem Friedhof verabredet.

Sie stand schon am Tor und wartete.

»Ich hab ja solche Angst, dass sie uns erwischen!«, gab sie zu, als wir ins Kontor gingen.

In dem düsteren Büro, das ganz in Grau gehalten war, saß ein fülliger Mann mit einer großen Glatze und einer fleischigen Nase. Im Vorfeld hatte ich schon beschlossen, mich doof zu stellen. Mit kokett zusammengekniffenen Augen erzählte ich ihm eine tränenreiche Geschichte.

Herr Sajaz war Amalias und mein Großvater. Jetzt war unsere hochbetagte Mama, seine Tochter, krank geworden. Offensichtlich war sie im Alter etwas durcheinander, denn seit zwei Monaten weinte sie nun ununterbrochen, aß nicht und trank nicht, lief nachts durch die Wohnung und ließ niemanden mehr schlafen. Die arme Alte war überzeugt, die Plastikurne mit der Asche ihres Vaters sei vermodert und zerfallen. Deshalb würden wir gern die Urnennische öffnen, das Behältnis fotografieren und der Alten das Foto zeigen... Der Psychiater hätte uns versichert, das würde helfen.

»Wie soll denn Plastik in so kurzer Zeit verfaulen?«, erkundigte sich der Friedhofsverwalter ungläubig.

Na wunderbar, der Idiot machte uns die Sache leicht.

»Natürlich ist das ganz unmöglich, unsere Mutter ist eben ein bisschen verrückt...«

Der Mann kratzte sich die Nase.

»Haben Sie einen Nachweis für das Urnengrab?«

Bereitwillig zog ich ein Dokument aus meiner Handtasche. Amalia zuckte zusammen. Dabei brauchte sie sich gar keine Sorgen zu machen. Am Abend vorher hatte Manja das rote Büchlein der Familie Klein genommen und mit Hilfe von Computer, Laserdrucker und Scanner ein zweites in genau derselben Art für die Grabstelle des Sajaz hergestellt, allerdings diesmal auf meinen Namen. Damit das Papier glaubwürdiger aussah, hatten wir es ein bisschen zerknüllt und beschmiert.

Der Verwalter schaute sich die Fälschung träge an.

»Haben Sie das Dokument verloren?«

Schnell stimmte ich zu.

»Ja, ja, ich sehe schon, die Bescheinigungen sehen heute anders aus als früher.«

Amalia wurde jetzt kalkweiß im Gesicht und zitterte. Was für ein Dummerchen! Aber ihr Verhalten schien dem Friedhofsverwalter offenbar gar nicht verdächtig, im Gegenteil:

»Na, na«, sagte der Mann liebevoll und goss ihr aus einer Karaffe Wasser ein, »nun regen Sie sich doch nicht so auf. Sie können Ihre Nische jederzeit öffnen, ich habe kein Recht, Ihnen Hindernisse in den Weg zu stellen. Es ist zwar nicht sehr schön, die sterblichen Überreste zu stören, aber wenn es um eine solche Angelegenheit geht! Und natürlich müssen Sie für die Arbeit zahlen.«

»Aber selbstverständlich«, nickte ich sofort, »so viel Sie sagen. Können wir das gleich erledigen?«

Der Verwalter rief nach irgendeinem Wadim. Ins Büro kam ein kleiner müder Mann undefinierbaren Alters, der einen sehr verdreckten Arbeitsanzug trug.

»Öffne bitte die Nische von Sajaz für die Damen«, trug ihm der Vorgesetzte auf.

Wadim hob die Arme:

»Aber das ist…«

»Wir zahlen«, sagte ich schnell und zog demonstrativ mein Portmonee heraus.

Wadim seufzte:

»Das muss ich dann wieder zumauern…«

»Keine Sorge, wir bezahlen alles.«

Amalia war immer noch kreidebleich und zitterte am ganzen Leib. Draußen begann sie, trotz der drückenden Hitze mit den Zähnen zu klappern. Wie gut, dass die Totengräber hier ein solches Verhalten für die natürliche Angst der Enkelin davor hielten, mit der Asche ihres Großvaters in Berührung zu kommen.

Wadim suchte lange nach seinem Werkzeug, daraufhin rauchte er eine Zigarette, als Nächstes ging er erst einmal Wasser trinken, dann beklagte er sich ein paar Mal darüber, wie schwer das Leben sei und über das schlechte Gehalt, seine Müdigkeit und die Gemeinheit der Kinder. Endlich, als ich schon fast wahnsinnig war vor Ungeduld, öffnete er geschickt die Nische. Amalia und ich stießen fast mit der Stirn zusammen, als wir zu der Grabstelle stürzten.

In der kleinen, etwas verdreckten Öffnung stand eine Plastikurne, die wie eine Lebensmitteldose aussah. Es fehlte nur noch die Aufschrift »Mehl« oder »Zucker«. Außer der Urne war nichts in der Nische! Amalia schob enttäuscht die Hand hinein und tastete die Wände ab. Die Urnen lagen so dicht beieinander, dass ein Versteck in den Mauern oder im Boden nicht vorstellbar war. Die einzige Möglichkeit, etwas unterzubringen, wäre direkt neben der Urne gewesen.

Amalia lehnte sich fast ohnmächtig an die Wand. Ich knipste

ein paar Bilder mit meinem Fotoapparat, damit unsere Geschichte glaubhaft blieb, dann brachte Wadim alles wieder in Ordnung. Nachdem er für seine Anstrengungen dreihundert Rubel erhalten hatte, sagte er enttäuscht:

»Das ist aber wenig, Ihre Schwester hat neulich fünfhundert gegeben.«

»Was für eine Schwester?«, fragte ich und spitzte meine Ohren.

Als der Totengräber merkte, dass er sich verplappert hatte, brummte er:

»Ach, was soll's! Sie hatten mich gebeten zu helfen… Das Mädchen tat mir so Leid, sie weinte und grämte sich so wegen des Großvaters! Letztlich haben sie alles allein gemacht, ich habe nur hinterher wieder zugemauert. Es ist also in Ordnung, schimpfen lohnt nicht.«

Ich zog einen hübschen Fünfhundertrubelschein aus meinem Portmonee und hielt ihm den vor die Nase:

»Jetzt erzähl mal der Reihe nach!«

Ende Mai waren gegen zehn Uhr abends, als eigentlich schon geschlossen war, eine junge Frau und ein junger Mann auf den Friedhof gekommen. Sie war dünn, hatte kurzes, in alle Richtungen stehendes Haar, er war dunkelhaarig und trug einen üppigen Schnurrbart. Seine Begleiterin nannte er Jana. Wadim verdiente sich als Wächter etwas dazu und saß gerade gemütlich vor dem Fernseher, als das Pärchen hereinkam. Der Bursche holte eine große Flasche Wodka hervor, das Mädel fünfhundert Rubel. Sie baten ihn, die Nische von Sajaz zu öffnen. Wadim sträubte sich der Ordnung halber, lief dann aber auf den Urnenfriedhof. Zuerst vertrödelte er aus Gewohnheit eine ganze Stunde mit der Suche nach dem Werkzeug.

Als er wieder zurückkam, stand die Tafel mit der Inschrift ordentlich an die Wand gelehnt. Der Bursche hatte eine große Tasche in der Hand, er hatte offenkundig Hammer und Meißel selbst mit auf den Friedhof gebracht. Wadim brauchte nur noch die Tafel wieder an Ort und Stelle zu bringen. Wieso das Paar an die Nische herangewollt hatte, wusste er nicht. Die Urne mit der Asche stand an ihrem Platz und es sah aus, als hätten sie sie nicht angerührt. Die jungen Leute warteten schweigend, bis er die letzte Fuge wieder zugeschmiert hatte, dann nahm Jana die Tasche und bewegte sich in Richtung Ausgang. Der Bursche wandte sich ihm zu und sagte sanft, aber mit einem unguten Lachen:

»Wehe, du sagst jemandem was davon.«

Dann schlug er plötzlich den Aufschlag seiner Jacke zurück, so dass Wadim im Widerschein der Laterne den Griff einer Pistole blitzen sah.

Ein Blick in die finsteren blauen Augen des Burschen genügte, und der Schreck fuhr ihm in alle Glieder.

»Ihr Verwandter ist ein echter Eisblock, er würde einen abknallen, ohne mit der Wimper zu zucken. Der macht einem ohne viel Federlesens den Garaus«, sagte der Totengräber. »Wenn also mit der Nische irgendwas nicht in Ordnung sein sollte, dann wenden Sie sich an die beiden. Das muss man sich mal vorstellen: innerhalb eines Monats zweimal die Ruhe eines Toten zu stören! Das ist ein schlechtes Omen, bald gibt's in der Familie wieder ein Begräbnis.«

Er brummte mürrisch, während ein bisschen flüssiger Zement auf den Weg tropfte. Dann nahm er den Eimer, murmelte noch etwas über die seltsamen Angehörigen des Sajaz und machte sich zum Kontor auf.

Ich sah meine Begleiterin an. Amalia saß im Gras, ohne an ihren neuen Rock zu denken. Offenkundig ging es ihr überhaupt nicht gut.

»Man ist uns zuvorgekommen«, flüsterte sie, »aber wer bloß? Weder ich noch Ada haben je irgendwem von unserem letzten Treffen mit unserem Vater erzählt.«

»Auch nicht Ihren Ehegatten oder Rada?«

Amalia steckte sich nervös eine Zigarette an.

»Die Männer und unsere Freundin wussten natürlich Bescheid. Aber mein Ex-Mann ist schon vor langer Zeit nach Amerika ausgewandert, wir sind ja schon lange geschieden. Semjon ist tot. Und Rada war eine außergewöhnlich ehrliche und intelligente Frau.«

Für sie mochte das zutreffen, aber was war mit ihrer Verwandten, dieser seltsamen Jana? Zuerst floh sie aus unbekannten Gründen aus Moskau, dann versuchte sie, ihre beste Freundin umzubringen, und jetzt kam auch noch raus, dass sie sich an der Urne des Sajaz vergangen hatte. Ich hätte sie doch zu gern aufgetrieben und ihr ein paar Fragen gestellt!

Enttäuscht fuhr ich zurück nach Hause. Genrich Klein mochte die sozialistische Regierung durchaus hintergangen haben, aber die geretteten Wertgegenstände hätten in die Hände seiner Töchter gehört und nicht in die der durchtriebenen Jana. Ob Alexander Michailowitsch wusste, wo sie war?

Der Oberst saß in seinem Büro und arbeitete. Ich durfte nicht gleich zur Sache kommen, also dachte ich mir einen Vorwand aus, als ich ihn anrief.

»Wir haben uns schon so lange nicht gesehen!«

»Das kannst du laut sagen«, bestätigte mein Freund. »Ich hab so viel zu tun, dass keine freie Sekunde übrig bleibt.«

»Schade, ich dachte, du könntest heute Abend vielleicht vorbeikommen…«

»Keine Chance.«

»Wie ärgerlich«, murmelte ich.

»Ist irgendwas passiert?«, fragte der Oberst besorgt.

»Ach, Katja will heute einen Käseauflauf backen. Natascha hat uns echten Rocamadour, Chèvre in Pfeffer und Bleu de Gex geschickt. Ich wollte dich einladen, du weißt ja selbst, dass diese Käsesorten nicht lange haltbar sind.«

Ich hörte förmlich, wie Alexander Michailowitsch das Wasser im Munde zusammenlief.

»Außerdem haben wir noch ein paar Flaschen Bordeaux von 1957«, fügte ich schnell noch hinzu.

Der Oberst ist ein echter Gourmet. Früher war er immer sehr anspruchslos, wie im Übrigen auch meine Familie. Der Salat »Olivier« galt als Festessen, gekochte Kartoffeln mit Sprotten als Leckerei. Von Käse hatten wir keine Ahnung, wir dachten, sie unterschieden sich nur im Preis. Wir konnten, ohne die Gesichter zu verziehen, mit Freunden eine Flasche widerlichen Beerenschnaps herunterkippen, der im Volksmund den Spitznamen »Mitschurins Tränen« trug.

Das Leben in Frankreich hatte uns alle verändert. Jetzt verziehen wir angeekelt die Miene, wenn eine Flasche Wein einen Kunststoffverschluss hat. »Olivier« will keiner von uns mehr essen, weil er zu viele Kalorien hat.

Unsere Köchin kocht großartig. Sie hat gelernt, die Gerichte zuzubereiten, die wir lieben, seit wir in Paris gelebt haben. Eines davon ist der Käseauflauf. Für seine Herstellung braucht man ein paar Käsesorten, die in Moskau nur schwer zu finden sind. Manchmal gibt Natascha, die in Paris mehr Zeit verbringt als wir, Freunden ein Köfferchen voller wunderbar duftender Leckereien für uns mit. Natürlich kann man den Auflauf auch mit russischem Käse machen, aber der Geschmack ist einfach anders. Ein echter, nach allen Regeln der Kunst gemachter Käseauflauf schmeckt einfach traumhaft.

»Um wie viel Uhr gibt es Abendessen?«, erkundigte sich der Oberst, der der Versuchung nicht widerstehen konnte.

»Komm um acht.«

Jetzt musste ich bloß Katja noch davon überzeugen, sich an die Arbeit zu machen. Allerdings konnte sie es sowieso nicht leiden, wenn Lebensmittel verkamen, und gestern hatte sie sich erst darüber beklagt, der Rocamadour sei schon fast hinüber.

Zu Hause war es merkwürdig still. Keines der Kinder schien da zu sein, von den Hunden hörte ich nur den kleinen dicken Chutschik friedlich im Wohnzimmer schnaufen. Mit seinen kurzen krummen Beinchen war er kein großer Liebhaber von Spaziergängen. Die alten Damen waren im Wald spazieren und mussten den Pitbull, den Rottweiler, das Pudelmädchen und die Yorkshire-Terrierin mitgenommen haben. Die Zwillinge krabbelten in dem großen Babyställchen herum, das Serafima Iwanowna im Garten aufgestellt hatte.

Ich ließ mich auf mein Bett fallen und versuchte, die einzelnen Erkenntnisse, die ich inzwischen gewonnen hatte, zu einem Ganzen zusammenzufügen. Die Zeit verging, und noch immer hatte sich nichts geklärt. Wahrscheinlich würde doch Iwan Michailowitsch seinen Plan in Angriff nehmen müssen.

Da hörte ich plötzlich Absätze klappern. Olga kam rot im Gesicht und allerliebst anzuschauen ins Schlafzimmer geflogen, warf sich in den Sessel und begann, mir unverzüglich die Ergebnisse ihrer Arbeit aufzuzählen.

Anton war anderthalb Stunden später wiedergekommen, um mit ihr spazieren zu gehen. Zuerst waren sie in der Stadt herumgelaufen, dann hatte der Kavalier sie in eine Ausstellung eingeladen, wo er ihr mit beneidenswerter Kenntnis einen ganzen Vortrag über die Avantgarde hielt. Den krönenden Abschluss bildete ein Essen in dem kleinen, gemütlichen Restaurant »Sbiten«. Er erzählte nur zu gern von sich. Zusammen mit seinem alten Vater lebte er in dem Stadtteil Poljanka, seine Mutter war schon lange tot. Er hatte eine eigene Firma für Kopiertechnik und hatte am Moskauer Institut für Luftfahrt ein Ingenieurstudium absolviert. In der Moskauer Umgebung hatte er sich eine Datscha gebaut, die er aber kaum nutzte, da er nicht verheiratet war. Auf Häschens Frage »Warum nicht?« antwortete er nur, er habe nie jemanden geliebt und habe nicht heiraten wollen, bloß um eine Familie zu haben. Dann interessierte er sich für Olgas Biografie. Eingedenk meiner Anweisungen erzählte sie keine Einzelheiten, sondern nur, dass sie einen Mann und zwei Kinder hätte. Außerdem ließ sie fallen, ihr Mann sei grob und unaufmerksam, ein Holzklotz eben, seine Mutter dagegen eine wahre Hexe.

Nachdem sie noch über dies und jenes geschwatzt hatten, verabredeten sie sich für den nächsten Tag um zwölf am McDonald's in der Twerskaja und gingen auseinander.

»Na gut«, sagte ich, »versuch aber morgen, seine Adresse oder irgendwie eine Telefonnummer rauszukriegen.«

»Ich habe ihn ja gebeten, mir seine Nummer zu geben«, sagte Olga, »aber er hat mir irgendwas vorgelogen, in seiner Gegend sei ein Funkloch, und dann hat er nach meiner Nummer gefragt.«

»Die du ihm natürlich gegeben hast…«, sagte ich kopfschüttelnd.

»Nicht die Handynummer, nur die von zu Hause. Aber ich habe ihn gewarnt, dass da auch die Schwiegermutter und der Mann rangehen können, so dass er wahrscheinlich nicht anrufen wird.«

Dass Anton unsere Telefonnummer bekommen hatte, gefiel mir gar nicht.

Das Haus füllte sich mit Stimmen. Die beiden Alten waren zurückgekehrt, die aufgeregten Hunde klackerten mit ihren Pfoten über das lackierte Parkett. Manja und Bekas kamen nach Hause und verschanzten sich sofort hinter dem Computer. Auf die Minute genau traf der Oberst um acht ein. Aus dem Kofferraum hievte er ein riesiges Paket. Alexander Michailowitsch ist ein Mann der alten Garde, wenn er zu Besuch kommt, bringt er immer für jeden ein Geschenk mit. So bekamen die Hunde auch heute jeder einen Gummiknochen, die Katzen jede einen Ball mit einem Glöckchen daran. Die alten Damen lächelten, als sie ihre Konfektschachteln in Empfang nahmen, Olga bedankte sich für einen Porzellanhund, ich blätterte liebevoll in einem neuen Rex Stout. Kescha bekam einen Wildlederlappen zum Polieren der Fenster seines Mercedes überreicht, und sogar der schweigsame Gera erhielt einen neuen Schlips.

»Wo steckt denn Manja?«, erkundigte sich mein Freund,

während er den dicken Band *Infektionskrankheiten bei Hunden* hervorzog.

»Hier!«, schrie Manja, die eben hereingerannt kam.

Ihr auf dem Fuße folgte leise wie eine Katze Bekas. Der Oberst ist ein echter Profi. Ein Blick genügte, und schon wusste er, was für einer das war. Die Hand gab er ihm jedenfalls nicht, sagte nur trocken guten Tag.

Nachdem wir den Käseauflauf schließlich verspeist hatten, ließen wir die Familie im Wohnzimmer zurück und schlenderten gemächlich durch den wunderbar duftenden Garten.

»Wo kommt denn dieser junge Mann her?«, fragte Alexander Michailowitsch scharf.

Ich tat so, als gäbe es nichts zu verheimlichen, und erklärte:

»Kolja? Der ist der Sohn von Bekannten und wohnt nicht weit von hier. Er ist mit Manja befreundet.«

»So, so«, murmelte der Oberst.

Ich brachte das Gespräch zuerst auf die Hunde, dann auf die Zwillinge, um schließlich auf Maxim zu sprechen zu kommen. Ich klagte darüber, dass er in einer Zelle mit über hundert Mann saß, und fragte schließlich:

»Habt ihr denn das Mädchen, diese Jana Sokolowa, gefunden?«

»Nein.« Der Oberst schüttelte den Kopf. »Sie hat sich in Luft aufgelöst. An der Uni hat sie sich beurlauben lassen, und nach Hause ist sie auch nicht gekommen. Wir fahnden jetzt nach ihr.«

Da erschien Kescha im Garten, griff Alexander Michailowitsch am Ärmel und begann, ihn über irgendwelche unverständlichen »Verstöße gegen die Ermittlungsvorschriften« auszufragen. Na ja, mehr hätte ich ohnehin nicht erfahren. Schade nur, dass sich Katja umsonst die Mühe mit dem Käseauflauf gemacht hatte.

KAPITEL 25

Den Vormittag verbrachte ich in tiefer Verzweiflung. Ich begriff überhaupt nichts und hatte das Gefühl, langsam doch glauben zu müssen, dass Max der Mörder war. Diese Jana, wie sollte ich sie bloß finden! Anton war meine einzige Chance, aber von ihm wusste ich weder die Adresse noch die Telefonnummer, auch im Telefonbuch war er nicht zu finden. Es gab nur einen ganz dünnen Faden: Gestern hatte er erzählt, er habe am Moskauer Institut für Luftfahrt studiert. Vielleicht stimmte das ja, auch wenn er über seinen Vater gelogen hatte, von dem ich genau wusste, dass er gestorben war. Aber eine andere Möglichkeit hatte ich nicht, also machte ich mich auf den Weg zu diesem Institut.

»In welchem Jahr?«, fragte die Sekretärin nach und klapperte mit der Tastatur ihres Computers.

Eine gute Frage. Die beste Antwort darauf lautete: »Keine Ahnung«.

»Wie alt ist er denn?«, ließ die junge Frau nicht locker, »dann können wir es ungefähr ausrechnen.«

»Um die dreißig, genau weiß ich's nicht.«

Sie begann, die Listen durchzusehen. Eine halbe Stunde später musste ich zur Kenntnis nehmen, dass unter den Absolventen des Instituts kein Anton Michailowitsch Medwedjew gewesen war. Das heißt, einen Anton Medwedjew hatte es schon gegeben, aber sein Vatersname hatte Leonidowitsch gelautet, er war zwangsexmatrikuliert worden. In den Unterlagen fand sich auch die Begründung für die Zwangsexmatrikulation: wegen ungenügender Leistungen und wegen seines Verhaltens, mit dem er den Namen des Instituts für Luftfahrt in Misskredit gebracht hat. Eine Adresse war hier auch angegeben: Kostomarow-Straße 12, Wohnung Nr. 76. Wahrscheinlich war es ja nicht derselbe Medwedjew, aber probieren würde ich es trotzdem.

Die Straße befindet sich mitten im Stadtzentrum, nur alte Häuser und enge Höfe. Die Nummer zwölf bestand aus lauter Kommunalwohnungen. Eine große Treppe führte mich zur richtigen Wohnung. Es gab nur eine Klingel an der Tür, ein hübsches kleines Mädchen von etwa sieben Jahren öffnete mir.

»Verzeihung, wohnt hier Anton?«

»Neee«, sagte das Mädchen gedehnt. Die Kleine drehte ihren Kopf und rief in den Flur hinein:

»Tante Ljuda, kennen Sie einen Anton?«

Aus irgendeiner Tür klang ein kaum verständliches Brummen. Die Kleine seufzte:

»Gehen Sie zu ihr ins Zimmer, sie scheint ihn zu kennen.«

Ich durchquerte den schmutzigen Flur der unerwartet großen Wohnung.

Das Zimmer, in dem die Dame wohnte, war ebenfalls groß und hatte zwei riesige Fenster. Aber trotz der erdrückenden Hitze waren sie und sogar die Lüftungsklappen fest geschlossen. In der Ecke stand ein großes Bett mit unzähligen Kissen und Decken. Zwischen all dem Bettzeug sah ich die kleine Frau mit dem ungesund geschwollenen Gesicht und der spitzen Nase nicht sofort. Im Zimmer stank es furchtbar, die Kranke musste gelähmt sein.

»Setzen Sie sich«, sagte die Frau, »nehmen Sie einen Stuhl, keine Sorge, es ist nicht ansteckend. Ich hatte einen Schlaganfall, liege jetzt schon das achte Jahr und faule vor mich hin. Zum Glück kümmern sich die Nachbarn um mich, dafür hab ich ihnen das Zimmer überschrieben. Wenn ich sterbe, kriegen sie die ganze Wohnung. Was wünschen Sie von mir?«

»In dieser Wohnung hat einmal ein gewisser Anton Medwedjew gewohnt, ich suche ihn.«

»Sind Sie von der Miliz?«, fragte die Frau plötzlich.

Ich wollte sie nicht ängstigen und sagte: »Nein, ich bin aus einem Notariatsbüro. Sein Vater ist gestorben und hinterlässt ihm seine Wohnung, die Datscha, das Auto und ein Bankkonto. Wir können das Testament nicht vollstrecken, weil wir Medwedjew einfach nicht finden können. Jetzt hat man uns bei der Meldestelle diese Adresse gegeben.«

»Leonid ist also tot«, sagte die Kranke gedehnt, »und wieso soll er Anton plötzlich sein Erbe hinterlassen haben?«

»Wieso denn nicht, schließlich ist er sein Sohn.«

»Er hat ihn ja nie gesehen«, seufzte die Frau, »obwohl er bis zu seinem achtzehnten Lebensjahr immer Geld geschickt hat. Er war doch ein ehrlicher Mensch. Sehen Sie dort am Büfett, oben auf dem Regal, nehmen Sie den Umschlag, darin sind die Dokumente.«

Ich zog ein grünes Büchlein hervor, die »Geburtsurkunde«. Medwedjew, Anton Leonidowitsch, Mutter: Zimpanelli, Ljudmila Ernestowna, Vater: Leonid Sergejewitsch Medwedjew.

»Sind Sie seine Mutter?«

Ljudmila lächelte gequält.

»Irgendwann war ich das mal. Als ich ihn geboren habe, dachte ich zumindest, ich hätte einen Sohn und kein Ungeheuer. Schauen Sie ruhig, dort auf dem Büfett liegt ein Fotoalbum.«

Auf den dicken kartonierten Seiten des alten Albums waren Fotos aufgeklebt. Ich blätterte sie schnell durch: das Kind, der Schuljunge, der Junge in der Pubertät… Auf den ersten Blick war mir klar, dass der Mann, der Olga in der Bibliothek aufgesucht hatte, derselbe war. Aber ich wusste doch genau, dass es sich bei Anton um Veronikas Bruder handelte. Konnte ich mich so geirrt haben und verfolgte nun eine falsche Fährte?

»Sie haben keine Tochter?«

»Nur einen Sohn«, schüttelte Ljudmila ihren Kopf und begann, still zu weinen. »Oh Gott«, schluchzte sie unter Tränen, »oh Gott, warum hast du mich so bestraft?«

Ich versuchte, sie zu beruhigen, bis sie schließlich aufhörte zu weinen und mir ihre traurige Geschichte erzählte: Sie war in der Familie der Zirkusartisten Ernesto und Klara Zimpanelli aufgewachsen. Die Familie war in der Welt der Artisten berühmt. Der Urgroßvater war irgendwann aus Italien nach Moskau gekommen, hatte sich in der Hauptstadt niedergelassen und eine Russin geheiratet. Über die Generationen hinweg blieben die Zimpanellis Zirkusleute, sie waren Luftartisten. Für Kinder ist das Leben im Zirkus schrecklich. Ljudmila hatte nur eine Erinnerung an ihre Kindheit: Sie war immerzu mit ihren Eltern unterwegs. Mit zwölf Jahren hatte sie aufgehört, die Städte zu zählen. Manchmal wechselte sie in drei Monaten acht Mal die Schule, von ordentlichem Lernen konnte keine Rede sein. Aber weder Ernesto noch Klara kümmerte das. Sie konnten selbst kaum lesen und schreiben, die Quittung für ihr Gehalt unterschrieben sie einfach mit drei Kreuzchen. Worauf es ankam, war, dass das Mädchen den Salto, die Arabesken und Flik-Flaks ordentlich ausführte, wozu brauchte sie da ein solides Schulwissen… Zum Teufel damit, Ljudmila würde sowieso ihr Leben in der Manege verbringen. So wäre es wohl auch gekommen, wenn man nicht im Alter von achtzehn Jahren einen Herzfehler bei ihr festgestellt hätte, so dass sie den Zirkus verlassen musste.

Die Eltern arbeiteten trotz ihres für Artisten fortgeschrittenen Alters weiter und schickten Ljudmila nach Moskau zu einer entfernten Verwandten. Dort machte sie eine Ausbildung zur Büglerin und begann, in einer Nähfabrik zu arbeiten, in der Herrenanzüge genäht wurden. Als die Kollegen erfuhren, dass Ljudmila früher eine Zirkusartistin gewesen war, seufzten sie vor Neid. Aber die junge Frau war hier zum ersten Mal in ihrem Leben glücklich. Die Fabrik stellte ihr das Zimmer in der Kommunalwohnung zur Verfügung, sie lebte an einem festen Ort und musste nirgendwohin fahren. Der Rücken und die Beine taten ihr nicht mehr weh, und sie konnte abends um neun Uhr schlafen gehen.

Die Fabrik schenkte ihr auch eine Liebe. Einer der männlichen Angestellten, der als Modell für die Herstellung der »Standardkonfektion« diente, wurde auf das hübsche Mädchen mit den schwarzen Haaren und Augen aufmerksam. Die wilde Romanze endete abrupt mit ihrer Schwangerschaft. Leonid sagte seiner Geliebten sofort, er sei verheiratet und habe nicht die Absicht, sich scheiden zu lassen, sie solle das ungewollte Kind lieber abtreiben. Aber Ljudmila war von ihren neuen Gefühlen völlig überwältigt. Das Kind töten? Diese Vorstellung fand sie entsetzlich, und so brachte sie am dreizehnten April einen hübschen Jungen zur Welt, der wie eine Kopie seines Vaters aussah. Leonid erwies sich als anständiger Mensch, der seinen Sohn anerkannte, auf seinen Namen registrieren ließ und Alimente für ihn zahlte, aber kennen lernen wollte er das Kind nicht. Etwa ein Jahr nach Antons Geburt kündigte er in der Fabrik, und Ljudmila sah ihn nie wieder.

Als kleiner Junge sah Anton mit seinen dichten blonden Locken und weit aufgerissenen unschuldigen Augen wie ein Engel aus. In der Schule war er sehr gut. Es grenzte fast an ein Wunder, dass die ungebildete Ljudmila und das nicht besonders intelligente »Modell« ein so begabtes Kind zur Welt gebracht hatten. In seinen Hausaufgabenheften standen nur Einsen. Die Lehrer waren ganz begeistert von diesem Schüler, dessen Schuluniform die Mutter immer liebevoll und ordentlich bügelte.

Kurz bevor Anton in die achte Klasse kam, gab es in der Schule einen unangenehmen Vorfall. Jemand hatte im Direktorenzimmer den Schreibtisch aufgebrochen und eine große Geldsumme entwendet. Die Miliz kam und verhörte die Schüler aus den oberen Klassen und die Lehrer. Schließlich wurde der Hausmeister, ein Trinker, verhaftet. Anton hatte weiterhin sehr gute Noten und machte der Mutter mit seinem Verhalten Freude.

Dann begann eine Reihe von seltsamen Diebstählen in der Umkleidegarderobe. Der unbekannte Dieb, der nie gefasst wurde, klaute aus den Mänteln und Jacken der Kinder das Geld, das sie von den Eltern für den Weg und ihr Frühstück bekommen hatten. Dann ging die Handtasche der Biologielehrerin mit ihrem Monatslohn verloren. Wieder erschien die Miliz, aber der Dieb wurde nicht gefasst.

Als Anton die zehnte Klasse mit Auszeichnung beendet hatte, verschwand aus der Wohnung seines besten Freundes, dessen Vater der bekannte Schauspieler Rogoshin war, ein kostbarer, antiquarischer, silberner Becher, wahrscheinlich eine Arbeit von Fabergé persönlich. Ein paar Tage nach diesem Verschwinden kam Frau Rogoshina zu Ljudmila und erklärte, außer Anton hätte niemand den Becher nehmen können. Es kämen praktisch keine Gäste und als einziger Freund ihres Sohnes nur Anton ins Haus.

Ljudmila rief, zu Tode erschrocken, ihren Sohn sofort zu sich. Der kam mit einem aufgeschlagenen Algebra-Buch zur Tür. Während er den Besuch aus seinen ehrlichen, durchsichtig blauen Augen anschaute, hörte er sich die Beschuldigung schweigend an. Dann erzählte er eine unglaubliche Geschichte.

Nikita, der Sohn der Rogoshins, hatte sich mit einem Mädchen aus einer Familie von Alkoholikern und Räubern zusammengetan. Sie war zwar erst dreizehn, aber erfahrener als jede Dreißigjährige. Als sie schwanger wurde, drohten ihre Eltern, sie würden Nikita wegen Verführung einer Minderjährigen ins Gefängnis bringen. Da hatte der Junge den Becher genommen, um den Verwandten seiner Freundin den Mund mit einer ordentlichen Geldsumme zu stopfen.

Frau Rogoshina griff sich ans Herz. Tags darauf wurde Anton zu ihnen nach Hause bestellt. Nikita war ganz verweint im Gesicht, er stampfte mit den Füßen und schrie herum. Ja, es stimmte alles, das Mädchen gab es, und sie hatte heimlich abgetrieben. Aber den Becher hatte er nicht genommen, das Geld für die Operation hatte ihm gegen hohe Zinsen… Anton geliehen. Der musste also das antiquarische Stück gestohlen haben.

Anton hörte sich die Beschuldigung ruhig an. Dann drehte er sich zu dem Schauspieler um und sagte: »Denken Sie doch mal nach: Woher soll ich so viel Geld haben? Ganze zweihundert Rubel? Ich habe keinen Vater, meine Mutter ist eine schlecht bezahlte Arbeiterin, wir sparen doch an allem, damit wir genug zu essen haben. Ich träume ja noch nicht einmal von so einem Tonbandgerät wie Nikita eines hat. Ich weiß einfach, dass wir uns so etwas nicht leisten können. Geld verdienen kann ich noch nicht, ich bereite mich für die Aufnahmeprüfung am Institut vor. Nikita traut sich einfach nicht, es zuzugeben, also will er mich verleumden!«

Der Schauspieler schaute abwechselnd den absolut ruhigen Anton und den wütenden, schwitzenden Nikita aufmerksam an, der ganz rot war im Gesicht.

»Geh mir aus den Augen, du Schurke«, brüllte er schließlich seinen Sohn an.

Am nächsten Tag brachte Nikitas Mutter Anton ein Geschenk: ein sehr gutes Tonbandgerät. Nikita, der die Tat weiterhin leugnete, wurde schleunigst zum Großvater nach Wladiwostok geschickt.

Nach einer hervorragenden Aufnahmeprüfung begann Anton, am Institut für Luftfahrt zu studieren. Im Winter desselben Jahres stieg Ljudmila auf den geräumigen, verstauben Dachboden, wo sie schon seit fast zehn Jahren nicht mehr gewesen war. Irgendwo ganz in der Ecke stand ein Koffer mit ihren alten Artistenkleidern und dem guten Anzug des Großvaters Zimpanelli aus Gabardine. Die naive Ljudmila wollte die Sachen nun ihrem Studenten vermachen.

Als sie das Gepäckstück endlich atemlos die Treppe hinuntergehievt hatte, fand sie darin fünf Sparbücher versteckt. Jedes war bei einer anderen Sparkasse eröffnet worden und hatte ein

Guthaben von genau tausend Rubeln, eine riesige Summe in den mageren sowjetischen Jahren.

Als Anton nach Hause kam, dachte er sich wie üblich eine Geschichte aus von einem reichen Freund, der ihm das Kapital zur Aufbewahrung gegeben hätte, aber der armen Ljudmila waren jetzt die Schuppen von den Augen gefallen.

Plötzlich erinnerte sie sich an die teuren amerikanischen Hosen und Schuhe, die ihm angeblich in der achten Klasse die Mutter von Lena Woropajewa geschenkt hatte, an eine zweimonatige Reise mit der Familie von Kostja Safonow auf die Krim, an eine teure Uhr, die Anton auf der Straße gefunden haben wollte… Er rauchte gute Zigaretten, nicht etwa billige Glimmstängel, und kam immerzu mit neuen Hemden, Jeans und Pullovern an, wobei er jedes Mal dasselbe sagte: »Hat mir ein Freund gegeben.«

Aber Ljudmila kannte keinen seiner Freunde, er brachte seine Schulkameraden und Studienfreunde nie mit nach Hause. Jetzt aber beschloss die Mutter, Kostja Safonow anzurufen, weil sie wissen wollte, ob er zusammen mit Anton auf der Krim gewesen war. Und siehe da: Der Vater des Jungen zerschlug gleich alle ihre Hoffnungen. Die Safonows waren an gar keinem Meer gewesen, denn im Mai war ihre Wohnung ausgeraubt worden, nicht nur die teuren Sachen, sondern auch das ganze dort versteckte Geld war verschwunden. Da Ljudmila nun begriffen hatte, dass ihr Sohn ein Dieb war, konnte sie tagelang nicht mehr aufhören zu weinen.

Im Frühling kam ein Anruf aus dem Studiendekanat des Instituts für Luftfahrt, den sie entgegennahm. Anton wurde aufgefordert, seine Dokumente abzuholen. Der war aber gerade mit jemandem irgendwo auf eine Datscha gefahren. Also fuhr die Mutter selbst ins Institut, wo der Stellvertreter des Direktors mit vor Ekel verzerrtem Gesicht erklärte, Medwedjew habe einen Pornofilm gedreht und ihn einem Studenten aus dem Abgangsjahr verkauft.

»Er soll sich nie wieder im Institut blicken lassen«, verkündete der Professor hart. »Sie können sich noch bedanken, dass wir Mitleid gehabt und ihn nicht verklagt haben.«

1984, als dies geschah, stand im Strafgesetzbuch noch ein entsprechender Paragraph, nach dem Anton für die Verbreitung von Pornografie eine ordentliche Gefängnisstrafe hätte bekommen können.

Nach der Rückkehr des Sohnes las ihm die Mutter ordentlich die Leviten. Als sie dann wenige Tage später von der Arbeit nach Hause zurückkehrte, stellte sie fest, dass eingebrochen worden war. Die Diebe hatten fast den ganzen bescheidenen Hausrat mitgenommen und noch nicht einmal den alten Fernseher stehen lassen. Von der Wand hatten sie zwei Ikonen abgenommen, die noch von der Urgroßmutter stammten, wahrscheinlich hatten ihnen die silbernen Beschläge gefallen, außerdem waren die Teelöffel und Ljudmilas einfacher Schmuck verschwunden – ein schmales Kettchen und zwei kleine Ringe mit Rubinen.

Ljudmila rannte sofort zur Miliz, wo die Beamten müde eine Liste der gestohlenen Gegenstände aufstellten. Bis Mitternacht wartete sie auf ihren Sohn, aber Anton kam nicht. Auch die Tage darauf erschien er nicht. Das Telefon schwieg. Erst jetzt begriff Ljudmila, wer sie bestohlen hatte.

Rot vor Scham nahm sie bei der Miliz ihre Anzeige zurück.

»Mein Bruder ist ein bisschen sonderlich«, erklärte sie dem Beamten, »er hat alles auf die Datscha mitgenommen, ohne mir vorher Bescheid zu sagen.«

Die Strafsache wurde geschlossen, Anton kam nicht mehr nach Hause, er hatte sich in der großen Stadt in Luft aufgelöst.

Während ich bei Ljudmila Zimpanelli gewesen war, hatte es begonnen zu regnen. Ich stellte die Scheibenwischer an und beobachtete, wie das schmutzige Wasser über die Scheibe lief. Was für ein Sohn! So einer würde vor nichts zurückschrecken, um an Geld zu kommen. Wo er wohl hingegangen war, ob womöglich gar zum Vater?

Ich sah mir den Zettel mit der Adresse an, die mir Ljudmila gegeben hatte: Kopernik-Straße 9, Wohnung Nr. 146. Irgendwann hatte einmal Leonid Medwedjew, die erste und einzige Liebe dieser armen Frau, hier gewohnt.

Es war gar nicht weit, nur zehn Minuten mit dem Auto. Ein aufgedunsener Mann mit Bierbauch öffnete mir die Tür. Die dünnen, grauen Locken hatte er kokett zur Seite gekämmt, er hatte fahle blaue Augen und einen schlaffen Mund.

»Sind Sie Leonid Medwedjew?«

Der Mann nickte.

»Ich komme von Ljudmila Zimpanelli.«

Der frühere Liebhaber sah mich erschrocken an und flüsterte:

»Warten Sie im Hof, ich komme gleich.«

Er kam mir tatsächlich sofort nach und spannte im Laufen seinen Regenschirm auf.

Ich schloss die Tür des Volvos auf und hupte ihm. Er stieg ein und sagte entschuldigend:

»Meine Frau ist zu Hause. Wenn sie von Ljudmila hört, wird sie gleich böse. Wie geht es ihr?«

»Es geht, aber sie ist sehr krank«, erklärte ich.

»Alter ist eine schwere Plage«, seufzte der heruntergekommene Romeo, »ich habe auch Steine in der Gallenblase und eine Blasenentzündung, ich dachte schon…«

»Haben Sie eigentlich mal Ihren Sohn gesehen?«, unterbrach ich seine Offenbarungen.

Medwedjew wurde rot wie die Feuerwehr.

»Nur einmal.«

»Wann?«

»Das ist schon lange her. Irgendwann klingelte es plötzlich abends an der Tür…«

Leonid machte die Tür auf und sah einen sympathischen jungen Mann auf der Schwelle stehen, der sehr schön war. Medwedjew begriff sofort, wer der unerwartete Gast war. Die Ähnlichkeit mit ihm selbst als junger Mann war groß. Zum Glück war seine Frau gerade im Urlaub, und so ließ er seinen Sohn herein. Anton beklagte sich, seine Mutter hätte geheiratet, der Stiefvater wolle seinen Stiefsohn unter die Erde bringen, gebe ihm nichts zu essen und schlage ihn häufig. Deshalb sei er nun gekommen, um bei seinem Vater um Asyl zu bitten, und übrigens sei er auch Student am Institut für Luftfahrt.

Leonid war verwirrt. Seine Frau Sinaida hatte lange versucht, gegen ihre Unfruchtbarkeit anzukämpfen, aber ohne Erfolg. In seiner rechtmäßigen Ehe hatte Medwedjew keine Kinder. Die Nachricht, dass ihr Mann einen Sohn mit einer anderen gezeugt hatte, machte sie furchtbar wütend. Im Hause durfte nie wieder von dem Sohn und seiner Mutter gesprochen werden. Es war gar nicht daran zu denken, den Sohn in seiner Wohnung unterzubringen.

Leonid ließ ihn diese Nacht bei sich schlafen, gab ihm am nächsten Morgen eine ordentliche Geldsumme und brachte ihn zu seinem engen Freund Iwan, der mit seiner siebzehnjährigen Tochter in einer riesigen Vierzimmerwohnung lebte. Anton wohnte etwa ein halbes Jahr bei ihnen, dann gab es einen Vorfall, und er verschwand. Bei seinem Vater ließ er sich nie wieder blicken.

»Ich war ja nur froh darüber«, sagte Leonid offen, »es ist eine Katastrophe nach der anderen passiert, seitdem er bei mir aufgetaucht war. Wissen Sie, es gibt solche Leute, sie bringen einfach Unglück. Anscheinend gehört er dazu. Meine Wohnung wurde ausgeraubt, und zwar vollständig, sie haben alles weggetragen. Dann wurde Sinaida im Aufgang überfallen. Man hat ihr die Handtasche und den Pelz gestohlen. Sie war lange krank danach, nur gut, dass sie überhaupt am Leben geblieben ist. Ja, und auch bei Iwan… Kaum war Anton weg, haben Diebe die Tür aufgebrochen. Er war ein begeisterter Sammler, hatte sein ganzes Leben lang Briefmarken gesammelt, und dann ist noch seine Tochter verschwunden, man hat die Arme nie wiedergefunden, sie gilt als vermisst! Aber was wollen Sie eigentlich von Anton?«, fragte er schließlich neugierig.

»Ihm steht ein Erbe zu von Verwandten aus Italien«, winkte ich ab und ließ mir die Adresse von Iwan geben.

KAPITEL 26

Der Abend versprach, außergewöhnlich zu werden. Die alten Damen waren zusammen mit Gera zu einer Freundin von Nina Andrejewna eingeladen. Kescha hatte sie zum Leninski Prospekt gefahren und versprochen, sie um elf wieder abzuholen. Manja war bei Sascha Chejfez, während die Zwillinge oben im ersten Stock friedlich neben Serafima Iwanowna schliefen. Kescha hatte die Tür zum Kinderzimmer von beiden Seiten verkleiden lassen, so dass wir jetzt im Wohnzimmer den Fernseher auf volle Lautstärke drehen konnten – sogar mit einer Kanone hätten wir schießen können, ohne dass die kleinen Racker oder die Kinderfrau etwas gehört hätten. Die Köchin Katja war bei der Hochzeit einer Verwandten. Irka hatte heute ihren freien Tag. Als Letzte war Häschen aufgebrochen, sie hatte eine Verabredung mit Anton. Wir hatten vereinbart, dass, wenn er heute nicht seine Telefonnummer oder Adresse verraten würde, wir die Romanze damit lieber beendeten, die Geschichte wurde langsam zu riskant.

Kurz: Um halb neun begann für mich einer jener seltenen Abende ganz allein im Haus, sogar die Hunde hatten sich verzogen. Ich erfreute mich an der ungewöhnlichen Ruhe und Stille, steckte mir ein Kissen unter den Kopf und machte es mir auf dem Sofa gemütlich. Ich würde die Gelegenheit nutzen und mich ganz dem Genuss einer Zigarette im Wohnzimmer hingeben, solange die lästigen Kinder nicht da waren, die erbarmungslos für gute Luft sorgten. Da klingelte es plötzlich.

Natürlich, wie hätte es anders sein sollen, irgendwer wollte schon wieder was von mir! Fluchend schaute ich auf den Bildschirm der Sprechanlage, am Tor stand freundlich lächelnd ein netter junger Mann in einem hellen Sommeranzug.

»Zu wem wollen Sie?«, fragte ich vorsorglich.

»Ich bin ein Vertreter der Firma ›Markwet‹, ich bringe das Hundefutter.«

Da wir so unterschiedliche Hunde im Haus haben sowie zwei Katzen, einen Papagei und einen Haufen kleiner Säugetiere, kaufen wir das Futter für die Tiere immer bei »Markwet« im Großhandel. Erst gestern hatte Kescha lauthals verkündet, er habe für den Pitbull die letzte Büchse »Kaninchenfleisch mit Gemüse« aufgemacht. Bestimmt hatte er heute eine neue Bestellung aufgegeben und mit dem Händler ausgemacht, dass die Sachen direkt nach Hause geliefert werden. Noch dazu sah der junge Mann so freundlich aus… Ich öffnete das Tor.

Der alte Shiguli fuhr in den Hof. Der junge Mann trat in die Diele.

»Und wo sind die Sachen?«, fragte ich.

Der Bursche wurde etwas verlegen:

»Die sind so schwer, ich kann sie nicht allein tragen. Ist vielleicht Ihr Sohn zu Hause?«

»Nein.«

»Vielleicht sonst einer von den jungen Leuten? Wir könnten sie zusammen tragen, Ihre Schwiegertochter, Ihre Tochter?«

»Heute ist keiner da, sogar die Hausangestellten nicht, ich bin allein.«

»Großartig«, sagte der Bursche plötzlich fröhlich, und wie aus dem Nichts tauchte eine Pistole mit einer Art Schalldämpfer in seiner Hand auf.

Ich schrie vor Schreck auf und rannte in den Flur, der zur Küche führt. Der Kerl rannte hinterher und schoss. Ein dumpfer Knall und dröhnendes Getöse folgten: Die Kugel hatte das Büfett mit dem Geschirr getroffen. Vor Angst war ich wie gelähmt, der Killer fluchte und lud nach, während ich zum Fenster rannte, aber da erklang ein zweiter dumpfer Knall, das Geräusch eines fallenden Körpers, gefolgt von einer schrecklichen Stille. Ich zitterte leise und versuchte, das Fenster zu öffnen.

»Darja Iwanowna«, hörte ich eine bekannte, fast schon familiäre Stimme.

Halb ohnmächtig vor Angst drehte ich mich um und sah in der Tür Bekas, der freundlich lächelte. In der Hand hielt er eine Pistole mit genau so einem Schalldämpfer, wie ihn der Killer gehabt hatte.

Dieser lag mit dem Gesicht nach unten auf dem Boden, die Arme waren zu beiden Seiten ausgebreitet. Langsam ließ ich mich auf den Boden sinken und begann, wie ein neugeborenes Kätzchen kläglich zu jammern.

»Ich glaube, ein starker Tee mit Kognak wäre jetzt genau das Richtige«, stellte Bekas fest, kletterte über die Leiche und begann, in aller Ruhe den Teekessel zu spülen.

»Äh«, versuchte ich zu sprechen, während ich sah, wie sich unter dem Kopf des Mörders eine schwarze Pfütze bildete, »äh… oh… ja… Warum wollte er mich umbringen?«

Bekas hob die Arme.

»Leider hatte ich keine Gelegenheit, ihn zu fragen, aber seine Absicht war deutlich zu erkennen.« Er gab der Leiche einen Tritt mit dem Fuß.

»Was sollen wir jetzt tun?«

»Klare Sache, die Leiche verbuddeln.«

Ich bekam noch mehr Angst.

»Wir müssen die Miliz rufen.«

Bekas ächzte:

»Nee, nee, lieber setz ich mich mit Iwan Michailowitsch in Verbindung, der wird alles regeln. Die Miliz wirbelt nur unnötig Staub auf und erschreckt Ihre Familie. Dann können die alten Damen nicht mehr schlafen, die ja so schon immer aufgedreht genug sind. Die würden glatt den Verstand verlieren. Wozu sollten wir Manja erschrecken? Und Kescha würde Sie nur unverzüglich an die Kette legen, wenn er davon erführe.«

Fünfzehn Minuten später kam ein Minibus mit verhängten Fensterscheiben in den Hof gefahren. An den Türen stand: »Fahrendes Labor«, außerdem war das Zeichen für Radioaktivität aufgemalt.

Zwei junge Männer kamen auf leisen Sohlen mit einem schwarzen Paket und einer Bahre in die Diele, ihnen folgten ein Mann um die Fünfunddreißig mit einem Stethoskop um den Hals und eine junge Frau.

Nachdem sich der Arzt Gummihandschuhe übergezogen hatte, drehte er die Leiche geschickt auf den Rücken und forderte mich auf:

»Schauen Sie genau hin, kennen Sie diesen Mann?«

Zaghaft schaute ich in das junge leblose Gesicht mit dem kleinen sauberen Loch in der Stirn. Bekas verstand nicht nur viel von Motoren, er konnte auch ausgezeichnet schießen.

»Nein, ich sehe ihn zum ersten Mal.«

»Zum zweiten«, lachte Bekas, »das erste Mal haben Sie ihn am Tor gesehen.«

Die Burschen packten die Leiche in den Sack, die junge Frau fegte gewandt die Scherben zusammen und begann, die Küche zu wischen. Keine zwanzig Minuten später war von dem Schlachtfeld keine Spur mehr zu sehen. Der Minibus fuhr ab, einer der Burschen setzte sich in den herrenlosen Shiguli und folgte ihm nach. Bekas und ich setzten uns hin, um einen Tee zu trinken.

»Lieber Gott!« Erst jetzt begriff ich. »Kolja, wo bist du eigentlich so plötzlich hergekommen?«

»Manja hatte mir einen Aufsatz aufgegeben. Ich saß im Arbeitszimmer. Als die Sprechanlage klingelte, hab ich ein bisschen gewartet, bis mir einfiel, dass ja keiner da ist und Serafima Iwanowna bei den Zwillingen das Klingeln nicht hören kann. Da dachte ich, geh doch mal schauen, was zum Teufel los ist, und hab den Idioten schießen sehen. Was sind das für Leute! Er kann's überhaupt nicht, will aber unbedingt jemanden umlegen! Aus zwei Schritt Entfernung hat er es nicht geschafft, Sie zu treffen und stattdessen ins Büfett geschossen. So ein Vollidiot!«

Was die Ungeschicklichkeit des Killers anging, konnte ich seine Entrüstung nicht teilen.

»Wer war das?«

»Weiß der Teufel.« Bekas zuckte seine Achseln. »Iwan Michailowitsch wird es schon rauskriegen.«

»Vielleicht ein einfacher Dieb?«

»Ein Dieb braucht keine Pistole mit Schalldämpfer«, erklärte Kolja, »wozu sollte er sich das Leben schwer machen? Er räumt Wohnungen aus, das ist ein Paragraph im Strafgesetzbuch. Wenn du eine Kanone dabei hast, geht es um Raubüberfall, das ist ein ganz anderes Kaliber, und auch das Strafmaß ist ein anderes.«

Schweigend tranken wir unseren Tee aus. Dann seufzte Bekas.

»Darja Iwanowna, versuchen Sie zu vergessen, was passiert ist. Wir werden uns darum kümmern.«

Er hatte gut reden, es kam immerhin nicht alle Tage vor, dass mich einer umlegen wollte. Kolja brachte mir eine fast volle Flasche Kognak.

»Trinken Sie und gehen Sie schlafen.«

Gehorsam trank ich ein Glas aus. In solchen Mengen hatte ich den kostbaren Rémy Martin noch nie genossen.

Ob nun der Kognak so stark wirkte oder Bekas mir unbemerkt ein Schlafmittel ins Glas getan hatte – am nächsten Tag kam ich jedenfalls erst um fünf Uhr nachmittags ins Esszimmer hinunter. Ich hatte einen Geschmack im Mund, als hätten Katzen hineingepinkelt, mein Kopf glühte, ich hatte Sand in den Augen. Es musste ein Kater sein.

Am Tisch saß Kescha mit derselben Flasche Rémy Martin und einem Glas. Komisch, er trank sonst nie, normalerweise mochte er noch nicht mal den Geruch von Kognak. Er gönnte sich höchstens ab und zu ein halbes Glas trockenen Wein.

»Ich habe Migräne«, versuchte ich, mein spätes Aufstehen zu rechtfertigen.

»Ich weiß«, antwortete Kescha gar nicht verwundert, »Bekas hat gesagt, du hättest dich gestern Abend schon um acht schlafen gelegt.«

Bekas hatte alles perfekt im Griff: Die Leiche war weg, mich hatte er narkotisiert, meine Familie angeschwindelt!

»Wo sind denn die anderen?«

»Die Omas sind spazieren gegangen, Gera ist auf der Suche nach der Dame seines Herzens und Manja mit Bekas in der Garage«, antwortete Kescha unfreundlich.

»Und wo steckt Häschen?«

»Keine Ahnung, treibt sich herum«, sagte mein Sohn ärgerlich.

»Habt ihr euch gestritten?«

Kescha drehte sich demonstrativ zum Fenster. Schon als er noch klein war, war es unmöglich, ihm eine Information zu entreißen, wenn er nicht wollte. Kescha ist ein schweigsamer Mensch, über einen Tag verteilt kann es sein, dass er nur ein paar Sätze spricht. Bevor er Häschen heiratete, war es immer sehr lustig zu beobachten, wie er mit Manja sprach. Ihr Mundwerk steht so gut wie nie still, und oft wiederholte sie ihre Geschichten zwei- oder dreimal, bis sich der Bruder endlich dazu herabließ zu bemerken: »Was du nicht sagst. Wie interessant.«

Olga liebt er sehr, aber wie alle Männer vergisst er oft, dass man seiner Frau ein bisschen mehr Aufmerksamkeit schenken muss als einem Auto.

»Habt ihr euch gestritten?«, fragte ich beharrlich noch einmal. »Was hast du angestellt? Wieder einen Porzellanhund zerschlagen?«

Kescha schwieg, aber ich ließ nicht locker.

»Du bist tagelang nicht zu Hause, natürlich langweilt sich Häschen, du solltest mal mit ihr essen gehen oder irgendwohin zu Leuten.«

Da er merkte, dass ich nicht nachgab, meinte Kescha knapp:

»Wir haben Probleme.«

»Was für welche?«

Mein Sohn legte schweigend einen Briefumschlag auf den Tisch. »Für Arkadi (Kescha) Wassiljew« stand auf dem robusten Umschlag. Darin lagen zehn Farbfotos. Häschen lacht, in der Hand hält sie ein Glas mit Champagner, sie sitzt auf einem großen roten Sofa, dann eine eindrückliche Aufnahme, wo Anton ihr zärtlich den Arm um die Schultern gelegt hat...

»Siehst du den Schönling?«, erkundigte sich Kescha böse. »Wie Belmondo, nur noch blöder! Und Häschen erst! Das hätte ich nicht erwartet! Was soll ich jetzt machen? Mich scheiden lassen? Schade um die Kinder.«

»Woher hast du die Bilder?«, fragte ich.

Gestern war ein Mann zur Beratungsstelle gekommen und hatte den Briefumschlag bei der Sekretärin abgegeben mit der Bitte, ihn Kescha zu überreichen.

Ich seufzte. Dieser Anton Medwedjew war ein fixer Bursche. Ein Blick in Keschas verzweifeltes Gesicht genügte: Ich musste ihm die Wahrheit erzählen, auch wenn es furchtbaren Ärger geben würde.

Die nächste halbe Stunde war fürchterlich. Noch nie im Leben hatte ich Kescha derart schimpfen hören. Schließlich beruhigte er sich ein wenig.

»Hast du dieses Vokabular im Knast bei deinen Mandanten aufgegabelt?«

Kescha machte gerade wieder den Mund auf, als plötzlich Nina Andrejewna, Rimma Borissowna und Gera ins Zimmer kamen. Letzterer führte eine ziemlich unansehnliche, dünne Frau herein.

»Darf ich vorstellen«, verkündete Rimma Borissowna stolz, »Tamara, Geras Braut. Sie ist die Tochter eines Philosophieprofessors.«

Ein großartiger Beruf heutzutage, bestimmt ausgezeichnet bezahlt, dachte ich, während ich mir das schmächtige Wesen ansah. Stolz konnte sie wahrlich nur auf den Titel ihres Vaters sein! Ein graues Mäuschen, sogar die Haarfarbe passte: Sie war mausgrau. Ob sie wohl krank war? Auch das Alter ließ sich nicht erraten. Der Besitzerin eines so kleinen Gesichts mit praktisch fehlendem Mund waren genausogut zwanzig wie dreißig oder sogar noch mehr Jahre zuzutrauen.

»Haben Sie auch eine Heiratsanzeige aufgegeben?«, erkundigte sich Manja taktlos, die gerade dazugekommen war.

Kescha stieß seine Schwester in die Seite, aber die blasse Braut lächelte unerwartet, so dass die tadellosen weißen Zähne eines sich gut ernährenden Menschen zum Vorschein kamen.

»Nein.«

Dagegen war Kescha ja noch zehnmal gesprächiger!

»Tamara ist die Tochter einer alten Freundin von mir«, erklärte Nina Andrejewna, »da haben wir beschlossen, sie mit Gera zusammenzubringen. Sie ist ein gut erzogenes Mädchen, nicht so wie die heutige Jugend. Mit ihren fünfundzwanzig Jahren hat sie schon ihr Studium abgeschlossen, macht jetzt ihren Doktor und unterrichtet gleichzeitig an der Hochschule.«

Ich schielte auf ihr einfaches Kattunkleidchen und die chinesischen Segeltuchschuhe. Entweder war der Professor geizig wie Gobsek bei Balzac, oder er hatte alle Hoffnungen aufgegeben, seine Tochter an den Mann zu bringen. Wenn man der Armen was Ordentliches anzog, ihr Gesicht mit ein bisschen Schminke belebte und die mit einem Apotheker-Gummiband straff zusammengehaltenen Haare offen herunterfallen ließe… Wer weiß, vielleicht würde das schon helfen.

Da kam Häschen fröhlich lachend zur Tür hereingeflogen. Das war eine, die brauchte weiß Gott keine Verschönerung!

Olga hatte eine so gesunde Gesichtsfarbe, dass die Kosmetikhersteller ruiniert wären, hätten nur zehn Prozent aller Frauen ihre pfirsichroten Wangen und Lippen. Ihre blonden Haare fielen lose auf die Schultern, die braunen Augen glänzten.

Sie warf sich auf einen Stuhl und küsste Kescha auf die Wange. Zuerst wich er zurück, dann seufzte er, legte seiner Frau den Arm um die Schultern und zeigte mir hinter ihrem Rücken die Faust. Ich entspannte mich. Natürlich stand Olga abends ein nicht gerade angenehmes Gespräch ins Haus, aber der schlimmste Zorn hatte sich bereits über mich ergossen.

Die alten Damen schwatzten rege miteinander und versuchten, die »jungen Leute« ins Gespräch zu ziehen. Aber Gera ist praktisch gar nicht in der Lage sich zu unterhalten, zumindest habe ich kaum je seine Stimme gehört. Tamara kam dagegen mit lakonischen Ausrufen davon. Ein großartiges Paar! Wahrscheinlich würden sie sich mit Hilfe von Zetteln verständigen, die sie sich gegenseitig auf dem Kühlschrank hinterlassen würden: »Die Suppe steht auf dem Herd, bin bei der Arbeit«, »Ich hab nicht gegessen, bin zu Mama gefahren«.

Als sie merkte, dass die Lage sich nicht entspannen wollte, rief Manja die Hunde heran und begann, sie dem Gast vorzustellen. Aber Tamara schlug verschreckt die Beine unter.

»Mögen Sie keine Tiere?«, fragte Manja, die sofort jegliches Interesse an ihr verlor.

»Wir haben auf der Datscha in Petuchowo einen Hund«, brachte die Doktorandin heraus.

Der Name kam mir bekannt vor, aber woher? Petuchowo! Ach ja, die Eier kamen aus Petuchowo! Dort lebte doch die Direktorin der Hühnerfabrik, die Max besucht hatte. Wie hatte ich sie nur vergessen können, ich musste unbedingt mit ihr sprechen!

»Ein guter Ort«, mischte ich mich ins Gespräch, »man kann bestimmt immer frische Eier kaufen und Hähnchen vom Grill.«

»Wie kommen Sie denn darauf?«, fragte Tamara, die zum ersten Mal eine gewisse Gefühlsreaktion zeigte.

»Da ist doch eine Hühnerfabrik.«

Tamara schüttelte den Kopf.

»Mein Vater ist sehr menschenscheu. Er mag es nicht, wenn ringsum Lärm ist, daher hat er sich als Ort für die Datscha ein stilles Plätzchen ausgesucht. Petuchowo ist ein verlassenes Dorf. Die einzige Einheimische, die noch dort lebt, ist Faina Lwowa, sie kümmert sich um unser Haus und füttert Markisa. Weiter gibt es keine Menschenseele.«

»Ach was«, tat ich erstaunt, »ich kenne eine Faina Lwowa, ob das dieselbe ist? So eine lebhafte Frau mit einem großen Busen!«

»Nein.« Tamara schüttelte energisch den Kopf. »Sie ist eher dürr und versteckt ihr Gesicht unter einem Kopftuch. Ich war ganz überrascht, als ich erfuhr, dass sie erst dreißig ist. Sie erschien mir immer wie eine alte Frau. Sie sieht furchtbar aus.«

Ich überließ die Gäste ihrer Torte, lief ungeduldig ins Bücherzimmer und zog den Straßenatlas mit der Moskauer Umgebung aus dem Regal. Er ist eine richtige Kostbarkeit, jede noch so kleine Siedlung ist verzeichnet, alle Wege, nicht nur die asphaltierten Straßen, sondern sogar die kleinen Fußwege sind eingetragen. Da war es ja: Petuchowo, bei Kilometer vierzig auf der Rjasaner Chaussee. Daneben der Vermerk: »Verlassenes Dorf«, ringsum nur Felder und Wälder. Der nächste bewohnte Ort, Kostyljewo, befand sich fünfzehn Kilometer weiter südwärts. Der Professor hatte da ein wunderbares Plätzchen entdeckt, hier würde ihn bestimmt keiner belästigen.

Nachdenklich seufzte ich. Es gab wirklich nur das eine Petuchowo, die Geschichte mit der Hühnerfabrik und den billigen Eiern musste also erfunden sein. Aber von wem? Von der geheimnisvollen Frau oder von Max?

Da traten Kescha und Häschen ins Zimmer.

»Mutter, komm bitte zu uns ins Schlafzimmer«, begann mein Sohn, aber da kam unsere Haushälterin Irka aufgeregt ins Arbeitszimmer gerannt.

»Eine Frechheit«, erklärte sie, »jemand hat im Büfett fast alle Tassen von dem roten Service kaputtgeschlagen. Die beiden, die übrig geblieben sind, hat er auf die Teller geworfen. Und dann schauen Sie bitte mal, was ich auf dem untersten Brett, hinter der Suppenschüssel, gefunden habe…«

Sie hielt die Hand auf, in der ein merkwürdiger, leicht in die Länge gezogener Gegenstand lag.

»Was ist das?«, fragte ich interessiert.

»Eine Kugel«, antwortete Kescha langsam, »eine Kugel, wahrscheinlich aus einer ›TT‹-Pistole. Na los, Mutter, komm nach oben. Wir müssen uns unterhalten.«

KAPITEL 27

Wir stritten uns fast bis zum nächsten Morgen. Als Häschen und ich nach kurzer Rast beschämt und kleinlaut zum Frühstück heruntergingen, war von unserem Peiniger nichts zu sehen. Er war überstürzt zur Arbeit aufgebrochen. Bei seinem Mandanten hatte irgendeine Art höhere Gewalt zugeschlagen.

»Schwein gehabt«, flüsterte ich Olga zu.

»Übrigens«, sagte Rimma Borissowna kampflustig, »heute gehen wir alle in ein Schlagerkonzert. Es fängt um sieben an, im Saal ›Rossija‹.«

Ich sperrte schon den Mund auf, aber die alte Dame erstickte jeglichen Protest im Keim:

»Darja, Gera hat Tamara eingeladen. Sie soll mitkriegen, wie freundschaftlich wir als Familie miteinander umgehen. Deshalb betone ich es noch mal: Wir gehen ALLE ins Konzert. Tamara ist das Beste, was uns bisher untergekommen ist. Sie hat eine Wohnung, eine Datscha und einen gut situierten Papa.«

Ich fand, man hätte den beiden lieber ein bisschen Zeit zu zweit lassen sollen, damit sie sich in Ruhe kennen lernen konnten. Aber die liebende Mutter war da offenbar anderer Ansicht.

Nach dem Frühstück ging ich zu Häschen nach oben.

»Hast du die Adresse rausgekriegt?«

»Ich habe mich mit ihm für heute auf einen Kaffee verabredet«, sagte sie, während sie den sich wehrenden Wanka in das Ställchen setzte.

»Na los, mach dich auf den Weg«, forderte ich sie ungeduldig auf, »um wie viel Uhr trefft ihr euch?«

»Um zwei bei McDonald's auf der Twerskaja«, erklärte Olga, »aber vielleicht sollte ich doch lieber nicht hingehen? Kescha wird uns umbringen, wenn er erfährt, dass wir nicht auf ihn hören.«

»Ich brauche die Adresse, damit ich dem Burschen in einer ruhigen Umgebung ein paar Fragen stellen kann. Außerdem scheint sich Jana Sokolowa bei ihm zu verstecken, und die ist das wichtigste Glied in dieser ganzen Geschichte.«

»Na schön«, murmelte meine Schwiegertochter, »überredet. Aber wenn Kescha anfängt zu schimpfen, sag ich, du hast mich gezwungen.«

Nachdem ich Olga zu ihrer Verabredung gedrängt hatte, fuhr ich zu Leonid Medwedjews Bekannten Iwan. Ich wollte wissen, warum Anton nach einem halben Jahr von dort ausgezogen war.

Die Andrejew-Straße ist ein wunderbarer Ort nur zwei Schritte entfernt von der Twerskaja, mitten in der Stadt, und dabei still wie auf dem Land. Die Häuser stammen vom Anfang des Jahrhunderts, hier gibt es hohe Decken, riesige Treppenaufgänge und unübersehbare Flure.

Iwan war zu Hause.

»Von diesem Schurken will ich nie wieder hören«, lautete seine spontane Antwort auf die Frage nach Anton, »hoffentlich krepiert er bald, der schiefgesichtige Schweinehund.«

»Wieso schiefgesichtig?«, fragte ich ehrlich erstaunt, »ich finde, er ist ein ausgesprochen schöner Mann.«

»Der Teufel gibt sich oft das Antlitz eines Engels«, erklärte der Mann philosophisch, »schön ist er wie ein Bild, aber mir hat er von Anfang an nicht gefallen.«

»Warum?«

»Wer sind Sie eigentlich, und warum suchen Sie Anton?«, gab Iwan zurück.

Hier wäre das Märchen von der Erbschaft fehl am Platz gewesen.

»Ich bin Major der Miliz, Darja Iwanowna Wassiljewa. Anton Leonidowitsch Medwedjew wird eines schweren Verbrechens beschuldigt, seine letzte bekannte Adresse ist die Andrejew-Straße.«

»Da hat er wohl noch irgendein unglückliches Mädchen umgebracht«, war die Reaktion meines Gesprächspartners, »gehen wir hinein.«

Die Einteilung der Wohnung war mehr als seltsam. Ins Wohnzimmer gelangte man durch eine riesige zugekramte Küche. Offenkundig lebte Iwan allein. Am Fenster gab es keine Vorhänge, die Regale waren mit einer dicken Staubschicht bedeckt, auf dem Schreibtisch rauschte leise ein eingeschalteter Computer. Überall lagen Bücher, Bücher, Bücher…

In der Mehrzahl waren es französische…

»Ich übersetze Krimis«, erklärte der Mann, als er meinen interessierten Blick bemerkte.

Am liebsten hätte ich gleich gefragt, ob ich die Neuerscheinung auf seinem Schreibtisch lesen dürfte, aber wahrscheinlich wäre er nur misstrauisch geworden. Wer hat schon mal einen Milizionär gesehen, der Fremdsprachen beherrscht?

Nach einem letzten begehrlichen Blick auf den Band begann ich mit meinem Verhör:

»Warum hat Ihnen Anton nicht gefallen, und wie kommen Sie darauf, dass er jemanden umgebracht hätte?«

Der Mann zog eine dicke Zigarre hervor, schnitt sorgfältig das eine Ende ab und begann, stinkende Rauchschwaden auszustoßen.

»Leonid Medwedjew hat Anton zu mir gebracht. Seine Mutter war die Zirkusartistin Ljudmila Zimpanelli, mit der Leonid eine Affäre gehabt hatte. Anton hatte sich mit seiner Mutter nicht mehr verstanden und war zu seinem Vater gegangen. Dessen Frau ist furchtbar eifersüchtig, es war klar, dass er bei ihnen nicht würde leben können. Also hat Leonid seinen Sprössling zu mir gebracht.«

Der Junge lächelte bemüht und zeigte sich als Intellektueller, aber dem Übersetzer gefielen von Anfang an seine Augen nicht: Sie waren ganz blau und durchsichtig wie Glas und wirkten so ehrlich, so offen und gutherzig, dass es Iwan unheimlich wurde. Aber er fand keinen Grund, um seinem Freund die Bitte abzuschlagen. Die Wohnung, die er allein mit seiner Tochter Faina bewohnte, war groß. Außerdem sagte Anton gleich, er würde nicht lange bleiben, da ihm das Institut eine Unterkunft versprochen habe. Sollte Iwan etwa riskieren, sich mit seinem besten Freund Leonid zu entzweien?

Im ersten Monat machte der neue Bewohner keinerlei Ärger. Er gab genug Geld in die Haushaltskasse und kaufte sogar einen neuen Fernseher. Tagsüber verschwand Anton im Institut, während er abends friedlich mit Faina zusammen vor dem Fernseher saß. Iwans Tochter war damals in der vorletzten Klasse. Da der Vater oft auf Dienstreisen war, fand er es schließlich gar nicht so verkehrt, einen Mitbewohner zu haben. So musste er wenigstens keine Angst haben, dass die Tochter allein zu Hause war.

Die Wochen vergingen, von dem Studentenwohnheim war keine Rede mehr. Auch Iwan sprach das Thema nicht mehr an. Er konnte jetzt in Ruhe arbeiten. Seine Tochter saß nicht mehr ganze Abende allein zu Hause, und Anton war ein sehr angenehmer junger Mann: Er trank nicht, rauchte nicht, brachte außer Lenja Bestschastnyj keine Freunde nach Hause. Iwan bereiste nun ganz Russland, weil er Geld brauchte. Der Rubel verlor immer mehr an Wert, und der Profi-Übersetzer arbeitete zusätzlich als Simultandolmetscher. Er hatte einen ausgesprochen guten Ruf, galt als verlässlich und nicht zu teuer. Einmal ergab sich für ihn die einmalige Gelegenheit eines äußerst lukrativen Jobs im Küstengebiet im Fernen Osten. Franzosen wollten dort irgendeine Fabrik bauen, sie engagierten den Dolmetscher für ganze drei Monate. Zuerst zögerte er, seine Tochter so lange allein zu lassen, aber die Arbeit bot einen einzigartigen Verdienst, und schließlich fuhr er los. Zwei Monate lang arbeitete er sehr viel, aber dann hatten die Ausländer irgendwelche Meinungsverschiedenheiten mit den örtlichen Behörden, so dass die Fachleute zurück nach Paris fuhren. Iwan flog nach Moskau und kam spätabends nach Hause, ohne dass er sich angekündigt hätte. Seine Heimkehr sollte eine Überraschung sein. Er öffnete die Tür zum Schlafzimmer seiner Tochter und wollte schon fröhlich rufen: »Da bin ich!« Aber angesichts dessen, was er dort sah, blieben ihm die Worte im Hals stecken.

Sein liebstes Töchterlein, seine kleine Faina, die er allein, ohne ihre Mutter, großgezogen hatte, Papas Süße, sein ganzer Stolz: Sie lag vollkommen nackt auf ihrem Bett mit… zwei riesigen Männern. Einer der Liebhaber war zu allem Übel auch noch ein Schwarzer. Die Pose, in der der Vater Faina vorfand, hätte bestens in die Zeitschrift *Intim* gepasst. Aber am meisten erstaunt und entrüstet war Iwan darüber, dass neben dem Bett Anton mit einer Amateurkamera stand und die Bettszene aufnahm. Der arme Vater sah nur noch rot und bewarf den Burschen mit seinem Koffer. Eine Schlägerei begann, die Männer sprangen aus dem Bett und liefen davon. Der junge, starke Anton schlug Iwan nieder und ging. Faina blieb dümmlich kichernd im Bett liegen. Auf Iwans Aufforderungen, aufzustehen und sich anzuziehen, reagierte sie nicht. Da bekam er es mit der Angst und rief einen Arzt.

Dieser warf einen kurzen Blick auf die nur spärlich mit einem Morgenrock bedeckte Faina und erklärte:

»Die Bestellung zu Drogenabhängigen ist kostenpflichtig.«

»Wie kommst du denn darauf?«, fragte Iwan erstaunt. »Sie muss es am Herzen haben.«

»Und an den Nieren, an der Leber und am Bauch«, sagte der andere, während er melancholisch in seinem Koffer mit den Medikamenten kramte, »schau dir mal ihre Arme an, Mann.«

Iwan starrte auf die schmalen, mit blauen Flecken übersäten Arme von Faina und brach in heftiges Schluchzen aus. Der Arzt war gutmütig und gab dem Vater eine Beruhigungsspritze. Die Nacht und die Hälfte des nächsten Tages verbrachte er im Halbschlaf. Erst zum Mittagessen wurde er wieder richtig wach und ging ins Badezimmer, um sich die Zähne zu putzen und zu waschen.

Dort saß Faina auf der Waschmaschine. Den linken Arm hatte sie sich mit einem Gürtel abgeschnürt, dessen eines Ende sie mit den Zähnen festhielt. Neben ihr lag ein leeres Fläschchen.

»Was tust du da?«, fragte Iwan ruhig.

Faina hob ihre großen braunen Augen zu ihm empor.

»Verzeih mir, Papa, ich kann einfach nicht ohne meine Dosis.«

Der folgende Monat wurde zu einem Albtraum für alle beide. Faina erzählte ihm, dass sie schon lange Antons Geliebte sei. Er hatte sie an die Drogen gewöhnt und begonnen, Pornofilme mit ihr zu drehen. Für die Nadel war das Mädchen zu allem bereit, sie hatte keinen eigenen Willen mehr.

»Ich liebe ihn, Papa«, weinte sie, während sie ihn umarmte, »verstehst du, ich liebe ihn. Bring mir Anton zurück.«

Zuerst versuchte es der Übersetzer auf die sanfte Tour. Er sprach sich mit der Schule ab, aber Faina hatte nicht die geringste Absicht, den Unterricht zu besuchen, stattdessen lief sie zum Dealer und besorgte sich Stoff. Da fand der Vater eine Stelle bei einem Verlag und begann, zu Hause Krimis zu übersetzen. Er ließ seine Tochter nicht mehr aus den Augen, gab ihr zu festen Uhrzeiten zu essen und die vom Arzt verschriebenen Tabletten. Aber kaum ging er nur kurz einkaufen, entwischte ihm Faina sofort, um erst am nächsten Morgen zerstochen und zufrieden wieder nach Hause zu kommen.

Auf alles Zureden des Vaters gab sie immer nur eine Antwort: »Bring mir Anton zurück.«

Einmal wurde Iwan aus dem Kontor des Friedhofs angerufen, auf dem seine Frau begraben war. Man teilte ihm mit, Unbekannte hätten in einem Akt von Vandalismus den Grabstein zerschlagen. Er machte sich auf nach Mitino, fand aber das Grab unbeschädigt vor. Voller böser Vorahnungen nahm er sich ein Taxi, um nach Hause zurückzukehren. Die Wohnung erwartete ihn mit so gut wie nackten Wänden. In den drei Stunden, die Iwan unterwegs gewesen war, hatten die Diebe fast alles weggetragen, nur die alten Möbel standen noch herum. Die Bilder, die Ikonen, die silberne Zuckerdose, der Computer, der Fernseher, das Videogerät – die Diebe mussten einen LKW verwendet haben. Aber das war nicht das Schlimmste.

Auf dem Tisch in Fainas leerem Schlafzimmer lag ein Zettel: »Du bist mir kein Vater mehr, ich gehe zu dem, den ich liebe.«

Iwan lief in das Zimmer, in dem Anton gewohnt hatte, öffnete den Schrank und stellte fest, dass alle seine Sachen verschwunden waren. Nun wusste er, wer die Wohnung ausgeraubt und Faina mitgenommen hatte.

Die Suche nach der Tochter verlief erfolglos. Es war, als hätte sie sich in Luft aufgelöst. Fotos von ihr wurden im Fernsehen gezeigt und in Zeitungen veröffentlicht, aber umsonst. Das Mädchen war und blieb verschwunden. Einen letzten Versuch startete er vor einigen Jahren. Iwan nahm eines ihrer Fotos von damals, als sie siebzehn war, und ging zu einem berühmten Geistheiler, der es sich lange ansah und dann sagte:

»Unter den Lebenden kann ich sie nicht sehen.«

Seit diesem Zeitpunkt hatte Iwan aufgehört, nach seiner Tochter zu suchen. Er lebte nun allein, denn heiraten wollte er auch nicht mehr.

»Warum suchen Sie nicht nach Anton«, riet ich ihm, »er weiß bestimmt, wo Faina steckt.«

»Ich hab ihn ja gesucht«, winkte Iwan ab, »er ist aus dem Institut verjagt worden, wohnt nicht bei seiner Mutter, hat keinen Kontakt zu seinem Vater. Wo sollte ich ihn denn finden?«

Der einzige Anhaltspunkt war noch Antons Freund Lenja Bestschastnyj, aber der sagte, er habe Anton nicht mehr gesehen.

»Wo wohnt denn dieser Freund?«, fragte ich und spitzte meine Ohren.

»Früher wohnte er am Gartenring, ob die Adresse noch stimmt, weiß ich nicht.«

Ich schrieb sie mir auf und ging auf die Straße. Draußen war es nach der drückenden Hitze plötzlich kühl geworden, ein schneidender Wind war aufgekommen. Man hatte das Gefühl, als wäre es plötzlich Ende September und nicht mehr Juni.

Um Viertel vor sieben hatte ich mich mit meiner Familie vor dem Rossija verabredet. Ich sah auf die Uhr. Es war noch früh, Zeit genug, um zu Lenja Bestschastnyj zu fahren. Das Haus lag tatsächlich mitten in der Stadt am Gartenring.

Aber dort hatte ich Pech. Hinter der riesigen braunen Holztür rührte sich nichts. Durch das Guckfenster war nichts zu sehen. Ich hörte in der Wohnung das Telefon läuten. Keiner da. Entweder war er bei der Arbeit oder verreist. Ich musste zurück zum Auto.

Da wurde mir schwarz vor Augen, auf meine Ohren legte sich ein dichter Film. Um nicht zu fallen, setzte ich mich schnell auf die Treppenstufe. Zum Teufel, ich weiß doch, dass mein Blutdruck rapide sinkt, wenn das Wetter plötzlich umschlägt. Oxana hat mir für solche Gelegenheiten ans Herz gelegt, immer ein paar Stücke Zucker bei mir zu haben. Fügsam habe ich also eine Schachtel im Handschuhfach des Autos deponiert. Muss mir ausgerechnet hier auf der Treppe schlecht werden, während der rettende Zucker im Volvo liegt? Bitte mach, dass ich nicht auf der Treppe eines fremden Hauses in Ohnmacht falle.

Mein Kopf dröhnte und vor meinen Augen tanzten die Sterne.

»Ist Ihnen nicht gut?«, hörte ich eine Stimme.

Mit Müh und Not drehte ich meinen schmerzenden Kopf. Die Tür zur Nachbarwohnung stand offen, auf der Schwelle stand eine junge Frau.

»Es geht gleich vorbei«, murmelte ich undeutlich, »keine Angst, ich bin nicht betrunken. Ich habe nur einen niedrigen Blutdruck.«

»Meinen Sie, ich könnte einen Alkoholiker nicht von einem ordentlichen Menschen unterscheiden?«, fragte die andere empört. »Kommen Sie herein, ich arbeite im Gesundheitswesen.«

Auf weichen Knien schleppte ich mich in ihr Zimmer und ließ mich auf das moderig riechende Sofa fallen. Das Mädchen zog ein Blutdruckmessgerät hervor.

»Sechzig zu fünfundvierzig«, murmelte sie, »Sie brauchen eine Spritze.«

»Lieber einen starken Tee mit Zucker«, bat ich.

Der Lipton wirkte ausgesprochen belebend, das Dröhnen in meinem Kopf verschwand.

»Ist Ihnen besser?«, erkundigte sich das Mädchen.

»Danke sehr«, antwortete ich und setzte mich auf, während ich meine Retterin aufmerksam betrachtete. Woher kannte ich ihr Gesicht? Diese stark geschminkten Augen, die schwarzen Haare und die stattliche Figur?

»Wunderbar«, bemerkte die gute Samariterin zufrieden, »jetzt bleiben Sie noch zwanzig Minuten liegen, dann ist alles wieder gut.«

»Aber nicht doch, danke, ich muss los.«

»Diskutieren Sie nicht, ich bin zwar nur eine einfache Krankenschwester, aber ich weiß, dass mit einer vaskulären Dystonie des vegetativen Nervensystems nicht zu spaßen ist. Sie haben Glück gehabt: Ich habe durch das Guckfenster in der Tür geschaut, weil ich sehen wollte, wer da zu meinen Nachbarn wollte. Aber da saßen Sie schon auf der Treppe, ganz grün im Gesicht...«

Während sie weiter vor sich hinzwitscherte, fiel mir plötzlich ein, woher ich sie kannte.

»Sie heißen doch Galja?«

»Genau! Woher wissen Sie das?«

»Ich war im Krankenhaus, bei Doktor Rewenko.«

»Ach du liebes Bisschen«, sagte sie entzückt, »was für ein Zufall, das ist ja wie im Kino. Haben Sie in unserer Abteilung gelegen?«

»Nein, ich wollte nur eine Auskunft haben. Aber die Rewenko konnte sich an nichts erinnern. Eine seltsame Frau!«

»Und wie«, lachte Galja, »sie ist eine echte Transuse. Die anderen Ärzte sind so geschickt und schnell, die Rewenko dagegen… Bis sie irgendwelche Zusammenhänge begreift, ist eine Woche herum. Wie ein tiefgefrorener Fisch! Vergisst alles, bringt die Kranken durcheinander. Sie um was zu bitten, bringt eh nix, sie vergisst es sofort. Stellen Sie sich vor, in was für eine blöde Lage sie mich gebracht hat.«

Galja holte aus dem Schrank eine Packung Zigaretten, zündete sich eine an und erzählte mir ihre Geschichte. Ein paar Wochen vorher war ein Nachbar zu ihr gekommen und hatte sie um Hilfe gebeten. Seine Freundin, die an der Fakultät für Mathematik studierte, war derartig mit ihrer neuen Liebe beschäftigt gewesen, dass sie ihr Studium vollkommen vergessen hatte. Das ganze Frühjahr hatten sie zusammen vertrödelt und im Bett verbracht. Jetzt standen die Prüfungen bevor, die sie natürlich nie und nimmer bestehen würde. In ein paar Tagen lässt sich der Stoff nämlich nicht nachholen. Die Freundin des Nachbarn war jetzt zwar zur Besinnung gekommen, aber leider zu spät. Im Sommer wollte sie nun das Versäumte lernen. Aber dazu brauchte sie eine Bescheinigung über eine Einweisung ins Krankenhaus, damit man ihr für die Prüfungen einen Aufschub gewährte.

»Schreib einfach, sie hat sich einen Arm oder ein Bein gebrochen und liegt jetzt bei euch in der Abteilung«, bettelte der Nachbar, »hilf uns bitte, sei ein guter Mensch.«

Galja willigte ein und trug der Rewenko auf, sie solle, falls sich jemand nach dem Mädchen erkundige, sagen, sie sei nach Hause entlassen worden. Es kostete nichts, die Bescheinigung zu schreiben: Die unterschriebenen Blanko-Formulare und Stempel lagen im Schwesternzimmer herum.

Aber die tranige Rewenko vergaß, worum sie gebeten worden war, und als man aus der Universität anrief und nach dem Gesundheitszustand der Sokolowa fragte, antwortete sie, während ihr Galja bedeutsame Grimassen schnitt, in aller Ruhe, in der Klinik liege niemand mit diesem Namen. Galja warf ihr vor:

»Ich hatte Sie doch um etwas gebeten!«

Die Rewenko hob langsam ihren verschlafenen Blick und sagte melancholisch gedehnt:

»Ach ja… Ich vergaß.«

»Eine Sekunde länger, und ich hätte sie geschüttelt«, sagte Galja empört, »also wundern Sie sich nicht, falls sie Ihre Dokumente verloren haben sollte.«

»Wie hieß das Mädchen, erinnern Sie sich noch?«

»Sokolowa, Anna, nein, irgendwie anders.«

»Vielleicht Jana?«

»Genau, ich dachte noch, das ist kein russischer Name. Kennen Sie sie?«, fragte Galja erstaunt.

Nein, Galjalein, noch kenne ich sie nicht, aber ich träume schon lange davon, ihr endlich zu begegnen.

»Welcher Nachbar war das?«

»Na der, an dessen Tür Sie geklopft haben.«

»Anton Medwedjew?«

»Was für ein Anton? Lenja Bestschastnyj, wir wohnen schon unser ganzes Leben am selben Treppenabsatz, schon unsere Eltern waren befreundet. Was wollten Sie von ihm?«

»Ich bin aus Paris gekommen und habe einen Brief und Souvenirs für ihn von Freunden.«

»Na so was«, sagte Galja entzückt, »wo Lenja überall Leute

kennt. Aber ist ja auch verständlich für einen Kinoregisseur. Er hat die Filmhochschule hier abgeschlossen. Nur ist er gerade nicht da, er macht irgendwo auf dem Lande Aufnahmen. Morgen kommt er wieder.«

KAPITEL 28

Um fünf vor sieben kam ich mit hechelnder Zunge am Konzertsaal an. Am Eingang hüpfte Manja ungeduldig auf und ab, in der Hand hielt sie zwei Karten.

»Mamilein«, schrie sie, »los, schnell, die anderen sind schon vorgegangen, es fängt gleich an.«

Als wir zu unseren Plätzen durchkletterten, traten wir den Sitzenden auf die Füße. Ich holte tief Luft. Hoffentlich würde die Musik nicht zu laut werden, damit ich nachdenken konnte. Da trat der Conférencier auf die Bühne und kündigte blöde kichernd die Gruppe »Skunk« an. Was für ein Name! Ob es bei ihrem Auftritt auch übel riechen würde?

Die Musik dröhnte los, und schlagartig verließen alle Gedanken meinen Kopf. Ich hasse schrille Töne, schon eine laute Stimme bringt mich auf die Palme, und hier waren es gleich lautes Geschrei und dazu noch Trommelwirbel. Endlich verstummte der infernalische Lärm, aus den Kulissen trat Alla Borissowna Pugatschowa höchstpersönlich. Aus irgendeinem Grunde begrüßte das Publikum das Erscheinen der berühmtesten Schlagersängerin Russlands mit wildem Gelächter und einem Pfeifkonzert. Um ehrlich zu sein: Die Reaktion kam mir seltsam vor.

Sie brachte mit einer herrschaftlichen Geste die tobenden Zuschauer zum Schweigen, sang eine Strophe aus ihrem bekannten Lied »Paromschtschik« vom Fährmann und verschwand wieder. Ich wunderte mich über diesen kurzen Auftritt. Aber da wurden schon ein paar Tische auf die Bühne gerollt, ein Zauberkünstler begann, seine Tücher zu schwenken.

Danach kam Filipp Kirkorow heraus. Wieder Lachen, Fußgetrampel, Pfeifen. Auch er sang nur eine Strophe und verschwand. Jetzt war ich wirklich verwirrt. Als schließlich die großartige, stattliche Elena Obraszowa im Rampenlicht erschien und mit ihrer unnachahmlichen Stimme den Beginn einer Arie aus *La Bohème* sang, dachte ich, ich würde verrückt! Eine Diva von diesem Kaliber hatte sich einverstanden erklärt, an diesem bunten Programm teilzunehmen und gerade mal für drei Minuten vor dem Publikum zu erscheinen?!

»Macht er es nicht großartig?« Manja stieß mich mit dem Ellbogen an. »Täuschend ähnlich, oder?«

»Wer denn?«, fragte ich leise, während ich beobachtete, wie die Obraszowa ihren schweren Körper stolz von der Bühne herunterbewegte.

»Was denkst du denn, Mama?«, fragte Manja erstaunt. »Das ist doch der Imitator Berestow, schau nur…«

Sie reichte mir das Programm herüber. Ich war baff: Das heißt, der Meister der Parodie Oleg Berestow verwandelt sich in alle diese Leute? Aber wie schafft er das? Die Haare, na schön, da hat er eine Perücke aufgesetzt, aber sonst, die Größe zum Beispiel?

»Ich kenne ihn sehr gut«, brüstete sich Manja, »er ist ein cooler Typ. Wenn er Lisa abholt, verteilt er immer in der ganzen Klasse Schokolade.«

»Wer holt wen ab?«

»Mama«, zischte Manja vorwurfsvoll, »du hörst mir schon wieder nicht zu. In meiner Klasse ist auch die Tochter von Oleg Berestow, sie heißt Lisa. Wenn ihr Vater sie von der Schule abholt, und das tut er oft, dann kommt er immer zu uns in die Klasse.«

Sie schwatzte weiter aufgeregt, aber ich hatte schon wieder

abgeschaltet. Oh Gott, ich glaube, jetzt verstehe ich, wie Max und Ada zu Mördern geworden sind. Nur eine winzige Kleinigkeit weiß ich noch nicht: Wer hat das Schauspiel wozu inszeniert?

Morgens wartete ich, bis Manja zum Frühstück herunterkam, bevor ich sagte:

»Ein wundervolles Konzert!«

»Sehr, sehr schön«, antworteten die alten Damen unisono, »was für ein Künstler der Parodie!«

»Übrigens«, sagte ich schlau lächelnd, »seine Tochter Lisa ist in einer Klasse mit Manja. Wenn Sie wollen, könnten wir den Künstler zu Hause anrufen, um ihm zu dem schönen Abend zu gratulieren. Du hast doch seine Nummer?«

Das treuherzige Kind schrie fröhlich:

»Aber natürlich, und auch die Adresse!«

Lärmend rannte Manja los und holte ihr Telefonbuch, während Rimma Borissowna sich auf Gera stürzte und von ihm forderte, Tamara zum Mittagessen einzuladen. Ich wartete, bis Manja lauthals die Telefonnummer verkündet hatte, dann lief ich schnell in mein Schlafzimmer.

Berestow hatte noch geschlafen. Es ist bestimmt anstrengend, bis Mitternacht zu arbeiten, dachte ich, als ich seine verschlafene Stimme hörte, und sagte:

»Verzeihen Sie die frühe Störung, aber Herr Kasaris bat mich, Sie unbedingt noch zu Hause zu erreichen.«

»Wer?«, fragte der Künstler. »Was für ein Herr?«

»Kasaris, der Besitzer des Clubs ›Gardénia‹ in Paris. Er hat mich bevollmächtigt, mit Ihnen über ein eventuelles Gastspiel zu sprechen.«

Ich hörte einen unterdrückten Seufzer, dann die Aufforderung, sofort zu kommen.

Aber klar doch. Das »Gardénia« ist für Schlagersänger vergleichbar mit der Verleihung des »Oskar« für Filmemacher. Hat man erst einmal auf der Bühne des berühmten Saales gestanden, dann gehört man schon zur Elite des Showbusiness. Viele Kritiker verurteilen Kasaris für seine tendenziöse Auswahl der Künstler. Aber der pfeift auf die Meinung anderer. Sein Saal ist immer bis auf die letzte Karte ausverkauft. Manchmal erlaubt er sich, einen jungen Interpreten auftreten zu lassen, und macht ihn innerhalb eines Tages reich und berühmt. Russische Künstler werden hier nur ausgesprochen selten eingeladen. Somit war Berestows Aufregung nur allzu verständlich. Für die Begegnung mit mir würde er alle anderen Termine zurückstellen und sein ganzes Können vorführen.

Wenn man in ein fremdes Land fährt, muss man sich vorher mit den Gebräuchen des Landes bekannt machen. Auch in der Kleidung muss man sich anpassen. Ich durchsuchte meine Garderobe und entschied mich für die weite Hose und einen scheußlichen, eng anliegenden Samtpullover, der nur bis zur Taille reichte. Nachdem ich mich mit allen möglichen Ketten behängt hatte, schaute ich in den Spiegel und war unzufrieden. Kasaris ist ein großer, wohlbeleibter Mann, der überall in hellgrünen Lederhosen und einem kanariengelben Hemd auftaucht. Seine langen, honigfarben getönten Locken fasst er im Nacken mit einer goldenen Haarspange zusammen, bordeauxrote Schuhe und ein Ohrring vervollkommnen das Bild.

Aber all die Kettchen reichten nicht aus, um mich glaubhaft als seine Vertreterin auszugeben, ich musste mein Aussehen grundlegend verändern.

Die Hose konnte bleiben. Statt des Pullovers würde ich aber eine lange grellgrüne Strickjacke anziehen, darüber eine lederne Weste mit Fransen und Nieten.

Dann ging ich zu Olga hinüber. Sie hatte Anton am Tag vorher nicht gesehen, er war einfach um zwei nicht zu dem verabredeten Treffen erschienen.

»Und?«, fragte meine Schwiegertochter. »Was nun? Soll ich hier bleiben und auf seinen Anruf warten?«

»Bleib hier und warte«, stimmte ich zu und nahm das hellrote Haarspray, das in ihrem Regal stand. Mit dieser Farbe im Haar sah ich wahrlich wie eine Verrückte aus. Dann schminkte ich mir dick die Augen, malte mir den Mund orange und bepuderte mein Gesicht reichlich. Schließlich schlüpfte ich in hellblaue Pumps mit einem Fünfzehn-Zentimeter-Absatz und schwankte federnd zum Spiegel. Ein seltsames Wesen schaute mir entgegen.

Ich lief in den Korridor und stieß mit Nina Andrejewna zusammen.

»Um Himmels willen, wo willst du denn hin?«, fragte sie fassungslos.

»Zu den Aufnahmeprüfungen an die Uni.« Ich konnte es nicht lassen, sie auf den Arm zu nehmen. Wie die frisch gebackenen Studenten wohl reagieren würden, wenn ein Lehrer sich in dieser Aufmachung vor sie hinstellen würde?

Die Gegend um die Tschernjachowski-, Usijewitsch- und Krasnoarmejskaja-Straße sieht aus wie ein Freilichtmuseum. Hier wohnt seit den Fünfzigerjahren in schönen, bequemen Häusern aus hellem Backstein die Intelligenzia: Schauspieler, Schriftsteller und Maler.

Berestows Haus, ein relativ modernes sechzehnstöckiges Hochhaus, sah edel aus. Auch der Hausherr ließ in seinem Aussehen nichts zu wünschen übrig. Er trug so etwas wie einen Astronautenanzug, an den Füßen hatte er Schlappen, die an Hunde erinnerten. Affengeil, würde Manja sagen.

Etwa eine Viertelstunde lang besprachen wir das »Gastspiel«. Dann sagte ich:

»Herr Kasaris lässt fragen, wie viel Dienstpersonal Sie haben.«

»Vier Maskenbildner und acht Kostümbildner«, begann Oleg aufzuzählen.

»Wie viele?«, fragte ich ehrlich erstaunt nach.

»Die Maske ist bei mir außerordentlich komplex, und auch die Garderobe ist sehr speziell.«

»Ich kann mir gar nicht vorstellen, wie Sie Ihre Größe verändern.«

»Das ist eigentlich das Allereinfachste. Ich trage spezielle Schuhe, und zwar die schon den griechischen Schauspielern bekannten Kothurne, oder ich gehe barfuß.«

»Und wenn Sie jemanden mit einer Leibesfülle wie Elena Obraszowa nachahmen? Sie sind doch eher schlank…«

»Ganz einfach, da habe ich ein spezielles Kleid mit dicken Einlagen, eingesetzter Brust, Bauch, Schenkeln…«

»Trotzdem dürfte es doch unmöglich sein, sich so zu schminken, dass man nicht erkannt wird.«

Das Telefon im Nebenraum klingelte, Oleg entschuldigte sich und ging hinüber. Anscheinend war der Anrufer gesprächig, denn zehn Minuten später kam ein junges Mädchen ins Zimmer hereingeflattert.

»Es ist Papa sehr unangenehm, aber es ist die Großmutter mit einem Ferngespräch«, erklärte sie, »deshalb will ich Ihnen ein bisschen Gesellschaft leisten.«

Mit großen Augen schaute ich das Mädchen an. Wie konnte ein eher kleiner und ziemlich unscheinbarer Schauspieler so eine Schönheit zustande gebracht haben! Die hellblonden Locken reichten fast bis zu ihrer Taille, die hohe Brust fand sogar ich als Frau schön, ihre Beine waren so lang, dass sie bis zu den Ohren gingen. Sie war ein bisschen zu stark geschminkt, aber das machen die Mädchen heutzutage eben so.

Wir unterhielten uns freundlich über die Kunst der Renaissance, die Stimme des Mädchens war glockenhell. Dann lachte sie plötzlich laut und heiser und gar nicht mehr weiblich auf, zog sich die Perücke vom Kopf und sagte mit angenehmer Tenorstimme:

»Na, hab ich Sie ordentlich verschaukelt?«

Sprachlos schaute ich zu, wie das Mädchen das T-Shirt zusammen mit der Brust über den Kopf zog und aus dem Minirock mit Korsett stieg. Vor mir stand mit Mädchengesicht und in Damenstrumpfhose Oleg Berestow.

»Geben Sie's zu, Sie haben mich nicht erkannt?«

Ich nickte.

»Ich war mir sicher, Ihre Tochter wäre ins Zimmer gekommen.«

»Sehen Sie«, der Imitator rieb sich zufrieden die Hände, »ich habe die Maske nur flüchtig aufgetragen, und doch sind Sie drauf reingefallen. Aber in meiner Kunst sind die Schminke, das Kleid oder ein entsprechendes Kostüm, sogar die Nachahmung der Stimme nicht einmal das Wichtigste. Am wichtigsten ist es, sich die Angewohnheiten und Gesten dessen, den man nachahmen will, anzueignen. Wie der andere geht, raucht, sich die Haare zurückstreicht... Hätte ich die Gelegenheit, Sie ein paar Tage lang zu beobachten, könnte ich Ihren Mann und die Kinder täuschen.«

»Ich habe keinen Mann, also könnten Sie ihn auch nicht hinters Licht führen. Aber kann man eigentlich auch einen Hund hereinlegen?«

Oleg lachte.

»Bei Haustieren funktioniert es nicht. Ich hatte da mal einen witzigen Zwischenfall. Ich habe doch am Institut für Luftfahrt studiert, von meiner Ausbildung her bin ich Techniker, Mathematik ist mir immer leicht gefallen. Ich wäre jetzt sicher Ingenieur, wenn es am Institut nicht dieses fantastische Studententheater gegeben hätte, in dem ich mitgespielt habe. Schließlich bin ich von da auf die Bühne gegangen und Profi geworden.«

Einmal sollte Berestows Bruder Juri, der am selben Institut studierte, zu einem Gespräch zu dem Betreuer seiner Diplomarbeit gehen. Juri wollte mit seinem Mädchen drei Tage auf der Datscha verbringen, konnte aber auch das Treffen mit dem Professor nicht schwänzen, denn dieser war bekannt für seinen schwierigen Charakter. Also bat Juri seinen Bruder, an seiner

Stelle dort zu erscheinen. Oleg, der damals schon erfolgreich in Konzerten auftrat, willigte ein.

Zuerst lief alles wie geschmiert. Weder der hochbetagte Professor noch seine alte Frau bemerkten den Betrug. Nur der kleine Hund kläffte Oleg böse an und schnappte nach seinem Bein.

»Was ist bloß los mit dem Kleinen«, entschuldigte sich die Hausfrau, während sie die Spuren der Zähne an Olegs Bein mit Jod einrieb, »ich verstehe es einfach nicht. Sie reagiert zwar immer böse, wenn Fremde kommen, bellt und will zuschnappen, aber sie kennt Sie doch gut, Juri, und bisher sind Sie immer gut mit ihr zurechtgekommen. Wissen Sie noch, wie sie Ihnen letztes Mal sogar in den Schoß gesprungen ist…«

»Den Hund konnte ich also nicht täuschen«, lachte Oleg. »Er orientierte sich am Geruch und nicht am Äußeren. Obwohl er, glaube ich, mein einziger Misserfolg war. In meiner Jugend hab ich nur einmal jemandem einen solchen Streich gespielt, dass es mir bis heute peinlich ist. So viel zu der Frage, ob es möglich ist, einen Ehepartner zu täuschen. Unser Regisseur hatte eine Frau, sie hieß Aljona. Sie war schön wie ein Engel, ließ sich aber nie auf ein Techtelmechtel ein.«

Zu Neujahr hatte sich Oleg mächtig betrunken und im Suff mit einem Freund gewettet, er könnte sich als Aljonas Mann verkleiden, ohne dass sie es merken würde. Am nächsten Morgen wollte er die Wette wieder rückgängig machen, weil er sie, mit nüchternem Kopf betrachtet, abstoßend fand. Aber der Freund lachte nur und zeigte ihm ein Papier, auf dem geschrieben stand: *Ich verpflichte mich, die fünftausend Rubel zurückzugeben, die ich ausgeliehen habe. Berestow.*

»Zahle«, forderte der Freund ihn auf, »oder geh und spiel Aljona was vor.«

Fünftausend waren zu kommunistischer Zeit eine gigantische Summe, so dass Oleg nichts anderes übrig blieb, als die Gemeinheit zu begehen.

»Bis heute kann ich mir nicht verzeihen«, gestand er mir,

»keiner außer Anton wusste von dem abscheulichen Spiel, aber die Wahrheit kam doch ans Tageslicht, wie, weiß ich nicht. Jedenfalls musste ich das Theater verlassen.«

»Wie hieß Ihr Freund noch, der Ihnen diese Dummheit eingebrockt hat?«

»Anton Medwedjew, wir haben zusammen studiert. Nur, dass ich schon im letzten Studienjahr war, während er gerade erst anfing mit dem Studium. Aber er war von Anfang an im Theater mit dabei. Seitdem habe ich nichts mehr mit ihm zu tun gehabt. Ein niederträchtiger Kerl, wie er das ausgeheckt hat. Zuerst hat er mich betrunken gemacht, um sich dann über mich lustig zu machen: ›Das schaffst du nicht, du schaffst es ja sowieso nicht.‹ Wieso ich den Zettel unterschrieben habe, weiß ich bis heute nicht. Er hat mich bedroht, das Schwein, er würde zur Miliz gehen, wenn ich das Geld nicht zurückgebe. Können Sie sich noch an damals erinnern? Ich stamme nicht aus Moskau, sondern aus Twer, und hatte nur eine befristete Aufenthaltsgenehmigung. Ich wohnte im Studentenwohnheim, man hätte mich ohne weiteres aus der Stadt jagen können.

Ich erzähle Ihnen diese Geschichte nur, damit Sie keinen Zweifel an der Ernsthaftigkeit meiner Kunst haben. Ich bin ein Meister der Imitation, Herr Kasaris wird nicht enttäuscht sein, wenn er mich einlädt.«

»Na schön«, sagte ich, »das klingt überzeugend, ich werde den Chef versuchen zu überreden. Aber ich bin ja nur eine Angestellte, also freuen Sie sich lieber nicht zu früh. Wo steckt jetzt eigentlich dieser Freund von Ihnen, Anton?«

»Weiß der Teufel«, antwortete Oleg, »ich hatte kein Bedürfnis, ihn je wiederzusehen. Soweit ich mich erinnere, wollte er früher Schauspieler werden, er hatte Jakow immerzu bedrängt…«

»Wen?«

»Unseren damaligen Regisseur, Jakow Mironowitsch Kogtjew, Aljonas Mann.«

Als ich mit Kogtjews Adresse und Telefonnummer zum Auto zurückkehrte, war das Wetter endgültig umgeschlagen. Ein widerlicher Sprühregen fiel vom Himmel. Ich setzte mich hinter das Steuer und rief sofort Jakow Mironowitsch an.

»Er probt gerade.«

»Wo?«

»Was heißt hier wo«, regte sich die Frauenstimme auf, »im Theater natürlich, auf dem Smirnowski-Boulevard.«

Es war ein Kellergeschoss mit ungefähr hundert Zuschauerplätzen, das den stolzen Namen Kogtjew-Theater trug. In dem dunklen Zuschauerraum brannte nur eine Tischlampe, bei der ein Mann mit einem Stapel Papier in den Händen saß.

Auch auf der Bühne war es halbdunkel.

»Oh, sag mir, warum?«, fragte eine Frauenstimme.

»Das Schicksal hat seinen Lauf genommen«, antwortete eine Männerstimme.

»Ah, ah, ah, ah«, jammerte von irgendwo unter dem Boden der Chor, »oh, oh, oh.«

Der Mann klatschte in die Hände:

»Sehr schön, eine Stunde Pause, dann fangen wir noch mal von vorn an.«

Im Saal ging das Licht an. Blinzelnd drehte sich der Regisseur zu mir und fragte:

»Wollten Sie zu mir?«

Er sah äußerst beeindruckend aus: mit einem helltürkisen Jackett, einer knallgelben Jeans, weißen Socken und rosafarbenen Schuhen. Ob das wohl auch ein Bühnenkostüm war?

»Was möchten Sie?«, fragte Jakow Mironowitsch ungeduldig. »Sind Sie Schauspielerin? Wollen Sie vorspielen?«

»Major Darja Iwanowna Wassiljewa von der Abteilung für die Suche nach Vermissten. Ich muss Ihnen ein paar Fragen stellen.«

»Gehen wir in mein Arbeitszimmer«, sagte Kogtjew abrupt und zog mich hinter die Bühne und einen Korridor entlang.

In dem kleinen Zimmerchen, in dem nur ein Schreibtisch und zwei Stühle Platz hatten, stellte er den elektrischen Wasserkocher an, holte aus einem Koffer eine Dose löslichen Kaffee und sagte:

»Ja, die Miliz hat ihr Aussehen gehörig verändert. Erlaubt man Ihnen wirklich, so Ihrer Arbeit nachzugehen?«

Ich wurde böse. Wenn du selber rosafarbene Schuhe trägst, steht es dir nicht zu, einen armen Major wegen seiner ungewöhnlichen Ausstaffierung zu kritisieren. Aber ich verlor kein Wort darüber, sondern kam gleich zur Sache:

»Wir suchen Faina Lwowa, ein siebzehnjähriges Mädchen, ist sie vielleicht hier im Theater aufgekreuzt?«

»Nein«, antwortete Jakow Mironowitsch erstaunt, »noch nie gehört.«

Natürlich nicht, wer weiß, wann sie verschwunden ist, und falls sie tatsächlich noch am Leben sein sollte, wäre sie schon um die Dreißig.

»Wie kommen Sie darauf, dass ich Ihnen helfen könnte?«, staunte Kogtjew immer noch.

»Sie ist zuletzt mit einem Schauspieler aus Ihrem Theater gesehen worden, mit Anton Medwedjew.«

Der Regisseur wurde knallrot im Gesicht:

»Falls dieses Subjekt es gewagt haben sollte, sich als Mitglied unserer Truppe zu bezeichnen, so ist das eine glatte Lüge. Er ist talentiert, daran besteht kein Zweifel, aber er ist ein Krimineller. Ich möchte Sie bitten, in meiner Anwesenheit seinen Namen nie wieder zu erwähnen.«

Dabei richtete er sich stolz auf und fixierte mich mit einem Blick, der sich nur mit einem stumpfen Speer vergleichen ließ.

Aber umsonst. Schauspielern mochten so flammende Blicke ja vielleicht Angst einjagen, aber einem Major der Miliz konnten sie nichts anhaben.

»Im Großen und Ganzen bin ich im Bilde, Oleg Berestow hat mir erzählt, was passiert ist.«

»Sie hören auf Klatschgeschichten?«, zischte er.

»Das gehört zu unserer Arbeit«, sagte ich und hob entschuldigend beide Hände, »wir müssen in der Scheiße wühlen. Erzählen Sie lieber selbst, was Ihnen Medwedjew angetan hat, sonst müssen wir die anderen ausfragen: Bekannte, Freunde, Angestellte. Die Leute klatschen ja nur zu gern, meistens erfinden sie aber auch was dazu. Besser erzählen Sie selbst.«

»Setzen Sie die Aussagen schriftlich auf?«, fragte Kogtjew misstrauisch und schaute ängstlich auf meine winzige Handtasche, die eher an eine Streichholzschachtel erinnerte.

»Nein«, beruhigte ich ihn, »ich verstehe sehr gut, wie unangenehm solche Erinnerungen sind. Und meine Vorgesetzten interessieren sich nicht dafür, wie ich an die Wahrheit komme. Sie wollen die Ergebnisse, nicht einen Bericht über den Verlauf der Ermittlungen. Machen wir es so: Sie erzählen über Medwedjew, und ich verspreche Ihnen, dass ich Ihr Geheimnis für mich behalte.«

Nervös nippte Kogtjew an seinem heißen Kaffee.

»Diese Erinnerungen sind wirklich sehr unangenehm. Sie sagten, eine Frau ist verschwunden?«

»Ja, eine ganz junge, eigentlich noch ein Kind. Es ist sehr wichtig für uns, Medwedjews Adresse herauszubekommen.«

»Ich fürchte, dabei kann ich nicht behilflich sein«, seufzte der Regisseur, »unsere Kontakte beschränkten sich aufs Theater, obwohl ich einmal Aljona in der Wohnung aufgesucht habe, die sie von ihrer Tante geerbt hatte…«

»Bitte erzählen Sie der Reihe nach«, bat ich ihn.

KAPITEL 29

Anfang der Achtziger hatte sich Jakow Mironowitsch, damals ein ganz junger Mann und ausgebildeter Regisseur, der aber als Hauswart arbeitete, einverstanden erklärt, Chef des studentischen Laientheaters zu werden. Er war offensichtlich talentiert, denn schon nach einem Jahr strömte ganz Moskau in den Club des Instituts für Luftfahrt. Unter den Studenten fanden sich echte Naturtalente, von denen viele nach dem Diplom an eine große Bühne wechselten. Jakow Mironowitsch verstand es, innerhalb von vierzehn Monaten fünf Premieren auf die Beine zu stellen, mit glühendem Eifer holte er die Jahre wieder auf, die er mit dem Besen in der Hand vertan hatte. In der ersten Besetzung spielte Aljona Potapowa mit, eine siebzehnjährige Studentin aus dem ersten Studienjahr, die besonders begabt war. Der Regisseur begann eine wilde Romanze mit ihr, und ein Jahr später, als Aljona achtzehn wurde, heirateten sie.

Jakow Mironowitsch war ein glücklicher Mann. Erstens hatte die junge Frau ein sehr umgängliches, ausgeglichenes Wesen, dazu war sie eine vorbildliche Hausfrau und schließlich auch noch eine leidenschaftliche Liebhaberin. Mithin also eine Frau, wie sie normalerweise nur im Märchen vorkommt.

Das Studententheater wurde langsam berühmt. Der Direktor des Instituts, den die Tatsache sehr befriedigte, dass sich unter seinem Dach so ein berühmtes Kollektiv gebildet hatte, schlug für Jakow Mironowitsch und Aljona eine prächtige Dreizimmerwohnung in der Nähe der U-Bahnstation »Sokol« heraus. Das Leben schillerte und glänzte in allen Farben des Regenbogens…

Als Kogtjew den neuen Studenten Anton Medwedjew probeweise aufnahm, konnte der Arme nicht ahnen, dass er damit dem Teufel Einlass gewährte. Anton wirkte freundlich und talentiert und überraschte Jakow Mironowitsch mit seiner Verwandlungsfähigkeit.

Als man Anton mit Schimpf und Schande aus dem Institut fortjagte, forderte der Direktor, dass auch Kogtjew dasselbe tat, und erzählte ihm die Geschichte mit dem Pornofilm. Aber aus Antons Mund klangen die Ereignisse ganz anders. Spätabends erschien er bei dem Regisseur zu Hause und erzählte ihm fast mit Tränen in den Augen die »Wahrheit«. Er wollte sich als Drehbuchautor und Regisseur versuchen, hatte ein Stück geschrieben und mit den Aufnahmen begonnen. Tatsächlich gab es dabei einige Bettszenen, aber nicht um der Pornografie willen, sondern um dem Zuschauer die Idee des Autors näher zu bringen. Nun hatten sie ihn fortgejagt und damit gedroht, ihn verhaften zu lassen, nur weil er offen und klar seine Position in der Kunst vertreten hatte.

Jakow Mironowitsch erinnerte sich sofort daran, wie man ihn selbst nirgendwo hatte anstellen wollen, wie er im Winter um sechs Uhr morgens mit dem schweren Spaten losgegangen war, um festgefrorenen Schnee wegzuschaufeln, und beschloss spontan, den Jungen unter seine Fittiche zu nehmen.

Dann verschwand eine beträchtliche Geldsumme aus dem Safe, der in Wirklichkeit allerdings nur ein einfacher Koffer war, den man an der richtigen Stelle aufdrücken musste. Dann verschwanden Aljonas Brillantohrringe und ein Ring von ihr, beides hatte sie in der Garderobe vor dem Spiegel liegen gelassen.

Am zwölften September fühlte sich Kogtjew unwohl und fuhr nach Hause, nachdem er den Schauspielern mitgeteilt hatte, dass die Probe verlegt würde. Auf dem Weg fiel ihm ein, dass er seine Schlüssel auf dem Tisch vergessen hatte, und er kehrte um.

Im Arbeitszimmer stand neben dem geöffneten »Safe« Anton mit einem Packen Geldscheine in der Hand. Jakow Mironowitsch begriff sofort, wer die Diebstähle begangen hatte. Medwedjew tischte ihm sogleich ein Märchen auf: Er sei am Arbeitszimmer vorbeigegangen, als er ein Geräusch gehört und den Schatten eines Menschen gesehen habe, der aus dem Fenster gesprungen sei. Er sei ins Zimmer gegangen, um den Koffer zu schließen, das Geld hätte er aber auf alle Fälle nach Hause mitnehmen wollen, damit der Dieb nicht erneut in Versuchung geraten konnte …

Er sprach überzeugend, schaute Jakow Mironowitsch mit geradem und ehrlichem Blick in die Augen und lächelte dabei freundlich. Aber der erfahrene Regisseur glaubte ihm nicht. Er zeigte mit dem Finger auf das mit einem Gitter vernagelte Fenster und mokierte sich boshaft:

»Wahrscheinlich ist es ein Schatten gewesen, denn ein Mensch aus Fleisch und Blut passt leider nicht durch die Stangen.«

Medwedjew wurde mit Schimpf und Schande davongejagt, wobei dem ganzen Kollektiv der Grund für seine Kündigung mitgeteilt wurde. Der Direktor wiederholte kopfschüttelnd, aber zufrieden: »Ich habe Sie doch vor der moralischen Haltung dieses Subjekts gewarnt. Wollen Sie sich anschauen, was der Schurke für einen Film verkaufen wollte?« Er warf Jakow Mironowitsch die Videokassette hin.

Sie war wie ein weiterer Schlag. Anstelle eines künstlerischen Films über menschliche Beziehungen handelte es sich um billigste Pornografie. Der arme Kogtjew bekam fast einen Herzinfarkt. Aber das eigentliche Unglück lag noch vor ihm.

Seine geliebte Frau Aljona war plötzlich krank geworden. Ein paar Tage lang lag sie mit dem Gesicht zur Wand im Bett und wollte nichts zu sich nehmen. Dann kam sie eines Abends spät zu ihrem Mann ins Arbeitszimmer und machte ihm eine unglaubliche Mitteilung.

»Ich habe dich betrogen«, beichtete sie ihm, »zuerst habe ich gedacht, du wärst es, aber im Bett habe ich dann plötzlich begriffen, dass du's nicht bist, und bin trotzdem nicht weggelaufen, denn du…«

Jakow Mironowitsch verstand gar nichts. Da erzählte Aljona ihm die ganze Geschichte von Anfang an.

Eine Woche davor war Kogtjew für einen Tag nach Sankt Petersburg gefahren. Aljona legte sich ruhig schlafen, aber gegen ein Uhr nachts klingelte ihr Mann an der Tür und sagte ihr, er habe seine Fahrkarte verloren und könne nicht fahren. Seine Frau wunderte sich nicht. Jakow Mironowitsch war furchtbar zerstreut, so dass dies nicht weiter ungewöhnlich war. Sie legte sich wieder in das große Bett und war schon fast eingeschlafen, als ihr Mann sie zu streicheln begann. Als Aljona irgendwann endgültig aufgewacht war, war es ihr klar: Sie lag in den Armen eines ihr vollkommen unbekannten Mannes, der aus irgendeinem Grunde dieselbe Stimme und dasselbe Äußere hatte wie ihr Mann.

Auf seine Frage, warum sie nicht geschrien und den Doppelgänger fortgejagt habe, antwortete Aljona herausfordernd:

»Du bist nie so zärtlich zu mir gewesen, mit dir zusammen habe ich so etwas nie erlebt… Außerdem konnte sich das nur jemand ausdenken, der mich wirklich liebt.«

»Wer ist es?«, fragte der Gehörnte wütend.

Aljona war schließlich später in der Nacht eingeschlafen. Morgens fand sie einen Zettel auf dem Kissen: »Verzeih, ich erklär dir alles später, erzähl Jakow nichts, er ist in Sankt Petersburg.«

Sie verlor sich in Vermutungen, bis Anton Medwedjew anrief. Er sagte, er sei schon lange in sie verliebt und habe nicht gewusst, wie er ihre Aufmerksamkeit auf sich lenken sollte. Daher habe er gewartet, bis Kogtjew weggefahren sei, um sich zu schminken und die Geliebte auf diese ungewöhnliche Weise zu erobern.

Jetzt wollte Aljona sich mit Medwedjew zusammentun. Jakow Mironowitsch war entsetzt. Er flehte seine Frau an, keine Dummheiten zu machen.

»Du hast mich nicht betrogen«, suggerierte er ihr, »du dachtest doch, ich liege bei dir.«

»Nein«, Aljona schüttelte den Kopf, »ich habe gleich begriffen, dass ein anderer bei mir liegt, und bin trotzdem nicht weggegangen. Ich habe es unendlich genossen.«

Damit trennten sie sich, sie verließ ihn. Aber kaum einen Monat später lag auf Kogtjews Tisch ein anonymer Brief. Der Unbekannte schrieb, der Akteur des dummen Spiels sei Berestow gewesen, Kogtjews Lieblingsschüler. Als er ihn zur Rede stellte, leugnete Berestow nicht. Der Regisseur musste ihm kündigen und machte sich auf die Suche nach Medwedjew.

Er fuhr sofort nach Samoskworetschje zu der Wohnung in der Fogel-Straße, die Aljona erst vor kurzem von einer verstorbenen Tante geerbt hatte. Er irrte lange durch die Gassen, bis er das gesuchte Haus schließlich fand. Eine abgemagerte Aljona öffnete die Tür. Sie kam heraus auf die Treppe, damit ihr Mann nicht hereinkam.

Kogtjew erzählte ihr aufgebracht von dem wahren Spaßmacher. Aber seine Frau unterbrach ihn:

»Ich weiß.«

Jakow war verblüfft:

»Dann komm zurück, wir werden so leben wie früher.«

»Um keinen Preis«, antwortete Aljona.

Kogtjew bemerkte einen seltsamen Glanz in den Augen seiner Frau. Obwohl draußen sommerliche Hitze herrschte, hatte sie sich in eine gefütterte Jacke und einen Wollschal eingemummelt.

»Geh weg«, sagte sie ruhig zu ihrem Mann, »verschwinde und reich die Scheidung ein.«

Jakow Mironowitsch zog unverrichteter Dinge wieder ab. Dann rief ihn die Miliz an. Im Ismajlowskij-Park hatte man den Torso einer jungen Frau gefunden ohne Arme und ohne Beine. Ein entstellter Leib, in ein Kleid gekleidet, und eine furchtbare Grimasse auf dem verunstalteten Gesicht, nur die Haare erinnerten an Aljona.

Irgendwie schaffte es der Regisseur, sich bis zu dem Seziertisch zu schleppen, sah die schrecklichen Überreste und fiel in Ohnmacht. Er hatte sofort das Lieblingskleid seiner Frau erkannt. Als Erstes begann die Miliz, nach Medwedjew zu suchen, aber er war verschwunden. Die Nachbarn sagten, er sei mit einer jungen Frau weggefahren.

Die Todesursache war leicht festzustellen: einige Wunden, mit einem Messer beigebracht, ein Stich hatte in die Herzgegend getroffen.

Jakow Mironowitsch begrub die Reste seiner Frau auf dem Wagankowski Friedhof. Medwedjew war wie vom Erdboden verschluckt. Berestow begann, mit enormem Erfolg auf den Bühnen aufzutreten. Das Studententheater verwandelte sich in eine professionelle Truppe und zog um. Kogtjew heiratete ein zweites Mal, der tragische Tod seiner ersten Frau verlor langsam seine Schärfe, heute dachte Jakow Mironowitsch nur noch selten an Aljona. Wenn er Oleg Berestow irgendwo traf, was manchmal vorkam, verbeugten sie sich förmlich voreinander. Anton hatte er nie wiedergesehen.

Ich kehrte zu meinem Wagen zurück, mich fröstelte. Was hatte Ljudmila Zimpanelli da für ein Kind großgezogen. Das Einzige, was ich nicht verstand, war, warum Veronika ihn ihren Bruder genannt hatte. Gab es womöglich zwei Antons? Namensvettern mit unterschiedlichen Vatersnamen? Ich brauchte jedenfalls Ljudmilas Sohn und nicht den von Anna. Aber wo konnte ich ihn finden?

Jakow Mironowitsch wusste noch, dass die Wohnung von

Aljonas Tante in der Fogel-Straße lag, aber die Hausnummer hatte er natürlich vergessen. Er erinnerte sich nur noch daran, dass im Erdgeschoss des Gebäudes ein Zoogeschäft war.

Ich machte mich auf den Weg.

Die Fogel-Straße ist wie viele Straßen in Samoskworetschje kurz und schmal. Gerade mal zehn Häuser und kein Geschäft mit Hamstern und Vögeln.

»Es gab mal eins hier«, bestätigte eine alte Frau, die hier zu Hause war, »aber es ist schon vor langer Zeit abgerissen worden und hat einem Supermarkt Platz gemacht. Zusammen mit dem Gebäude wurden damals noch drei weitere Häuser beseitigt. Na ja, wurde auch Zeit, es waren zweistöckige heruntergekommene Holzhäuser. Fürchterliche Leute wohnten dort, nur Alkoholiker.«

Nachdenklich schaute ich auf das luxuriöse Geschäft. Jetzt blieben mir nur noch zwei ganz dünne Fädchen. Zuerst rief ich Anatoli Igorjewitsch auf dem Gorbuschka-Markt an.

Als er sich wieder erinnerte, wer ich war, sagte er sehr freundlich:

»Darja Iwanowna, glauben Sie mir, wir haben Anton Medwedjew ehrlich gesucht, aber zur Zeit gibt es einen solchen Regisseur im Pornogeschäft nicht. Jedenfalls gehört er nicht zu den dreißig Leuten, die uns regelmäßig mit Filmen versorgen.«

Nun blieb mir nur noch Lenja Bestschastnyj, der Jana das Attest besorgt hatte.

Diesmal war er zu Hause und öffnete auch sofort die Tür. »Was wünschen Sie?«, erkundigte er sich sehr unfreundlich. »Langsam hab ich die Schnauze voll.«

»Major Wassiljewa, Abteilung für die Suche nach Vermissten.«

»Zeigen Sie mir Ihren Ausweis«, forderte er.

Der war vielleicht argwöhnisch! Normalerweise zeichnen sich die Moskauer durch extreme Leichtgläubigkeit aus. Lenja Bestschastnyj war tatsächlich der erste Wachsame unter ihnen.

Für diesen Fall habe ich allerdings das entsprechende weinrote Büchlein mit den Buchstaben MWD, die für das Innenministerium stehen. Ich habe es für fünfundzwanzig Rubel auf dem Schwarzmarkt gekauft, ein Foto hineingeklebt und meinen Vornamen, Vatersnamen und Nachnamen hineingeschrieben. Das Siegel ließ sich wunderbar mit einem großen Radiergummi aufdrücken. Ehrlich gesagt, verwende ich das Ding nur selten. Aber jetzt zog ich es aus der Tasche, schlug es auf und hielt es Lenja hin. Er wollte schon die Hand ausstrecken, aber ich wedelte es gewandt vor ihm hin und her und erklärte:

»Ich darf es keinem aushändigen.«

»Na schön«, erbarmte er sich, »verzeihen Sie, aber ich dachte, die Nachbarn von unten hätten sich bei der Miliz beschwert. Alle beklagen sich, dass ich nachts Lärm mache.«

An geschlossenen Türen vorbei gingen wir in die Küche.

»Ich höre«, sagte Lenja.

»Eine Frau namens Faina Lwowa wird gesucht.«

»Kenn ich nicht«, erklärte Lenja schnell, »den Namen höre ich zum ersten Mal.«

Ich schaute ihn aufmerksam an. Er machte einen ausgesprochen unangenehmen Eindruck, war widerlich dick, geradezu ein Berg von wabbeligem Fett. Der riesige Bauch hing über dem Hosengürtel. Er hatte ein rundes, glänzendes Gesicht, kleine, vorstehende Äuglein über aufgedunsenen Wangen wie Rosinen im Teig, eine Kartoffelnase und einen hellroten, breiten Mund. Noch dazu näselte er so, als hätte man in seiner Kindheit vergessen, ihm die vergrößerten Rachenmandeln herauszunehmen.

»Ich weiß, dass Sie ihn nicht zum ersten Mal hören«, sagte ich scharf, »aber wir brauchen Ihren Freund Anton Medwedjew.«

»Wen?«, fragte Lenja und tat so, als verstünde er nicht.

»Ihren Busenfreund Anton Medwedjew, den kleinen Dieb, Regisseur von Pornofilmen und Schürzenjäger.«

»Ah«, sagte Lenja gedehnt, »irgendwann waren wir mal Freunde! Das ist ewig lange her, ich hatte ihn ganz vergessen!«

»Na gut.« Ich gab nicht auf. »Dann sagen Sie mir, wo sich Jana Sokolowa befindet.«

»Wer bitte?«, grinste Bestschastnyj. »Was für ein Jan?«

»Eine Frau«, erläuterte ich, »Sokolowa, eine Studentin von der mathematischen Fakultät.«

»Keine Ahnung, die hab ich nie gekannt.«

»Lügen Sie nicht!«, sagte ich drohend. »Wenn Sie Jana nicht kennen, wieso haben Sie dann Ihre Nachbarin Galja gebeten, für das Mädchen eine Krankenhauseinweisung auszuschreiben?«

»Ach so«, murmelte Lenja, »jetzt erinnere ich mich. Verzeihen Sie, dass ich nicht gleich darauf gekommen bin. Na gut, ich erzähle es Ihnen. Aber ich vertraue auf Ihr Feingefühl. Sehen Sie, ich bin ein verheirateter Mann, die Ehe mit Marina besteht schon seit vielen Jahren, und sie, wie soll ich es vorsichtig ausdrücken …«

»Genieren Sie sich nicht, Ärzte und Milizionäre sind an alles gewöhnt.«

»Manchmal gehe ich fremd«, fiel Bestschastnyj mit der Tür ins Haus, »vor allem mit Schauspielerinnen, ich bin Regisseur, wissen Sie.«

»Ach, wie interessant.« Ich spielte die Dumme. »Was für Filme haben Sie schon gedreht? Ich liebe das Kino.«

Bei mir dachte ich: Soll er doch meinen, die Tante ist eine dumme Kuh, dann passt er nicht so auf mit dem, was er sagt. Bei einem dummen Gesprächspartner kontrollieren sich sogar die vorsichtigen Menschen weniger.

»Sie können sich gar nicht vorstellen, wie groß die Konkurrenz ist«, seufzte Lenja. »Aber ich hoffe, ich werde bald die Möglichkeit für meinen ersten Film bekommen. Ich bin noch jung.«

So um die Vierzig, ja. In diesem Alter waren Ingmar Bergman, Federico Fellini und Charlie Chaplin schon lange berühmt.

»Womit verdienen Sie sich denn bislang Ihren Lebensunterhalt?«

»Ich filme Hochzeiten, Geburtstage und alle möglichen anderen Feste«, erklärte der »Filmemacher«. »Man wird gut bezahlt, zum Leben reicht es. Die Sokolowa hab ich mal zufällig im Restaurant aufgegabelt. Ein hübsches Frätzchen! Hab eine Woche mit ihr verbracht, während Marina bei ihrer Mutter war. Dann hab ich sie fortgejagt, das mit der Bescheinigung stimmt allerdings. Jana hatte Angst vor der Prüfung, da dachte ich, ich könnte ihr helfen, vor allem, weil es mich nichts kostete. Galja hat noch nicht einmal die Schachtel Konfekt angenommen. Wir leben hier seit unserer Kindheit Wand an Wand, ich hab praktisch mitgekriegt, wie sie geboren wurde.

Wo die Sokolowa wohnt, weiß ich nicht. Ich hab mir weder ihre Telefonnummer noch ihre Adresse geben lassen.«

Da hörte man im Korridor eine kapriziöse Stimme:

»Lenja, wo bleibst du denn so lange! Lass uns arbeiten oder nach Hause gehen!«

Ein sehr gut gebauter Bursche, dessen einzige Kleidung aus einem kleinen, um die Hüfte gebundenen Handtuch bestand, trat in die Küche.

Bestschastnyj wurde rot im Gesicht, zog eine Grimasse und unterbrach den unerwarteten Störenfried schnell:

»Mein Verwandter aus der Provinz, Wolodja.«

Der »Verwandte« starrte den »Onkel« verständnislos an.

»Darja Iwanowna, Major von der Miliz, sie sucht nach Vermissten«, fügte er sofort hinzu.

Ein leichtes Erschrecken blitzte in den Augen des Schönlings auf, er zog sich schnell zurück. Dabei vergaß er, die Tür hinter sich zu schließen, so dass ich die Ausstattung des Zimmers gegenüber sehr gut erkennen konnte. Dort stand ein großes rundes Ehebett, ein paar Kamerastative und einige Kulissen.

Lenja folgte meinem Blick, sprang sofort auf und schloss die Tür.

»Wolodja möchte gern an die Filmakademie, wir nehmen Fotos auf für sein Portfolio«, begann er, sich zu rechtfertigen, »da das sonst so viel kostet, helfe ich ihm ein bisschen. Jetzt müssen wir uns anstrengen, damit er vor der Aufnahmekommission im besten Licht dasteht.«

Ich tat, als glaubte ich ihm, und ging. Im Volvo war es bei dem strömenden Regen kalt geworden. So ein widerliches Wetter, und dabei musste ich wahrscheinlich noch lange hier ausharren und den Hauseingang beobachten.

Ich wusste genau, dass so etwas wie ein Portfolio, oder in anderen Worten eine einfache Mappe mit Fotos, nur Mannequins für ihre Bewerbungen brauchten, an der Filmhochschule wurde dergleichen nicht verlangt. Daher hätte ich doch zu gern mit dem schönen »Verwandten« geplaudert. Außerdem war Lenja Bestschastnyj ein unglaublicher Lügner. Er hatte Jana als »hübsches Frätzchen« bezeichnet und erklärt, er habe sie in einem Restaurant kennen gelernt. Das konnte einfach nicht sein!

KAPITEL 30

Die Stunden vergingen. Ich fror, hatte schrecklichen Hunger und machte mir fast in die Hose. So eine Beschattung hat es ganz schön in sich. Wie gut, dass es wenigstens ein altes Haus mit nicht so vielen Wohnungen war, so dass die Tür nur relativ selten aufging. Der Regen artete in einen Wolkenbruch aus. Das Wasser ergoss sich in Strömen über die Windschutzscheibe, die Scheibenwischer kamen kaum hinterher. Es war genau neun Uhr. Wieso hatte ich mir auch in den Kopf gesetzt, auf den »Verwandten« zu warten? Womöglich würde er beim »Onkel« übernachten! Wie der Regen peitschte! Nein, es war besser, nach Hause zu fahren, ich hatte keine Kraft mehr, und die Zigaretten waren auch alle. Ich beschloss, zu Hause anzurufen und Bescheid zu sagen, dass ich heil und am Leben war. Da ging plötzlich die Haustür auf und der »Verwandte« kam heraus. Seine Kleidung passte hervorragend zum Wetter: Er trug eine weiße Hose, ein helles Hemd und an den Füßen Clogs.

Ein paar Minuten lang starrte Wolodja verzweifelt in den Regen, dann beschloss er offenbar, auf seine Kleidung zu pfeifen, und lief los, wobei seine Schuhe sofort mit Wasser voll liefen.

Ich ließ den Motor an, fuhr langsam neben dem Burschen her und rief ihm zu:

»Steig ein, ich fahr dich!«

»Danke«, sagte Wolodja erfreut und ließ sich auf den Beifahrersitz fallen, »bringen Sie mich einfach zur nächsten U-Bahnstation.«

»Wo wohnst du?«, fragte ich.

»Auf dem Leningradski-Prospekt.«

»Wie wär's mit der U-Bahnstation ›Dinamo‹? Das liegt auf meiner Strecke.«

»Prima, von da komm ich direkt nach Hause«, frohlockte er und fügte schnell hinzu: »Aber ich habe nur zwanzig Rubel.«

»Ich werde doch Bekannten kein Geld abknöpfen«, lachte ich.

»Haben wir uns etwa schon mal gesehen?«, fragte der Bursche erstaunt und kniff kurzsichtig die Augen zusammen.

»Gerade erst, Wolodja, bei Herrn Bestschastnyj in der Küche.«

»Ach, Sie sind die von der Miliz«, sagte mein Begleiter enttäuscht. »Was wollen Sie?«

»Wann hast du das letzte Mal was gegessen?«, gab ich zurück.

»Keine Ahnung«, antwortete er. »Ich esse immer bei der Arbeit, umsonst.«

Ich bremste vor dem kleinen Restaurant »Telewisor«.

»Jetzt essen wir was, auf meine Rechnung.«

Wir setzten uns in die hinterste Ecke des ganz leeren Lokals und widmeten uns unserem Schaschlik.

»Wo arbeitest du?«

Wolodja warf malerisch seine schon wieder trockenen Locken zurück.

»Im Club ›Rauf-Runter‹.«

»Als Kellner?«

»Als Tänzer, ich mache Striptease.«

»Dann bist du schwul?«

»Bi«, sagte mein Begleiter beleidigt, »und außerdem, was geht Sie das eigentlich an…«

Auch wieder wahr! Nun begann ich, ihn auszuquetschen. Der etwas dümmliche und feige Striptease-Tänzer wehrte sich nicht lange. Er arbeitete schon lange mit Lenja zusammen. Bestschastnyj drehte Pornofilme, die sich großer Beliebtheit erfreuten.

Die Arbeit im Pornogeschäft war hart. Wolodja hatte inzwischen eine eingefleischte Allergie gegen Sex. Lenja dagegen behielt die »Schauspielerinnen« oft bei sich. Er rekrutierte seine Akteure an den verschiedensten Orten. Manchmal nahm er die Dienste von Profis in Anspruch, von Prostituierten und Tänzern aus Striptease-Bars. Oft redete er den naiven Studenten der Schauspielschulen ein, sie könnten so Karriere machen und in Hollywood berühmt werden.

Bestschastnyj selbst verwendete keine Drogen, aber die meisten »Schauspieler« hingen an der Nadel. Wolodja hatte den Eindruck, dass der Regisseur den dummen Mädels das Zeug extra zusteckte. Für jeden gedrehten Film gab es ein Honorar. Stolz nannte Wolodja die Summe von tausend Dollar, aber er fügte hinzu:

»Ich bin ein Superprofi, deshalb krieg ich so viel.«

Lenja nahm alle Aufträge an. Manchmal brachte der Auftraggeber ein eigenes Drehbuch mit. Wolodja musste bei Gruppensex, Sadomaso-Szenen und homosexuellen Orgien mitwirken. Der Preis war immer der gleiche.

»Wie denkt seine Frau darüber?«, fragte ich erstaunt.

»Der ist es egal.« Wolodja zuckte mit den Achseln. »Geschäft ist Geschäft. Die Wohnung ist riesig, das Studio besetzt nur einen Raum, außerdem benutzen wir Toilette und Bad. Sie ist ohnehin tagelang nicht zu Hause, weil sie bis in die Nacht arbeitet, aber wo, weiß ich nicht.«

Wer Anton Medwedjew und Jana Sokolowa waren, wusste er nicht. Er hatte noch nie von ihnen gehört. Ein dünnes, hässliches Mädchen mit einem roten Igelkopf hatte er nie gesehen. Lenja schloss immer die Türen zum Flur, wenn Fremde kamen.

Ich setzte den Burschen an der U-Bahnstation »Dinamo« ab und fuhr nach Loschkino. Es war fast elf Uhr, bestimmt lagen schon alle in ihren Betten…

Aber das Haus war hell erleuchtet, als ich kam. Aus dem Wohnzimmer drangen aufgeregte Stimmen.

»Mamilein«, schrie Manja, die mir in der Diele entgegengerannt kam, »es gibt was Neues!«

Ihre Wangen waren gerötet, die Augen glänzten, die Haare standen in alle Richtungen.

»Was ist denn passiert?«, fragte ich erschrocken.

»Gera hat Tamara einen Heiratsantrag gemacht, und sie hat ›ja‹ gesagt.«

Endlich hatte Rimma Borissowna ihren Schatz unter die Haube gebracht. Wie mochten sich die jungen Leute ausgesprochen haben, die beide so schweigsam waren, als wären sie stumm?

Im Wohnzimmer herrschte freudige Aufregung. Rimma Borissowna wäre fast gestürzt, als sie sich mir an den Hals warf.

»Daschalein, stell dir nur vor, was für eine Freude!«

Die sonst so zurückhaltende, beinahe reservierte Frau freute sich heute wie ein Kind, das ein heiß begehrtes Geschenk erhalten hat, und strömte über vor Neuigkeiten.

Gera würde in Moskau bleiben. Gestern hatte er sich bei der Familie seiner zukünftigen Frau vorgestellt. Der Akademiker hatte gegen die Wahl seiner Tochter nichts einzuwenden und versprach Gera, ihm bei der Suche nach Arbeit in Moskau zu helfen. Die Neuvermählten würden in der Zweizimmerwohnung von Tamara wohnen. Rimma Borissowna wirkte um zwanzig Jahre verjüngt, ihre kühnsten Träume waren in Erfüllung gegangen. Seit ihr ältester Sohn, also mein dritter Mann, nach Australien ausgewandert war, hatte die arme Frau nur noch einen Trost: Und das war Gera.

Tamara sah etwas verwundert aus. Vor ihr auf dem Tisch türmten sich Berge von Modezeitschriften. Der Schnitt für das Brautkleid wurde gerade ausgewählt.

»Wir lassen ein langes machen, das bis zum Boden reicht, mit einem weiten Rock und natürlich mit Schleppe«, ereiferte sich Rimma Borissowna.

»Großartig!«, rief Nina Andrejewna aus. »Zwei kleine Mädchen werden sie tragen, kleine Engel in Perlrosa. Aber wo kriegen wir die her?«

»Sascha Chejfez und ich können die Schleppe tragen«, schaltete Manja sich ein.

»Ihr seht aber überhaupt nicht aus wie Engel«, schnitt ihr Rimma Borissowna kategorisch das Wort ab, »wir brauchen kleine Krümel, so um die fünf Jahre alt.«

Manja seufzte traurig.

»Außerdem wäre ein Hut mit breiter Krempe und Schleier allerliebst«, schlug Nina Andrejewna vor.

»Ja«, griff Rimma Borissowna ihren Vorschlag auf, »aber im Restaurant nimmt Tamaralein ihn ab und setzt ein Lilienbukett aus Seide auf. Elegant und schick.«

»Wir möchten eigentlich lieber eine stille Trauung«, flüsterte Tamara kaum hörbar.

»Die wir zu Hause feiern, in engem Kreis«, stimmte Gera mit ein.

Die alten Damen warfen sich auf die beiden.

»Kommt gar nicht in Frage!«, schrie Rimma Borissowna. »Auf diesen Tag habe ich so lange gewartet, ich hatte schon von der Feier geträumt.«

»Man heiratet nur einmal«, begann Nina Andrejewna. Dann schaute sie mich an, zählte offenbar im Geist die sieben Ehefrauen von Max durch und fügte hinzu: »Die erste Hochzeit muss jedenfalls etwas ganz Besonderes sein.«

»Und wo sollen sie ihre Flitterwochen verbringen?«, fragte Manja.

»Das kommt später, zuerst die Hochzeit!«, schrien die Alten und blätterten wie wild die Hochglanzmagazine durch.

Olga kam unauffällig zu mir hinüber.

»Die Armen«, flüsterte sie mir zu, »die alten Weiber haben sich ja wie wild gewordene Kormorane auf sie gestürzt.«

»Das kenne ich«, kicherte ich, »als ich Max heiratete, fuhr ich mit einer Puppe auf der Motorhaube durch ganz Moskau, um am Ewigen Feuer Blumen niederzulegen. Und als ich Filipp heiratete, klopfte Rimma Borissowna die ganze Nacht an die Tür und fragte: ›Kinder, habt ihr auch das Fenster geschlossen? Ihr werdet euch erkälten, wenn ihr schwitzt.‹«

Häschen seufzte heuchlerisch:

»Ihnen liegt das Wohl ihrer Kinder wirklich am Herzen, und dir?! Du hast mir Kescha vor die Füße geworfen und warst froh, dein Kind los zu sein.«

Ich lachte los.

»Wo steckt er eigentlich?«

»Er sagte, er hätte Kopfschmerzen und ist um neun schlafen gegangen.«

Dann konnten wir ja in aller Ruhe miteinander sprechen. Wir ließen das unglückliche Brautpaar, die geschäftigen Alten und Manja, die sich überall einmischen wollte, im Wohnzimmer zurück und gingen nach oben ins Arbeitszimmer.

Was Häschen zu erzählen hatte, war beunruhigend. Anton war wie vom Erdboden verschluckt. Olga hatte bis zur Schließung auf ihren »Verehrer« gewartet, dann war sie nach Hause gekommen.

»Also gut«, sagte ich entschieden. »Wir unternehmen noch einen letzten Versuch. Falls auch der schief geht, müssen wir uns mit dem Scheitern abfinden. Hör mir genau zu! Morgen fährst du direkt zum Salon ›Orakel‹ und wendest dich dort an die Hellseherin Marina Mak.«

»Wozu?«, fragte Olga erstaunt. »Ich glaube überhaupt nicht an Wahrsagerei.«

»Du erzählst dieser Dame, dass dich Veronika Medwedjewa geschickt hat. Du hast einen Vater, der nach dem Tod deiner Mutter beschlossen hat, eine unverschämte junge Frau zu heiraten. Die bevorstehende Ehe muss verhindert werden. Du bezahlst Geld und zeigst ein Foto. Ich werde der Frau heimlich folgen, denn schließlich muss sie das Foto ja Anton übergeben.«

»Und wenn sie herauskriegt, dass wir lügen?«

»Ach was, die ist so sehr Hellseherin, wie ich Prinzessin bin. Eine ganz gewöhnliche Betrügerin.«

»Wessen Foto zeigen wir?«

»Na wessen wohl, meins natürlich!«

»Jung, wie du bist«, veräppelte mich Olga.

»Na warte, daran werde ich dich in zwanzig Jahren erinnern«, drohte ich ihr, »wir nehmen ein altes Foto, auf dem ich um die Dreißig bin, aus dem Album.«

Am nächsten Morgen machten wir uns an die Arbeit. Zum Glück war das Haus schon leer. Die Alten waren mit den beiden resignierten jungen Leuten einkaufen gegangen. Tamaras Vater hatte ihnen einen Wagen mit Chauffeur schicken lassen. Manja war mit ihnen gefahren. Kescha schuftete bereits in der Beratungsstelle.

Olga parkte ihren Volkswagen direkt vor dem Eingang zum »Orakel«, ich stellte meinen Volvo an den gegenüberliegenden Straßenrand. Vierzig Minuten später trat Häschen aus der Tür, setzte sich ans Steuer, zwinkerte mir zu und fuhr davon. Die Stunden vergingen. Warten ist die schwerste Sache der Welt, dachte ich bei mir.

Im Salon »Orakel« schien nicht viel los zu sein. Entweder er war nicht besonders populär, oder das widerliche Wetter war schuld, dass die Leute zu Hause blieben. Um vier kam eine Frau heraus. Obwohl sie einen weiten Kittel trug, erkannte ich sie sofort an ihrem ungewöhnlichen, langen, dicken Zopf.

Marina Mak spannte ihren Regenschirm auf und lief schnell durch die Pfützen. Was ist, wenn sie jetzt mit der U-Bahn fährt?, dachte ich plötzlich. Was soll ich dann tun? Aber Marina winkte mit der Hand und sprang in einen heranfahrenden Volvo.

Vor Aufregung biss ich mir auf die Lippe und fuhr ihr nach. Zum Glück war der andere kein waghalsiger, sondern ein ordentlicher Fahrer, der die Straßenordnung beachtete. Es glückte mir, ihm zu folgen. Erst als Marina an einem Hauseingang ausstieg, merkte ich, dass wir vor Lenja Bestschastnyjs Haus standen. Sie lief hinein, ich rannte hinterher, ohne den Blinker auszuschalten, und hörte noch:

»Mach schon auf!«

Die Kette rasselte, dann fragte er näselnd:

»Warum so früh?«

»War keiner mehr da«, antwortete sie und schlug die Tür hinter sich zu.

Ich setzte mich auf die Stufen. Was für eine Neuigkeit! Marina war Lenjas Frau! Im Gespräch mit mir hatte er den Namen seiner Frau einige Male genannt, aber nie hätte ich vermutet, dass damit Frau Mak gemeint war. Was für ein Lügner! Wenn jemand wusste, wo man Anton und Jana finden konnte, dann mit Sicherheit er!

Ich ging zurück zum Auto und stieg ein. Was sollte ich jetzt tun?

Da klingelte mein Handy.

»Mamilein«, zwitscherte Manja, »wir haben ein tolles Kleid gekauft, weiß mit rosafarbenem Futter und einer Schleppe, der Gürtel ist rot, und unten sind Blumen aufgenäht. Außerdem hat Max Poljanskij angerufen und darum gebeten, dass du dich um sechs Uhr abends mit ihm im McDonald's an der Twerskaja triffst.«

»Mit wem soll ich mich treffen?«

»Mit Max.«

»Hat man ihn freigelassen?«

»Ach Mami, ich hab keine Ahnung«, polterte Manja, »er hat so schnell gesprochen, dass ich ihn kaum verstehen konnte.«

Ich werde verrückt! Hat Iwan Michailowitsch seinen Freund womöglich mit der Verpflichtung, dass er Moskau nicht verlässt, freibekommen? Ich glaub es nicht, aber alles ist möglich.

Ich sah auf die Uhr: fünf! Das hieß, langsam konnte ich mich auf den Weg machen.

Vor gar nicht so langer Zeit konnten die sowjetischen Autofahrer, die für den Kauf eines Wagens jahrelang auf der Warteliste gestanden hatten, das Gestöhne westlicher Autofahrer nicht verstehen. In Paris muss man immer genug Zeit mitbringen, wenn man zur Stoßzeit durchs Stadtzentrum fahren will. Und beabsichtigt man womöglich auch noch, irgendwo auf den großen Boulevards zu parken, dauert es eine halbe Stunde, bis man eine Parklücke gefunden hat.

Jetzt kann einem das auch in Moskau passieren. Ich stand in einem Riesenstau auf der Mamontowskaja-Straße und kam kaum von der Stelle. Mitten auf der Fahrbahn hüpfte ein einbeiniger Bursche mit Krücken zwischen den Autos herum. Auf der Brust trug er ein Schild: *Afghanistan-Veteran. Bitte um Hilfe für eine Prothese!* Das haut aber nicht richtig hin, dachte ich, als ich dem Invaliden Geld gab. Er sah aus wie zwanzig, während die Afghanistan-Veteranen eher in meinem Alter sein mussten. Aber während er geschickt auf seinem einen Bein zwischen den stehenden Autos hin und her hüpfte, wurde ihm reichlich Hilfe zuteil.

Um Viertel vor sechs kam ich zur Twerskaja und flog in das überfüllte, lärmende Lokal. Wo sollte ich nun auf Max warten? Ich hatte noch genug Zeit, um in Ruhe etwas zu mir zu nehmen.

Deshalb ließ ich mich erst einmal am Fenster nieder und schlug die knisternde Folie auf. Sofort lief mir das Wasser im Mund zusammen. Ich spürte, wie die Anspannung der letzten Tage von mir abfiel. Max war frei, Gott sei Dank! Dann konnte er sich jetzt selbst um alle seine Probleme kümmern: die verrückte Jana suchen, Ada helfen… Endlich ging mich das alles nichts mehr an!

Da sah ich Poljanskij, wie er ins Lokal gelaufen kam.

»Max!«, schrie ich so laut, dass das neben mir sitzende Pärchen seinen Kaffee auf dem Tisch verschüttete. »Max, hierher!«

Mein Ex-Mann kam schnell auf mich zu und zischte:

»Klappe, die Leute gucken schon.«

»Herr im Himmel«, jammerte ich jetzt nicht schlechter als die Frauen im Gefängnisvorraum, »Herr im Himmel, sie haben dich rausgelassen, was für ein Glück. Iwan Michailowitsch ist ein Engel, ein Engel ist er, ach, Iwan Michailowitsch!«

»Los, komm«, zischte Max mir wieder zu.

»Warte, lass mich erst aufessen.«

»Keine Zeit, wir werden erwartet.«

»Von wem?«, fragte ich erstaunt.

»Von Iwan Michailowitsch«, erklärte Poljanskij, »er ist im Auto, komm, beeil dich, wir müssen noch ein Stück fahren.«

»Wohin denn?«, fragte ich ungläubig, während ich mir den letzten Bissen in den Mund stopfte.

»Aufs Land«, lachte mein Ex-Mann, »los, mach schon.«

Früher hatte Max nie in diesem Ton mit mir gesprochen, aber wahrscheinlich hatte der knappe Monat, den er in der Butyrka verbracht hatte, negativ auf ihn abgefärbt. Er sah sehr bleich aus, sein Gesicht glänzte, als hätte er sich mit getönter Creme eingeschmiert.

»Los, los«, drängte er, während er sich ungeduldig eine blonde Locke aus dem Gesicht schüttelte, »wir dürfen Iwan Michailowitsch nicht warten lassen.«

Irgendwas an seinen Haaren kam mir komisch vor, aber ich achtete nicht weiter darauf und folgte ihm gehorsam zum Auto, einem blitzenden und glänzenden BMW. Die Tür zum Rücksitz sprang sofort auf. Ich streckte den Kopf hinein und sah auf dem Sitz eine junge Frau mit schwarzen Haaren und Augen sitzen. Max stieß mich ins Auto, so dass ich auf den Sitz fiel, dann schlug er die Autotür zu.

»Wo ist Iwan Michailowitsch?«, fragte ich dümmlich.

»Er kauft Zigaretten«, antwortete Max, während er sich hinters Steuer setzte.

»Dort steht er, am Kiosk«, bestätigte die Frau, »schauen Sie nur.«

Ich reckte den Hals, um in der Menschenmasse zwischen all

den Regenschirmen die Gestalt des Kruglyj auszumachen, als mir ein scharf riechender Lappen vors Gesicht gedrückt wurde…

»Ich glaube, sie wacht auf«, hörte ich von fern eine fremde Stimme.

»Gieß noch was nach, aber pass auf, dass sie nicht kotzt«, antwortete jemand, »sie hat sich bei McDonald's vollgefressen, nachher versaut uns das Aas noch die Sitze.«

Der Geruch wurde stärker und drang beharrlich in meine Nasenlöcher. Ich versuchte, den Atem anzuhalten, was mir aber nicht lange gelang. Mein Bewusstsein begann wieder zu schwinden, mein Kopf drehte sich. Während ich langsam in den Schlaf hinüberglitt, fiel mir im hintersten Winkel meines Gehirns plötzlich ein, was an Maxims Frisur seltsam gewesen war. In der Butyrka hatte ich ihn gerade erst ganz kurz geschoren gesehen, heute dagegen hatten ihm die Locken fast in die Augen gehangen. Wie konnten Haare bloß so schnell wachsen?

KAPITEL 31

Als Erstes nahm ich unverständliches Gemurmel wahr, dann zog mir ein unangenehm saurer und modriger Geruch in die Nase. Schließlich öffneten sich meine Augen. Anstatt auf den gewohnten Stuck fiel mein Blick auf eine nackte weiße Decke.

Ich versuchte, mich aufzusetzen. Mein Kopf tat geradezu katastrophal weh, mein Mund war trocken... Es gelang mir partout nicht, in die Vertikale zu kommen. Ich wand mich auf dem Rücken liegend, ohne zu begreifen, warum mir mein Körper nicht gehorchte. Ein paar Sekunden später wusste ich die Antwort: Meine Hände waren in Handschellen, und das offenbar schon lange, denn die Handgelenke waren leicht geschwollen und taten sehr weh. Ich habe eine sehr empfindliche Haut und zarte Gelenke, jeder kleinste Druck sorgt sofort für große blaue Flecken.

Nachdem ich mich irgendwie berappelt hatte, kam ich mit einem Ruck auf dem Eisenbett hoch und lehnte mich an die vernickelte Rückenlehne.

Wo war ich? Wie war ich hier gelandet? Ganz langsam drangen die Erinnerungen in mein schmerzendes Gehirn. Max hatte mich ziemlich grob ins Auto gestoßen, bei McDonald's hatte er mich angeherrscht, die Haare zurückgeworfen... Um Gottes willen, das war er nicht gewesen! Aber wer dann? Anton Medwedjew? Ich erinnerte mich gut, wie auffällig seine blauen Augen waren, Max dagegen hatte blonde Haare und braune, fast schwarze Augen. Anton konnte natürlich Linsen getragen haben. Aber die Stimme, Poljanskijs mir nur allzu vertrautes Timbre: Er schnarrt ein bisschen, verschluckt oft die Wortenden…

Ich bin ziemlich kurzsichtig, trage aber aus Eitelkeit keine Brille, es konnte also sein, dass mir bei McDonald's jemand entgegengekommen war, der meinem Ex einfach wahnsinnig ähnlich sah, so dass ich den Unterschied nicht bemerkte. Aber die Stimme?! Als Fremdsprachenlehrer sind meine Ohren darauf trainiert, auch die kleinsten Fehler in der Aussprache zu erkennen. Anders als die Augen funktioniert mein Gehör tadellos. Max hatte zwar anders gesprochen als sonst, aber ich hatte doch seine Stimme erkannt. Natürlich würde er nie so etwas sagen wie »Klappe«, oder »mach schon« … Aber der Monat im Knast konnte seine Spuren hinterlassen haben. Ganz und gar nicht seine Art war es, einer Frau einen Stoß in den Hintern zu geben, auch nicht seiner Ex-Frau… Also war es doch nicht Max gewesen, sondern ein Doppelgänger, der genauso aussah und dieselbe Stimme hatte. Und woher wusste er von Iwan Michailowitsch? Weil es Max war! Oder nicht? Ach nein, ich hatte ja bei McDonald's selber vom Kruglyj angefangen. Entweder war es Poljanskij gewesen oder sein Zwillingsbruder, eine dritte Möglichkeit gab es jedenfalls nicht!

Schluss jetzt, diese Gedanken führten zu nichts. Wer auch immer – man hatte mich in Handschellen gelegt und hierher gebracht. Aber warum?

Ich schaute mich in dem schmalen, düsteren Zimmer um. Es war sieben, acht Meter lang und um die zwei Meter breit. Jedenfalls reichte das Bett von Wand zu Wand. An der gegenüberliegenden Seite befand sich ein kleines Fenster. Darunter stand ein zweites, ordentlich gemachtes Bett mit zwei bunten Kissen. Hier und dort waren riesige rostige Nägel in die Wände gehauen. An ihnen hingen eine gefütterte Jacke, ein blauer Satinmorgenrock und eine Trainingshose von undefinierbarer Größe. An der Decke baumelte eine nackte Glühbirne. In der Ecke lag etwas, vielleicht ein Haufen Lappen oder eine alte Decke. Das Zimmer war mit einer billigen Tapete tapeziert, deren Farbe an eine vollgeschissene Babywindel erinnerte. An den Stellen, wo sie sich löste, war die Balkenwand zu sehen.

Dies war keine Stadtwohnung, sondern ein Haus auf dem Land. Endlich begriff ich auch, wonach es so widerlich roch: nach Feuchtigkeit.

Aufs Dach prasselte aus aller Kraft der Regen. Jetzt wollte ich wissen, wer hier wohnte, und fing an, aus vollem Hals zu schreien:

»He, Leute!«

Eine kleine Tür, die ich bis dahin gar nicht bemerkt hatte, weil sie mit derselben scheußlichen Tapete beklebt war, ging leise auf, das Rauschen des Regens wurde lauter.

»He«, schrie ich, »ist hier wer?«

»Was schreist du?«, säuselte eine absolut geschlechtslose Stimme, »schlaf gefälligst.«

»Ich will aufs Klo.«

Rasselnd fiel ein dreckiger Zinkeimer ins Zimmer.

»Was ist das?«, fragte ich verdutzt.

»Ein Wasserklosett«, kicherte die Stimme, »stell ihn in die Ecke und scheiß, so viel dein Herz begehrt.«

»Meine Hände sind in Handschellen, ich kann mir die Hose nicht herunterziehen«, jammerte ich in der Hoffnung, das geheimnisvolle Geschöpf würde ins Zimmer kommen.

»Dann eben nicht«, lautete die lakonische Antwort, und die Tür fiel zu.

Zweifelnd sah ich mir das »Klosettbecken« an. Lieber wartete ich noch ein Weilchen.

»He«, schrie ich wieder, »geben Sie mir was zu essen und zu trinken!«

Aber niemand erschien. Mein Kopf wurde immer schwerer, die Augen fielen mir von selber zu, ich fiel in einen traumlosen Schlaf.

Von einem Geräusch wachte ich auf. Hinter der Wand war mit lautem Gepolter etwas hingefallen. Die Sonne brach hell durch das kleine Fenster. Ich kroch vom Bett herunter und humpelte zu der Lichtquelle. Der Fensterrahmen war dicht an dicht mit Nägeln beschlagen, hinter dem schmutzigen, verstaubten Glas zog sich ein Kartoffelfeld, soweit das Auge reichte. Der Regen hatte aufgehört, das grün glänzende Kraut reckte sich dem schönen Wetter entgegen. Das Fenster war zwar klein, aber ich war schlank, wenn ich das Glas sauber herausschlagen könnte, zum Beispiel nachts, dann könnte ich wahrscheinlich hindurchklettern und…

»Vergiss es«, hörte ich hinter mir die geschlechtslose Stimme, »im Hof laufen immer drei Hunde herum. Sie sind hungrig wie wilde Tiere und würden sofort über dich herfallen. Dann ist die Erde dein Grab…«

Ich drehte mich um. Auf der Türschwelle stand eine dürre Alte, die in ein dreckiges, abgetragenes Tuch eingewickelt war. Ihr Gesicht konnte ich fast nicht sehen, nur die feine Nase ragte aus dem Tuch hervor. Sie trug einen schmutzigen, flauschigen Kittel, an den Beinen dicke Strümpfe und Wollsocken darüber, die Füße steckten aus irgendeinem Grund in Galoschen. In den Händen hielt sie eine angeschlagene Emailleschüssel.

»Hier«, sagte sie, »es ist angerichtet, Sie können zuschlagen, bitte schön.«

Sie stellte sie knallend auf dem Holzstuhl neben dem Bett ab.

Es stank nach faulem Kohl.

»Was ist das?«

»Stschi«, erklärte die Alte lakonisch und verschwand. Ich ging zu dem »Teller« und schaute hinein. In trübem Wasser schwammen lappengroße, unappetitliche Kohlblätter.

Was für eine interessante Alte! Sie war wie eine Vogelscheuche gekleidet und lebte in einem Schuppen, kam aber garantiert nicht vom Land. Erstens hatte sie gestern das Wort »Wasserklosett« benutzt, woher hätte eine ungebildete Frau vom Lande dieses Wort kennen sollen? »Dann ist die Erde dein Grab« war ein Zitat aus einem Theaterstück. Und aus welchem Kinofilm stammte noch der Satz: »Es ist angerichtet, Sie können zuschlagen, bitte schön«?

»Oma«, rief ich, »he, Oma!«

»Was gibt's?«, hörte ich sie hinter der Tür.

»Sei anständig und bring mich zum Klo, ich kann nicht mit dem Eimer.«

»Dann halt's zurück.«

»Ach, so ist das«, gab ich böse zurück, »na warte, ich zerreiß dir jetzt alle Kissen mit den Zähnen, die Tapeten reiß ich dir mit den Fingernägeln kaputt, und die Fensterscheibe zerschlag ich mit den Füßen. Deine Hunde machen mir keine Angst, ich hau einfach ab.«

»Das nützt dir gar nichts«, erklärte die Alte, »das ganze Dorf besteht nur aus zwei Häusern, und in dem zweiten ist eh keiner. Rundum gibt's nur Wald. Renn, so weit du willst, im letzten Jahr haben mir die Wölfe eine Kuh gerissen.«

»He«, schrie ich wieder, »gib mir zu trinken!«

Aber jetzt blieb es still hinter der Wand. Ich schaute zu der unappetitlichen Brühe hin und beschloss, meinen Hunger auszuhalten. Dieses Zeug würde ich jedenfalls nicht anrühren. Mit dem Rest musste ich mich wohl arrangieren. Ich griff nach dem Eimer und ging damit in die Ecke.

Die Sonne ging langsam unter, der Tag näherte sich seinem Ende. Ermattet lag ich auf dem Bett. Als ich mich schließlich doch auf den stinkenden Eimer gesetzt hatte, hatte ich festgestellt, dass das Handy im Hosenfutter an meinem Knöchel steckte. Es war durch das Loch in der Hosentasche gefallen. Das hieß, ich konnte telefonieren, falls die Funkverbindung bis Moskau reichte und sie mich nicht sonst wohin verschleppt hatten. Eine stille Freude breitete sich in mir aus, das kleine Telefon gab mir Hoffnung. Nur eins wunderte mich: Obwohl ich schon seit zwei Tagen nicht mehr nach Hause gekommen war, hatte sich offenbar keiner bislang Sorgen gemacht und versucht, mich zu erreichen. Ich brachte es irgendwie fertig, das Handy aus dem Hosenfutter herauszuziehen. Natürlich: Der Klingelton hatte sich aus Versehen ausgeschaltet. Es war nicht das erste Mal, ich hatte schon überlegt, es gegen ein zuverlässigeres Modell umzutauschen, war aber noch nicht dazu gekommen.

Zu Hause waren sie bestimmt schon außer sich vor Sorge, aber ich durfte das Gerät jetzt auf keinen Fall einschalten. Erstens konnte die widerliche Alte den Summer hören, und zweitens: Was sollte ich ihnen schon sagen? Ich hab keine Ahnung, wo ich bin, rettet mich von weiß der Teufel wo? Nein, zuerst musste ich herausfinden, wo ich mich befand, und dann heimlich Alexander Michailowitsch oder noch besser dem Kruglyj Bescheid sagen. Oder am besten beiden, falls die Batterie reichte.

Die Tür ächzte. Die Alte steckte ihren Kopf herein:

»Willst du einen Tee?«

»Will ich«, antwortete ich erstaunt und dankbar über die plötzliche Fürsorge.

Sie kam herein, sah die volle Schüssel und räusperte sich:

»Wieso hast du den Stschi nicht gegessen, hat er dir nicht geschmeckt? Bald wirst du für alles dankbar sein, was du kriegst. Das Leben hier ist einfach, schwarzen Kaviar gibt's nicht.«

Sie stellte einen angeschlagenen Krug, in dem gelbliches Wasser plätscherte, auf den Stuhl.

Das Zeug schmeckte widerlich, aber nicht so schlimm wie die Suppe, so dass ich es austrank. Die Zeit zog sich elend hin, meine Uhr hatten sie mir zusammen mit der Tasche weggenommen. Jetzt wollte ich eine Zigarette.

»He«, schrie ich, »Oma!«

»Was gibt's«, hörte ich sie hinter der Tür.

»Gib mir eine Zigarette.«

»Ich rauche nicht, und dir rate ich, es auch zu lassen«, antwortete sie, »nachher fackelst du mir nur das Haus ab!«

»Sei kein Frosch«, ließ ich nicht locker, »was kostet es dich, nun rück schon eine Kippe raus.«

Sie öffnete die Tür.

»Komm raus!«

Ich schleppte mich in das große Zimmer nebenan, das mit den unterschiedlichsten Möbeln voll gestellt war. Etwa ein Dutzend Kaffeehausstühle, ein polierter Tisch, eine billige bulgarische Regalwand, ein paar durchgesessene Sessel und ein Sofa mit zerkratzten Armlehnen.

Die Alte zog eine Zigarette aus einem Päckchen Primy und erklärte:

»Schau, wie gutmütig ich bin. Stell dich da hin und rauche vor meinen Augen.«

»Mach mir wenigstens die Handschellen weg. Meine Handgelenke sind schon ganz geschwollen und tun weh.«

»Wenn du herumzickst, kriegst du gar nichts mehr«, antwortete sie.

Ich hielt den Mund, zog genießerisch an meiner Primy und… musste husten.

»Halt die Klappe«, befahl mir die Alte, »und verbreite hier nicht deine Mikroben.«

Irgendwie schaffte ich es, den Hustenreiz zu überwinden, und schaute mich um. Es gab keinen Fernseher und kein Telefon. Dafür stand ein großartiger Tefal-Teekessel auf dem Tisch. Weiß, glänzend, brandneu. Ein teures Stück für ein altes Weiblein auf dem Dorf. Meine Neugier gefiel ihr nicht.

»Fertig mit Rauchen? Los, geh wieder rüber.«

Ich zeigte mit den zusammengebundenen Händen auf die Zeitung, die auf dem Sofa lag, und jammerte:

»Gib sie mir zu lesen, ich sterbe vor Langeweile.«

Die Alte zögerte eine Weile, bis sie einen Entschluss fasste und mir die zerknitterte Zeitung reichte.

Ich starrte auf ihre Hände. Aus den weiten, schmutzigen Kittelärmeln schauten zarte, zerbrechliche Handgelenke. Die Haut sah frisch aus, ohne Pigmentflecken oder sonstige Anzeichen von Welkheit. Die Alte hatte auf wundersame Weise die Hände einer Dreißigjährigen. Jetzt schaute ich mir aufmerksamer ihr Gesicht an, das fast vollständig von dem Tuch bedeckt war. Tatsächlich, glänzende braune Augen sahen darunter hervor, die Haut war nahezu faltenlos. Sie war überhaupt nicht alt, hatte sich nur wie eine Alte vom Dorf gekleidet. Ich musste versuchen, sie zum Sprechen zu bringen.

»Sag mal, wieso hat man mich eigentlich hierher verschleppt?«

»Keine Angst«, antwortete sie, »wir tun dir nichts Böses. Sobald wir das Geld haben, lassen wir dich frei.«

»Das wird ja immer schöner! Ihr habt mich also entführt, um Lösegeld zu verlangen. Aber wer steckt dahinter?«

»Los, geh schon«, drängte sie mich, »der Chef kommt gleich, dem wird's nicht gefallen, wenn er dich hier sieht.«

Ich schaute sie aufmerksam an: Sie war klein und schmächtig, ich konnte sie ohne weiteres gegen den Tisch stoßen und mich davonmachen. Hunde gab es keine, sie log bestimmt.

»Na, was stehst du da wie festgenagelt«, sagte sie, »dreh dich um.«

Ich ging vorwärts und überlegte, wann ich mich am besten auf sie stürzen sollte, aber sie zog eine große Pistole aus ihrer Kitteltasche und sagte langsam und leise:

»Wenn du nicht gehorchst, bring ich dich um. Hier hört uns keiner. Und wenn wir dich vergraben, findet dich hier draußen niemand. Du gehst besser ruhig zurück. Bald kommt der Chef mit den Dollars, dann bringen wir dich dahin zurück, wo wir dich aufgegabelt haben.«

Den Blick auf die Mündung der Pistole gerichtet, wich ich rückwärts in meine Zelle zurück. Ich glaubte ihr kein Wort. Was sollte das heißen, sie würden mich zurückbringen… Die würden mich einfach erschießen und verscharren. Ich wollte warten, bis es dunkel war und dann das Glas zerschlagen. Die Frau schien eh allein im Haus zu sein.

Ich setzte mich auf das Bett und begann, die Zeitung *Theaterleben* durchzublättern. Komische Lektüre für eine ungebildete Dorfbewohnerin. An den Rand hatte der Postbote mit Bleistift geschrieben: *Postbezirk Kostyljewo, Siedlung Petuchowo, Faina Lwowa.*

Fast wäre ich vom Bett gefallen vor Überraschung. Petuchowo! Das bis auf zwei Häuser gänzlich verlassene Dorf. In dem einen lebte im Sommer Tamaras Papa, der ungesellige Akademiker. In dem anderen Faina Lwowa, die nach dem Anwesen des Nachbarn schaute und dessen Hund fütterte. So hatte Tamara doch die Situation beschrieben. Aber ich hatte nicht auf den Namen der Nachbarin geachtet. Faina Lwowa! Ob ich tatsächlich Iwans Tochter gefunden hatte? Sie musste inzwischen um die Dreißig sein.

Jetzt konnte ich telefonieren. Hoffentlich war dies wirklich Petuchowo. Wenn nun bloß irgendein Besuch die Zeitung hier in der Hütte hatte liegen lassen? Aber es musste sich schon um ein verlassenes Dorf handeln: Von der Straße kam nicht das geringste Geräusch, man hörte weder Hähne krähen, noch Hunde bellen, noch Kühe muhen, keine alten Weiber schimpfen und keine besoffenen Männer herumbrüllen. Es herrschte Grabesstille.

Der Vergleich ließ mich frösteln. Ich zog mein Handy aus der Hosentasche, lief in die äußerste Ecke des Raums, dorthin, wo der stinkende Eimer stand, und wählte die erste Nummer.

»Hallo«, antwortete eine alte Frau mit zitternder Stimme.

Zuerst war ich verwirrt, aber dann erinnerte ich mich an das, was der Kruglyj gesagt hatte: ein Mittelsmann würde meine Nachricht entgegennehmen.

»Sagen Sie Papa«, flüsterte ich mit Nachdruck, »das Große Schweinchen ist im Feuer, es brennt in dem verlassenen Dorf Petuchowo im Haus von Faina Lwowa. Er soll sich beeilen, sonst wird aus dem Großen Schweinchen Hackfleisch gemacht.«

»Ist das alles?«, fragte die Alte gleichmütig nach. Dann teilte sie mit: »Nachricht empfangen.«

Auf dem Handy blinkte ein Lämpchen auf: *Akku laden.* Schnell wählte ich Alexander Michailowitschs Nummer. Shenka ging ans Telefon.

»Schreib schnell auf«, flüsterte ich, »Dorf Petuchowo, Haus von Faina Lwowa, ich werde hier festgehalten.«

»Verstanden«, antwortete mein Freund.

Ich setzte mich auf den Eimer und betrachtete das Handy, dessen Lämpchen jetzt durchgehend leuchtete. Jetzt war es unbrauchbar, nur noch ein nutzloses Stück Plastik. Ich versteckte es unter dem Bett und kroch unter die schmutzige Decke. Aber ich konnte nicht einschlafen. Mit Händen, die in Handschellen lagen, war es weiß Gott unbequem zu schlafen. Vor allem, da ich mich dazu normalerweise auf den Bauch lege.

Wie lange meine Freunde wohl brauchen würden, um hierher zu kommen? Eine Stunde? Zwei? Drei? Und wenn in der Zwischenzeit mein unbekannter Entführer mit dem Lösegeld kam und mich umbrachte? Mich fröstelte plötzlich. Die Zeit schien stehen geblieben zu sein.

Wenig später ging die Tür einen Spalt weit auf, Faina schob die gewohnte Schüssel hindurch. Diesmal rollten zwei ziemlich große Pellkartoffeln in ihr herum, dabei lag grobes graues Salz. Ein fürstliches Mahl!

Ich fischte nach den Kartoffeln und schluckte sie hinunter, ohne mir die Mühe zu machen, die schmutzige Schale abzupulen. Sofort bekam ich Durst.

»He«, schrie ich, »Oma, gib mir was zu trinken!«

Aber da kam Faina ins Zimmer gerannt, stieß mich zurück und hob ächzend ein paar schwere Dielen an. Darunter kam ein dunkles, feuchtes Loch zum Vorschein.

»Los, rein mit dir«, befahl sie.

»Niemals«, antwortete ich.

Faina fuchtelte mit ihrer Pistole.

»Rein mit dir, sag ich.«

Ich musste gehorchen. Über meinem Kopf knallten die Dielen, ich befand mich in einem feuchten, kalten Keller, ägyptische Finsternis herrschte ringsum. Nach einer Weile konnte ich über mir schwache Streifen erkennen, durch die Bodenritzen über mir drang Licht.

Ich hörte Schritte und Stimmen.

»Na, Oma, wo ist dein Gast?«

»Aber wo denkt ihr hin, meine Söhne«, jammerte Faina los, »was für ein Gast, hier kommt keiner her, ich lebe einsam wie ein Käuzchen, hab schon fast das Sprechen verlernt.«

Ich saß still da und versuchte zu begreifen, wer gekommen war, ob Freund oder Feind.

»Schluss mit dem Getue, du Schlampe!«, hörte ich die bekannte Stimme von Bekas, »jetzt zeig uns, wo du Dascha versteckt hast!«

»Ich bin hier unten!«, schrie ich wie verrückt und begann, mit meinen zusammengebundenen Händen gegen die Bohlen zu schlagen. »Hierher, Bekas, Süßer, Lieber, hierher!«

Es polterte und wurde hell, Bekas schaute in die Öffnung.

»Darja Iwanowna, geben Sie mir Ihre Hand.«

Ich hielt ihm die gefesselten Fäuste hin.

Geschickt und ohne jede Anstrengung zog er mich nach oben. In dem kleinen Zimmer war vor lauter breitschultrigen Männern in Schwarz kaum noch Platz. Als ich mich umschaute, begriff ich, dass es nur vier äußerst kräftige Burschen waren, der zarte Kolja wirkte zwischen ihnen wie ein Grashalm. Alle hielten Maschinengewehre in den Händen, zwei hatten außerdem merkwürdige Röhren über der Schulter hängen.

Faina saß in einer Ecke.

»Los, her mit dem Schlüssel für die Handschellen«, sagte einer der Kerle.

Sie schüttelte den Kopf:

»Hab ich nicht.«

Sofort verpasste ihr ein zweiter eine ordentliche Ohrfeige. Ein dünner Blutstrahl tropfte ihr aus der Nase, aber sie wischte ihn sich schweigend mit dem Ärmel ab. Das Tuch löste sich, ein hübsches blasses Gesicht kam zum Vorschein.

»Na sieh mal einer an«, sagte der, der sie geschlagen hatte, erstaunt, »das ist ja ein richtig junger Hüpfer! Und ich dachte, sie wäre alt.«

Wieder holte er zum Schlag aus.

»Schlag sie nicht«, schrie ich, »sie hat mir nichts Böses getan!«

»Richtig, Snickers, hör auf«, sagte Bekas höflich, »verängstige mir nicht Darja Iwanowna, wir kriegen die Dinger auch so auf. Hast du dein Werkzeug dabei, Krokus?«

Der andere Bursche nickte, zog aus der Hosentasche einen Bund mit lauter Haken und Stäbchen und ließ im Nu das Schloss aufschnappen.

Erleichtert rieb ich mir die Handgelenke.

Faina rührte sich schwach.

»Sie hat eine Pistole«, sagte ich schnell.

»Die hier?«, fragte Mossol und zeigte auf den am Fenster liegenden Revolver, »nee, die ist nur Fassade.«

»Wie bitte?«, fragte ich verständnislos.

»Es ist nur eine Attrappe«, erklärte der schlaue Bekas, »sie ist nicht echt.« Dann fügte er stolz auf Französisch hinzu: »Une mitraillette.«

»Un révolver«, verbesserte ich ihn automatisch. »Eine ›mitraillette‹ wäre ein Maschinengewehr.« Nicht zu fassen, Manja behandelte offensichtlich das Thema »Zweiter Weltkrieg« mit ihm.

Von der Straße ertönte ein Pfiff, dann rief eine Stimme:

»Was ist mit euch los? Ist euch was zugestoßen oder was?«

Wir gingen hinaus in den Hof. Ein angenehmer Juniabend

war angebrochen. Weder warm noch kalt, kein Regen, ein leichter, sanfter Wind strich einem zärtlich über das Gesicht. Bei solchem Wetter ist es wunderbar, auf der Datscha am Feuer zu sitzen, frisches Schaschlik zu essen, Rotwein zu trinken und zur Gitarre Lieder zu singen.

Ich stand in dem riesigen, mit allem möglichen Kram vollgestellten Hof, um mich herum ein Dutzend bis an die Zähne bewaffneter Burschen.

»Gehen wir«, sagte Bekas, »ihr anderen erledigt den Rest.«

Drei der Burschen gingen in die Hütte. Ich erschrak.

»Bekas, lass Faina am Leben. Sie hat mir nichts getan.«

»Sie hat Sie nur mit Handschellen gefesselt, mit faulem Zeug gefüttert und eine Latrine hingestellt«, sagte er und räusperte sich. »Keiner wird ihr was zuleide tun, wer will sich schon die Finger schmutzig machen? Wir wollen nur ein bisschen mit ihr reden. Es liegt doch auf der Hand, dass dieses arme Würmchen nicht der Drahtzieher ist.«

Damit drängte er mich durch das Tor hinaus. Auf dem Feldweg stand ein blauer Kleinbus, an dessen Seiten ein weißes Band verlief, dahinter standen ein paar schmutzige Shigulis.

Bekas griff nach einem Telefon und gab kurz und bündig irgendetwas durch. Sofort tauchte aus dem nahen Wäldchen eine weitere getarnte Karre auf. Aus dem Innern des schäbigen Wagens kletterte Iwan Michailowitsch und trat lächelnd auf mich zu.

»Meine Liebe, wie kommt's, dass Sie sich an diesem unwirtlichen Ort befinden?«

»Ich war mit Max verabredet, dabei war er es gar nicht, aber ich dachte, er wäre es, und Max hat mich in ein Auto gesetzt, und dabei weiß ich jetzt genau, dass er es nicht war…«

»Moment, Moment«, unterbrach der Kruglyj mein unverständliches Gefasel, »Sie wollen sagen, Poljanskij hat Sie entführt? Aber wie denn? Er sitzt doch im Knast?!«

»Ich dachte, Sie hätten ihn rausgeholt, aber…«

Plötzlich näherten sich mit heulenden Motoren auf dem Feldweg ein Kleinbus und ein schwarzer Wolga. Bekas stürzte in den Hof. Eine Sekunde später stürmten schwarz vermummte Leute von der Spezialeinheit OMON in Tarnkleidung aus dem Kleinbus. Durch die Schlitze in den Mützen sah man ihre Augen glitzern. Aus dem Wolga sprang Alexander Michailowitsch. Von der anderen Seite stürzten die Mafiosi aus dem Hof und zogen ihre Maschinengewehre von den Schultern. Um Himmels willen, was hatte ich angerichtet: Jetzt würden sich meine Freunde gegenseitig umlegen!

Ich rannte nach vorn, stellte mich zwischen sie und schrie, so laut ich konnte, während ich wie ein verrückt gewordenes Huhn mit den Armen fuchtelte:

»Halt, halt, ihr seid alle hier, um mich zu retten, ihr seid alle meine Freunde!«

Die Mafiosi und die Milizionäre schauten abwartend auf ihre Vorgesetzten, die in scharfem Ton eine Anweisung gaben. Sofort ließen ihre Untergebenen die Waffen sinken.

Der Oberst und Iwan Michailowitsch traten schnell auf mich zu.

»Was geht hier vor?«, fragte Alexander Michailowitsch schneidend.

»Ja, Daschenka, bitte erklären Sie es uns«, stimmte der Mafiaboss zu, »wie konnte es zu dieser peinlichen Situation kommen?«

Ich sah die beiden vollkommen identischen blauen Kleinbusse mit den weißen Streifen, die alten Autos, die gewandten, sportlichen, breitschultrigen jungen Männer. Sie hatten alle dieselben Maschinengewehre, dieselben Messer, dieselben Schuhe an den Füßen... Sogar der Vatersname Michailowitsch war bei den beiden Vorgesetzten derselbe. Was für ein Zirkus! Weshalb mussten sie sich eigentlich bekämpfen, wenn sie sich doch so ähnlich waren!

Aber der Oberst mit seinem Maschinengewehr hatte kein Verständnis für meine Belustigung.

»Ich hatte zufällig mein Handy behalten«, begann ich, mich zu rechtfertigen, »die Tasche haben sie mir weggenommen, die Uhr auch, aber an das Handy kamen sie nicht heran.«

»Wo hattest du es denn versteckt?«, fragte der Oberst.

Ich hob meinen Fuß und zog an dem Gummizug.

»Es war hier in den Hosensaum hineingerutscht.«

»Originell«, bemerkte der Kruglyj, »manchmal binden sich Leute Waffen an die Knöchel, also waren es wahrscheinlich keine Profis. Meine Leute hätten sofort die Beine abgetastet und befohlen, die Schuhe auszuziehen.«

»Meine hätten noch dazu in den Hintern geschaut«, fügte der Oberst bissig hinzu.

»Sie haben Recht«, reagierte der Boss friedfertig, »das kann nie schaden. Ihre Leute sind erstklassige Spezialisten. Übrigens, ich habe von Ihnen gehört, meine Leute erzählen nur Gutes über Sie.«

»Mir ist Ihre Person auch bekannt«, blieb Alexander Michailowitsch ihm die Antwort nicht schuldig, »unsere Behörde hat an Sie persönlich keine Forderungen.«

»Na wunderbar«, sagte ich fröhlich, »kommt, setzen wir uns und rauchen eine Zigarette.«

Der Oberst und der Mafiaboss ließen sich auf einer schiefen Bank nieder. Iwan Michailowitsch zog seine Gauloises heraus. Dankbar nahm ich eine Zigarette und zog erleichtert daran. Auch die OMON-Leute und die Mafiosi hatten sich entspannt und stiegen wieder in ihre Busse. Der Oberst und der Boss sahen sich an wie zwei Boas: Die Münder waren zu einem breiten Lächeln auseinander gezogen, während die Augen kalt und unfreundlich blitzten.

Irgendwie musste es mir doch gelingen, sie aufzumuntern. Aber bevor ich zu einer Bemerkung ansetzen konnte, kam ein dritter Kleinbus auf dem Feldweg herangefahren.

»Hast du vielleicht die UNO auch noch angerufen?«, rief der Oberst aus und sprang auf.

»Oder die NATO?«, fügte der Kruglyj hinzu.

Ihre Leute sprangen wieder aus den Bussen auf die Straße. Verständnislos schauten wir zu, wie der Bus am Nachbartor bremste.

Die Tür ging auf, und heraus stiegen… Nina Andrejewna, Rimma Borissowna, Gera, Tamara, Manja und ein mir unbekanntes Paar mittleren Alters.

»Mamilein«, schrie Manja und kam zu mir gerannt, »was für eine Überraschung, wie hast du erfahren, dass wir zu Tamara auf die Datscha wollten?«

Sie hüpfte vor Freude herum und erzählte, wie Tamaras Papa sie alle in sein Dienstfahrzeug geladen und für zwei Tage zur Erholung auf die Datscha mitgenommen hatte.

»Wie bist du denn hierher gekommen, Mama?«, fragte sie. »Bist du schon wieder zurück?«

»Woher denn?«, fragte ich erstaunt.

»Wie?«, gab Manja verwundert zurück. »Olga und Kescha haben gesagt, du wärst nach Kiew geflogen, um Olgas Eltern zu besuchen!«

Dann sah sie die anderen Anwesenden und schrie:

»Guten Tag, Alexander Michailowitsch, guten Tag, Iwan Michailowitsch. Hallo, Bekas, wozu brauchst du denn das Maschinengewehr?«

Rimma Borissowna näherte sich uns manierlich.

»Wie schön, dass ihr an unserem Picknick teilnehmen wollt.«

»Picknick!«, sagten der Oberst und der Boss gleichzeitig. »Zu freundlich, mit dem größten Vergnügen.«

»Daschenka«, mischte sich Nina Andrejewna ins Gespräch, »darf ich vorstellen: Sergej Filippowitsch und Karelia Lwowna, Tamaras Eltern.«

»Sehr angenehm«, sagte der Akademiker mit tiefem Bass, während er die bewaffneten Leute ringsum beunruhigt betrachtete. »Bitte stellen Sie mich doch Ihren Freunden vor.«

»Das ist nicht nötig«, winkte ich ab, da mir klar war, dass

weder der Kruglyj noch Bekas das mindeste Interesse daran haben konnten, zusammen mit der ganzen Gesellschaft gegrillte Würstchen zu essen, »das ist nur meine Leibwache.«

KAPITEL 32

Am nächsten Morgen saß ich gewaschen, gekämmt, satt und mit einer Packung Gauloises in der Tasche im Büro des Oberst. Alexander Michailowitsch fragte ironisch:

»Na, hast du den Mörder gefunden?«

Ich wurde fuchsteufelswild. Als ob *er* mich in seine Geheimnisse einweihen würde!

»Nein.«

»Aha, so so«, sagte mein Freund gedehnt und schmunzelte, »schade, da hast du für nichts und wieder nichts so viel Zeit verloren.«

»Überhaupt nicht«, antwortete ich angriffslustig, »ich weiß jetzt ganz genau, dass Max es nicht gewesen ist. Man hat ihm den Mord nur untergeschoben. Soll ich dir auch sagen, wie? Mit Ada ist übrigens genau dasselbe passiert.«

»Alles zu seiner Zeit«, versprach Alexander Michailowitsch geheimnisvoll. »Du weißt aber noch, wen Maxim Poljanskij umgebracht haben soll, oder?«

»Natürlich, seine letzte Frau Veronika Medwedjewa, Schauspielerin und Mannequin von Beruf.«

»Hast du diese Dame eigentlich irgendwann mal gesehen?«

»Ein paar Mal, bei gemeinsamen Bekannten oder zufällig im Theater. Ich habe sogar ein Foto von ihr.« Ich begann, in meiner Tasche herumzuwühlen.

»Man trifft selten auf eine Ex-Ehefrau, die das Foto ihrer Nachfolgerin mit sich herumträgt«, sagte der Oberst.

»Erstens ist sie nicht meine Nachfolgerin, zwischen uns gibt es noch einige andere Ehefrauen, und zweitens wollte ich jemandem das Bild zeigen, habe es bloß noch nicht geschafft.«

»Das heißt, du würdest die Medwedjewa erkennen, wenn du sie sähest?«

»Ja, schon, aber bitte sag jetzt nicht, ich soll mir ihre Leiche anschauen!«, antwortete ich erschrocken. »Vor Toten hab ich eine Heidenangst.«

Alexander Michailowitsch lächelte:

»Nein, keine Angst. Schau mal her.«

Er zog einen Vorhang beiseite, der normalerweise ein kleines Fenster verdeckte. Ich wusste, dass man hierdurch in das Nebenzimmer schauen konnte, während man von drüben nur einen Spiegel und nicht in unser Zimmer sah.

In dem perfekt eingerichteten Arbeitszimmer saß hinter dem Schreibtisch mit dem Rücken zu uns ein Mann in einem grauen Anzug. Gegenüber auf einem Stuhl saß mit hängendem Kopf eine dünne junge Frau mit kurz geschnittenen roten Haaren. Ihr Gesicht war unter einem Tuch versteckt, die Schultern zuckten leise. Offenkundig weinte sie.

»Du hast Jana gefunden«, sagte ich begeistert.

»Warte«, befahl Alexander Michailowitsch, griff zum Hörer und sagte: »Roman, wir können sie nicht sehen.«

Der Mann im anderen Zimmer legte den Hörer auf und sagte etwas zu der Frau.

Sie nahm die Hände von den Augen, so dass ich das schmale, engelsgleiche Gesicht von… Veronika Medwedjewa erkannte.

»Na, wie findest du das? Eine echte Überraschung, nicht?«, frohlockte der Oberst, als ich mich vollkommen überwältigt in den Sessel fallen ließ. »Soll ich dir einen Wodka einschenken? Ich hab extra für solche Fälle welchen da, und zwar einen guten, da brauchst du keine Angst zu haben.«

Er machte sich noch immer über mich lustig. Sie lebte also! Wer war denn dann in Maxims Wohnung umgebracht worden? War sie womöglich wieder genesen? Aber das konnte ja gar nicht sein.

»Du überlegst, wessen Leiche im Leichenschauhaus liegt? Kommst du wirklich nicht drauf?«

»Nein.«

»Ja, zu dumm, wenn man nur Stroh im Kopf hat. Na los, setz deine grauen Zellen in Bewegung. Wieso hat Veronika ihre wunderschönen blonden Locken abgeschnitten und sich diese idiotische Frisur zugelegt …«

Dumpf dämmerte es mir in meinem hämmernden Kopf.

»Jana! Sie haben die Sokolowa umgebracht! Aber wie konnte Nina Andrejewna dann Nika identifizieren?«

Der Oberst zuckte mit den Schultern.

»Die arme Alte hat eben nicht richtig hingeschaut. Man hat Jana ja auch direkt ins Gesicht geschossen, das Gehirn war zermalmt, ein einziges Blutbad, also einfach furchtbar. Wo hätte sie denn hinschauen sollen! Außerdem, wie hätte sie darauf kommen sollen? Schließlich lag die Leiche in Veronikas Bett und hatte ihren Luxuspyjama an. Auch wir haben es erst am dritten Tag begriffen, denn die Blutgruppe stimmte nicht überein. Ansonsten sahen sie aus wie Zwillinge. Junge Frauen ohne besondere Kennzeichen. Nur dass Jana seit einer Operation an den Nebennieren eine kleine Narbe hatte.«

»Ich verstehe überhaupt nichts mehr«, sagte ich kopfschüttelnd.

»Na gut«, erbarmte sich mein Freund, »ich erzähle dir die Geschichte von Anfang an.«

Für Veronika ist die Anfangszeit als Mannequin ziemlich hart gewesen. Die anderen Mannequins tragen schicke Kleider, schminken sich mit Kosmetik bester Qualität, parfümieren sich mit teuren Parfüms, haben Autos und reiche Liebhaber. Nika dagegen hat bislang – nichts! Sie wohnt zur Untermiete bei irgendeiner Frau. Die Wohnung liegt am Ende der Welt, vierzig Minuten Busfahrt von der U-Bahnstation »Wychino« entfernt. Obwohl sie sehr billig ist, geht fast ihr ganzes Gehalt für die Miete drauf. Sie isst nur auf Empfängen und Präsentationen. Abends rennt sie auf der Suche nach einem reichen Liebhaber von einer Party zur nächsten, aber umsonst.

Im April 1987 macht eines der Mannequins Nika mit Lenja Bestschastnyj bekannt, der auf der Suche nach einer »Schauspielerin« für seine Pornofilme immer um die Modell-Agenturen herumstreicht. Der Regisseur wirbt sie an. Sie schlägt ein und fährt zu ihm nach Hause, wo Anton gerade in der Küche sitzt. Diese Begegnung ist für beide schicksalhaft.

Anton und Lenja Bestschastnyj wiederum sind alte Freunde. Die beiden haben sich in einem Pionierlager in Ewpatoria am Meer kennen gelernt. Damals gingen sie noch zur Schule. Sofort waren sie ein Herz und eine Seele. Sie passten zueinander wie der rechte zum linken Schuh.

Die Zeit vergeht wie im Fluge. Die Freunde beenden die Schule und beginnen, in Moskau zu studieren: Anton am Institut für Luftfahrt, Lenja am Institut für Autostraßenbau.

»Wie?«, fragte ich erstaunt. »Ich dachte, Bestschastnyj hätte die Filmhochschule absolviert.«

»Du hast Lenja geglaubt?«, grinste der Oberst. »Nein, die Filmkunst dient ihm nur als Deckmantel.«

Aber Bestschastnyj hat eine Kamera und filmt gern. Das bringt die Freunde auf eine Idee, wie sie leicht an Geld kommen können.

Sie gabeln an Bahnhöfen Prostituierte auf, mit denen sie einen Porno zurechtschustern. Weil sie keine männlichen Darsteller finden, übernehmen sie die männlichen Rollen selbst.

Anton hat ohnehin eine gewisse schauspielerische Praxis. An seinem Institut gibt es ein hervorragendes Studententheater, zu dessen Truppe Medwedjew bald gehört. Er ist ein wahrer Meister der Verwandlung. Komische, tragische und sogar Frauenrollen spielt er mit Leichtigkeit, er kann meisterhaft Stimmen nachahmen.

Das entstandene »Meisterwerk« bietet Anton Studenten aus dem Abschlussjahr an. Es kommt zum Skandal, Anton wird von der Hochschule geworfen. Wie es der Zufall will, findet seine Mutter, die ausgerechnet jetzt den Dachboden entrümpelt, die Sparbücher, die Anton heimlich angelegt hat, und nimmt sich den jungen Dieb zur Brust. Da er begreift, dass sie keine Ruhe geben wird, verlässt er sie und nimmt auch gleich noch das Bisschen, was sie besitzt, mit.

Einige Tage lang lebt er bei Lenja, aber die immer betrunkene Madame Bestschastnaja geht ihm mehr auf die Nerven als seine eigene Mutter. Also macht er sich zu seinem Vater auf. Dieser erschrickt und schickt ihn wiederum zu Iwan Lwow. Zum Dank lässt Anton seinen Kumpel Rodja die Wohnung seines Vaters ausrauben und organisiert auch noch den Raubüberfall auf die verhasste Stiefmutter Sinaida.

Bei den Lwows fühlt er sich wie im Schlaraffenland. Im Gegensatz zu den Prostituierten und zu den Zufallsbekanntschaften, von denen er die Nase voll hat, trifft er hier auf ein ganz unschuldiges, liebes, ordentliches und intelligentes Mädchen.

Dank seines engelhaften Aussehens kostet es ihn keine Mühe, das kleine Schulmädchen in sich verliebt zu machen. Faina verliert den Kopf, ein paar Spritzen machen sie restlos gefügsam. Lenja und Anton haben somit eine ergebene »Schauspielerin«, die für ein zärtliches Wort von Anton und eine Spritze zu allem bereit ist. Die Filme sind schnell gemacht und verkaufen sich bestens.

Schließlich aber werden sie von Iwan erwischt, Anton muss verschwinden. Faina, über die der Vater nun Tag und Nacht wacht, kann Anton zunächst nicht mitnehmen, bis ihm die Idee kommt, mit verstellter Stimme bei Iwan anzurufen und ihm mitzuteilen, Vandalen hätten das Grab seiner Frau geschändet.

Drei Stunden reichen für Rodja und seine Gehilfen, um so gut wie alles aus der Wohnung fortzuschaffen, darunter auch die wertvolle Briefmarkensammlung.

Es dauert eine Weile, bis auch der Regisseur des Studententheaters, Jakow Mironowitsch, begreift, dass sein Schützling Anton billige Pornos produziert und keine Kunst, wie dieser ihm weismachen wollte. Diesmal hat Anton allerdings Pech, der Regisseur schmeißt ihn in hohem Bogen aus dem Theater. Als Anton nach Rache sinnt, kommt ihm eine brillante Idee.

Er zwingt den Imitator Oleg Berestow dazu, Aljona zu täuschen und schwindelt ihr später vor, er habe nur aus Liebe zu ihr dieses Täuschungsmanöver inszeniert. Die naive Frau glaubt ihm und lässt sich mit ihm ein. Faina gibt er als seine kranke Schwester aus. Das drogensüchtige Mädchen wird ihm aber zunehmend lästig. Durch die Drogen erinnert das ehemals frische Kindergesicht jetzt eher an einen zerknitterten Lappen, sie hat noch nicht mal mehr Lust zu Sex. Also denkt sich der hübsche Jüngling einen Plan aus, den es schnell zu verwirklichen gilt.

Eines Abends feiern sie Fainas Geburtstag. Anton gibt vor allem Aljona ordentlich zu trinken. Als er merkt, dass die Frauen betrunken sind, hetzt er sie gegeneinander auf.

Aljona, die nicht mehr weiß, was sie tut, greift nach einem Messer und beginnt, hinter der »Schwester« herzulaufen. Zur Beruhigung bekommt sie noch einen Wodka, dem aber diesmal ein Schlafmittel beigemischt ist.

Als sie wieder zu sich kommt, beginnt für sie ein Albtraum, der nicht mehr endet: Ihre Hände und ihr Kleid sind voller Blut, auf der Bettdecke liegt ein riesiges Messer, auf dem Boden neben dem Bett Fainas Leiche.

Anton kommt entsetzt herbei und erklärt, sie sei den ganzen Abend hinter der »Schwester« her gewesen, er hätte sie kaum beruhigen können. Lenja Bestschastnyj bestätigt seine Worte.

»Hab keine Angst«, sagen die Männer, »wir werden dir helfen.«

Sie zerstückeln Fainas Leiche, als wäre sie ein Stück Rindfleisch. Dem Torso ziehen sie Aljonas Lieblingskleid an, dann verstümmeln sie Fainas Gesicht. Die verunstalteten Körperteile verstecken sie im Ismailowskij-Park. Medwedjew bedeckt die Überreste nur leicht mit Erde. Am nächsten Tag lässt Aljona die Wohnung in der Fogel-Straße, die sie von ihrer Tante geerbt hatte, auf Antons Namen umschreiben. Es ist das Jahr, in dem die Spekulationen auf dem Wohnungsmarkt ihren Höhepunkt erreichen. Bestechliche Anwälte, gefälschte Papiere – alles kein Problem. Anton wird stolzer Besitzer einer Zweizimmerwohnung.

Jetzt muss er nur noch Aljona loswerden. Zuerst versucht er, sie wieder mit ihrem Mann zusammenzubringen. Er schickt ihm einen Brief. Jakow Mironowitsch kommt sofort, um seine Frau abzuholen. Aber Aljona hat panische Angst davor, als Mörderin entlarvt zu werden, und schlägt ihrem Ex-Mann die Tür vor der Nase zu.

Anton sieht ihre Panik und jagt ihr noch mehr Angst ein. Er erzählt ihr, die Nachbarn hätten die Schreie der sterbenden Faina gehört, schwindelt ihr etwas von dem Besuch eines Milizionäre vor und erklärt schließlich, man hätte ihn zum Revier bestellt, um ihn zu verhören…

Er wartet, bis Aljona vor Angst schon fast verrückt ist. Dann gibt er ihr Fainas Pass und schickt sie nach Petuchowo, wo ein Haus steht, das Bestschastnyjs Mutter gehört.

Anton fährt regelmäßig dorthin, um ihre Angst weiter zu schüren. Er lügt das Blaue vom Himmel herunter: Über ganz Moskau verteilt hänge ihr Foto, über das Fernsehen suche man bereits nach ihr, die empörte Öffentlichkeit fordere Rache an der Mörderin… Aljona glaubt alles. Aus Angst, dass man sie finden könnte, kleidet sie sich wie eine alte Frau und versteckt ihr Gesicht unter einem Tuch. Ihr Leben ist inzwischen ein permanenter Albtraum.

Bei Anton dagegen läuft alles wie geschmiert. Das Haus in der

Fogel-Straße wird abgerissen, dafür bekommt Anton eine Wohnung in Sewernoje Butowo, auch wenn das weit draußen liegt. Zur selben Zeit heiratet Lenja die »Hellseherin« Marina Mak.

Marina ist eine würdige Partnerin. Zusammen denken sie sich eine neue Einkommensquelle aus und machen aus Anton den »Scheidungsspezialisten«. Das Geschäft läuft blendend. Marina sorgt für die Kunden, Anton regelt die Angelegenheit innerhalb von zwei bis drei Wochen. Lenja filmt die »Stelldicheins«. Leicht verdientes Geld, das in Strömen fließt.

Zu diesem Zeitpunkt lernt Anton Veronika kennen. Sie ist gerade mal siebzehn Jahre alt, kaum jünger also als er. Das Wunder geschieht: Der Dieb, Mörder und vollkommen prinzipienlose Mensch verliebt sich plötzlich in sie, und zwar so sehr, dass er sie heiratet. Die jungen Leute legen im Standesamt eine Bescheinigung von der Schwangerschaft der Braut vor, so dass sie nicht warten müssen, bis Veronika das achtzehnte Lebensjahr vollendet hat. Nika hat nun eine eigene Wohnung und Anton eine Frau, die er liebt und verehrt.

Tagtäglich entdeckt der glückliche Ehemann an seiner jungen Frau neue wunderbare Seiten. Sie ist jung, schön, klug, schlau… und ebenso prinzipienlos. Sie träumt genauso vom grenzenlosen Reichtum wie er. Als sie erfährt, womit ihr Mann sein Geld verdient, beginnt sie, ihm zu helfen. Niemand erfährt von ihrer Hochzeit. Im Gegenteil, meist stellen sie sich als Bruder und Schwester vor. Zufällig tragen sie denselben Nachnamen, noch dazu hat Veronika tatsächlich einen Bruder namens Anton, der schon lange irgendwo hoch im Norden wohnt.

Da nimmt Veronika an einem Schönheitswettbewerb teil und lernt Poljanskij kennen. Sofort hecken sie und Anton einen Plan aus. Nika soll den reichen »neuen Russen« heiraten und ihm so viel Geld wie möglich aus der Tasche ziehen.

Gesagt, getan. Veronika »verliert« ihren Pass, bekommt einen neuen ohne Heiratsstempel und geht mutig mit Poljanskij zum Standesamt.

In den ersten Jahren findet sie das Leben mit Max sehr angenehm. Poljanskij ist nicht geizig, er überschüttet seine junge Frau mit Schmuck und Pelzen und bringt sie im Filmgeschäft unter. Nika teilt Anton mit, dass ihr Leben ihr so gefällt und sie bei Max bleiben will. Ihr Mann grämt sich nicht allzu sehr. Nika schickt die ganze Zeit Kunden zu Marina Mak, so dass auch Anton gut verdient. Der treuherzige, leicht entflammbare Poljanskij weiht seine Frau unüberlegt in alle seine Geheimnisse ein und erzählt ihr von seiner Zusammenarbeit mit dem Mafiaboss.

Irgendwann lässt die Leidenschaft nach, Max beginnt endlich, seine Frau mit anderen Augen zu sehen. Schritt für Schritt erkennt er das wahre Wesen seiner Frau, ihre Habgier, ihre Rücksichtslosigkeit. Poljanskij tut das Übliche: Er schlägt ihr die Scheidung und eine Apanage vor. Aber Veronika ist nicht damit einverstanden, sie will nicht nur einen Teil des Geldes, sondern alles.

Zusammen mit Anton zerbricht sie sich den Kopf, wie man Max am besten umlegen könnte, als sie von Jana Sokolowa erfährt.

Sie selbst ist zwar nicht gerade eine unschuldige Seele und hatte oft Affären gehabt, zuletzt mit Maxims gutem Freund Semjon. Aber dass ihr Mann eine Geliebte hat, macht sie rasend. Die verletzte Eitelkeit verlangt nach Rache. Als Nika Jana dann auch noch kennen lernt und sieht, wie hässlich sie ist, begreift sie, dass die Neue eine echte Gefahr ist, denn Max ist offenkundig ernsthaft verliebt. Nika könnte somit riskieren, ganz ohne Geld auszugehen.

In einer kalten Aprilnacht schmieden Anton und sie ihren verbrecherischen Plan. Poljanskij umzubringen, ist zu gefährlich. Es gibt einige Leute, die über seine Affäre mit der Studentin Bescheid wissen, die Miliz würde sofort die betrogene Ehefrau verdächtigen. In ihren Köpfen entsteht eine geniale Idee: Max soll wegen Mordes an … Nika … hinter Gitter.

Sie bereiten alles sorgfältig vor. Zuerst schneidet Veronika ihre schönen Haare ab und färbt sie sich genauso wie Jana. Ihre neue Frisur entschuldigt sie einfach mit einer neuen Filmrolle.

Der Mord ist für den fünften Juni geplant. Nika weiß, dass ihr Mann am vierten abends vom Kruglyj eine Million Dollar erhalten und im Safe verstecken wird. Am sechsten soll morgens ein spezieller Kurier das Geld wie immer in die Arabischen Emirate bringen. Die Summe reicht aus, um das Risiko einzugehen.

Anfang Juni fährt Nika alle ihre Bekannten ab, darunter auch das Mannequin Gjulnara. Sie beklagt sich über Maxims furchtbares Verhalten, teilt allen ihre Angst mit, spricht von einer Pistole… In der mathematischen Fakultät macht sie Jana vor einem Haufen Leute eine Riesenszene.

Am vierten morgens ruft sie Jana an und bittet sie weinend, zur U-Bahnstation »Praschskaja« zu kommen. Sie fleht sie an, keiner Menschenseele etwas davon zu sagen, täuscht einen Nervenzusammenbruch vor und sagt, Max hätte versucht, sie umzubringen. Die verängstigte Jana fährt, ohne jemandem davon zu erzählen, erschrocken zu dem genannten Ort. Hier wartet Anton in einem Auto auf sie. Mit Hilfe eines in Äther getränkten Lappens ist es ein Leichtes, das Dummerchen zu betäuben. Sie bringen Jana nach Sewernoje Butowo, spritzen ihr ein starkes Schlafmittel und lassen sie vorübergehend allein.

Während Nika sich als das von ihrem Mann bedrohte Opfer aufspielt, ruft Anton bei Rada Iljinitschna an, erzählt ihr mit Janas Stimme von dem Sportfest in Kiew und bittet darum, dass ihm, beziehungsweise Jana, der Koffer auf den Bahnhof gebracht wird.

Den Verbrechern ist daran gelegen, dass niemand nach Jana sucht. Die hilfsbereite Tanja schleppt den Koffer auf den Bahnhof. Anton alias Jana greift danach, und der Zug fährt los nach Konotop. Die Tante und die Freundin machen sich somit auf jeden Fall keine Sorgen um Janas Verschwinden.

Anton steigt in Fominsk aus und isst dort auf dem Bahnsteig Piroggen.

»Fünf Stück hat er heruntergeschlungen«, sagte ich langsam, »die Händlerinnen haben sich noch gewundert, wie ein dünnes Mädel den Appetit eines kräftigen Mannes haben konnte.«

»Genau«, bestätigte der Oberst, »und hier ist auch schon der erste Fehler passiert. Aus Gewohnheit ist er in die Herrentoilette gegangen. Dort zog er sich um, setzte eine schwarze Perücke auf, klebte sich einen Schnurrbart an und ließ, als er wegging, den Koffer, den er nicht mehr brauchte, stehen. Die Toilettenfrau war einigermaßen verwundert!«

Jetzt geht alles ganz schnell. Um acht ist Anton schon wieder in Moskau. Er ruft Max an und mimt die nicht vorhandene Direktorin der Hühnerfabrik. Und hier unterläuft ihm der zweite Fehler: Er nennt den Namen des Dorfes Petuchowo, Maxims Sekretärin kann sich später daran erinnern.

Ergeben erwartet Poljanskij die potenzielle Lieferantin. Zur selben Zeit bewirtet Veronika Nina Andrejewna zuvorkommend mit einer Torte, der das Schlafmittel Relaninum beigemischt ist. Ihre Schwiegermutter schläft ein wie geplant. Auch Poljanskij schläft tief und fest in seinem Büro, nachdem er Kaffee zu sich genommen hat, in den ihm Anton, als Direktorin der Hühnerfabrik verkleidet, dasselbe Schlafmittel gemischt hat. Jetzt beginnt der schwierigste Teil der Unternehmung.

Nika und Anton holen die immer noch völlig betäubte Jana herbei, ziehen ihr Veronikas Luxusnegligé an und… bringen sie kaltblütig um, wobei sie gezielt ihr Gesicht verstümmeln. Dann holen sie die Dollars aus dem Versteck und stellen einen Aschenbecher voller Kippen hin, die Anton sicherheitshalber aus Maxims Büro mitgenommen hat.

»Das kam mir gleich verdächtig vor«, unterbrach ich Alexander Michailowitsch, »während der Viertelstunde, die er zu Hause war, konnte er nicht ein ganzes Päckchen geraucht haben.«

»Es gibt keinen Verbrecher, der nicht irgendwelche Spuren hinterließe«, bemerkte der Oberst weise.

Gegen elf sind sie fertig. Anton geht zum Auto, Nika verschwindet mit dem Geldpaket durch die Hintertür, so dass sie niemand sieht. Im Übrigen braucht sie keine Angst vor unliebsamen Begegnungen zu haben: Sie trägt eine schwarze Perücke, ihre Augen sind hinter den Gläsern einer Sonnenbrille versteckt.

Jetzt kommt noch der krönende Abschluss. Anton maskiert sich als Max Poljanskij und kommt »nach Hause«. Im Hof trifft er zum Glück auf die zwei Nachbarinnen Anna Michailowna und Natascha Simonowa, die das warme Wetter nutzen, um draußen zu sitzen. Max wirft ihnen ein paar Worte hin und läuft ins Haus.

»Und auch hier ist etwas Unvorhergesehenes passiert«, mischte ich mich wieder ein, »Natascha Simonowas Dackel ist zu den Leuten, die er kennt, sehr freundlich, aber auf Fremde reagiert er extrem feindselig. Er hat ›Max‹ so böse angebellt, dass sein Frauchen sich ernsthaft fragte, was denn mit ihrem süßen Hündchen los war. Das schien mir auch sofort verdächtig. Ein Tier lässt sich schwer täuschen. Es orientiert sich nicht am Aussehen, sondern am Geruch. Der Dackel ist zuerst schwanzwedelnd auf ›Max‹ zugelaufen und hat ihn dann wie verrückt angebellt.«

»Ein interessantes Detail«, stimmte der Oberst zu, »davon wussten wir nichts.«

Die Sache entwickelt sich weiter. Jetzt kommt der Mörder mit einer verschmierten Hose aus dem Haus. Eine andere Hose, die extra mit Janas Blut durchtränkt ist, befindet sich bereits zusammen mit der Beretta, aus der er den Schuss abgefeuert hat, in dem Korb mit der schmutzigen Wäsche.

»Poljanskij« murmelt etwas, er ist offensichtlich aufgewühlt. Die Nachbarinnen beobachten neugierig, wie er mit seinem Jeep davonfährt. Damit wäre also alles erledigt.

Jetzt muss sich Nika in Jana verwandeln. Zuerst aber gibt sie sich in der Uni als Janas Schwester aus, um dort eine Krankschreibung für Jana abzugeben. Lenja Bestschastnyj hat sie besorgt, ohne dass Anton ihn in die Sache mit der Million Dollar eingeweiht hätte. Er hat ihn einfach gebeten: »Lass dir von Galja eine Krankschreibung für meine Frau geben.« Lenja sieht in dieser Bitte nichts weiter Ungewöhnliches und beschafft das Papier.

Nika geht seelenruhig mit schwarzer Perücke und Sonnenbrille in Sewernoje Butowo spazieren. Die Verbrecher sind unvorsichtig geworden, weil bisher alles so gut gelaufen ist. Aber das ist ein Fehler.

Eines Abends läuft sie im abgelegensten Winkel des Ortes vor einem billigen Kiosk, an dem ungenießbare Waffeln verkauft werden, Semjon in die Arme, Maxims bestem Freund. Das ist ein Schock! Und zwar für alle beide.

Als er die »Ermordete« sieht, fällt ihm seine Flasche Fanta aus der Hand und auf den Boden, er ist sprachlos. Trotz ihrer Perücke hat er Nika sofort erkannt. Auch sie verliert im ersten Moment ihre Fassung, weil sie natürlich nicht erwartet hat, in dem gottverlassenen Butowo einen Bekannten zu treffen.

Sie fasst sich jedoch erstaunlich schnell wieder, wirft sich dem Mann an den Hals und erzählt ihm nun unter Tränen die »Wahrheit«, die sie so darstellt:

Eine enge Freundin hat bei ihr übernachtet, als Poljanskij auf einer Dienstreise war. Nika hat ihr Bett der Freundin überlassen und sich selbst im Wohnzimmer schlafen gelegt. Nachts kam ihr Mann zurück und hat auf die Frau geschossen. Bislang ist der Fehler noch nicht herausgekommen, Veronika versteckt sich seitdem.

Sie weint, fasst Semjon bei der Hand und bringt den verdatterten Mann schließlich dazu, ein Taxi zu besorgen und sie über Nacht mit zu sich zu nehmen. Sie will dafür sorgen, dass er niemandem von dem Treffen erzählt. Gegen Morgen erzählt sie ihrem Liebhaber von der Million, befiehlt ihm zu schweigen und verspricht ihm, das Geld mit ihm zu teilen.

Am Morgen verlässt sie ihn.

»Jetzt verstehe ich«, seufzte ich.

»Was verstehst du?«

»Ich konnte einfach nicht begreifen, womit ich Semjon so verängstigt hatte. Ich sah, wie er eine schlanke, schwarzhaarige junge Frau zur Tür brachte. Und dann wollte er nicht mit mir sprechen. Ich drohte ihm, ich würde Ada von seinem nächtlichen Besuch erzählen. Er wurde bleich, begann zu zittern und leugnete alles. Als ich behauptete, ich wüsste den Namen der Bekannten, der auf ›a‹ endete, wäre der Kerl fast in Ohnmacht gefallen, aber da kam plötzlich Ada von der Datscha nach Hause, und ich musste mich verziehen.«

»Du hast erraten, dass Veronika bei ihm war?«, fragte der Oberst erstaunt.

»Nein, natürlich nicht, die meisten Frauennamen enden auf ›a‹. Swetlana, Tatjana, Anna, Mascha, Dascha… Ich hab das nur so dahingeworfen.«

»Nur so dahingeworfen!«, regte sich Alexander Michailowitsch auf. »Kannst du dir vorstellen, was mit dir passiert wäre, wenn Semjon Nika von deinem Besuch erzählt hätte?«

Ich zuckte mit den Schultern:

»Er hat es ihr aber nicht gesagt!«

»Er hat es nicht geschafft, weil ihn Anton, als Ada verkleidet, umgebracht hat. Das war zwar nicht vorhergesehen, aber schnell, sozusagen über Nacht improvisiert. Wieder lief alles wie am Schnürchen: das Schminken, das Kostüm, das Auftreten in aufgelöstem Zustand, die Nachbarn, die sich die Mäuler zerrissen. Dazu der Skandal im Geschäft, um so viel Aufmerksamkeit wie möglich auf sich zu lenken, und das in die Ecke geworfene rote Stretchkleid.

Ausgerechnet durch dieses Kleid konnten wir allerdings feststellen, dass Ada nichts mit dem Mord zu tun hatte. Eine Gewebeanalyse hat deutlich bewiesen, dass Semjons Frau dieses Kleid nie getragen hat.«

»Ich habe auch ohne Analyse gewusst, dass Ada unschuldig

ist. Der Mörder hatte riesige Hände und Füße, während ihre ganz zierlich sind. Außerdem wusste ich genau, dass es nicht Max gewesen war, der vor dem Mord zu Semjon gegangen war.«

»Genau«, sagte der Oberst, »es war Anton. Möglichst viele Leute sollten denken, dass Max bereit wäre, ein Verbrechen zu begehen. Aber wie bist du darauf gekommen?«

»Ganz einfach. *Dieser* Poljanskij hatte bei Semjon mit der Faust auf den Tisch geschlagen, wobei sein Armband aufging und die goldene Uhr auf den Tisch fiel und einen Teller zerschlug. So hat es jedenfalls Semjon Worobjow beschrieben.«

»Na und?«, fragte der Oberst verwundert. »Anton hat doch den erbosten Ehemann einwandfrei dargestellt.«

»Ja, schon«, sagte ich und lächelte, »nur ein kleines Detail hat er nicht beachtet. Medwedjew hatte eine goldene Rolex, ein teures Stück zwar, aber Max besitzt eine Longines aus Platin, und Platin ist ein helles Metall. Deshalb hätte Worobjow von einer silbernen Uhr sprechen müssen, aber er hat betont, sie sei golden gewesen… Max hat sich von seiner Longines nie getrennt, er liebt sie über alles.«

»Na so was!« Alexander Michailowitsch war begeistert.

Ich setzte eine wichtige Miene auf, zu irgendwas war ich also immerhin auch fähig.

Aber nun ging die Geschichte weiter:

»Weder Nika noch Anton haben irgendwelche Skrupel. Sie räumen den Zeugen einfach aus dem Weg und wälzen die Schuld auf Ada ab. Anton ruft Amalia an und bittet sie mit Adas Stimme um Vergebung für ihre Tat.

Jetzt sind sich die Verbrecher ihrer Sache ganz sicher. Ihre Habgier kennt keine Grenzen: Die Million Dollar scheint ihnen plötzlich immer noch zu wenig. Bevor sie aus Moskau verschwinden und Anfang Juli nach Zypern fliegen, beschließen sie, noch alles mitgehen zu lassen, was irgend möglich ist.

Als Erstes kehrt Nika in ihre Wohnung zurück und holt ihren Schmuck.«

»Dann war sie diejenige, die die Hüte vom Boden aufgehoben hat!«, fuhr ich dazwischen.

»Außerdem erinnert sie sich an Maxims wertvollen Ring und an seine Longines. Da sie zu Recht annimmt, dass Max diese Sachen wohl kaum mit in die Butyrka genommen hat, fährt sie nochmals in die Generalswohnung und… da kommst du herein. Mit Müh und Not gelingt es ihr zu verschwinden. Insgesamt hast du ihr das Leben übrigens sehr erleichtert dadurch, dass du Nina Andrejewna zu dir nach Loschkino genommen hast.

Die nächste Aktion ist der Schmuck der Sokolowa, die Urnennische des ›Hasen‹ haben sie schon vorher ausgeraubt.«

»Wie? Woher wussten sie denn davon?« Vor Ungeduld zappelte ich auf meinem Stuhl herum.

»Ganz einfach. Ada hatte ihrem Mann erzählt, dass Igor Solomonowitsch Kaz das Familienvermögen hatte retten können und Rada Iljinitschna alles hinterlassen hatte, während ihr Vater ihr und Amalia gegenüber nur etwas von dem neunzigjährigen Hasen gemurmelt hatte. In betrunkenem Zustand teilte Semjon das alles Nika mit, die sich dafür zunächst gar nicht interessierte. Aber als sie dann einmal Nina Andrejewna auf den Friedhof zum Grab des Generals begleitete…«

»…hat sie das Grab von Sajaz gesehen und alles begriffen«, beendete ich den Satz.

»Genau«, bekräftigte der Oberst, »Nika und Anton hatten sicher gar nicht wirklich damit gerechnet, dass sie Erfolg haben würden, wollten es aber trotzdem versuchen. Sie haben ins Schwarze getroffen. Der Schatz, den der alte Klein damals so sorgfältig für seine Töchter versteckt hatte, war in ihren Händen. Da sie nun wussten, dass Semjons Informationen Hand und Fuß hatten, wollten sie auch noch den Schmuck von Rada Iljinitschna haben.

Wieder haben sie nach der alten Methode gearbeitet. Anton verkleidet sich als Jana, ruft Rada Iljinitschna an und sagt: ›Tantchen, ich bin wieder zurück und komme gleich nach Hause.‹ Die Tante öffnet ahnungslos die Tür, die falsche Jana geht in die Küche und bringt die Frau und die Nachbarin Tanja, die unpassender Weise gerade zu Besuch ist, sofort um. Er hat drei Jahre im Schießverein Schießen gelernt und zielt nie daneben.

Dann versucht er, das Versteck auszuräumen, aber es gelingt ihm nicht. Das Loch im Boden ist zu schmal, als dass er mit seiner großen Hand hineinpasste. Er muss also mit leeren Händen abziehen, nimmt aber auf alle Fälle das Fotoalbum mit, um die Suche nach Jana zu erschweren.

Eine Weile später erinnert sich das Paar an Janas Kommilitonin Shenja Poljakowa. Anton ruft sie an und teilt ihr mit: ›Hier ist Jana, ich bin wieder zurück. Aber morgen fahre ich schon wieder zu Bekannten auf die Datscha und habe keine Zeit, dich zu treffen.‹ Shenja ist verdutzt, aber dann beschließt sie zu ihrem eigenen Unglück noch, sich ein Studienheft von Jana zurückzuholen.

Nika, die sich als Jana verkleidet hat, wühlt eben gerade im Schrank. Natürlich ist es riskant, direkt nachdem die Milizbeamten da gewesen waren, in die Wohnung zurückzukehren. Aber die Angst, jemand anderes könnte den Schatz finden, ist zu groß. Außerdem hat Nika alias Jana lange im Auto in der Nähe des Hauseingangs gewartet und durch die getönten Scheiben beobachtet, wie die Miliz davonfuhr. Sie holt also den Schmuck aus dem Versteck und … Shenja klingelt an der Tür. Es bleibt ihr nichts anderes übrig, als sie mit zum Auto zu nehmen, wo der als schwarzhaariges Mädchen verkleidete Anton sitzt und wartet.

Zuerst betäuben sie Shenja, dann geben sie ihr eine Spritze, schließlich würgen sie sie. Aber hier haben sie sich zu sehr beeilt: Shenja ist nicht tot.

Als sie wieder zu sich kam, hat sie sich übrigens erinnert, dass Jana komisch wirkte, viel zu gehetzt und zu stark geschminkt.

Jedenfalls ist nun der Marathon der Verbrechen beendet.

Nika und Anton haben einen unermesslichen Reichtum angehäuft, sie können tief aufatmen und sich nach Zypern absetzen. Ich weiß bloß nicht, wie sie eigentlich das Diebesgut durch den Zoll bringen wollten.

Den Medwedjews scheint also, als hätten sie alles hinter sich. Aber nein! Jetzt tritt voller Eifer die starrköpfige Dascha Wassiljewa auf den Plan.«

Ich seufzte. Wohl wahr, ich hatte mich mit Schwung in die Nachforschungen gestürzt. Aber ich hatte doch nur das Beste gewollt!

»Und dann lief es so wie immer«, brachte der Oberst seinen Gedanken zu Ende. »Sie stellte eine Dummheit nach der anderen an! Wieso um Himmels willen hast du Anton diesen Auftrag erteilt?«

»Ich wollte mich unbedingt von Olga befreien«, kicherte ich.

»Wie bist du auf den Salon ›Orakel‹ gekommen?«

»Bei Max im Jeep hatte ich eine Quittung von dort gefunden, die über und über mit Kugelschreibertinte bekleckst war. Nina Andrejewna hat erzählt, dass Veronika den Wagen für ihre Erledigungen benutzte, wenn Max geschäftlich verreist war. Wahrscheinlich hatte sie Marina mal mitgenommen, die das Papier zum Abwischen ihres Kugelschreibers verwendete und dann auf den Boden warf.«

»Sehr schön«, murmelte Alexander Michailowitsch zwischen den Zähnen, »nur dass Anton sofort eins und eins zusammengezählt hat. Außerdem hast du Marina Mak etwas von einer Freundschaft mit Veronika vorgelogen. Ach übrigens, könntest du mir vielleicht noch eine Sache erklären? Anton hat gestanden, dass er einen Auftragskiller nach Loschkino geschickt hat. Aber der ist verschwunden, ohne dass er seine Aufgabe erfüllt hätte. Er ist wie vom Erdboden verschluckt. Weißt du zufällig, was mit ihm passiert ist?«

Ich erinnerte mich an den Mitarbeiter des Geschäfts »Markwet« und sagte schnell:

»Keine Ahnung, du siehst ja, ich bin gesund und munter. Wahrscheinlich ist der Killer einfach gar nicht bis zu uns gekommen.«

»Aha«, sagte der Oberst und nickte, »na so was, ein seltsames Missgeschick für einen Profi! Aber du, meine Liebe, du hast dich durch nichts entmutigen lassen. Du bist bis zu Lenja Bestschastnyj vorgedrungen, hast ihm dumme Fragen gestellt, dann auch noch den Striptease-Tänzer Wolodja aufgegabelt... Mitten ins Wespennest hast du den Stock gehalten und damit in allen Richtungen herumgefuchtelt. Ich will deine Dummheiten gar nicht alle aufzählen, das Ergebnis kennen wir ja.

Weil bisher alles so gut gelaufen ist, beschließen Nika und Anton jetzt ohne Maß und Ziel, die lästige Dame, in anderen Worten also dich, aus dem Weg zu räumen...

Und wieder handeln sie nach Schema F. Medwedjew schminkt sich so, dass er wie Poljanskij aussieht, und stößt sein Opfer ins Auto, in dem Nika, ebenfalls verkleidet, mit einem in Äther getränkten Lappen wartet. Zwei Sekunden später fällt Darja in Ohnmacht, während der Wagen nach Petuchowo rollt.«

»Warum haben sie mich nicht umgebracht?«

»Aus Habgier, meine Liebe. Sie wollten zuerst von Kescha ein hübsches Sümmchen kassieren, und zwar nicht weniger als fünfhunderttausend Dollar!

Kescha hat sich übrigens vorbildlich verhalten. Er ist sofort auf alle Bedingungen eingegangen und demonstrativ zusammen mit Häschen zur Bank gefahren.

Den alten Damen und Manja haben sie gesagt, du seist nach Kiew zu Olgas Eltern gefahren. Ein weiser Entschluss, nicht? Kannst du dir vorstellen, was für ein Geheul die alten Damen angestimmt hätten?«

Ich seufzte zustimmend. Wahrscheinlich hätten die beiden einen Herzanfall gekriegt.

»Und dann?«

»Dann kommt das Ende. Wir haben Anton im Moment der Geldübergabe gefasst. Er hat sofort Nika verraten. Jetzt singen sie wie die Nachtigallen und schieben sich gegenseitig die Schuld in die Schuhe. Ein trauriges Schauspiel. In dieser Geschichte kann es einem nur um Aljona Leid tun. Sie ist vollkommen unschuldig. Sie haben sie fast in den Wahnsinn getrieben. Sie braucht dringend einen Psychiater.«

»Und um Max tut es dir nicht Leid?«, fragte ich empört.

»Er hat doch Augen im Kopf und hätte sehen können, was er sich mit der Frau eingehandelt hat«, meinte Alexander Michailowitsch tiefsinnig, »was ihm passiert ist, geschieht ihm ganz recht.«

Dem hatte ich nichts entgegenzusetzen.

EPILOG

Am Freitag saß ich friedlich vor dem Fernseher, wie es sich für eine ordentliche Hausfrau gehört. Rimma Borissowna und Gera waren inzwischen zu Tamara gezogen.

»Bald ist schon die Hochzeit«, erklärte meine Schwiegermutter Nummer drei, »wir müssen den Kindern helfen.«

Kescha hüstelte nur zur Antwort.

Da klingelte das Telefon.

»Daschalein, darf ich Sie besuchen kommen?«

»Aber natürlich, Iwan Michailowitsch.«

Der Kruglyj brachte allerlei Geschenke mit: Gummiknochen für die Hunde, Konfekt für mich und Olga, Manja bekam eine riesige Schokoladenkatze, die mindestens drei Kilo wog.

»Meine Liebe«, sagte der Boss, als wir uns nach dem Tee auf die Vortreppe setzten, um eine Zigarette zu rauchen, »bitte tun Sie mir einen Gefallen: Mischen Sie sich nicht mehr in Kriminalfälle ein!«

Ich zog den Ring vom Finger und hielt ihn ihm hin:

»Vielen Dank.«

Iwan Michailowitsch lächelte:

»Entweder eine Freundschaft hält fürs ganze Leben oder …«

»Oder?«

»Oder es war nie wirklich eine. Behalten Sie den Ring. Ich hoffe allerdings, Sie werden ihn nicht mehr brauchen. Überlassen Sie solche Sachen lieber den echten Profis. Sie hätten von diesen gewissenlosen Subjekten ohne weiteres umgebracht werden können. Das sind Leute, die sich an gar keine Regeln halten. Für die ist ein Menschenleben nichts wert, wenn es ums Geld geht.«

Ich starrte ihn mit offenem Mund an. Noch so einer, der mir mit einer Moralpredigt kam.

»Na schön«, seufzte er, »lassen Sie uns die Tage mal zusammen essen gehen!«

Bevor ich »ja« sagen konnte, kam ein Wagen mit Blaulicht in den Hof gefahren. Die Tür sprang auf, und Max stieg aus, bleich im Gesicht und abgemagert. Ihm folgte Alexander Michailowitsch. Als er den Boss erkannte, zuckte er nervös mit dem Kopf, sagte aber laut:

»Hier habt ihr Herrn Poljanskij zurück. Wo ist deine Schwiegermutter?«

Aber da kam Nina Andrejewna schon auf die Vortreppe geflogen und überschüttete ihren wiedergewonnenen Sohn mit Tränen. Vor Aufregung wurde ihr natürlich schlecht, so dass Olga und Kescha die alte Dame zurück ins Haus geleiten mussten.

Max lief ihnen nach.

Alexander Michailowitsch setzte sich zu uns auf die Stufen.

»Ich versuche gerade, Dascha klarzumachen«, sagte der Boss, »wie undankbar und wie gefährlich das Leben eines Privatdetektivs ist.«

»Ganz recht«, stimmte der Oberst lebhaft mit ein, »es ist schon erstaunlich, wie man mit vierzig noch die Mentalität einer Halbstarken haben kann!«

»Was hat das mit dem Alter zu tun!«, warf ich erbost ein.

»Die Welt ist aus den Fugen geraten«, bemerkte der Kruglyj greisenhaft weise, »sie ist voll von gewissenlosen Subjekten, die sich über alle Gesetze hinwegsetzen.«

»Ganz genau«, mischte sich Alexander Michailowitsch ein, »sie töten, ohne mit der Wimper zu zucken. Sie lassen sich von niemandem was sagen. Heutzutage muss man wirklich vorsichtig sein…«

Sie begannen, mich mit rührender Einmütigkeit nach Strich und Faden auszuschimpfen. Endlich hatten sie genug davon, und der Boss machte sich wieder auf den Weg nach Hause.

Der Oberst sah mich misstrauisch an:

»Wieso ist er eigentlich gekommen?«

»Manja fliegt am Dienstag mit Bekas nach Paris, wir haben die Details besprochen.«

»Na schön«, sagte mein Freund beruhigt, »ich muss auch langsam los.«

Er ging zum Auto, hielt aber noch einmal inne und fragte:

»Sollen wir die Tage nicht mal zusammen essen gehen?«

Vor Überraschung steckte ich mir die Zigarette mit dem brennenden Ende in den Mund. Seit mindestens zehn Jahren hatte mich der Oberst nicht mehr zum Abendessen eingeladen! Es geschahen doch noch Zeichen und Wunder.

Am nächsten Tag verabschiedeten wir nach dem Mittagessen Nina Andrejewna und Max, die wieder zu sich nach Hause fuhren. Noch vor dem Frühstück hatte meine Schwiegermutter uns beide feierlich zu sich ins Schlafzimmer gebeten.

»Daschalein«, begann sie bedeutungsschwer, »Max ist jetzt verpflichtet, dich zu heiraten. Du hast für uns beide unendlich viel Gutes getan und dich als unschätzbare Freundin erwiesen. Ihr passt einfach wunderbar zusammen. Nicht wahr, Max?«

Mein Ex-Mann nickte verzweifelt. Ihm war himmelangst. Na klar, als ehrlicher Mensch musste er mir Hand und Herz anbieten! Seinen Zustand konnte ich mir lebhaft vorstellen. Bestimmt befürchtete er, ich könnte womöglich »ja« sagen, und wie sollte er sich dann noch aus der Affäre ziehen?

»Leider geht das nicht«, beeilte ich mich, ihn zu beruhigen, »ich habe schon einen Freund, Sie haben ihn doch selber einmal beim Frühstück gesehen.«

»Wie schade«, sagte Nina Andrejewna mit zusammengekniffenen Lippen.

Um vier Uhr nachmittags setzten wir sie in ein Taxi. Meine Schwiegermutter küsste die ganze Familie und die Hunde. Bandy kam als Letzter dran. Die alte Frau konnte gar nicht aufhören, den dreieckigen Kopf des Tieres zu streicheln, es schien fast, als wollte sie gleich in Tränen ausbrechen.

Da kamen Kescha und Manja heran, die etwas trug, das in ein warmes Tuch gewickelt war.

»Das ist für Sie«, sagte das Mädchen und hielt ihrer Peinigerin das Bündel hin.

»Was ist das?«, fragte Nina Andrejewna erstaunt und zog einen nackten, schmalen, zwei Monate alten Pitbull-Welpen hervor.

»Bandy können wir Ihnen nicht schenken«, seufzte Manja, »die eigenen Kinder kann man nicht weggeben.«

»Aber das ist sein Sohn«, verkündete Kescha, »er ist absolut reinrassig und gesund. Man hat uns einen Welpen abgegeben mit der Verpflichtung, ihn aufzuziehen, jetzt gehört er Ihnen. Er wird Ihnen jeden Tag Freude machen.«

Dicke Tränen liefen ihr über die gepuderten Wangen. Sie nickte schweigend, drückte Bandys Sohn zärtlich an ihre Brust und stieg in den Wagen. Der Motor heulte auf, die Gäste fuhren ab. Der albtraumhafte Juni neigte sich dem Ende zu.

Wir gingen alle zusammen ins Esszimmer, um Tee zu trinken.

»Irgendwas fehlt hier«, sagte Olga gedehnt, während sie den Zucker umrührte, »es ist plötzlich so leer geworden.«

»Ich weiß, was fehlt!«, lachte Kescha los. »Bandy sollte nichts Fettes zu fressen kriegen, er hat heute wieder schlecht gekackt …«

»… viel zu flüssig!«, brachte die ganze Familie den Satz fröhlich zu Ende.